감사합니다.

2022. 10

SF 액션 판타지

제3지구

윤재호 장편소설

peppermint
original

차례

프롤로그

언제부터인가 지구는 멸망의 길로 접어들었다. 땅은 메말라 갔고, 수많은 동식물이 멸종해 갔다. 산소량이 급격하게 줄어들자 인구의 절반이 목숨을 잃었다. 그 어떤 생명체도 살아남을 수 없는 환경이 되자 인류는 모든 수단을 동원해 지구를 떠났다.

화성… 최후의 인류가 믿었던 그곳마저 오래 가진 못했다. 그들은 새로운 행성을 찾아 다시 수십 년 동안 우주를 떠돌았다. 그리고 마침내 미지의 행성에 도달했다. 행성은 지구 두 배 크기였다.

두 개의 달을 가진 태양을 중심으로 돌고 있는 12개 태양계 행성 중 하나였고, 사막지대 70%와 우림지대 30%로 형성되어 있었다. 인류의 생존에 최적인 환경은 아니었다. 하지만 우주선의 연료는 바닥이 났고 선택의 여지가 없었다.

다행인 것은, 사막 아래에는 지하수가 풍부했다. 기온이 급격히 떨어지고 산소 부족 현상이 나타나는 밤만 잘 버티면 인류가 생존할 수 있는 환경으로 충분했다. 이들은 극도로 습한 위험 구역인 우림지대가 아닌 건조한 사막지대에서 정착을 시작했다.

무엇보다 사막에서 나오는, 지구에는 존재하지 않는 나노메탈과 나노크리스탈 자원 덕에 첨단 기계 문명이 급격히 발전할 수 있었다.

이 미지의 자원 덕분에 인류는 불리한 기후와 환경에 서서히 적응하기 시작했다. 그들은 그곳을 〈제3지구〉라 불렀다.

그로부터 200년 후…

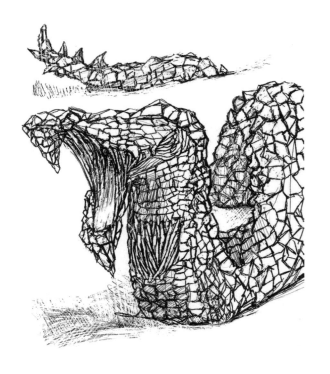

1부

영웅의 탄생

1. 제8구역

　퀴퀴한 냄새가 가득하다. 어둡고 좁은 통로를 지나니 벽 한쪽에 핏자국이 얼룩져 있는 게 보였다. 먼지 쌓인 오래된 전구가 깜박거리는 지하실 어딘가에서 비명이 들려왔다.

"으으으악!"

　낡은 의자에 앉혀진 반란군 포로들은 두 손이 뒤로 묶인 채 고문을 당하고 있었다.

　모두 반란군을 이끄는 레볼트의 리더 카이로의 측근들이다. 피가 흘러내리는 그들의 이마에 불로 지진 흉터가 어렴풋이 보였다. 레볼트의 상징 문장인 'Z'였다.

　비밀경찰조직 플릭은 중앙본부의 명령을 받고 레볼트 일당들을 오랫동안 쫓고 있었다. 플릭 제1팀 대장인 크루거는 반중앙 테러리스트 레볼트의 핵심 인물인 카이로를 잡기 위해 수단과 방법을 가리지 않았다.

"다시 한번 묻겠다. 카이로는 어디에 있나?"

크루거가 심문했다. 아무도 입을 열지 않자 대장의 직속 부하인 마뉴가 손목에 찬 나노아머에서 홀로그램 영상을 띄웠다. 수배자의 얼굴들이 나열되자 카이로로 추정되는 인물이 포로들의 시선에 비쳤다.

"으흑… 지옥에나 가시지."

피를 흘리며 괴로워하는 반란군의 입은 무거웠다. 잡혀온 이들 중 그 누구도 플릭에게 협조할 마음이 없었다. 그들은 이미 죽을 각오를 하고 있었다.

30년 전, 카이로를 중심으로 제8구역에서 시작된 폭동이 전 구역까지 퍼져 나가며 레볼트 전쟁이 발발했다. 반란군의 패배로 끝난 전쟁은 카이로 혁명으로도 불린다.

이후 카이로는 비밀리에 반란군을 다시 모으기 시작했다. 제8구역은 대대적인 학살이 그 어느 구역보다도 가장 많았던 곳이며 레볼트의 리더 카이로의 고향이기도 하다.

"머리에 씌워."

"헬멧 말인가요? 아직 시험단계라서…"

대장의 명령에 마뉴가 조금 당황하더니 곧 실행에 옮겼다.

"바로 시행하겠습니다."

마뉴는 근처에 있는 메탈박스로 다가갔다. 그 안에서 꺼낸 헬멧 안쪽에는 수십 개의 긴 바늘이 장착되어 있었다. 헬멧은 뇌 신경계에 강제로 접속하여 프로그램된 AI가 디지털화해주는 기계였다. 인간 두뇌 속에 있는 기억을 데이터로 추출하는 역할을 하는 것이다.

반란군 포로의 머리에 헬멧을 씌우자 긴 바늘이 두뇌를 관통했다. 그들은 비명을 지르다가 얼마 지나지 않아 의식을 잃었다. 두뇌를 분석하기 시작한 헬멧은 요원이 차고 있는 나노아머로 데이터를 전송했다. 홀로그램 영상 속에 암호화된 정보들이 나열되더니 어느 지점에 도달하자 폭발했다. 펑!

"이런…"

머리가 터진 반란군의 피를 뒤집어쓴 마뉴는 당황했다. 크루거는 굳은 얼굴의 다른 부하요원에게 다가갔다.

"정보는?"

"… 30% 정도 추출된 것 같습니다."

"중앙에 전송해."

"네. 업로드 시작하겠습니다."

"계속할까요? 대장?"

마뉴는 남아 있는 반란군을 보며 크루거에게 물었다. 마치 '그만 질문이나 하지 말고 당장 실행해!'라고 말하려는 듯 크루거의 표정은 매서웠다. 무뚝뚝한 대장을 보던 마뉴가 업로드를 시작하자 크루거는 자리를 떠났다.

비밀경찰조직 플릭은 제1팀에서 제12팀까지 각 팀의 대장과 5인의 정예대원으로 구성된다. 이 조직은 반중앙세력들을 추적하고 말살하거나 체포하는 데 목적을 두고 만들어졌다. 각 팀은 3개월 단위로 구역을 바꿔가며 임무를 수행한다.

크루거는 지상으로 올라왔다. 사막지대의 덥고 건조한 기후 때문인지 그는 꽤 오랫동안 긴장성 두통을 앓고 있었다.

'빌어먹을… 또 시작이군…'

지친 크루거는 몸에 지니고 있던 두통약을 입에 넣었다. 더러운 일에 너무 오랫동안 몸을 담근 그는 어쩌면 이번이 마지막이길 내심 바라고 있었다.

거친 모래바람이 그의 얼굴을 스쳐 지나가자 인상을 잔뜩 찡그렸다. 떨어져 나갈 것 같은 철판 문짝 소리가 저 멀리서 꽤 요란스럽게 들려왔다. 그의 앞에는 나노메탈 장갑차가 요원들을 지키고 있었다. 얼굴을 반쯤 가린 제8구역 노동자들이 장갑차 앞을 묵묵히 지나쳐 갔다. 임무 수행 중인 플릭의 모습은 그들에게 이미 식상한 듯 보였다.

크루거는 담배를 입에 물었다. 장갑차 옆에 서 있던 막내

요원이 대장에게 다가와 불을 붙여주었다. 중년에 접어든 크루거의 얼굴은 고독해 보였다.

담배는 한때 중앙본부에서 직접 재배하여 유통했다. 하지만 마약으로 여겨지는 붉은소금이 등장하자 옛 지구인 방식의 담배는 상류층 사이에서 빠르게 잊혀졌다. 이후, 하청업자가 재배와 유통을 맡아 하류층에게 헐값에 판매되고 있다.

나노메탈 장갑차에 장착된 거대한 크리스탈 레이저포가 갑자기 방향을 바꿔 먼 곳을 향했다. 더스트가 가득한 곳에서 8로 시작하는 고유번호가 이마에 찍힌 노인이 다가왔다. 비틀거리는 몸을 이끌고 꿋꿋이 서 있더니 손에 쥐고 있던 술병을 장갑차를 향해 던졌다.

"내 아들 살려내 이 썩을 놈들아!"

술에 잔뜩 취한 늙은이를 상대할 요원은 아무도 없었다. 젊은 요원들은 노인을 향해 키득거렸고, 무시했다. 크루거는 담배만 태웠다. 얼마 지나지 않아 인간 유닛 두 명과 AI 로봇 유닛 한 대로 구성된 구역경찰이 출동했다.

"82836번, 당신을 공무집행방해죄로 체포하겠습니다."

AI 로봇이 말했다. 경찰에게 잡혀 끌려가는 노인을 보며 조금 불편한 감정이 있었지만 크루거가 할 수 있는 일은 없었다. 플릭의 역할은 테러리스트로 간주한 레볼트들을 추

적하고 잡아내는 일이었고 노동자들의 다른 문제 해결은
구역경찰의 몫이었다.

"오염물질 접근 중. 경고. 오염물질 접근 중. 돌풍 경고."
　나노아머의 AI 경고 음성을 들은 요원들이 정보를 확인
했다. 멀리서 녹색이 섞인 모래 돌풍이 다가오고 있었다.
반경 50m에 높이 5m는 되어 보였다. 이때 지하에 있었던
마뉴와 다른 요원들이 건물 밖으로 나와 크루거에게 다가
왔다.
　"오늘 벌써 두 번째군요."
　"최근 들어 자주 나타나는데요?"
　요원들은 걱정스러운 눈빛이었다.
　"중앙에서는 뭐라고 하던가?"
　크루거가 물었다.
　"계속 연구 중이랍니다."
　"아이씨. 중앙 놈들. 우리가 고생하는 건 안중에도 없나
봅니다."
　마뉴가 불평을 토로하는 동안 크루거는 그저 묵묵히 담
배만 태웠다.

　돌풍이 다가오자 요원들은 모두 나노아머 방어 시스템을
작동시켰다. 메탈과 크리스탈의 합성 기술로 탄생시킨 플

릭의 필수 공격과 방어 장비인 나노아머. 그것은 입고 있던 천 재질의 나노슈트를 순식간에 쇳덩이처럼 단단해지게 했다. 또한 반투명 나노크리스탈 방탄유리막이 머리 전체를 감싸주었다.

빠른 속도로 오염물질 돌풍이 이들을 덮쳤다. 다들 인상 잔뜩 찡그리며 거센 바람을 이겨냈다. 첨단장비의 기술로 큰 어려움은 없었지만 새로운 현상이 반가워 보이지는 않았다. 돌풍은 빠르게 그들을 지나갔다.

"본부로 돌아가지."

"네!!"

이들은 돌풍의 방향으로 향했다. 녹색의 모래바람은 아주 먼 곳, 어렴풋이 보이는 중앙본부 씨티를 향하고 있었다. 1%의 엘리트층을 위해 설계된 중앙본부 씨티는 그 중심으로부터 12개의 컨트롤 터널이 원형의 구조로 반경 수십 킬로까지 뻗어져 있다. 12개로 나눠진 긴 터널의 끝에는 각자의 독립된 구역이 삼엄한 통제 안에서 통치되며 각각의 구역은 시계 방향 형태로 1부터 12까지 나누어진다.

완벽한 통제를 위해 중앙본부 씨티를 통해야만 다른 구역으로 갈 수 있는데, 12개 구역 내부에는 거대한 에너지를 만들어 씨티로 조달하는 공장들이 만들어져 있다. 각 구역에 사는 이들은 모두 노동자로 태어나 죽을 때까지 한 구역에서 중앙본부를 위해 살아야 한다. 밤이 되면 급격히 떨어지는 기온과 산소 부족, 종종 나타나는 원인을 알 수 없는 오염물질 돌풍까지 이들이 겪어야 하는 일상이 되어 버렸다.

제8구역 광장에서는 이마에 고유번호가 찍힌 두 남자의 격렬한 격투기 시합이 한창이었다. 굵은 비가 쏟아지고 있었지만, 현장의 열기를 식히지는 못했다. 질퍽한 진흙탕 위에서 피 터지며 싸우는 두 남자 중에 고유번호 8741478의 해성이 제법 덩치가 큰 상대방을 제압하고 있었다. 파이터를 보러 온 구경꾼들은 코인 도박에 인생을 거는 듯 치열했다.

격투기 시합은 제3지구를 대표하는 일종의 합법적인 게임이다. 이들을 상대로 내기 도박은 엄격히 금지되어 있음에도 제8구역의 통치자인 도로시는 중앙에서 온 부패한 사업가들의 뇌물을 받으며 불법 행위를 눈감아 주고 있다.

특히 매년 중앙에서 열리는 격투기대회는 12개 구역에서 선정된 최고의 전사들이 모두 참가해 세기의 대결을 펼친다. 거기서 창출되는 불법 도박의 총액도 상당하다.

30년 전, 레볼트 전쟁이 1년 가까이 지속하면서 중앙에서 열리는 대회는 잠깐 중단되었지만, 반란군을 무력으로 제압한 중앙본부는 이후 격투기대회를 다시 추진하였다.

해성의 강렬한 주먹이 자신보다 덩치가 큰 남자를 제압하는 동안, 광장에서 조금 떨어진 높은 건물에 있는 제8구역 통치자 도로시의 접견실에는 부패한 사업가들이 모여 있었다. 그들은 고급술과 호화로운 음식을 먹고 마시며 경기를 망원경으로 지켜보며 대화를 나누었다.

"이런, 덩칫값을 못 하는구먼. 쯧쯧."

해성이 아닌 상대 파이터에게 코인을 건 사업가들의 표정이 어두웠다.

"제가 말씀드리지 않았습니까? 8741478번에 코인을 걸어야 한다고요. 호호호!"

통치자 도로시는 자신을 믿지 않았던 사업가들을 비웃는 듯 깔깔 웃었다.

"쳇! 베그너 사장님 좋으시겠습니다."

시무룩한 표정의 부패한 사업가들 앞에 차려진 음식을 게걸스럽게 먹으며 함박웃음을 짓는 이가 있었다. 역시 사업가인 베그너였다.

"하하! 진정한 파이터는 8구역에만 있나 보네. 오길 잘한 거 같아 하하하!!!"

"역시 베그너 사장님은 보는 눈이 달라. 어째, 투자할 생각이 있으신지요?"

도로시가 말했다.

"20살이라고 했나? 어린 나이에도 주먹이 보통이 아니야. 중앙에서도 좋아할 거 같아. 안 그래, 미스터 창?"

베그너의 비꼬는 말투를 무시하는 미스터 창은 조금 어두운 곳에 앉아 있었다.

그는 베그너와 마찬가지로 파이터를 스카우트하러 온 부패한 사업가 중 한 명이었다. 미스터 창은 중앙본부 씨티에서 열리는 경기에서 베그너의 파이터들과 여러 차례 우승컵을 두고 경쟁을 해온 라이벌이기도 하다. 베그너와 다른 점은 격투기 사업은 그저 취미일 뿐 다양한 분야의 많은 사업장을 가지고 있다.

"시끄럽군. 베그너."

"흥. 말투에 감정 하나 느껴지지 않는 건 여전하군. 쳇."

미스터 창의 차가운 대답에 베그너는 언짢은 듯 투덜거렸다.

"이번엔 중앙에서 오신 귀족분도 관심이 있으실 거 같은데요?"

도로시는 옆에 앉은 마르고 키가 큰 귀족을 향해 말했다.

"귀족들이 뭘 안다고… 그냥 구경이나 하고 가시게! 하하!"

"…"

베그너의 무례함에도 귀족은 아무런 대응을 하지 않았다. 귀족은 중앙본부에서 만든 얼굴 전체를 가려주는 나노크리스탈 특수가면을 착용하고 있었다.

18

가면은 고위층을 상징하는 귀족의 신분 과시용인 동시에 신변을 보호하는 용도로도 쓰인다. 극소수의 권력층들과 공권력을 사용하는 이들에게만 허용된 통신 기능도 있다.

진흙탕 싸움이 한참인 두 남자에게서 이미 승자는 가려진 듯 보였다. 해성은 앞이 제대로 안 보일 정도로 얻어터진 상대방에게 최후의 일격을 날렸다. 해성의 어퍼컷을 맞은 파이터는 바닥에 쓰러졌다. 의식을 잃은 그가 실려 갈 때 해성은 하늘을 향해 손을 번쩍 들었다.

자신감 넘치는 승리자의 모습을 보던 도로시와 베그너는 박수를 보냈다. 베그너는 엄청난 가치의 인물을 발견한 표정이었다. 미스터 창은 아무 말 없이 접견실을 떠났다. 시합장을 퇴장하는 해성을 주의 깊게 바라보는 자가 또 있었으니, 바로 마르고 키가 큰 귀족이었다.

해성이 떠난 광장에는 또 다른 재능있는 파이터들의 싸움이 시작되었다. 해성은 대기실로 들어와 몸에 묻은 피와 진흙을 닦았다. 지쳐 보였지만 싸움을 거듭할수록 강해지고 있다는 것을 자신도 알고 있었다. 해성은 주먹을 불끈 쥐어 보았다.

'도대체 뭘까? 이 느낌은…?'

자신도 모르는 어떤 기운이 몸속 깊숙한 곳에서 활활 타오르고 있는 느낌이었다.

"형!"

해성의 6살 아래 동생 준혁이 대기실로 들어왔다.

"혁아! 형이 여기 오면 안 된다고 몇 번을 얘기해야 해?"

형을 동경하는 준혁은 힘을 키워 언젠가 제3지구 최고의 파이터가 되는 게 꿈이다.

"나도 형처럼 멋진 파이터가 될 거야!"

"아버지가 알면 어쩌려고?"

"걱정하지 마. 엄마한테는 찰스 아저씨한테 간다고 했어."

"너 그러다 또 걸리면!"

파이터라는 직업이 모두에게 주어진 기회는 아니었다. 육체적으로 타고나야 하는 것은 기본이며 뛰어난 싸움 능력도 갖춰야 했다. 노동자라는 최하위 신분이 도달할 수 있는 가장 높은 곳이기도 하다.

그것은 구역을 떠나 중앙본부 씨티에 가서 살 기회를 의미했다. 또한 사업가들이나 엘리트들의 경호원으로도 고용될 수 있었기 때문에 유능한 파이터들은 가난에서 벗어날 수 있었다.

"실력이 괜찮군. 젊은이."

파이터 출신의 경호원들에게 둘러싸인 베그너가 대기실로 들어와 해성에게 다가왔다.

"우리 형 최고예요. 8구역 챔피언이라고요!"

"준혁아!"

해성은 난감해했다.

"8741478번, 이름이 뭔가?"

"해성이요!"

신이 난 준혁이 대신 대답했다.

"소문처럼 주먹이 보통이 아니군. 하하. 도로시가 칭찬을 많이 하더군."

"저희 구역 통치자님을 아세요?"

준혁은 부러운 눈빛으로 베그너를 보았다.

"그럼. 잘 알지."

"와!"

세상 물정 모르는 준혁에게 베그너는 매우 대단한 인물로 보였다.

"아니! 베그너 사장님께서 이런 누추한 곳까지 오시다니요!"

경기 중개인이 베그너를 알아보고 굽신거렸다.

"여긴 예나 지금이나 변한 게 없군. 쓰레기장이나 다름없어!"

대기실은 위생적이지 못했다. 베그너는 입고 있던 값비

싼 옷이 더러워지는 걸 보며 투덜거렸다.

"해성아, 오늘 네가 번 코인이…"

중개인은 수금한 코인의 수수료를 공제하고 나머지를 해성에게 전달했다. 해성은 손바닥을 중개인이 가지고 있던 디지털 기기에 올렸다. 기기에 홀로그램 배너창이 뜨며 해성의 계좌로 1만 코인이 입금되었음을 알려주었다.

이곳에서의 돈은 현물이 아닌 디지털화된 정보(가상화폐:코인)들로 이루어져 있다. 여기서 말하는 1만 코인은 한 가족이 몇 달 치의 생필품을 제8구역 센터에서 구매할 수 있는 정도의 가치를 의미한다. 공식적으로는 중앙본부에서 오는 생필품만을 구매할 수 있는데 사실상 암시장을 통해 어떤 물건이든 사고파는 일이 가능했다.

"내 밑에서 일해 볼 생각 없나? 자네 정도면 중앙에서도 인기가 많겠어."

베그너가 말했다.

"형! 중앙이래!"

"…괜찮습니다."

"형!"

"평생 공장에서 일하고 싶어서 시합하는 건 아닐 텐데?"

"…"

해성은 대답하지 못했다. 고민이 많아 보였다.

"좋은 기회잖아. 형."

해성은 순수한 눈빛으로 형을 바라보는 동생에게 미소를 지어 보였다. 그리고는 고개를 돌려 광장 중심에 세워져 있는 한 전사의 동상을 보았다. 제8구역에서 태어나 유일하게 중앙본부 씨티에 도달한 파이터, 구역의 영웅 그랜드킹의 동상이었다.

그랜드킹은 카이로 혁명이 일어나기 전까지 중앙의 격투기대회에서 무패 신기록을 세우며 제8구역의 영웅으로 추앙받은 인물이다. 하지만 전쟁 이후 그의 소식을 접한 사람은 아무도 없다고 한다.

"죄송합니다. 제가 좀 늦어서요. 가자 혁아."

해성은 망설였지만 단호했다. 준혁은 실망한 표정으로 형을 뒤따라갔다. 해성의 뒷모습을 지긋이 쳐다보는 베그너의 표정이 음흉했다. 음모의 눈빛이었다. 베그너는 경호원들과 함께 대기실을 나갔다.

자리를 막 떠난 대기실에 부패한 사업가들과 함께 있었던 마르고 키가 큰 귀족이 들어왔다. 그는 해성이 구석 어딘가에 던져놓은 피 묻은 수건에다가 DNA스캔기를 비추고는 99% 일치라고 표시된 홀로그램 화면을 확인했다.

"(변조된 목소리) 아무래도 우리가 찾던 인물이 맞는 거 같습니다."

귀족은 가면에 있는 통신 기능을 이용해 누군가와 대화하고 있었다. 가면은 그의 성별을 알 수 없는 목소리로 자동 변조시켜주었기에 그의 정체를 알 수 없었다. 미스터리한 인물은, 베그너와 마찬가지로 해성을 노리고 있었다.

"베그너가 작업에 들어갔으니 중앙으로 오는 건 시간 문제겠군."

통신에서 들려온 남자의 목소리가 답했다.

"(변조된 목소리) 작전을 서둘러야겠군요."

귀족은 동생의 손을 잡고 광장을 향해 걸어가는 해성의 뒷모습에서 세상을 구할 영웅의 모습을 보았다.

2. 중앙본부 씨티

  1%의 엘리트 계급과 이들을 시중해주는 하인들, 그리고 중앙본부를 위해 일하는 공직자 외 허가받은 자들만 산다는 중앙본부 씨티. 그 중심에는 하늘을 찌를 듯한 높이의 중앙본부 타워가 자리하고 있다.

  타워는 1% 엘리트층 중에서도 더 큰 권력을 가진 특권층에게만 허가된 곳이다. 이곳에서 뿜어져 나오는 나노크리스탈 에너지 방어 시스템은 중앙본부 씨티 전체를 돔 형태로 보호해 준다.

  타워의 최상층에는 제3지구 통치자인 프랑수아 5세가 고급술을 마시며 아래를 내려다보고 있었다. 몸집이 인간의 세 배는 되는 중무장한 AI 기동대 로봇 2기가 통치자를 수호했다.

  "8구역에서 나타났다는 게 사실인가?"

프랑수아 5세가 말했다. 그의 뒤에는 카림이 서 있었다. 막강한 제3지구 군대를 이끄는 대장 카림의 얼굴에는 불길함이 가득했다.

"아직 각성 전으로 보입니다. 그전에 제거하시는 게 좋지 않을까요?"

"아니야. 흥미롭군. 좀 더 지켜볼까 하는데."

"그러다 30년 전처럼⋯!"

"파이터라니 더 잘 됐어. 중앙으로 오게 해."

"⋯"

카림은 말문이 막혔다. 그는 해성의 존재가 언젠가는 중앙을 위협할 것으로 보고 있었다.

"내 눈으로 보고 싶네. 각성하는 모습을 말이야. 하하 하하하!"

프랑수아 5세의 소름 돋는 웃음이 울려 퍼졌다. 금발의 긴 머리, 이마에는 레드 다이아몬드가 박혀 있는 진한 파란 눈을 가진 프랑수아 5세는 자신감이 대단했다.

카림은 자신의 야망을 드러내지 않는 신중한 인물이다. 최고통치자의 힘에 밀려 2인자의 권력을 지니고 있던 그는 언젠간 자신이 그의 자리를 차지하겠다는 큰 야망을 품고 있었다.

'케이⋯ 어째서 날이 갈수록 강해지고 있는가⋯'

카림은 그에게서 느껴지는 거대한 힘에 당혹했다.

'실험을 서둘러야겠군…'

카림이 말하는 케이는 프랑수아 5세의 본명이다. 케이는 과거에 있었던 사건 이후 프랑수아 5세가 되었는데, 그 비밀은 극소수만 알고 있다. 그는 현재 제3지구 최고통치자이자 200년 전 최후의 인류를 이곳까지 인도한 우주함선의 선장 프랑수아의 자손이다.

그의 이마에 박힌 다이아몬드는 우림지대로 불리는 곳에서만 채취 가능한 희귀자원인데 최초의 개척자들이 그곳에서 발견했다고 한다. 이후 중앙본부는 매년 개척 인력들을 보내어 다이아몬드를 채굴해 오고 있다. 현재까지 중앙본부 연구실에서 분류된 색깔은 블루, 블랙, 레드로 알려져 있다. 다이아몬드에 대한 정보는 극소수 권력층들만 알고 있을 정도로 일급기밀 사항이다.

우림지대에서의 자원 채굴은 상당한 위험이 따른다. 다양한 동식물들이 존재하기 때문이다. 특히 아구라와 히콘은 경계대상 1호로 분류된다. 두 괴생명체는 최후의 인류가 미지의 행성에 정착을 시작한 지 20년이 지났을 때 발견되었다고 한다. 이후 수많은 사상자가 현재까지도 발생하고 있다.

아구라는 길이가 2m에서 20m까지 달하는 거대한 구렁이 모습을 하고 있다. 주로 땅속에 숨어 살기에 언제 공격당할지 알 수 없었다. 아구라의 거대한 이빨은 무시무시하며 나노메탈로 구성된 피부는 레이저 공격도 막아낼 수 있다. 아구라는 히콘과 달리 종종 사막지대에서도 발견된다.

히콘은 벌의 몸통에 독수리의 날개를 붙여놓은 듯한 여섯 개의 다리와 두 개의 머리를 가졌다. 크기는 보통 인간의 두 배에 달하며 항상 여러 마리가 몰려다닌다. 꼬리의 끝에는 중독성이 강한 독침이 있으며, 특히 히콘이 뱉는 침은 모든 걸 녹여버릴 정도로 위협적이다.

이러한 위험을 감수하고 일명 다이아몬드 프로젝트 임무를 맡고 있었던 이가 바로 카림이다. 인간과 살인병기 AI 로봇인 기동대의 조합으로 구성된 그의 군대는 막강한 화력을 가졌다.

30년 전 레볼트 전쟁에서도 큰 활약을 했으나 그의 세력이 커질 것을 우려했던 프랑수아 5세는 법안을 바꾸어버렸다. 모든 기동대는 중앙본부의 허가를 통해 사용되도록 개정한 것이다.

개정안에 불만이 컸던 카림은 중앙본부 연구실에서 진행했던 실험체 일부를 빼돌려 비밀리에 자신만의 군대를 만들고 있었다. 고스트팀으로 불리는 슈퍼솔져 프로그램은 카이로 혁명을 겪은 중앙본부가 개발했던 비밀 프로젝트였다.

　녹색의 오염물질이 중앙본부 씨티의 크리스탈 에너지 방어벽을 뚫지 못하고 소멸하는 동안, 크루거의 장갑차가 제8구역 터널을 지나고 있었다. 중간 체크포인트를 지나 AI의 신분 확인을 마친 제1팀은 최종 8번 게이트 문 앞에 도착했다. 거대한 크기의 나노메탈 게이트가 굉음을 내며 열렸다.

　사막 위에 만들어진 오래되고 녹슨 벽의 고철 요새가 제8구역을 포함한 12개 구역을 말한다면 중앙본부 씨티는 멋진 고층빌딩들과 화려한 홀로그램 광고창들이 사방에 난무하는 최첨단 도시였다. 이곳에 사는 시민들은 하늘을 나는 AI 비행차 스카이모빌리티를 이용한다. 하인 계급들만 사용한다는 버스, 사업가들의 이동 수단인 택시, 귀족들의 개인 리무진까지 스카이모빌리티의 종류는 다양했다.

　플릭의 장갑차는 씨티의 최하위층 지상 도로를 가로질렀다. 그들 위로는 수많은 스카이모빌리티가 스카이로드로 불리는 지정된 하늘도로망을 날아다니고 있었다.

　"볼 때마다 생각하는 거지만, 저 위는 정말 화려하지 말입니다."

막내요원이 부러운 눈빛으로 고개를 내밀고 하늘 위를 보았다.

"너 왜 자꾸 우리 신분으로 오를 수도 없는 곳 보냐?"

마뉴가 말했다.

"정말 부럽지 말입니다. 하하."

말 많은 요원들과 달리, 대장 크루거는 조용했다.

"아, 다른 팀들은 며칠 휴가도 줬다는데, 왜 항상 우리만 나가야 합니까, 대장?"

마뉴는 투덜거렸다.

"불만이면, 다른 팀으로 전출시켜줘?"

"네? 아닙니다. 대장. 하하."

"그래도 오랜만에 제대로 된 음식과 깨끗한 물로 샤워를 할 수 있겠지 말입니다. 하하."

임무를 마치고 돌아가는 요원들은 신이 나 있었다.

비밀경찰조직 플릭수사국에 도착한 제1팀 요원들은 장비를 벗고 공용샤워실을 향했다. 오랜만에 샤워하게 된 요원들은 피곤함을 달랬다.

부하요원들이 공용샤워실을 사용하는 동안, 크루거는 대장의 특권인 개인샤워실을 이용했다. 온갖 수난을 다 겪은 듯 크루거의 등은 수많은 상처로 가득했다.

수사국 내부는 평온한 분위기였다. 제1팀을 제외한 11팀들은 모두 휴가 중이었다. 몇몇 훈련생들과 비상근무 요원들만 수사국을 지키고 있었다.

　다들 긴장을 풀고 있는 사이 누군가 제1팀 대장실로 잠입했다. 정체불명의 인물이 크루거의 나노아머에 접속해 해킹을 시도했다. 그가 가지고 있는 해킹 장비는 손바닥만 한 크기의 레볼트들이 주로 사용하는 금지된 기기인 크래커코드였다.

　샤워를 끝낸 크루거가 얼마 지나지 않아 대장실로 들어왔다. 공교롭게도 첩자와 마주쳤고, 크루거는 자신의 나노아머가 크래커코드로 해킹당하고 있는 것을 보았다.

　"레볼트 소속인가?"

　크루거가 물었다. 후드를 쓰고 있던 첩자의 얼굴은 잘 보이지 않았다. 해킹을 끝낸 그는 곧장 크루거에게 달려들었다. 크루거와 첩자의 긴장된 몸싸움이 벌어졌다. 그의 강한 주먹 공격을 두 팔로 막은 크루거는 충격에 뒤로 몇 발자국 밀려났다. 믿기지 않는 힘이었다.

　'뭐지? 이 힘은…?'

　당황한 크루거는 첩자의 근접 공격에 얼굴을 볼 수 있었다. 수배 중인 카이로의 얼굴이었다.

　"카이로!?"

　첩자의 날렵함과 강한 힘이 크루거를 계속 제압하며 근

접전이 벌어지는 동안, 크루거는 첩자의 목에 장착된 얼굴 변환기를 발견했다. 크루거가 그것을 떼어내려 하자 빠르게 방어한 첩자는 그를 밀쳐내며 뒤로 물러섰다.

순간적으로 그의 얼굴이 일그러져 본 모습의 일부가 매우 짧게 노출되었다가 다시 카이로의 얼굴로 돌아왔다. 크루거는 첩자의 검은 눈과 이마에 박혀 있는 블루 다이아몬드를 보았다.

"넌 누구냐?"

크루거는 빠르게 다시 공격하는 첩자의 주먹과 발길질을 겨우 막아냈다. 장비 없이 맨손으로 상대하기엔 역부족이었다. 결국 제대로 한 방 맞고 서재를 부수며 바닥으로 나가떨어졌다.

운이 좋게도 아수라장이 된 바닥에서 넘어진 서재와 부딪쳐 내팽개친 나노아머를 손에 쥘 수 있었다. 크루거는 서둘러 장비를 손목에 채웠다. 나노슈트는 단단해졌고 크리스탈 에너지 방어 시스템이 작동됐다.

"레이저건!"

명령과 동시에 나노크리스탈과 메탈의 결합으로 그 자리에서 레이저건이 만들어졌다. 크루거는 첩자를 향해 크리스탈 에너지 레이저를 발포했다.

파지직! 대장실 문이 박살나면서, 그 소리를 듣고 제1팀 요원들이 모두 달려왔다. 크루거의 레이저를 피한 첩자는 연막탄을 던지며 요원들 사이를 가로질렀다.

"카이로!! 카이로다!"

요원들은 소리쳤다. 첩자의 날렵함과 신기 들린 무공에 5인의 요원들이 당황했다. 하지만 크루거를 비롯하여 장비를 제대로 장착한 요원들은 강했다. 오히려 혼자 맞서는 첩자의 힘이 버거워 보였다. 그는 벽에 폭탄을 던져 탈출을 시도했다.

"쉴드!"

크루거가 외치자 다들 크리스탈 방어벽을 작동했다. 펑! 폭발로 인해 연기가 자욱해졌다. 크루거와 요원들이 박살난 벽으로 다가왔다. 밖으로 나온 그들은 주위를 둘러보았다. 첩자의 모습은 보이지 않았다. 크루거가 하늘을 보자 첩자가 날아다니는 스카이모빌리티 사이를 점프하며 더 높은 곳으로 도주하고 있었다.

특수장비도 없이 그렇게 점프하는 것은 보통 인간의 능력으로 볼 수 없었다. 모두가 생전 처음 보는 첩자의 비상한 능력을 넋 나간 채 보고 있었다.

크루거는 근처에 세워져 있는 경찰 바이크에 올라탔다. 요원들도 그를 따라 하늘로 출동했다.

슈우우웅. 크루거와 요원들은 중앙본부에서 허가된 하늘

도로망인 스카이로드로 들어섰다. 스카이로드에는 다양한 계급의 스카이모빌리티가 크리스탈 에너지를 뿜으며 날아다니고 있었다. 첩자의 뒷모습이 점점 가까워지기 시작했다.

"플릭 제1팀이다. 레볼트 지도자 카이로로 추정되는 인물이 현재 스카이로드 72-75로 도주 중이다. 중앙경찰은 곧바로 지원 바란다."

마뉴가 지원을 요청한 사이, 불청객의 등장으로 순식간에 스카이로드는 아수라장으로 변했다. 쾅! 빠르게 날아오는 리무진을 미처 피하지 못한 요원이 충돌로 지상으로 추락해 버렸다.

크루거는 첩자와의 간격을 좁혔다. 버스 위에 서 있던 첩자는 한 요원의 바이크로 점프하더니, 그를 밟고는 그 탄력으로 반대 방향에서 날아오는 택시를 향해 점프했다.

그는 택시의 옆문을 잡고 요원들 반대 방향으로 날아갔다. 콰아앙! 첩자의 탄력에 추락한 요원의 바이크는 반대편 버스와 충돌하고 박살났다.

"히이익!"

창문을 통해 테러리스트 카이로의 얼굴을 본 승객이 잔뜩 겁먹은 표정을 지었다.

"빌어먹을!"

또다시 요원을 잃은 크루거는 화가 났다. 그는 첩자를 향해 전속력으로 돌진했다. 택시 위로 올라간 첩자는 그를 기다렸다는 듯 크루거의 공격에 대비했다.

전속력으로 돌진하던 크루거가 바이크에서 손을 놓았다. 바이크가 먼저 첩자를 향해 매섭게 돌진하자 예상치 못한 그의 공격에 첩자는 미지의 힘을 사용했다.

그의 두 손에서 푸른 기운이 활활 타오르더니 날아오는 바이크를 쳐냈다. 크루거의 바이크는 지나가는 스카이모빌리티들과 부딪쳐 폭발했다.

그때 몸을 던졌던 크루거가 첩자를 향해 돌진했다. 크루거는 그의 몸을 붙잡고 함께 지상으로 떨어졌다. 마침 지나가는 버스 위였다. 첩자는 특유의 낙법으로 큰 무리 없이 착지하여 일어났다. 하지만 크루거는 몸이 바닥에 크게 한 번 부딪치며 버스 아래로 떨어질 뻔하다가 겨우 균형을 잡고 일어섰다.

하늘을 나는 버스 위에 선 두 사람은 서로를 향해 다시 돌진했다. 크루거가 이번엔 그의 공격을 막으며 나름 막상막하의 대결을 펼쳤다.

공중전만 아니라면 크루거는 꽤 강했다. 멀리서 마뉴의 레이저가 첩자를 향해 날아왔고 그는 미지의 푸른 기운으로 다시 한번 막아냈다. 오히려 그의 힘에 튕겨 나간 레이저는 다른 승객들을 공격하면서 부상자가 속출했다.

"이런…!"

마뉴는 당황했다. 파괴력이 제법 큰 나노아머의 레이저는 중앙본부 씨티의 시민들을 위협하기에 충분했다.

크루거와 첩자의 1대 1 싸움은 계속되었다. 버스가 스카이터널을 지나가려 하자 두 사람은 몸을 숙였다. 그들은 어둡고 긴 터널을 지나는 동안 몸을 움츠려 한동안 서로를 견제했다. 빠르게 날아가는 버스 위에서 한치의 방심만으로도 그들이 무언가에 부딪쳐 죽을 수도 있었다.

익숙하지 않은 환경에서 힘겨운 싸움을 해야 하는 크루거는 스카이터널을 지나자마자 다시 일어섰다. 첩자는 다시 한번 미지의 힘을 사용해 크루거의 가슴에 주먹 한 방을 날렸다.

'큭 빌어먹을!'

버스 밖으로 나가떨어질 만큼 크루거의 몸이 충격에 날아갔다. 마침, 날아오는 리무진을 순간적으로 잡은 크루거는 그 속도를 이용해 첩자에게 온몸을 날렸다.

크루거의 강한 발차기를 두 팔로 막아낸 첩자는 균형을 잃고 크루거와 함께 아래로 다시 추락했다.

이번엔 버스 아래쪽에서 날아가던 스카이모빌리티 두 대 위에 각자 떨어졌다. 크루거는 이번에도 아슬아슬했다. 낙하의 충격에 튕겨 나간 몸을 겨우 한 손으로 기계의 끝을 잡고 버텼다. 아래를 보니 끝이 보이지 않았다.

첩자는 그 틈을 노렸다. 크루거가 매달려 있는 스카이모빌리티 위로 맹렬하게 점프했다.

쿵! 충격으로 흔들렸지만 크루거는 잡고 있는 손을 놓지 않았다. 위기의 상황이었다. 그의 시선이 근처로 날아오는 버스를 향했다. 조금만 빨랐다면 그쪽으로 점프할 수 있을 것 같았다. 하지만 첩자의 발걸음이 한 타이밍 빨랐다. 불리한 위치에 있던 크루거를 첩자가 공격하려던 그 찰나, 주위를 날던 스카이모빌리티들이 일제히 급정거했다.

"항복하라. 당장 항복하라!"

출동한 중앙경찰과 크루거의 요원들은 첩자를 포위했다.

"항복해라. 넌 포위됐어."

크루거가 말했다. 첩자는 중장비로 무장한 경찰들을 바라보았다. 그가 빠져나갈 곳은 없어 보였다. 첩자는 피식 웃었다. 그의 표정을 본 크루거는 의아해했다. 첩자가 크루거를 향해 몸을 던지더니 같이 죽을 각오라도 한 듯 그를 잡고는 더 아래로 떨어졌다.

"이런! 추격해!"

당황한 마누가 외쳤다. 크루거와 첩자는 한없이 깊은 아래로 추락하면서도 근접전을 벌였다. 크루거는 그의 얼굴변환기를 제거하려 시도했다.

첩자의 방어가 만만치 않았다. 그때 둘은 날아오는 택시와 부딪친 뒤 곧 다른 물체와 충돌하고는 어느 쇼핑몰 건물 창문을 박살내며 내부로 고꾸라졌다.

"크으윽…"

크루거의 옆구리 뼈가 부러진 듯했다. 첩자는 늦을세라 몸을 비틀거리며 일어나 군중들 사이로 도주했다. 크루거도 그를 놓치지 않고 뒤따라 나섰다. 쇼핑몰 사방에 퍼져 있는 홀로그램 광고창에는 위험 경고음과 함께 용의자의 최신 모습이 방송되고 있었다.

"알려드립니다. 레볼트 지도자 카이로로 추정되는 위험 인물이 쇼핑몰 내부에 잠입했으니 목격한 분들은 바로 신고를 해주시길 바랍니다. 알려드립니다…"

경고창에 시선을 뺏긴 군중들을 틈타, 첩자는 목 아래에 있는 얼굴변환기를 조작했다. 다른 얼굴로 바꾼 그는 크루거의 시선에서 멀어졌다.

"젠장…"

크루거는 더는 첩자의 얼굴을 찾을 수 없었다. 곧 뒤따라온 제1팀 요원들과 중앙경찰들이 건물 안으로 들어왔다.

마뉴가 비틀거리는 크루거를 목격하고는 그를 부축했다.

"대장. 괜찮습니까?"

"큭."

옆구리 쪽에서 피가 흘렀다.

"별거 아니야. 얼굴해독기는 가지고 있나?"

"해독기요? 중앙경찰이 가지고 있을 겁니다."

"놈은 지금 다른 얼굴을 하고 있을 거다."

피팅룸에 숨어들어온 첩자는 입고 있던 외투를 버리고 새로운 옷으로 갈아입었다. 그리고 얼굴을 한 번 더 바꾸었다. 감쪽같이 새로운 사람으로 변신한 그는 빠른 걸음으로 다시 군중 속으로 사라졌다.

요원들과 경찰들은 쇼핑몰에 있는 군중들에게 얼굴해독기를 비추며 용의자 체포에 전념했다. 쇼핑몰 중앙 감시탑에 들어온 크루거는 AI의 도움을 받아 몰에 설치된 모든 감시망을 체크했다. AI는 용의자의 생김새를 자동으로 추적하여 몰에 들어왔을 때부터 마지막 발자취까지 추적했고 피팅룸에서 그 발자취가 사라진 것을 보여줬다.

이미 다른 사람이 된 첩자는 피팅룸을 나오는 여러 사람과 섞여 더는 AI가 추적할 수 없었다. 크루거와 요원들은 그가 사용했을 것으로 추정되는 피팅룸을 샅샅이 뒤졌다. 그리고 입어본 옷들을 던져놓은 바구니 안에, 첩자가 입고 있었던 외투를 발견했다.

"감시팀에 넘겨."

크루거가 명령했다.

"네."

첩자의 정체를 알 수 있는 유일한 증거를 확보한 크루거는 씁쓸해하며 쇼핑몰을 빠져나갔다.

컴컴한 고층 아파트 안으로 첩자가 비틀거리며 들어왔다. 창밖에는 중앙경찰이 순찰을 돌고 있었다. 몸을 움츠린 그는 목에 차고 있던 얼굴변환기를 빼내었다. 그러자 짧은 머리칼, 검은 눈, 이마에는 블루 다이아몬드가 박힌 얼굴이 보였다.

첩자는 도도한 얼굴을 가진 여성이었다. 크루거와 마찬가지로 그녀의 부상도 제법 컸다. 욕실로 들어간 그녀는 따스한 물에 몸을 담갔다. 온몸이 욱신거리는 고통을 느낀 그녀는 주먹을 불끈 쥐며 견뎌냈다.

상처 부위에서 피가 흘러나왔다. 손에 쥐고 있던 물질을 물속에 넣으니 부글부글 끓어오르면서 그녀의 상처 부위들이 서서히 치료되었다.

욕실에서 나온 그녀는 크루거의 나노아머에서 해킹한 크래커코드를 작동시켰다. 홀로그램 화면에 비친 자료 안에는 12개 구역의 상세 정보가 들어있는 지도뿐 아니라, 각 구역의 통치자와 주요 사업가들의 정보도 들어있었다.

"빙고."

자료를 보던 그녀는 속삭였다. 여러 인물의 상세 정보를 훑어보던 그녀의 시선은 누군가의 얼굴에 멈춰있었다. 그는 부패한 사업가 베그너의 라이벌인 미스터 창이었다.

3. 일급기밀

"갈비뼈가 부러졌으니 당분간 무리하시면 안 됩니다."

"고맙네. 유진."

"별말씀을요. 제 일인걸요."

크루거는 플릭의 의무실에서 치료를 받고 있었다. 그의 시선이 근처 수납장에 적힌 제시라는 이름으로 갔다.

"아… 아직도 이름이 붙어 있네요. 떼어 드릴게요."

그의 시선을 의식한 간호병 유진이 씁쓸한 표정을 지었다.

"아니, 괜찮네…"

크루거는 뭔가 사연이 있어 보였다.

"제시를… 아직도 그리워하시나 봐요?"

"… 미안하네, 유진…"

"…괜찮아요. 대장님."

크루거와 유진 사이에 미묘한 감정이 흘렀다. 유진은 오래전부터 크루거를 짝사랑하고 있었다. 그녀의 마음을 크루거가 모르는 건 아니었다. 다만 과거의 아픔이 그를 괴롭히고 있었다.

"크루거!"

제2팀의 대장 타케시가 의무실 문을 박차며 들어왔다.

"카이로에게 제대로 당했다더니, 꼴이 엉망이군."

타케시의 언성에 크루거가 인상을 잔뜩 찌푸렸다.

"휴가 중 아니었나?"

"쳇. 너희가 그렇게 처신을 못 하니, 우리가 이렇게 소환되잖아."

"말이 좀 지나치군. 타케시."

"왜? 내가 못 할 말 했나 크루거? 반란군 하나 제대로 해결 못 하니 제시도!"

"이 자식이!"

크루거는 제시의 이름이 나오자 냉정을 잃고 타케시의 멱살을 잡았다.

"그만하세요. 두 분! 지겹지도 않으세요?"

유진이 소리치자 크루거는 애써 마음을 가라앉혔다.

"쳇!"

짜증이 난 타케시는 구겨진 제복을 다시 바로 잡았다. 이때 마뉴가 의무실로 들어오며 타케시와 시선을 마주쳤다. 순간 굳어버린 그의 모습이 꽤 우스꽝스러웠다.

"넌 대장한테 인사도 안 하냐?"

타케시가 짜증 내는 말투로 말했다.

"네? 아 죄송합니다."

크루거를 의식한 마뉴는 다른 팀 상사에게 어쩔 수 없이 경례를 했다.

"쳇. 영혼 빠진 인사 필요 없다."

기분이 상한 타케시가 인사도 받지 않고 의무실을 나갔다.

"휴우… 성질 고약한 건 예나 지금이나 안 변하네요."

마뉴는 안도의 한숨을 쉬었다.

크루거와 타케시는 입사 동기로 나이도 동갑이다. 한때 명콤비로 같은 팀에서 이름을 날렸지만 각각 대장을 맡으면서 이들의 관계는 금이 가기 시작했다.

크루거와 타케시의 친한 친구이자 둘 사이의 연인이었던 제시가 원인이었다. 유진과 같은 소속의 중앙본부 간호병이었던 그녀는 반란군의 무기고 습격 사건으로 목숨을 잃었다. 제1팀과 제2팀과의 소통의 문제가 주원인이었기 때문에 둘 사이는 이후 급격히 멀어졌다.

"오늘 확보한 외투 검사 결과가 나왔는데요."

마뉴가 말했다.

"말해봐."

크루거는 벗었던 윗옷을 마저 입었다.

"누군가의 DNA가 나왔는데, 일급기밀 사항이라 접근이 불가합니다."

"일급기밀?"

"네."

"흠… 알았네. 수고했어. 마뉴."

"네, 그럼 가보겠습니다."

마뉴가 의무실을 나간 뒤 바할의 호출 알림이 떴다.

"크루거, 내 방으로 오도록."

나노아머의 홀로그램 영상 메시지를 확인한 크루거는 나갈 준비를 했다.

"얼른 가보세요."

유진이 말했다.

"유진…"

크루거는 그녀와의 대화를 다음으로 미뤄야 했다. 의무실을 나가는 크루거의 뒷모습을 오랫동안 바라보는 유진의 얼굴이 슬퍼 보였다.

비밀경찰조직 플릭의 최고 책임자인 바할의 대장실로 들어온 크루거는 오늘 있었던 일을 상관에게 보고했다.

"요원 둘은 중태에 빠져있고… 용의자가 얼굴변환기를

쓰고 있었다고?"

"네. 그렇습니다."

크루거가 대답했다.

"그의 얼굴은 못 봤고?"

상관의 질문에 크루거는 첩자의 이마에 박힌 블루 다이아몬드를 떠올렸지만 언급하지 않았다.

"레볼트 일당들이 암시장에서 구했을 가능성이 큽니다."

"그럼 그곳 브로커들을 수사하게."

"1급 수사권한을 주셨으면 합니다."

크루거의 요청에 바할은 의아해했다.

1급 수사권한은 비밀경찰 플릭이 일급기밀 문서는 물론이고, 중앙본부의 귀족들뿐 아니라 정치인들까지 조사할 수 있는 권한이다.

바할은 망설였다. 수사가 너무 커지면 본인의 입장이 곤란해질 수도 있다는 것을 그는 잘 알고 있었다.

"내부자와 연관 있다고 보는가?"

바할이 물었다.

"권한을 주신다면…"

"허가할 수 없네."

바할은 단호하게 대답했다.

"…!"

"대신 2급 수사권한을 주겠네."

2급 수사권한은 귀족들과 정치인들을 제외한 모든 이들을 조사할 수 있는 권한을 말한다. 사업가, 일부 엘리트층, 구역 통치자들, 그 수하들까지가 바로 이 수사권한의 대상에 포함된다.

크루거는 상관의 시원찮은 대답에 불만이 있었지만 더는 요청을 하지 않았다.

"…알겠습니다."

"보충 지원 인력은 훈련생들로 우선 대체하고. 보고 끝났으면 나가봐."

"…네."

크루거는 바할 대장실을 나갔다. 문 앞에 서서 생각에 잠긴 그가 멀리서 다가오는 카림을 보았다. 카림은 바할의 대장실로 오고 있었다. 그와 마주치자 크루거는 상관에게 형식적 인사를 했다.

"아직도 제1팀 대장인가?"

카림은 차분한 말투로 물었다.

"…그렇습니다."

크루거의 대답은 건조했다.

"그럼 이만."

크루거가 냉랭하게 그를 지나쳐 갔다. 두 남자 사이에 끝

나지 않은 대화가 남은 듯 보였지만 침묵으로 다음을 기약
했다. 카림은 크루거의 뒷모습을 뒤로하고 바할 대장실로
들어갔다.

"크루거가 고생을 좀 했더군."
"무슨 일로 여기까지 오셨나 천하의 카림께서."
그의 방문에 바할은 심기가 불편했다.
"음. 일급기밀 파일이 있어서 말이야. 바할."
"내부적인 일이야. 신경 쓰지 마시게."
"그런가? 고스트팀은 우리 쪽 담당인 거 같은데?"
"흥! 우리 부서에 정보원을 두셨나?"
"그럴지도."
바할은 인상을 구겼다.

그는 카림에게 밀려 권력 3순위였다. 프랑수아 5세의 지
나친 총애를 받고 있던 카림을 무척이나 질투하는 바할은
카림이 비밀리에 군대를 만들고 있다는 것을 눈치채고 있
었다. 하지만 카림을 제거하기 위해선 통치자에게 보고할
확실한 증거가 필요했다.
"파일을 우리 쪽으로 넘겼으면 하는데."
카림이 요구했다.
"하하핫! 글쎄. 난 뭘 얻게 되지 카림?"

"…무슨 말이 하고 싶은 건가?"

"다이아몬드 파일과 교환하는 건 어떨까 싶은데?"

카림은 난감해했다.

"…각하께서 아시면 좋을 게 없을 텐데?"

"우리가 수사 중인 용의자가 연구실에서 사라진 실험체란 걸 각하께서 아시게 된다면?"

"…아직도 나를 의심하고 있나?"

카림이 반박했다.

"이상한 건 말이야. 용의자가 왜 일부러 자신의 DNA를 남겼을까?"

카림은 침묵했지만, 신중했다.

"하하하!"

바할의 통쾌한 웃음소리가 울려 퍼졌다.

보고를 마친 크루거는 제1팀 대장실로 돌아왔다. 그는 나노아머의 홀로그램을 통해 오늘 보고된 자료들을 살펴보았다. 몇몇 허가된 동영상에는 첩자와 크루거의 싸움 장면이 담겨 있었다. 그런데 미지의 힘을 사용했던 흔적들은 빼고 편집이 되어 있었다.

'중앙에서 숨기고 싶은 것이 대체 무엇이냐…?'

고민에 빠진 크루거는 서랍에서 오래된 펜을 꺼냈다. 펜에는 제시라고 적힌 때 묻은 스티커가 붙어 있었다. 그는 회상에 잠겼다.

주황빛의 노을이 지는 하늘이 무척이나 아름답게 비쳐졌
다. 훈련소 쉼터에 앉은 젊은 크루거는 불어오는 무더운 바
람을 맞으며 해질녘을 보고 있었다. 팔에 한 깁스가 불편한
지 어깨를 움직여 보았다. 다친 곳이 아직 아팠다.
　인상을 찡그리는 그에게 누군가 다가와 어깨를 툭 쳤다.
크루거가 고개를 돌리니 바람에 휘날리는 금발의 긴 머리
가 눈에 먼저 들어왔다. 부드럽고 하얀 손이 휘날리는 머리
카락을 정리하니 제시의 얼굴이 보였다. 두 사람은 미소를
지었다.

제시는 그에게 펜을 보여주었다.
"뭐야 이게?"
"이거 옛 지구인들이 쓰던 건데 펜이라고 불렀대."
제시는 미소를 지으며 대답했다.
"펜? 어디서 났어?"
"오늘 옛 지구인 착륙장에 갔거든."
"사막에 갔다고?"

옛 지구인 착륙장은 최후의 인류가 이 행성에 첫발을 디
딘 곳이다. 중앙본부에서는 이곳을 토대로 제3지구 건설

이념을 가르쳐오고 있다. 특히 프랑수아 가문의 업적은 현 최고통치자를 신격화하기에 너무도 알맞은 역사적 산물이었다.

이젠 고물이 되어 버린 옛 지구인의 우주선도 이곳에서 볼 수 있는데 종종 우주선에 남겨진 옛 지구인의 물건들이 발견된다고 한다.

"응, 오늘 실전 훈련 있는 날이었잖아."

"아… 간호병들도 사막으로 훈련 가는구나."

"너 아직 실전 훈련 못 해봤지?"

"내 팔을 봐라. 아 지겹다. 쉼터에서 지내는 것도."

"종이에 그려봐."

제시는 크루거에게 종이와 펜을 건넸다. 옛 지구인의 물건이 신기한 듯 크루거는 종이에 낙서했다. 이때 젊은 타케시가 다가왔다.

"뭐하냐 너희들?"

타케시가 크루거와 제시의 어깨에 팔을 걸치며 둘 사이에 앉았다.

"너희 연애하냐?"

크루거는 타케시의 말에 난감한 표정을 지었다. 얼굴이 붉어졌다. 그런 그의 모습이 좋은지 제시는 그를 향해 미소를 짓고 있었다.

"오! 이거 옛 지구인들이 쓰던 거 아니냐?"

타케시는 제시가 크루거에게 준 선물을 가로챘다.

"야! 타케시!"

펜 하나를 두고 두 남자가 서로 가지려고 난리 치는 모습에 제시가 환하게 웃었다. 도도한 그녀의 웃음은 너무도 매력적이었다. 젊은 훈련생들인 크루거와 타케시 그리고 제시의 우정은 특별해 보였다.

회상에서 돌아온 크루거는 펜으로 무언가를 그리기 시작했다. 그가 그린 건 첩자의 이마에 박혀 있던 다이아몬드였다. 크루거는 한참 동안 그림을 보더니 사무실 블라인드를 쳤다. 그 사이로 부하요원들을 힐끗 본 뒤 다시 자리에 앉았다.

그는 지문인식으로 잠긴 서랍을 열어 안에 들어있던 작은 통신기기를 꺼냈다. 옛 지구인이 사용했던 금지된 기기였다. 크루거는 정보원에게 약속 장소를 문자로 보내고는 대장실을 나갔다.

중앙본부는 모든 통신사용의 정보를 AI를 통해 감지한다. 하지만 음성이나 영상보다 파일 용량이 낮은 문자는 해킹 프로그램을 이용해 AI의 감지망을 벗어날 수 있었다. 임무 수행을 하던 중 레볼트 일당을 붙잡으며 얻게 된 기기였는데, 크루거는 정보원과 연락할 용도로 비밀리에 쓰고 있었다.

한편 중앙본부 제3지구 대장실에 앉아 있는 카림은 바할에게서 받은 일급기밀 파일을 열람 중이었다. 홀로그램 속에는 미지의 힘이 담긴 동영상과 그 옆으로 DNA 검출로 확인된 인물의 상세 정보가 나열되어 있었다. 고스트팀 프로젝트의 실험체 289번이었다.

카림의 표정은 무거웠다. 그가 비밀리에 빼돌린 실험체였기 때문이다. 즉 바할이 이번 사건을 빌미로 자신을 곤경에 처하게 할 수 있다는 것을 의미했다.
"부르셨습니까? 대장님."
직속부하가 들어오며 기합 든 목소리로 외쳤다.
"쌍둥이들은 지금 어디 있나?"
카림이 물었다.
"제타와 알렉스 말인가요? 현재 우림지대 서쪽에서 임무 중입니다. 무슨 일이신지요?"
"이곳으로 당장 소환하게."
"그렇게 되면 채굴장에는…"
"기동대를 보내도록 하지."
"중앙본부의 사용허가가 필요할 텐데요…"

"그럴 필요 없어. 아직 승인되지 않은 기동대가 몇 대 남아 있네."

우림지대 서쪽 개척지에서는 거대한 굴착기가 극심한 소음을 내며 땅을 파고 있었다. 굴착기 근처에는 거의 벌거벗은 노동자들이 관리자들의 채찍질을 맞으며 힘겹게 일을 하고 있었다. 습한 기후 아래 땀을 뻘뻘 흘리는 노동자들의 이마에는 다양한 구역에서 온 고유번호가 새겨져 있었다. 그들은 남녀 할 것 없이 굶주린 노예였다.

"너무 힘들어…"

"이 개새끼들아!! 우리들은 노예가 아니야!!"

노동자들은 다들 지쳐있었다. 그들 중 분노가 폭발한 소수의 노동자가 관리자들의 채찍을 빼앗아 반란을 시도했다. 쏴아아악! 그 순간 크리스탈 레이저 채찍이 한 노동자의 몸을 두 동강 냈다. 다른 노동자들은 하늘로 공중 부양되더니 그들의 머리가 염력의 압박을 견디지 못하고 터졌다.

하늘에서 피와 살갗들이 비처럼 쏟아졌다. 위를 보니 쌍둥이 남매 제타와 알렉스가 블랙의 기운에 둘러싸인 채 공중에 떠 있었다. 그들의 이마에 박혀 있는 블랙 다이아몬드가 반짝였다.

"다들 무슨 불만이 그렇게 많지?"

제타가 노동자들을 위협했다.

"죽고 싶은 놈들은 지금 말해. 기꺼이 죽여줄 테니까. 하하!"

알렉스는 소름 돋게 웃었다. 호수에 있는 물처럼 고요한 분위기가 물씬 풍기는 제타와는 정반대로, 알렉스는 활활 타오르는 용광로 같았다. 겁에 질린 노동자들은 다시 제자리로 돌아가 노예처럼 일을 계속했다.

이들 주위로 레이저포가 장착된 탱크들이 외부의 공격으로부터 채굴장을 보호하고 있었다. 다이아몬드의 원석들을 채운 메탈박스들은 운반 드론이 사막을 지나 중앙본부까지 운송했다.

제타가 나노아머로부터 온 홀로그램 영상 메시지를 확인했다.

"카림이다. 오늘부터 채굴장은 기동대에게 맡기고 중앙으로 들어오라."

카림의 소환 명령이었다.

"대장님께서 갑자기 무슨 일이지?"

제타는 의아해했다.

"우리의 힘이 필요로 하신 것 같군. 잘 됐어. 여기가 지겨워지고 있었는데. 하하!"

소환 소식에 알렉스는 기뻐했다. 그는 멀리서 다가오는

삼각형 형태의 중앙본부 수송기 그랜더알파로 시선을 돌렸다. 나노메탈의 검은 재질을 가진 그랜더알파는 그 중앙에 자리한 푸른색의 나노크리스탈 에너지의 동력을 받아 날아오고 있었다.

수송기는 채굴장 위로 날아와 지상으로 착륙했다. 기계가 내뿜는 크리스탈 에너지 엔진과 내부 프로펠러의 소음이 꽤 컸다. 아래쪽 기체에서 문이 열리더니 카림의 직속부하가 기동대들과 함께 내려왔다.
"소환하라는 명령이요! 확인하셨습니까?"
쌍둥이 남매는 고개를 끄덕이며 그랜더알파에 올라탔다. 기동대를 모두 하차시킨 수송기는 바로 이륙했다.

우림지대를 떠나 사막 위를 나는 동안 제타가 아래를 바라보았다. 레볼트로 보이는 일원들이 사막을 건너고 있었다.
"쥐새끼들…"
제타는 속삭였다.
"잠이나 자. 제타."
오랜만에 찾아온 여유를 즐기는 알렉스가 말했다.
"벌써 2년 만인가, 알렉스? … 많이 변해 있겠지?"
제타에게 극도의 우울감이 찾아왔다.

"왜 그래 갑자기?"

알렉스가 물었다.

"어? 그냥… 갑자기 그곳 생각이 나서…"

"쳇! 또 그곳 얘기야?"

알렉스는 짜증이 났다. 제타의 갑작스러운 나약함이 불만스러웠다. 그녀의 감정이 들쑥날쑥 한 날이 이번만은 아니었다. 알렉스는 가지고 있던 붉은소금을 제타에게 건넸다.

"싫어. 오늘은 안 할래."

제타는 거부했다.

"나도 모르겠다. 너 알아서 해."

알렉스는 붉은소금을 코에 흡입했다. 시트를 뒤로 젖히며 완전히 누운 자세를 만든 그는 마약이 주는 쾌감을 즐겼다. 알렉스가 현실을 벗어나 황홀경에 빠진 사이, 제타는 가슴 깊은 곳에서 알 수 없는 아픔을 느꼈다.

쌍둥이 남매가 책임지고 있는 채굴장에는 다이아몬드 외에도 붉은소금으로 불리는 물질도 포함되어 있었다. 붉은소금은 주로 중앙본부 씨티에 사는 엘리트층이 즐기는 마약이다. 중앙본부는 그것의 소비를 합법화하여 직접 채굴까지 맡아 유통업자에 넘기는 일을 서슴지 않았다.

그들의 정권 유지를 목적으로 매년 열리는 격투기대회처

럼 중앙본부는 붉은소금을 적극적으로 활용했다.

결국 붉은소금이 주는 쾌락에 빠져든 이들은 현실에서 벗어나 정치와 점점 더 멀어져 갔다.

4. 다이아몬드

인질극이 벌어진 현장에는 반란군이 무기고를 점령하고 있었다. 레이저건을 쏴대는 제2팀 요원들이 고군분투하는 사이, 근처엔 타케시팀의 나노메탈 장갑차가 불타고 있었다. 레볼트의 거센 저항으로 제2팀과 제3팀의 진격이 느려지고 있었던 것이다.

"빌어먹을 바주카. 크루거는 대체 어디 있는 거야!"
장갑차를 잃은 타케시는 화가 단단히 나 있었다.
"들리나 1팀? 어디까지 진입했나? 1팀?"
타케시의 부하요원이 크루거의 제1팀과 교신을 시도했지만 대답이 없었다.
푸슈우웅! 반란군이 점령한 건물 옥상에서 옛 지구인들이 사용했던 2인치 소형 박격포탄이 날아왔다.
"포탄이다! 모두 엎드려!"

쾅, 콰과광! 폭발과 함께 진격 중인 제3팀에서 부상자가 속출했다.

"대장! 지구를 떠난 지가 언젠데, 저희가 저런 구형 무기에 아직도 당하고 있어야 합니까?"

제3팀 요원이 대장을 향해 소리쳤다. 그때, 반란군 저격수의 총알이 대장의 머리를 관통했다.

"스나이퍼! 대장이 당했다!"

대장을 잃은 제3팀 요원들은 우왕좌왕했다.

"기동대 지원은 아직도 무소식인가!?"

제3팀을 멀리서 보던 타케시가 부하요원에게 물었다.

"여기는 2팀. 요청한 기동대 지원은 어떻게 됐는가?"

타케시의 부하요원은 중앙본부와 무전 중이었다. 콰아앙! 콰아앙! 포탄은 계속 떨어졌다.

"뭐? … 대장님, 기동대 지원은 없답니다!"

부하요원이 크게 외쳤다.

"뭣이야?? 빌어먹을 중앙 놈들. 우릴 다 죽여야 속이 시원한가!!"

타케시는 소리쳤다. 반란군들의 무기는 지구를 탈출할 때 가져왔던 옛날 무기들이지만 아직도 상당히 쓸만했다. 나노슈트는 칼이나 소형 총알 정도는 감당할 수 있으나, 50-칼리버 라이플(caliber Rifle) 같은 큰 총알이 들어간 스나이퍼건이나 바주카포, 수류탄, 박격포까지 막아내지는 못했다. 중앙본부 연구실에서는 더 업그레이드된 뉴나노슈트 프로젝트를 현재까지도 개발 중이라고 한다.

펑! 제3팀의 장갑차가 레볼트가 설치해 놓은 다이너마이트를 건드리며 폭발했다. 불길에 휩싸인 요원들의 비명이 사방에 울려 퍼졌다. 제3팀이 전멸하자 그들의 진영을 보던 타케시가 분노했다. 최악의 상황이었다.

"스나이퍼라니 빌어먹을. 없던 정보잖아! 스나이퍼 위치 파악해!"

타케시가 외쳤다.

"B지점 스나이퍼 포착."

저격수의 위치를 확인한 요원이 드론을 띄웠다. 드론은 B지점으로 날아가 건물을 스캔한 뒤 나노아머로 데이터를 전송했다. 반란군 저격수가 드론을 놓치지 않고 명중시키자 두 번째 드론이 그의 움직임을 놓치지 않았다.

위치가 탄로 난 반란군의 저격수는 급히 자리에서 일어났다. 그때 타케시의 제2팀 저격수가 레이저를 날렸다. 펑! 퍼펑!! 폭발과 함께 먼지가 된 적군을 본 타케시가 외쳤다.

"돌격!"

제2팀은 일제히 건물로 질주했다.

같은 시각. 크루거의 제1팀은 인질이 잡혀 있는 건물 안으로 이미 진입한 상황이었다. 이들은 2층으로 올라갔다. 부서진 창문에서 기관총을 쏘아대는 반란군을 빠르게 처치한 요원들은 위층으로 계속 올라갔다.

권총과 소총으로 무장한 이들이 저항했지만, 총알이 크지 않은 무기들은 나노슈트를 뚫지 못했다. 쏟아져 나오는 적들을 제거하며 목표물과 가까워진 크루거와 요원들이 마지막 층에 도착했다.

"스캔해."

크루거가 낮은 목소리로 명령했다. 마뉴가 인질이 잡혀 있는 곳으로 추정되는 곳을 스캔하니 벽 뒤로 5명의 무장한 레볼트 군인들의 움직임이 드러났다. 인질들은 두 손을 머리 위에 올린 채 엎드려 있었다.

크루거가 부서진 창을 통해 건너편 건물을 보았다. 제2팀이 진압하고 있는 것이 보였다. 폭발음이 몇 번 들리더니 자욱한 먼지 속에 타케시가 등장했다.

"왜 이렇게 늦었나. 타케시…"

크루거는 속삭였다.

"대장님, 2팀에 연락이 안 됩니다."

"뭐?"

크루거가 건너편 건물을 향해 손으로 신호를 보냈지만

타케시는 보지 못하고 있는 듯 했다. 창가에 저격수를 배치하더니, 발포 명령이 떨어졌다. 피슈우웅!

"이런! 진입하자!"

크루거가 급히 명령하자 제1팀이 문을 박살내고 내부로 침투했다. 연막탄을 던지고는 무장한 레볼트들을 하나씩 제거해 나갔다. 크루거는 바닥에 엎드려 있는 인질 중에 제시를 발견했다. 두 사람의 시선이 교차하는 동안 바닥에 쓰러진 반란군이 꿈틀거렸다. 그는 죽기 직전 몸에 차고 있던 폭탄을 작동했다.

퍼어엉!! 폭발음과 함께 요원들이 몇 미터 뒤로 날아갔다. 크루거도 예외는 아니었다. 자욱한 연기가 무기고를 가득 채웠다. 폭발로 무너진 건물 잔해들 속에 크루거가 비틀거리며 일어났다.

"제시!!"

그는 제시를 찾았다. 귀가 멍했고 시야가 가려져 잘 보이지 않았다. 머리에서는 피가 줄줄 흐르고 있었지만 그는 제시만 불렀다.

"제시!"

몸을 비틀거리며 두리번거리던 크루거는 요원들을 보았다. 자폭한 반란군과 가까이 있었던 요원 둘은 즉사했고, 한 명은 팔과 다리가 절단되어 비명을 지르고 있었다.

연기가 조금씩 사라지자 크루거의 시선에 산산조각이 난

인질들의 몸뚱어리가 들어왔다.

피로 가득한 신체들 사이, 형체를 겨우 알아볼 수 있는 제시의 남은 머리를 발견했다. 충격이 너무 컸다. 크루거는 그녀의 남은 머리를 잡은 채 흐느끼며 절망했다. 기적적으로 살아남은 마뉴가 시체들 사이에서 눈을 떴다. 그야말로 핏물로 가득한 전쟁터였다.

현장 수습팀이 뒤늦게 폭발 현장으로 들어왔다. 절망에 빠진 크루거는 죽은 인질들의 파편들 사이에서 반짝거리는 푸른색 돌을 보았다. 수습팀이 시체들을 치우는 사이, 그들 중 누군가가 푸른색 돌을 메탈박스에 넣고는 빠르게 현장을 빠져나갔다.

장대비가 내리는 늦은 밤, 슬픈 회상에 잠긴 크루거는 술잔만 멍하니 쳐다보고 있었다.

"안주 더 드릴까요?"

포장마차 주인이 그를 의식하며 다가왔다.

"…괜찮네."

"네, 네. 필요하신 거 있으시면 얘기 주세요."

친절한 포장마차 주인에게 가벼운 미소를 보낸 크루거는 앞에 놓인 술잔을 비웠다. 최하층에 자리 잡은 야식 포장마차는 신분이 낮은 이들이 주로 이용하는 술집이었다.

홀로 앉아 술을 마시는 크루거 옆으로 검은 비옷을 입은 남자가 다가왔다.

"날 부른 이유는?"

정보원이 물었다.

"이런 거 본 적 있나?"

크루거는 구겨진 종이를 건넸다. 정보원이 그것을 펼치자 그 안에는 다이아몬드가 그려져 있었다.

"푸른색을 띠고 있는…"

"다이아몬드로 보이는군."

"다이아몬드?"

"나도 말로만 들었네. 우림지대에서만 난다는 희귀자원인데, 색깔도 다양하다더군."

"어떤 용도로 사용되지?"

"…어떤 이는 무한대의 에너지를 만들어낸다고도 하고, 또 어떤 이는 영생을 얻을 수 있는 물질이라고도 하는데. 실제로 봤나?"

"…"

크루거는 대답하지 않았다. 채워진 술잔을 비우고는 담배 한 개비를 꺼냈다. 원하는 대답을 들은 크루거는 더는 다이아몬드에 관해 묻지 않았다. 그는 구겨진 종이를 라이터로 태워 담배에 가져갔다. 종이는 먼지가 되어 증발했다.

"반란군의 최근 소식은?"

담배를 피우는 크루거가 다시 물었다.

"…들리는 바로는 해커들을 모집한다더군."

"해커? …또 다시 중앙으로 잠입하겠다는 건가?"

"지하터널, 들어봤나? 최근 7구역에서 발견되었다는데?"

"뭣? 7구역은 지금 2팀 담당인데, 빌어먹을 타케시 녀석…"

"흥! 플릭들은 모두 그런가? 서로 못 잡아먹어 안달이군."

"지하터널이 여기와 연결되어 있는가?"

"아니 그 반대야. 구역 밖으로 통한다고 하더군."

"사막이라… 그들의 이동 수단인가?"

"그런데 말이야. 좀 이상한 소문이 들려."

"무슨?"

"…입금은?"

정보원은 대가를 원했다.

"쳇… 여전하군."

크루거는 작은 디지털 칩을 그에게 건넸다. 정보원은 손목에 찬 시계 위로 칩을 올렸다. 작은 홀로그램창에서 코인 전송이 되는 걸 확인한 정보원은 말을 이어갔다.

"카이로와 그 측근들이 우림지대로 간다더군."

"우림지대? 반란군이 왜 그 위험한 곳으로 가려는 거지?"

"글쎄. 희귀자원을 손에 넣으려는 걸지도."

쏴아아아…. 빗소리가 더 커지고 있었다. 크루거의 나노 아머에서 통신 알림이 깜박거렸다. 정보원은 자리에서 일어나 아무 말 없이 빗속으로 사라졌다. 그의 뒷모습을 묵묵히 바라보던 크루거는 통신 수신을 켰다. 홀로그램 영상 속에 마뉴가 등장했다.

"대장, 미스터 창의 위치 방금 전송했습니다."

"여기서 보도록 하지."

위치를 확인한 크루거는 말했다.

"요원들 소환할까요?"

"그럴 필요까지 없어."

"네. 알겠습니다."

통신을 끊은 크루거는 나이가 지긋이 들은 포장마차 주인을 힐끗 쳐다보았다. 포장마차를 찾은 손님들에게 최선을 다하고 있는 그의 모습이 따뜻해 보였다. 하루의 피곤함을 달래로 온 하류층의 고된 삶을 녹여주는 듯했다.

"…계산하지."

크루거가 일어나자 포장마차 주인이 결제기기를 가져왔다. 크루거는 기기에 손바닥을 올렸다.

"2천 코인 결제 완료하였습니다."

기계에서 승인 완료 음성이 들려왔다.

"또 오세요!"

친절한 포장마차 주인은 미소를 지었다.

크루거는 근처에 세워둔 바이크에 올라탔다. 시동을 켜자 뒤쪽에 있는 엔진에서 크리스탈 에너지가 뿜어져 나왔다. 그는 빗속을 가로지르며 스카이로드로 향했다.

미스터 창이 운영하는 나이트클럽 안으로 크루거와 마뉴가 들어왔다. 현란한 색상의 조명이 그들의 눈살을 찌푸리게 했다. 마뉴는 얼굴변환기를 쓴 반나체의 상류층 사람들을 보았다. 모두가 붉은소금에 빠진 채 고급술을 마시며 광란의 밤을 보내고 있었다.

어벙벙한 표정의 마뉴가 그들 사이를 뚫고 지나는 동안, 크루거는 오로지 목표로만 전진했다. VIP룸으로 다가오는 크루거와 마뉴를 경호원들이 막아섰다. 덩치가 크고 우락부락한 이들은 모두 파이터 출신들이었다. 크루거는 플릭 배지를 꺼내 들었다.

"들어갈 권한이 없을 텐데?"

"확인해 보시지."

크루거의 배지를 스캔한 경호원은 플릭의 2급 수사권한을 확인했다. 못마땅한 얼굴로 VIP룸을 열어주니, 그 안에서는 옷을 거의 걸치지 않은 남녀의 도우미들이 미스터 창과 몇몇 사업가들과 향락을 즐기고 있었다. 낯 뜨거운 장면에 마뉴가 정신을 못 차릴 때 크루거가 물었다.

"미스터 창 되시죠?"

미스터 창은 침묵했다.

"…"

"하시는 사업이 참 많으신가 보군요? 나이트클럽, 식당, 격투기 사업에…"

"문제 되는 건 없는 거 같은데?"

미스터 창은 지극히 차분한 말투로 대답했다.

"본인의 사업장 중에서 얼굴변환기 제조도 하시죠?"

"중앙에서 허가받은 일이야."

"그래서 그러는데, 제조된 얼굴변환기의 트래킹 넘버들을 열람했으면 합니다."

크루거가 이어서 물었다.

제3지구에서 사용되는 허가된 기기들은 모두 고유의 트래킹 넘버가 있으며 중앙본부의 허가를 받으면 추적이 가능하다. 특히 얼굴변환기는 귀족의 특수가면과는 다르게 재력만 있으면 누구나 구매할 수 있다.

그렇기 때문에 많은 이들이 사용하는 꽤 인기 있는 상품이 되었다. 사업이나 향락 외에도 불법적인 일에 얼굴변환기가 활용되자 최근 들어서는 구매자의 신분을 철저히 확인한 후에 판매된다고 한다.

　"중앙에서는 확인 안 되나 보지?"

　"음, 그게 말이죠. 저희도 처음 알았는데, 제조사 승인이 필요하더군요."

　마뉴가 정신을 차리고 대화에 끼어들었다.

　"그렇지. 잊고 있었군. 당신들의 권력 남용을 방지하려고 내가 제안한 조항이네. 사용자들의 프라이버시를 존중하자는 말이지."

　"…그렇군요."

　크루거는 그의 차분한 말투가 수상쩍었다.

　"2급 수사권한까지 가진 플릭이 찾고 있는 사람이 누군가? 갑자기 궁금해지는군."

　"수사 중인 관계로 말씀드릴 수 없습니다."

　마뉴가 답했다.

　"카이로가 씨티 한복판에서 난리를 쳤다더니 레볼트를 쫓고 있나 보군."

　이미 많은 것을 알고 있는 듯한 미스터 창은 미스터리한 인물이었다.

　"협조해 주시죠?"

　마뉴가 되물었다.

미스터 창은 함께 있는 사업가들에게 나가 달라는 식의 제스처를 보냈다.

"플릭이 여긴 왜 온 거야…"

"별꼴이야 정말…"

도우미들은 투덜거렸다. 하룻밤에 많은 수익을 올릴 기회를 마치 크루거와 마뉴가 망치는 것처럼 비쳤다. 모두가 일어나 룸을 나가자 경호원들은 플릭을 둘러쌌다. 잠시 긴장이 흐르는 듯했다.

미스터 창의 손이 앞에 놓인 테이블 위를 가볍게 지나갔다. 홀로그램 화면이 떠오르자 그는 암호화된 프로그램을 조작했다. 수많은 코드들이 나열된 창에서 크루거는 트래킹 넘버 열람승인 메시지를 보았다.

그와 시선을 마주친 미스터 창은 묘한 미소를 지으며 승인버튼을 눌렀다.

"자 그럼. 일하러 가셔야죠?"

매우 태연하게 얘기하는 미스터 창의 말투가 석연치 않았다. 하지만 목적을 달성한 크루거는 마뉴와 함께 룸을 나갔다.

장대비가 그친 클럽 앞에서 크루거는 담배 한 개비를 피웠다.

"생각보다 어렵진 않았네요."

마뉴가 말했다.

"너무 쉽게 넘겨주는군."

크루거는 미스터 창을 믿지 못했다.

"본부로 들어가서 확인할까요?"

"수사국으로 들어온 변환기는 하나밖에 없을 거야. 첩자가 들어온 시각부터 그전과 그후의 동선들 보고하도록."

"알겠습니다. 대장은 어디로 가시려고요?"

"난 놈의 뒤를 붙을 테니 연락하지."

"놈이면 누구를…?"

마뉴가 클럽 쪽으로 고개를 돌렸다. 미스터 창을 암시했다. 대장의 의도를 인지한 마뉴는 근처에 정차된 바이크를 타고 본부로 돌아갔다. 크루거는 외진 곳에 숨어 미스터 창이 나올 때까지 잠복했다.

시간이 얼마나 흘렀을까. 그쳤던 비가 다시 쏟아졌다. 크루거의 발 아래에 꽁초들이 가득했다.

'빌어먹을…'

두통이 또다시 시작되었는지 머리가 지끈거렸다. 크루거는 주머니 속에서 약통을 꺼냈다. 마지막 남은 한 알이 그의 두툼한 손가락에 잡혔다. 그것을 입에 넣어 오도독 씹어 먹는 그의 시선에 미스터 창이 보였다. 경호원의 보호를 받으며 클럽을 나오고 있었다.

미스터 창은 고급스러운 리무진을 타고 어딘가로 향했다. 크루거가 늦을세라 숨겨놓았던 바이크에 올라타 그를 추격했다. 비 내리는 스카이로드의 질주가 시작되고, 미스터 창의 운전사가 뒤따라오는 크루거를 의식했다.

"플릭이 붙었습니다. 사장님."

"이럴 땐 넌 뭘 해야 하지?"

미스터 창은 앞에 앉아 있는 경호원에게 물었다. 그는 창문을 열고 리무진 위로 올라갔다. 큰 덩치의 경호원은 크루거가 가까이 오자 그의 바이크를 향해 점프했다.

"크윽!"

크루거의 목을 잡은 경호원 때문에 바이크가 휘청거렸다. 빠아앙! 지나던 스카이모빌리티들의 경적이 울려오고 크루거는 적의 옆구리를 팔꿈치로 쳐보았다. 뒤에서 목을 조르는 격투기 시합 전사는 꿈쩍도 하지 않았다.

의식을 잃을 위기에 처하자 그는 핸들을 꺾어 최대 속도로 낙하했다. 몸이 수직으로 떠오른 경호원은 안간힘을 쓰며 크루거의 목을 놓아주지 않았다.

그때 버스가 낙하하는 바이크를 향해 날아왔다. 빠아앙! 충돌과 함께 경호원의 몸 반쪽이 잘려 나갔다. 위기를 모면한 크루거는 빠른 속도로 낙하하는 바이크를 급정거했다.

가까스로 지상으로 착륙한 그는 목을 조르고 있던 적의

남은 반쪽을 떼어내 바닥으로 던졌다. 시체의 몸뚱어리는 쏟아지는 비에 휩쓸려 하수구로 떨어졌다. 크루거는 아무렇지 않은 표정으로 다시 스카이로드를 향해 질주했다.

내리던 비가 서서히 그치고 있었다. 크루거는 나노아머에서 통신 알람이 깜박거리는 것을 보았다.

"대장. 방금 위치 정보 보냈습니다."

통신을 켜자 마뉴의 음성이 들려왔다. 크루거는 홀로그램 속에 첩자의 동선을 확인했다.

"보시는 것처럼 여러 차례 우리와 동선이 겹치는 거로 봐서…"

"같은 시간대에 미스터 창 클럽에 있었군. 마지막 위치가 여기로 잡힌 건가?"

"네. 맞습니다. 아무래도 대장과 같은 사람을 쫓고 있나 본데요."

"1팀 요원들 모두 소환하게."

"다른 팀들은요? 지원요청 안 해도 괜찮을까요?"

"…이건 우리끼리 해결하지."

"네! 출동하겠습니다. 대장!"

크루거의 미행을 따돌린 미스터 창이 사무실로 들어왔다. 조명등 하나를 켜자 크루거를 상대했던 첩자의 모습이 나타났다.

"…나를 찾아온 용건은?"

불청객의 방문에도 미스터 창은 매우 침착하게 물었다. 첩자의 목 밑에 있는 얼굴변환기가 그의 시야에 들어왔다. 그는 주머니에서 해독기를 꺼내어 첩자의 얼굴에 투시했다. 변환기 기능이 무마되면서 블루 다이아몬드가 이마에 박힌 그녀의 본 모습이 드러났다.

"고스트팀인가?"

미스터 창은 여전히 침착했다. 그는 커튼을 살짝 열어 창 밖을 쳐다보았다. 고요했다.

"혼자인 거 보니, 탈영병이군. 고스트팀은 독단적 행동을 하지 않아."

"소문대로 아는 게 많군. 내 이름은 키아라."

그녀는 변환기 작동을 멈췄다.

"나를 찾아온 이유는?"

"저장소."

"…"

미스터 창은 잠시 침묵했다.

"위치가 어딘가?"

"…알아서 좋을 게 없을 텐데? 왜 찾으려 하지?"

"꼭… 내 눈으로 봐야겠어."

"음… 거절한다면?"

키아라는 옆에 놓아두었던 메탈박스를 열어 헬멧을 꺼냈다. 제8구역에서 크루거팀이 반란군에게 사용했었던 똑같은 프로토타입이었다.

"그런 거로 날 협박할 수 있을 것 같나?"

미스터 창은 헬멧의 용도가 어떤 건지 잘 알고 있었다.

"내가 가진 능력을 분명 알고 있을 텐데?"

그녀의 대답에 미스터 창은 피식 웃었다.

"그깟 블루의 힘으로 나를 상대하겠다고?"

크으으윽! 미스터 창이 소름 돋는 표정을 짓더니 근육이 부풀어 오르고 몸이 두 배나 커진 끔찍한 괴물로 변했다. 펑! 그의 무시무시한 주먹이 그녀를 강타하자 키아라가 사무실 벽을 박살내며 공중으로 날아갔다. 그녀의 몸은 근처를 지나던 버스 창을 뚫고 바닥으로 내동댕이쳐졌다.

"크윽…"

생각지도 못한 미스터 창의 괴력을 맞은 그녀는 비틀거리며 일어섰다. 그녀를 바라보던 하류층들이 어리둥절한 표정을 지었다. 좀 전의 타격으로 그녀의 얼굴변환기는 박살이 나 있었다. 키아라는 부랴부랴 깨진 창문을 통해 버스 위로 올라갔다.

그녀는 스카이모빌리티들 사이를 점프하며 다시 미스터

창의 사무실을 향했다. 괴물로 변신한 미스터 창이 건물 더 높은 곳으로 점프하며 도주하고 있었다. 놓칠세라 괴물의 방향으로 빠르게 점프하며 그를 쫓던 키아라는 멀리서 뒤따라오던 크루거와 시선을 마주쳤다. 크루거는 블루 다이아몬드가 이마에 박힌 키아라의 얼굴을 한눈에 알아보았다.

난처한 키아라는 속도를 올렸다. 크루거도 그녀를 뒤따라갔다.

그녀가 꼭대기에 도달하자 벽 뒤에 숨어 있던 괴물이 그녀를 두 손으로 붙잡았다.

"죽어라!"

"으아악!"

키아라는 온몸의 뼈가 으스러질 것 같은 고통을 느꼈다. 사정없이 짓누르는 압력이었다. 그녀의 비명 쪽으로 크루거의 바이크가 하늘을 향해 날아왔다.

크루거는 괴물을 향해 레이저를 발사했다. 피슈우웅! 펑!! 괴물은 레이저의 충격으로 몇 미터 날아가 쓰러졌다.

"크크… 귀찮게 됐군. 둘 다 죽여주마."

괴물은 아무렇지 않은 듯 일어섰다. 크루거는 비틀거리며 힘겹게 일어서는 키아라를 보았다.

"…지금은 저 괴물이 우선이다."

크루거가 그녀에게 말했다. 어쩌다 보니 키아라와 크루거가 한 팀이 되어 괴물과 맞섰다. 키아라는 블루의 힘을 양손에 모았다. 그리고 선공격을 날렸다.

결과적으로 괴물의 주먹이 더 강렬했다. 파괴력에 밀린 그녀가 벽을 맞고 바닥으로 다시 쓰러졌다. 괴물은 크루거의 레이저 공격을 피한 뒤 그에게 일격을 가했다.

콰아앙! 가까스로 괴물의 공격을 피한 크루거는 벽을 완전히 박살내 버린 적의 괴력에 당혹해했다. 생전 처음 싸워 보는 곤욕스러운 상대 앞에 진땀을 흘렸다.

다시 일어선 키아라가 괴물에게 발차기를 날렸다. 날아온 그녀의 발을 괴물이 잡더니, 놓아주지 않고 그 자리에서 여러 차례 바닥에 처발랐다. 퍽! 퍽!

"크크크크크!"

괴물은 싸움을 즐겼다. 키아라는 끔찍한 고통에 비명을 질렀다. 괴물은 그녀가 죽을 때까지 계속할 작정이었다. 퍽! 퍽!

"으아아악!!!"

"그만해! 이 괴물 자식!"

크루거는 레이저건의 에너지를 모았다. 그때, 자신을 향해 키아라가 날아와 부딪쳐 함께 바닥으로 쓰러졌다. 괴물은 웃음을 지었다. 크루거와 키아라가 상대하기에 괴물은 너무

강했다. 무서운 괴력을 가진 괴물이 성큼성큼 다가왔다.

그때 어디선가 레이저가 날아왔다. 피슈웅! 피슈우웅! 펑! 펑! 펑!! 레이저를 몇 방 맞고 나가떨어진 괴물은 씩씩거리며 다시 일어섰다. 크루거가 레이저의 방향으로 시선을 돌리니 무장한 마뉴와 요원들이 도착해 있었다.

신고를 받은 중앙경찰의 사이렌 소리도 멀리서 들려왔다. 삐뽀삐뽀!

"짜증 나는 놈들이군."

수적으로 많은 상대가 벅찼는지, 도주를 선택한 괴물은 건물 사이를 낙하하며 도망갔다.

"쫓아가! 난 여기를 맡겠다."

크루거가 마뉴에게 명령했다.

"네!"

마뉴와 요원들이 괴물을 추격하러 떠난 사이, 크루거는 키아라에게 다가갔다. 상처가 깊은 그녀는 몸을 기대어 앉아 숨을 돌리고 있었다. 크루거는 그녀의 이마에 박혀 있는 블루 다이아몬드를 주시했다.

"너는 누구냐?"

크루거는 물었다.

"내 흔적을 남겼을 텐데? 계급이 높은 놈이 아니었군."

"다시 묻겠다. 너는 누구냐?"

"…난 진실을 찾고 있다."

"진실?"

"이 행성에… 숨겨진 진실…"

"그것이 무엇이냐?"

"저장소를 찾으면 … 진실을 볼 수 있을지도."

"저장소?"

크루거는 그녀의 상태를 보았다. 키아라의 가슴 아래쪽에서 피가 흐르고 있었다.

"…출혈이 멈추지 않는가 보군."

크루거는 키아라를 부축했다.

"…뭐 하는 거냐?"

"지금 상태로는 어디에도 갈 수 없다. 치료부터 해야지."

"어리석군. 나를 믿는다는 건가?"

"너를 본부에 데려간다 해도 내가 얻을 수 있는 정보는 없다. 나도 궁금하군. 이 행성의 진실이."

"뭐?"

"꽉 잡아라."

키아라를 바이크에 태운 크루거는 빠른 속도로 날았다.

'뭐지…? 이 기분은…?'

키아라는 이상하게도 그에게서 묘한 감정을 느꼈다.

"…키아라. 내 이름은 키아라다."

"…"

크루거는 아무 말도 하지 않았다.

"찾았다. 키아라!"

알렉스가 오싹한 미소를 지었다. 짙은 달빛 아래에 검은 기운에 둘러싸인 쌍둥이 남매 제타와 알렉스는 하늘 위에서 크루거의 바이크를 지켜보고 있었다.

한편, 괴물을 쫓던 요원들과 뒤따라온 중앙경찰의 수색은 계속되었다. 한적한 최하층엔 자욱한 안개가 이들의 시야를 점점 가렸고, 깊은 곳까지 숨어 들어간 괴물은 요원들이 뿔뿔이 흩어질 때를 노려 하나씩 제거해 나갔다.

"빌어먹을…"

괴물의 게릴라전에 당황한 마뉴가 겁을 먹기 시작했다. 열감지기를 착용한 그의 주위로 비명이 들려왔다. 요원들과 중앙경찰들이 서서히 사라지고 있었다.

마뉴는 괴물로 감지된 방향을 향해 레이저를 마구 쏘았다. 괴물의 움직임은 빨랐다. 그의 날렵한 손이 마뉴의 뒤를 습격했다. 퍽!

"으으윽!"

괴물의 손에 가슴이 뚫려버린 마뉴는 죽음을 피하지 못했다.

"크하하하!"
괴물의 웃음소리가 울려 퍼졌다.

5. 파이터

보잘것없는 낡은 아파트 안에는 8741478번 해성이 가족과 함께 조촐한 저녁을 먹고 있었다. 차려진 거라고는 구역센터에서 구매할 수 있는 영양식 죽이 전부였지만 해성의 가족은 불만이 없었다.

플라스틱 비닐로 밀봉된 10가지 종류의 영양식 죽은 각 구역에 정기적으로 공급되고 있다. 죽에는 활동에 필요한 모든 영양소가 다 들었다고 한다.

사실 제3지구에서는 농업을 비롯하여 최첨단 과학의 영역까지 인간이 생존하고 진화하기 위한 다양한 분야가 발달했다. 그러한 문명을 누리는 이들은 씨티 안에 사는 시민들이었다.

구역에 사는 노동자들에겐 공평한 삶과 혜택은 존재하지 않았다. 물론 방법이 전혀 없는 것은 아니었다. 노동자들은 이러한 불평등을 극복하기 위해, 씨티에서 활동하는 브로커들을 이용한다. 그들은 중앙에서 허가된 기본 생필품을 제외한 것들을 암시장을 통해 불법 유통했는데 첨단기기들부터 말린 고기, 냉동 채소는 물론이고 노동자들이 직접 텃밭을 가꿀 수 있는 흙과 씨앗 등 다양한 물건들을 찾을 수 있다.

"오늘도 싸웠니?"

"네?⋯ 그게⋯"

해성의 아버지는 매우 엄격했다. 해성은 아버지의 물음에 대답조차 하지 못했다.

"아버지, 형이 있잖아요⋯"

동생 준혁이 형 대신 말을 이었다. 쾅! 분노를 삼키지 못한 아버지는 식탁을 두 손으로 강하게 쳤다. 두 아들의 엄마는 남편 눈치만 보며 아무 말도 하지 못했다. 아버지의 권위는 그야말로 절대적이었다.

"너도 네 형처럼 되고 싶은 게냐? 아직도 정신을 못 차렸어?"

아버지가 해성에게 말했다.

"죄송해요. 아버지⋯"

해성은 형을 생각했다. 그는 8년 전 중앙본부 씨티에서 열렸던 12구역 최강전 대회에서 제7구역에서 온 최강의 파이터로 불리는 데스트로와의 대결에서 죽음을 맞았다. 당시 그의 나이 20세였다. 제8구역의 재능있는 파이터로서 큰아들을 지극히 아꼈던 아버지는 그를 잃은 후 완전히 다른 사람이 되어 버렸다.

"내일부터 나와 같은 시간대로 출근해."

"네…"

해성은 반항 의지를 완전히 잃고 아버지의 말에 순종했다. 묵직한 고요함이 흘렀다.

식사를 끝낸 해성과 준혁은 방으로 들어왔다. 잠자리에 누운 해성에게 준혁이 다가갔다.

"형, 내 주먹 받아봐."

"뭐?"

동생의 조그마한 주먹을 해성이 가볍게 받아주었다. 해성은 그를 낚아채 옆에 눕히고는 간지럽혔다.

"까르르르!"

해성과 준혁은 서로 장난치며 돈독한 형제애를 나누었다.

"큰형 있을 때가 참 좋았는데…"

깔깔 웃던 준혁이 갑작스레 큰형을 언급했다. 준혁의 말에 해성의 얼굴에 미소가 사라졌다.

다음 날, 해성은 아버지를 따라 공장으로 들어갔다. 제8구역 출생임을 알 수 있는 8로 시작하는 고유번호가 이마에 찍힌 노동자들은 공장 입구에 설치된 기기에 한 명씩 손바닥을 올렸다. 삑! 삑!

퇴근 때 다시 손바닥을 대고 일한 시간만큼 코인을 받아가는 시스템이었다. 노동자들에게 주어진 일은 단순했다. 사막에서 채취한 모래를 가득 실은 트럭이 들어오면 메탈과 크리스탈 자원이 분류되는 작업이 시작된다.

A급은 중앙본부 연구실로 보내져 군사력 강화에 사용되고 B급은 공장에서 바로 융합하여 에너지를 만든다. 그 에너지의 80%는 중앙본부 씨티로 공급되며 남은 20%는 구역을 위해 쓰인다.

한때, 에너지 자원 때문에 중앙본부와 12개 구역 통치자들의 긴장된 협상이 이루어지기도 했다. 에너지 분쟁 사건으로 불리기도 했는데 중앙본부는 모든 에너지가 중앙을 거쳐 다시 배분되는 법안을 통과시키려 했지만 12개 구역의 강력한 반발로 무산되었다. 이 분쟁은 공장의 주도권을 가진 구역 통치자들의 재력에 맡기기로 중앙본부와 합의를 보며 끝이 난 사건이다.

20%의 에너지를 확보한 구역 통치자들은 사실 노동자

들의 삶 개선에는 관심이 없었다. 대부분의 에너지는 각자의 사적인 용도로 쓰이게 되었고, 노동자들은 B급에도 분류되지 않는 부스러기 자원에서 나온 에너지를 사용해야만 했다. 결국 다른 구역들과 마찬가지로 제8구역 노동자들은 밤이 되면 사실상 전기가 들어오지 않는 집에서 생활해야 했다.

수천 명의 노동자가 일하는 공장 내부에는 먼지 가득한 트럭들이 들어왔다 나갔다를 반복했다. 거대한 기계 안으로 쏟아진 모래는 사람의 손을 거쳐 메탈과 크리스탈의 원료물질로 분류되었다.

보호장갑도 없이 일하는 노동자들 사이에는 아버지 곁에서 분주한 손놀림으로 일하는 해성도 보였다. 그의 시선은 다른 기계에서 일하는 헤나에게 갔다. 해성을 본 헤나는 미소를 짓고 있었다.

해성과 헤나는 어릴 때부터 알고 지내는 동네 친구였다. 해성은 형의 죽음 이후 아버지처럼 많이 변해 버렸다. 이후 헤나와의 만남도 뜸해진 것이다.

"그래서 저 녀석의 아버지가 완강히 반대한다고?"

베그너가 물었다. 그는 사무실 창을 통해 아래에서 일하는 해성을 보고 있었다.

"여기서는 유명합니다요. 보통 고집이 아닌 데다 성질도 고약한 양반입니다요."

공장 관리인이 대답했다. 노동자들이 훤히 보일 정도로 높은 곳에 있는 관리인 사무실 안에는 도로시와 베그너가 방문해 있었다.

"알았어. 나가봐."

도로시가 한숨을 쉬며, 너무 더운지 부채질만 하고 있었다.

"귀찮게 됐군… 운명의 추첨을 이용하는 건 어떠신가, 도로시?"

"으흠? 좋은 생각 같은데요, 베그너 사장님. 호호홋!"

이때 공장에서는 경고음이 울렸다.

"삐! 경고, 경고. 모든 인력은 하던 일을 멈추고 방독면을 착용하라. 모든 인력은…"

밖에서 녹색의 오염된 모래 돌풍이 다가오고 있었다. 급히 공장 문이 봉쇄되는 동안, 노동자들은 등 뒤에 착용하고 있던 방독면 마스크를 썼다.

공장 밖에서는 일하지 않는 어린아이들이 엄마 손을 잡고 각자의 집 안으로 서둘러 들어갔다. 창문과 문이 모두 닫히자 돌풍이 매섭게 지나갔다. 노동자들은 이미 익숙한 듯 담담히 돌풍이 지나가길 기다렸다. 덜덜덜! 떨리는 철문 소리가 거칠게 들리더니, 곧 다시 잠잠해졌다.

"쳇! 중앙에서는 대체 뭐 하는 거야. 아직도 우리가 이런 걸 쓰고 있어야 하다니…"

관리자 사무실에 있던 도로시와 베그너도 예외는 아니었다. 방독면 마스크를 쓴 베그너가 투덜거렸다.

"그러게 말입니다. 베그너 사장님 같은 능력자께서 중앙에서 일하셔야 한다니깐요. 호호홋!"

"하하하!"

언제 그랬냐는 듯 공장 문은 다시 열렸다. 일을 재개하는 이들 사이에는 전투 능력이 없는 AI 로봇이 노동자들을 보조해주고 있었다.

인간에겐 위협적이지 않은 단순한 업무만 하는 로봇은 위험을 감지하는 즉시 중앙본부로 신호를 보낸다고 한다. 로봇은 공장뿐만 아니라 구역 전체에서도 자주 찾아볼 수 있다. 친근함이 들 수 있게 디자인했지만 노동자들은 이 로봇을 감시자로 부른다.

중앙본부는 구역 곳곳에 AI 얼굴 인식 감시카메라를 설치하기도 했다. 이 모두가 테러리스트 방지법과 함께 레볼트 전쟁 이후 생겨났다.

각 구역에는 경찰 인력들도 있지만 노동자 수에 비하면 턱없이 부족했다. 그 이유는 구역 통치자들의 권력을 억제하기 위해 중앙본부가 경찰 인력을 제한하기 때문이다.

그래서 도로시 같은 통치자는 용병들을 거느리고 있으며 파이터들이 그 역할을 한다. 마음대로 부려먹지 못하는 AI 로봇과 인력이 제한된 구역경찰만으로는 보안에 문제가 될 수 있기에 불법적으로라도 파이터들을 키우고 있는 것이다. 베그너의 파이터들도 도로시의 용병으로 많이 고용되었다. 구역 통치자, 사업가, 귀족들이 파이터들을 경호원으로 쓰는 일은 제3지구에서 매우 흔한 일이다.

베그너 같은 부패한 사업가들은 암시장을 통해 불법 무기를 유통하는데도 한몫했다. 브로커들과의 거래를 통해 옛 지구인의 무기들을 대량 매입한 뒤 암시장에 다시 유통하는 방식이었다. 특히 옛 무기들은 중앙본부의 트래킹 넘버가 없기 때문에 추적이 불가능했다.

점심시간이 되자 노동자들은 공장이나 구역 센터에서 구매할 수 있는 영양식 죽을 먹었다. 아버지 옆에 앉아 점심을 먹는 동안 해성은 헤나와 시선을 마주쳤다. 헤나 곁에서 식사하는 친구들이 키득 웃으며 짓궂게 굴었다. 점심을 뚝딱 해치운 해성은 그녀에게 다가갔다.

"안녕… 헤나."

"안녕."

헤나는 살짝 미소를 지었다.

"어제도 이겼다며?"

"응."

"대단한데."

그녀의 칭찬에 해성은 쑥스러웠다.

"오늘 저녁에 뭐 해?"

"어? 아무것도…"

"또래들이랑 한 잔 할 건데. 올래?"

"아… 그게…"

해성은 아버지를 의식했다.

"안 되면 어쩔 수 없고."

"아니. 갈게."

"그래? 그럼. 저녁에 찰스 아저씨 가게로 와."

점심시간의 끝을 알리는 사이렌이 울리자 헤나와 친구들은 공장 안으로 다시 들어갔다. 아버지의 따가운 눈총을 받던 해성도 아버지를 따라 들어갔다.

그날 밤 늦은 시각. 창밖은 조용했다. 준혁은 깊은 잠에 빠져들었고 해성은 거울에 비친 자신을 보며 이리저리 단장했다. 데이트를 앞둔 20대 청년의 전형적인 긴장된 모습이었다. 두꺼운 보호 잠바를 걸치고 침대 밑에서 코걸이 산소 공급기와 작은 산소통을 꺼내어 몸에 장착했다. 해성은 방독면도 챙겼다.

이곳 노동자들은 산소통과 두꺼운 보호 잠바의 도움 없이는 자유롭게 밤길을 이동할 수 없었다. 밤이 와도 산소 부족이나 낮은 기온 걱정이 없는 중앙본부 씨티와는 달랐다.

창문을 열어 조심스레 집을 빠져나가는 그는 비상계단을 통해 내려갔다.

해성의 발걸음은 가벼웠다. 설렘 가득한 감정을 숨기지 못했다. 해성은 지나가는 감시자의 스캔을 몇 차례 받으며 길을 걸어갔다. 어둡고 조용한 밤거리에도 감시자들은 쉬지 않고 순찰을 돌고 있었다.

노동자들의 신분과 이동 경로가 저장된 감시자의 데이터는 중앙정보 시스템에 업로드되어 반란군을 추적하거나 의심되는 자들을 찾아내는 데 쓰인다고 한다.

그가 도착한 곳은 찰스 아저씨로 불리는 브로커의 가게였다. 이곳은 금지된 물품들을 구입할 수 있는 일종의 암시장이었다. 주류를 구매하던 젊은이들 무리에서 헤나와 친구들이 보였다.

"왔구나!"

헤나가 해성을 보자 그의 손을 잡고 건물 위로 올라갔다.

옥상에 도착한 두 남녀는 한적한 자리에 앉았다.

"자."

헤나는 구매한 술을 해성에게 건넸다.

"내가 샀어야 하는데…"

"오늘은 내가 초대했으니 다음엔 네가 쏴."

"어, 그래…"

거구의 파이터 앞에서도 당당하게 싸웠던 그가 헤나 앞에서는 소심하고 약해졌다. 해성은 생전 처음 마셔보는 술 맛에 인상을 찌푸렸다. 순진한 해성을 보며 깔깔 웃는 헤나의 모습에 해성의 볼이 빨개졌다. 수줍음 많은 해성에 비해 헤나는 매우 털털한 성격이었다.

"야, 별 떨어진다."

해성이 헤나의 시선을 따라 밤하늘을 쳐다보았다. 거대한 두 개의 달이 보이는 하늘에 유성이 떨어지는 것이 보였다.

"소원 빌었니?"

"뭐?"

"옛 지구인들은 하늘에서 별이 떨어지면 소원을 빌었데."

"아… 그래…?"

말수 없는 해성 코앞으로 헤나가 얼굴을 갑작스레 내밀었다.

"너 예전엔 참 말이 많았는데."

"어? 그래…? 그랬나?"

당황한 해성은 그녀와 시선을 마주치지 못했다.

"서비스다!"

"고마워 찰스 아저씨."

큰 덩치의 찰스 아저씨가 둘 사이로 다가와 무언가를 헤나에게 주었다.

해성은 군침을 삼켰다. 구역에서 구하기 힘든 말린 고기였다. 헤나는 고기의 반을 찢어 해성에게 건넸다. 해성은 그것을 단숨에 씹어 먹었다. 해성이 정말 맛있게 먹자 헤나는 남은 반을 더 찢어 그에게 주었다.

"아니야. 너 먹어…"

해성은 난감해하며 미소 짓는 헤나를 보았다.

"괜찮아. 난 이것만 먹으면 돼."

헤나가 대답했다. 해성은 마지못해 그것을 받아 입에 넣었다. 말린 고기를 질겅질겅 씹어대는 모습이 귀엽게 보였는지 헤나는 다정스러운 눈빛으로 해성을 바라만 보았다.

"내가 네 팬인 거 알지? 네 형도 대단했지만, 해성이 넌 더 대단한 놈이 될 거야!"

찰스 아저씨가 말했다. 그의 칭찬에 해성은 쑥스러운 미소를 지었다.

"귀엽네! 너."

"뭐?"

"헤헤."

헤나는 벌써 술에 취해 보였다.

"세상이 어떻게 돌아가더라도 이 순간만큼은 즐기라고 젊은이들!"

찰스 아저씨가 눈치껏 자리를 비켜주며 아래층으로 내려갔다. 해성과 헤나가 잠시 시선을 오랫동안 교차하더니 둘 사이에 묘한 분위기가 흘렀다.

"나 내일 떠나."

헤나가 말했다.

"뭐? 떠나다니…?"

해성이 놀란 감정을 숨기지 못했다.

"우리 레볼트에 지원했어."

"…레볼트?"

"내일… 우리랑 같이 갈래?"

그녀의 물음에 당황한 해성은 무슨 말을 해야 할지 몰랐다. 이때 아래층에 있던 친구들이 옥상으로 하나씩 올라왔다. 분위기가 어수선해지기 시작하자 헤나는 친구들을 힐끗 쳐다보았다.

"야 여기 있었냐?"

헤나의 친구인 프레드가 그녀의 몸을 감싸 안으며 옆에

앉았다. 해성은 그를 의식했다.

"어? 유명한 파이터 아닌가? 반갑다. 난 프레드."

"해성이야…"

프레드는 해성과 태연하게 악수했다. 반면 해성의 감정은 기복이 심해졌다.

"우리 얘기해 줬어?"

프레드는 헤나에게 물었다. 헤나는 고개만 끄덕였다.

"우리랑 같이 갈래?"

"어? 글쎄, 생각 좀 해보고…"

해성은 프레드에게 대답을 하지 못했다. 단 한 번도 생각해 보지 않았던 일이라 당혹한 기색이 가득했다. 세 사람 사이에 잠시 침묵이 흘렀다. 마치 삼각관계가 된 세 사람처럼 분위기가 서먹해졌다.

"야 프레드 거기서 뭐 해? 우리 한 대 피울 건데?"

근처에서 붉은소금을 피우려는 또래 친구들이 프레드를 불렀다.

"바로 갈게."

프레드가 친구들에게 간 사이 다시 단둘이 된 해성과 헤나는 대화를 이어나가지 못했다.

"너도 피우러 갈래?"

헤나가 물었다.

"뭐?"

해성이 고개를 돌리니 헤나의 친구들이 담배기기 안에 붉은소금을 채우고 있었다. 상류층이 즐기는 굵은 입자의 품질 좋은 마약은 아니었다. 그들은 구하기 쉬운 붉은소금 가루들을 태워 그 연기를 들이마셨다. 결과적으로는 비슷한 효과를 얻을 수 있었다.

다들 옥상에 누워 밤하늘을 보았다. 황홀경에 빠진 헤나의 친구들을 보던 해성은 시무룩해졌다. 헤나는 그를 이해하는 듯 해성의 볼에 가벼운 키스를 하고는 자리에서 일어났다.

"우리 꼭 다시 만나자. 넌 유능한 파이터가 될 거야."

"…"

해성은 하고자 하는 말이 있어 보였지만, 엄두가 나질 않았다.

"난 유능한 레볼트가 돼서, 우리 다시 만나는 거야."

해성은 친구들에게 가는 헤나의 뒷모습을 바라만 보았다. 마약에 빠진 젊은이들을 뒤로하고, 해성은 찰스 아저씨 가게를 빠져나왔다.

집으로 돌아온 해성은 쓰라린 마음을 움켜잡으며 괴로워했다. 그는 깊이 잠든 준혁을 보았다. 해맑은 동생의 얼굴이 너무도 평온해 보였다. 창으로 들어온 짙은 달빛이 그의 얼굴을 덮었다. 거울에 비친 자신의 얼굴을 본 해성은 갈등과 혼란을 겪고 있었다.

늦은 새벽, 활활 타오르는 횃불이 어두운 지하터널을 밝혔다. 어깨에 큰 나무박스를 든 찰스 아저씨가 레볼트에 합류할 헤나와 일행들에게 길을 안내해 주고 있었다.

헤나를 따르는 친구들은 다들 무거운 나무박스들을 운반했다. 그들은 중간 지점에서 대기 중인 무장한 레볼트 대원을 만났다.

"여기 내려둬."

찰스 아저씨가 말했다. 그는 어깨에 든 나무박스를 바닥에 내려놓았다. 헤나와 일행들도 들고 있던 짐을 내렸다. 지친 기색이 역력한 젊은 지원군들은 잠시 앉아서 빗물처럼 흐르는 땀을 닦았다.

레볼트 대원들의 이마에 새겨진 레볼트 문장 'Z'가 헤나의 눈에 들어왔다. 말로는 들어봤지만 실제로 보는 건 헤나에겐 처음이었다. 레볼트 대원 중 작은 체구를 가진 남자가 눈에 띄었는데 행동대장 렌쳉이었다.

그는 레볼트에서 유명한 명사수였다. 헤나는 렌쳉의 허리에 찬 권총을 보았다. 총에 박힌 푸른색의 작은 다이아몬드 파편들이 빛나고 있었다. 렌쳉과 그의 대원들은 나무박스들을 확인했다. 그 안에는 옛 지구인 무기와 탄약, 폭탄, 메탈과 크리스탈 자원들이 가득 차 있었다. 레볼트 대원은 곧이어 헤나 일행의 이마에 새겨진 고유넘버를 확인했다.

"헤나야. 내 역할은 여기까지다."

찰스 아저씨가 말했다.

"그동안 고마웠어요. 은혜 꼭 갚을게요. 찰스 아저씨."

"은혜는 무슨… 반드시 살아서 다시 만나자."

헤나는 찰스 아저씨와 작별 인사를 나눴다.

"지금이라도 되돌아가고 싶은 이가 있다면 지금이 마지막 기회다."

행동대장 렌쳉이 말했다. 그 누구도 되돌아갈 생각은 없었다. 무기를 실은 나무박스는 대원들과 지원군들이 나눠 들었다. 모두 행동대장의 뒤를 따랐다. 고난의 여정이 이제 시작된 젊은이들의 모습에는 불안감과 설렘이 교차했다. 그들이 앞으로 가야 할 길은 멀었고, 해야 할 업적은 많았다. 그래도 헤나의 결심은 그 누구보다도 확고했다.

'반드시 세상을 바꿀 거야. 난 할 수 있어. 난 할 수 있어…'

어두운 터널을 지나는 동안 헤나는 수도 없이 같은 생각을 반복했다. 그녀 스스로 용기를 부어주고 있었다. 그래야 지금 자신에게 덮쳐오는 무서움을 잊을 수 있을 것 같았다.

한참을 걸었다. 몇 시간째인지 알 수 없을 정도로 칠흑 같은 어두운 터널을 지났다. 레볼트 대원은 사막으로 통하는 철문을 열었다. 삐거덕하는 소음과 함께 사막의 건조한 모래바람이 불어왔다. 뜨거운 햇살이 지하터널을 관통하자 일행들은 눈살을 찌푸렸다.

헤나는 대원들을 따라 매고 있던 가방에서 코걸이 산소 공급기와 작은 산소통을 꺼내어 몸에 장착했다. 장비 없이 사막을 건너는 것은 불가능했기에 헤나와 일행들은 만반의 준비를 하고 있었다.

얼굴을 천으로 가린 헤나는 사막으로 첫발을 내디뎠다. 그녀는 모든 걸 운명에 맡기고 있었다. 언젠간 그녀가 레볼트의 리더가 되리라는 것을 그녀는 알지 못했다.

6. 운명의 추첨

헤나가 사막으로 떠난 지 며칠이 흘렀다. 해성은 심적으로 괴로운 나날을 보내고 있었다. 그의 일상은 반복의 연속이었고 공장에서의 하루하루가 별 의미가 없는 듯했다.

아버지의 권유 때문에 격투기 시합에 나가지 못했고, 종종 동네에서 열리는 파이터들의 싸움을 구경해야만 했다.

그리고 마침내 그날이 왔다.

"제8구역 여러분! 드디어 운명의 추첨 시간이 돌아왔습니다!"

광장에는 제8구역 노동자들이 모두 모여 있었다. 통치자 도로시도 구역경찰들과 경호원들의 보호를 받으며 서 있었다. 수십만 명에 달하는 군중들의 경직된 얼굴에는 설렘이 가득했다.

각 구역에서는 6개월에 한 번씩 제비뽑기를 한다. 운명의 추첨으로 불리는 이날에 당첨된 10명에게는 중앙본부 씨티에서 남은 생을 살 기회를 제공했다. 일종의 로또인 것이다. 대신 무작위로 뽑기 때문에 가족이 생이별하는 일이 종종 발생했다.

당첨된 이들은 다시는 고향으로 돌아올 수 없었다. 노동자들에게 인생을 바꿀 기회를 제공한다는 목적이라고 하지만 레볼트는 중앙본부의 음모론을 주장하고 있다.

노동자들을 강제로 잡아가 생체실험을 한다는 소문도 있고 우림지대로 보내어 노예처럼 일을 시킨다는 말도 들렸다. 그럼에도 불구하고 대부분의 노동자는 다들 당첨되기를 바라며 운명의 추첨을 믿는다.

군중들 사이에서 해성의 가족도 보였다. 도로시가 한 명씩 번호를 부르는 동안 환호성과 함께 질투와 부러움으로 웅성거렸다.

"8744653번, 8356109, 8025677…"

도로시가 부르는 고유번호에는 준혁과 엄마의 번호도 있었다. 해성의 가족 모두가 놀랐지만 그 누구보다 당혹해하던 사람은 다름 아닌 해성의 아버지였다. 엄마와 준혁은 믿기지 않는 표정으로 당첨된 이웃들 옆에 섰다. 준혁은 신나 있었다. 선택되지 못한 대부분의 노동자는 6개월 뒤에 있을 운명의 추첨을 고대해야 했다.

집으로 돌아온 해성의 가족은 묵묵히 짐을 싸기 시작했다. 해성은 창가에 서 있는 아버지의 뒷모습이 신경 쓰였다. 당첨 이후 아버지가 단 한마디도 하지 않았기 때문이다. 해성은 집을 떠나는 엄마와 준혁의 짐을 들어주었다. 가족에게 남은 시간이 별로 없었다. 당첨된 이들은 광장에 대기 중인 버스에 올라타야만 했다.

"아버지…"

"여보…"

착잡한 분위기가 감돌았다. 아버지는 아무 말 없이 묵묵히 창밖만 바라보았다.

"여보… 하늘이 우리에게 내린 축복이 아닐까? 해성이가 파이터로 중앙으로 가기만 한다면 우리 다시 재회할 수…"

"가."

그가 말했다.

"아버지?"

해성은 아버지를 이해하기 힘들었다.

"아무 말 없이 그냥 가."

아버지의 대답은 짧고 건조했다. 그는 가족의 마음을 강하게 밀어내고 있었다.

"제가 꼭 파이터가 될게요. 그렇게 해서 아버지도 중앙으로 데리고 올 수…"

"다들 떠나라. 당장!"

아버지가 소리 지르자 겁을 먹은 준혁이 엄마 뒤로 숨었다. 해성은 하늘이 무너질 것 같았다. 매정한 남편을 보던 아내의 눈에서 눈물이 흘러내렸다. 해성은 먹먹한 감정으로 엄마와 준혁을 데리고 집을 나갔다.

가족이 나간 지 한참이 지나서야 아버지는 쓸쓸히 눈물을 훔쳤다.

광장에는 선택된 10명의 당첨자가 트럭에 올라타고 있었다. 눈물을 흘리며 이들을 배웅하는 가족들과 이웃들이 모두 모여 있었다. 해성은 키가 작은 준혁의 몸을 들어 트럭에 태워 주었다.

"형. 꼭 우리 찾으러 와야 해."

"그래 혁아. 울지 말고. 형이 꼭 뒤따라갈게."

"응 형아."

"아버지를 부탁한다. 해성아."

"걱정마세요. 아버지 데리고 꼭 갈게요. 반드시. 우리 꼭 만나요."

눈물을 훌쩍거리는 준혁과 엄마의 모습에 해성의 눈에도 눈물이 쏟아졌다. 트럭이 출발하자 다른 이웃들과 함께 해성은 뛰었다. 멀어져 가는 가족의 마지막 얼굴을 더 가까이 보고 싶은 마음으로 해성은 전속력으로 달렸다.

"형!! 꼭 와야 해!!"

준혁이 소리쳤다.

"그래 인마!!"

모래를 날리며 달리는 트럭은 해성과 점점 더 멀어져 갔다. 해성은 더 뛰지 못했다. 가쁜 숨을 내쉬었다. 엄마와 준혁의 얼굴이 다시는 보이지 않자 해성은 슬픔에 잠겼다.

한편, 해성의 아버지 집에서는 경호원에 둘러싸인 베그너가 방문해 있었다.

"예전이나 지금이나 집이 많이 누추하군, 그래."

베그너가 말했다.

"…내 아들을 데리러 온 거라면, 그냥 돌아가시오. 해성을 파이터로 보낼 생각은 없으니."

해성의 아버지는 단호했다.

"이 집은 흐르는 피가 남다른가 보군. 훌륭한 아들을 이번에도 잘 키우셨어. 하하!"

"…같은 실수를 반복할 생각 없으니, 내 집에서 당장 나가시오!"

해성의 아버지가 소리쳤다. 그는 베그너의 경호원들을 무서워하지 않았다.

베그너는 창밖을 살펴보았다. 거리는 고요했다.

"미안하지만, 큰아들한테 가줘야겠어."

"뭐라고!? 큭…!"

뒤에 서 있던 경호원이 끈을 꺼내어 그의 목을 졸랐다. 우락부락한 힘에 해성의 아버지는 빠르게 숨통이 끊어졌다. 경호원은 방에서 침대 천을 찢더니 주검을 목에 걸어 천장에 매달았다. 일사천리로 자살로 꾸민 베그너와 경호원은 집을 빠르게 빠져나갔다.

슬픔에 잠긴 채 목적 없이 길을 걷던 해성은 찰스 아저씨 가게를 지났다. 헤나가 생각난 그는 안으로 들어갔다.

"해성이 왔구나? 뭐 줄까?"

찰스 아저씨가 그를 반겼다.

"혹시… 헤나에게 연락을 할 수 있는 방법이 있을까요?"

"헤나 많이 좋아했나 보다."

"네? 아니요. 그런 거 아니고…"

"인마. 나도 그런 감정 뭔지 다 알아."

"…"

해성의 얼굴이 붉어졌다.

"헤나가 너에게 주라고 남긴 게 있어."

"네?"

찰스 아저씨가 서랍 안에서 무언가를 꺼냈다. 트래킹 팔찌였다.

"헤나가 남겼다고요. 이걸?"

"그거 뭔지 알지?"

"네? 아니요."

"그거 트래킹 팔찌야. 네가 어딜 가든 어디 있는지 알 수 있는 장치."

"트래킹 팔찌…"

"너 그거만 차고 있으면, 헤나가 언젠가는 나타나지 않겠니?"

해성은 팔찌를 손목에 찼다.

"아!"

팔찌의 색이 투명해지더니 그의 손목 안으로 파고 들어갔다. 마치 팔찌를 차고 있지 않은 것처럼 보였다.

"이거… 풀려면 어떻게 해요. 아저씨?"

해성이 놀라며 당혹스러움을 감추지 못했다.

"못 풀어. 풀려면 너 손목 잘라야 해."

"네?"

"하하! 헤나가 정말 너를 좋아했나 보다! 딴 여자는 못 사귀겠는걸!"

"아저씨!"

"하하!"

얼굴이 또다시 붉어졌다. 해성은 신기한 듯 손목을 뚫어져라 쳐다보았다. 정말 아무것도 보이지 않았다.

"헤나를… 정말 만날 수 있겠죠…?"

장난기 가득한 찰스 아저씨의 표정이 진지해졌다.

"믿어야지. 네가 정말 그렇게 되길 믿는다면 반드시 이루어질 거야."

"…고마워요 아저씨."

마음의 위로를 받은 해성은 가게를 나갔다.

어두운 곳에 숨어 있던 마르고 키가 큰 귀족이 그제야 찰스 아저씨 앞에 나타났다. 그는 해성을 지켜보고 있었다.

"(변조된 목소리) 계획대로 흘러가는군요."

귀족이 말했다.

"근데… 해성이 정말 헤나를 만나게 된다면 어떡하죠?"

"(변조된 목소리) 그럴 일은 없을 겁니다. 재미 삼아 레볼트에 가입하는 마약쟁이 중 살아남은 녀석들은 없으니까요."

찰스 아저씨가 해성에게 준 트래킹 팔찌는 해커의 도움으로 리셋된 귀족의 것이었다.

제3지구에서 법을 어긴 이들은 우주경찰에게 연행되어 아일랜드로 불리는 수용소로 보내진다. 그곳에는 정치범, 사기꾼, 좀도둑에서 시작하여 연쇄살인범, 테러리스트로 분류된 레볼트 등의 흉악범들까지 수감되어 있다.

수용소의 위치는 두 개의 달 뒷면 중 하나에 있다고 한다. 트래킹 팔찌는 바로 수용소 재소자들의 도주 방지용으로 만들어진 것이다.

찰스 아저씨 가게를 나와 다시 길을 걷던 해성은 마음의 결정을 내렸다. 그는 어딘가를 향해 전속력으로 달렸다. 그가 도착한 곳은 제8구역 통치자 본부였다. 해성이 들어가려 하자 AI 로봇경찰이 그의 앞을 막아섰다.

"8741478번, 무슨 일로 왔는지 말하라."

"통치자님을 뵙고 싶어요."

해성이 대답했다.

"8741478번, 통치자님은 만날 수 없다. 숙소로 돌아가라."

해성은 2층 창에 서 있는 도로시를 향해 외쳤다.

"통치자님! 통치자님!"

자신의 접견실에서 해성을 보고 있었던 도로시는 여유로웠다.

"무슨 일로 나를 찾아왔나?"

발코니로 나온 그녀가 해성에게 말했다.

AI 로봇은 한 걸음 뒤로 물러나 해성을 경계했다.

"베그너 사장님을 만나고 싶습니다."

"왜 내가 자네에게 그분을 만나게 해야 하지?"

"기회를 주세요 통치자님. 베그너 사장님께서 저의 가치를 알고 계실 거예요. 한 번만 만나게 해주세요."

무릎을 꿇은 해성은 필사적이었다.

"베그너 사장님께 얘기는 해볼 테니, 오늘은 숙소로 돌아가."

"감사합니다! 통치자님! 감사합니다!"

해성은 통치자의 말을 전적으로 믿었다.

사실 도로시는 12개 구역 중 가장 너그럽고 인자한 통치자로 알려져 있었다. 그녀의 사악한 면을 해성이 알 리가 없었다.

집으로 돌아온 해성은 이상한 기분이 들었다. 조심스레 안으로 들어가니 목매달아 죽은 아버지가 보였다.

"아… 아버지!!! 안돼!!"

큰 충격을 받은 해성은 아버지에게 달려가 그를 끌어안았다. 그가 할 수 있는 일은 없었다. 아버지의 얼굴은 창백했고 숨을 쉬지 않았다.

그때 베그너와 경호원이 들어왔다.

"이런 이런…"

베그너가 해성에게 다가와 그의 어깨에 손을 올려 토닥여주었다.

"아버님께서 상심이 크셨던 모양이군."

"흐흑…"

"도로시에게 들었네. 나랑 같이 중앙으로 가서 자네의 못다 한 꿈을 펼쳐볼 텐가?"

"… 흐흑… 저 좀 도와주세요…"

"…아버님 장례는 잘 치러줄 테니 걱정하지 말게나."

"네…"

다음날. 사람 크기 정도 되는 작은 우주선이 광장에서 발사대기 중이었다. 해성은 우주선 안에 안치된 아버지의 얼굴을 마지막으로 보았다. 주위에는 찰스 아저씨를 비롯하여 많은 인파가 장례를 보고 있었다. 제8구역 노동자들에게는 흔치 않은 광경이었다.

시신을 우주로 보내는 장례식은 신분이 아주 높거나 재산이 많은 이들만 가능하다. 그만큼 해성의 아버지를 특별한 존재로 만든 베그너와 도로시의 음모는 해성의 마음을 움직이기에 충분했다.

곧 우주선이 발사되고 하늘을 바라보는 해성의 뒤로 베그너를 비롯하여 도로시가 흐뭇한 미소를 지었다. 우주로 진입한 우주선에서 문이 열린 뒤 해성의 아버지는 광활한 암흑 속에 버려졌다. 열렸던 우주선은 문을 닫고 다시 출발한 곳으로 되돌아갔다. 시신은 끝없는 우주를 향해 점점 사라졌다.

"놀랍군요. 일이 이렇게 멋지게 마무리될 줄이야."

망원경으로 우주를 보고 있던 도로시가 감탄했다.

"황금알을 낳는 거위 이야기 들어봤나?"

베그너가 말했다.

"옛 지구인 책 말인가요? 읽어봤죠. 어머머! 베그너 사장님 너무 잔인하세요!"

"하하! 빨리 보고 싶군. 저놈이 데스트로를 박살내는 모습을 말이야."

"저도 이번엔 베팅을 크게 해봐야겠네요. 호호호!"

텅 빈 우주선이 광장으로 돌아와 출발한 위치에 착륙했다. 해성은 큰 다짐을 한 듯 주먹을 불끈 쥐었다. 사랑하는 사람들이 다 떠난 제8구역에 더는 남아 있을 이유가 없었다. 장례를 마친 해성은 준비된 베그너의 리무진에 올라탔다.

"해성아, 8구역의 영웅이 되어 꿈나무들에게 희망을 안겨주렴."

도로시가 구역 아이들과 함께 해성을 배웅했다.

"우리도 언젠가 형처럼 멋진 파이터가 될 거예요!"

"잘 가요 형!"

동네 아이들이 해성에게 작별 인사를 했다. 아이들을 향해 해성은 미소를 지었다.

"통치자님, 이 은혜 꼭 갚겠습니다."

"그래그래, 눈물이 나려 그러네. 흑흑."

가식적인 눈물과 준비된 아이들까지. 도로시의 빼어난 연기와 베그너의 계략은 완벽했다. 해성은 그들의 부를 쌓아줄 도구로 전락하고 있었다.

그 시각. 제2구역 지하터널에서는 플릭 제5팀과 도주하는 레볼트의 총격전이 벌어지고 있었다. 탕탕! 탕! 어두운 터널 속 요란한 총격전의 불꽃들이 내부를 비췄다 사라졌다. 레볼트 정예군은 상당히 훈련되어 있었다. 그들은 플릭의 레이저를 무마시키는 푸른빛의 쉴드로 방어하며 도주했다.

"빌어먹을! 저건 뭐야?"

레이저 공격이 무마되는 걸 목격한 제5팀의 대장이 소리쳤다. 좁은 터널에서의 총격전엔 플릭도 힘을 크게 발휘하지 못했다. 레볼트의 행동대장인 벤은 능숙하게 그들을 골탕 먹이고 있었다. 그는 건장한 체격에 덩치가 보통이 아니었다. 그와 정예군이 가진 옛 무기들은 플릭의 나노아머를 반쯤 뚫어 버릴 정도로 강렬했다.

"하하! 플릭도 별거 아니군!"

벤의 수하들은 다이너마이트 설치를 끝낸 그룹과 합류

한 뒤 도주를 계속했다. 그들 앞으로 4명의 건장한 남자들이 천으로 둘러싸인 무거운 무기를 운반 중이었다. 이들 중 무기 시스템에 접속한 해커가 크래커코드를 통해 프로그램 리셋을 시도하고 있었다.

"서둘러!"

벤이 해커를 재촉했다.

"서두르고 있어요 대장."

홀로그램 속 정보화된 프로그램을 조작하는 해커의 손놀림이 보통이 아니었다. 행동대장 앞에서 잔뜩 긴장했지만, 리셋을 성공한 해커는 준비된 프로그램을 삽입했다. 중앙본부 권한 해지 창에 들어온 해커는 무기의 일련번호와 트래킹 넘버를 삭제했다.

"트래킹 넘버 해지했습니다."

해커가 한숨을 돌렸다. 벤은 그의 어깨를 툭툭 쳤다. 결과적으로 만족스러웠다.

멀지 않은 곳에서 총격전은 계속되었다. 플릭의 제5팀 요원들은 레볼트가 설치해 놓은 다이너마이트를 피하지 못했다. 퍼어엉! 고군분투 끝에 그들은 모두 전멸했다.

사막으로 나가는 출구로 도착한 레볼트군은 지상에서 대기하고 있던 일행과 재회했다.

"무기 먼저 올려."

벤이 명령했다.

"네!"

사막에는 100여 명의 군인들이 모여 있었다. 벤의 부하들은 가지고 온 무기를 대기하고 있던 카메르 두 마리 사이에 연결했다.

카메르는 지구에 존재했던 낙타의 몸에 용의 머리를 붙여놓은 생김새를 가졌다. 낙타처럼 순하지만, 위험을 느끼면 입에서 불을 뿜어낸다.

선천적으로 공격성을 가진 동물이 아니어서 레볼트가 오래전부터 카메르를 사육하고 있다. 그들의 이동 수단이기도 한 카메르는 신뢰할 수 있는 동반자였다.

"당분간 2구역은 드나들기 힘들겠네요."

벤과 수하들은 무너져 버린 통로를 보고 있었다.

"쳇! 그래도 무기는 무사히 가지고 왔으니. 이거면 카이로님도 만족하실 거야."

덮인 천 사이로 보이는 것은 거대한 레이저포였다. 위협적인 아구라와 히콘을 제압하기 위해 중앙본부 연구실에서 만든 최신식 무기였다.

벤은 카메르에 올라탔다. 그와 군인들은 더스트에 가려진 제2구역의 고철덩어리 요새와 멀어져 갔다.

반대편 사막에서는 거친 모래바람이 렌쳉의 대원들을 지

나고 있었다. 헤나 뒤로 젊은 지원군들이 하나씩 쓰러졌다.
그들 중 가장 지쳐있는 이는 프레드였다.

"일어나 프레드."

헤나가 그를 부축하며 말했다.

"헤나야, 나 도저히 못 가겠어."

"여기까지 와서 포기할 수 없잖아."

프레드의 발이 좀처럼 떨어지지 않았다. 지쳐있는 건 헤
나도 마찬가지였다. 신참들을 지켜보던 행동대장 렌쳉이
다가왔다.

"무슨 일인가?"

"대장님, 조금만 쉬었다 가면 안 될까요?"

헤나가 요청했다.

"시간이 없다. 기다려 줄 수 없어."

"하지만…"

"미안하네."

렌쳉은 다시 앞으로 걸어갔다. 냉정했다. 살아남으려면
그들은 걸어야만 했다. 헤나는 프레드를 힐끗 보았다가 그
들 옆으로 무거운 짐을 싣고 가는 카메르를 보았다. 헤나가
다시 용기를 내어 렌쳉에게 다가갔다.

"저 동물 위에 지친 친구들을 태우면 안 될까요?"

렌쳉은 아무 말 없이 걸었다.

"대장님, 아직 힘이 붙어 있는 저희가 짐을 들 테니, 저

친구들을 태워주세요. 제발요."

헤나가 되물었다. 렌쳉은 포기할 생각이 없는 헤나를 보
았다. 당돌한 그녀의 태도가 마음에 들지 않았지만 제안을
받아들였다.

"그럼 그렇게 해."

렌쳉이 대답했다. 헤나는 카메르에 있던 짐들을 아직 힘
이 붙어 있는 친구들과 함께 들었다. 프레드와 지쳐있는 일
행들을 위해 친구들은 마지못해 수긍했다. 카메르 위에 올
라탄 프레드는 미안한 마음이 가득했다.

그렇게 한참을 다시 걸었다. 거친 모래바람은 없었지만
뜨거운 햇살이 그들을 힘들게 했다. 무거운 짐을 든 강인한
친구들마저 오래 버티지 못하고 쓰러졌다.

헤나도 마찬가지였다. 그녀는 거친 숨을 몰아쉬었다. 하
지만 포기하고 싶은 마음이 없었다. 그녀는 이를 악물고 다
시 일어섰다. 무거운 짐을 도저히 들 수 없어 질질 끌었다.

의지는 강했지만 그녀의 몸은 따라 주지 못했다. 짐은 거
의 움직이지 않았다. 애쓰는 그녀가 애처로워 보이기까지
했다.

카메르에 앉아 있던 프레드와 다른 일행들은 결국 내려
왔다. 카메르에게 짐을 다시 맡긴 뒤 젊은 지원군들은 걸었
다. 모두가 지쳐 있었지만 서로에 대한 우정을 재차 확인했

다. 마치 작은 그룹의 훌륭한 리더처럼 헤나는 그들의 중심
에 있었다.

 렌쳉은 그녀를 유심히 지켜보았다.

7. 레볼트

    50여 명의 무장한 반란군이 사막을 지나는 것이 보였다. 카이로의 군인들은 꽤 많은 A급 메탈과 크리스탈 원석들을 운반하고 있었다. 맨 앞에 선 카이로와 직속부하는 손으로 그린 지도와 나침반으로 군인들을 이끌었다. 어느 지점에 도달하자 그들은 멈췄다.

    "벤이 아직 도착을 안 했나 봅니다."
    카이로의 직속부하가 말했다.
    "분명 여기가 맞는 거지?"
    카이로는 물었다.
    "약속된 장소가 맞습니다. 카이로님."
    "또 늦는 건가, 벤 녀석."
    건장한 남성으로 알려진 카이로의 인상착의는 플릭의 정보와는 전혀 달랐다. 초록색의 눈을 가진 그녀는 천으로 얼굴 전체를 가리고 있었다. 나이를 가늠할 수 없지만 천 사이로 튀어나온 백발의 곱슬머리로 보아선 중년에 접어든 여성으로 보였다.

"조용."

고요한 사막 어디선가 무언가가 움직이는 것이 포착되었다. 방어 자세를 갖춘 반란군 앞으로 길이가 5m는 되는 아구라가 튀어나왔다.

"아구라다!"

반란군은 가지고 있던 옛 지구인의 무기로 방어했다. 놀란 카메르가 아구라를 향해 불을 쏘았지만 소용없었다. 아구라의 메탈 피부는 웬만한 공격으론 상처조차 입히지 못했다. 구렁이의 모습을 한 아구라가 입을 쩍 벌리니, 그 높이가 4m는 육박했다. 날카로운 이빨이 카메르를 비롯하여 반란군들을 집어삼키고는 모래 속으로 들어갔다.

"모두 도망쳐!"

카이로가 소리치자 군인들은 필사적으로 뛰었다.

모래 속에서 뒤따라오던 아구라가 다시 반란군을 공격했다. 후방에 있던 군인이 튀어나온 아구라의 벌어진 입을 향해 바주카포를 날렸다. 펑! 효과가 있었는지 아구라는 검은 피를 흘렸다. 상처 입은 아구라는 괴상한 소리를 내며 공격한 군인과 후방에 있던 군인들을 삼키고 다시 모래 속으로 들어갔다.

사막 위가 잠시 잠잠해졌다. 사방에 퍼진 핏자국이 모래 바람에 날려 마치 아무 일도 없었던 듯 평온함을 되찾았다.

카이로는 떨어진 바주카포를 손에 쥐었다. 미사일이 하나 남아 있는 것을 확인한 카이로는 아구라를 기다렸다. 지극히 고요한 사막 위에 카이로의 숨소리가 거칠게 들려왔다. 이때 카이로의 뒤쪽에서 모래가 미세하게 진동했다.

그녀는 재빨리 몸을 돌렸다. 아구라가 검은 피를 흘리며 다시 지상으로 공격해 왔고, 그때를 노린 카이로가 미사일을 입 속 중앙으로 날렸다. 펑! 이번엔 제대로 먹혔다.

아구라의 머리가 폭발로 잘려져 나갔다. 검은 피를 뒤집어쓴 카이로와 군인들은 기쁨을 나눴다.

"작은놈이라서 다행이군요."

카이로의 부하 하나가 안도했다. 그들의 기쁨도 잠시, 조금 떨어진 곳에 있던 군인들이 또 다른 아구라의 공격을 받았다. 처음 공격한 아구라보다 두 배는 더 커 보였다.

"아악!!"

비명이 울렸다. 당황한 카이로와 군인들은 가지고 있던 무기들로 공격했지만 만만치 않았다. 아구라의 공격으로 카이로의 일행들이 반 즈음 남았을 때 거대한 크리스탈 레이저가 어디선가 날아왔다. 강력한 에너지는 아구라의 머리를 폭발시키며 단숨에 날려버렸다.

벤이었다. 4명이 들었던 육중한 레이저포를 혼자 두 손으로 들고는 카이로에게 다가왔다. 그의 뒤로 100여 명의 중무장한 군인들이 뒤따라왔다. 신무기의 파워를 본 반란군은 승리의 함성을 질렀다.

"휴우. 조금만 늦었어도 큰일 났겠습니다. 카이로님."
능글스러운 말투의 벤이 말했다.
"이번엔 무슨 핑계로 늦은 건가?"
카이로가 물었다.
"2구역 놈들이 중앙에서 빼돌린 물건을 가지고 오다 보니 좀 늦었네요. 죄송합니다."
"소문대로 화력이 굉장하군."
"중앙 놈들이 이번엔 꽤 괜찮은 걸 만든 거 같군요."
"갈 길이 멀군. 해지기 전에 서두르지."
"네!"
반란군은 재정비하여 길을 떠났다.

다시 한참을 걸은 카이로와 부하들은 옛 지구인 창고에 도착했다. 얼핏 보면 그저 똑같은 모래사막이었다.

모래 위에 서 있는 카이로를 따라 20여 명의 레볼트 대원들이 그녀 주위로 따라 섰다. 모래가 점차 떨리더니 서 있던 이들은 모래 아래로 서서히 내려갔다. 뒤에 있던 20여 명의 대원들이 같은 위치로 걸어가 자신의 차례를 기다렸다.

그들은 모래를 타고 지하 동굴로 미끄럼 타듯 내려왔다. 사막을 건너온 대원들이 카메르와 함께 모두 지하로 들어오자 건장한 군인들이 설치된 수레를 밀기 시작했다. 삐걱 소리를 내며 원형의 게이트 문이 서서히 닫혔다.

수백 년은 된 거대한 동굴 안에는 풍부한 양의 지하수가 흐르고 있었다. 그곳엔 수천 명의 군인들과 지원군들이 모여 있었다.

인류의 물품들이 쌓여 있었던 옛 지구인 창고는 과거엔 지상에 있었지만 오랜 세월 모래가 쌓이면서 잊혔다고 한다. 중앙본부 연구실을 탈출했던 10대의 카이로가 우연히 그곳을 지나다 발견한 뒤 레볼트의 시발점이 되었다. 200년 전, 최후의 인류가 처음으로 발을 디딘 착륙장에서 수십 킬로 떨어진 곳이었다.

빛을 볼 수 없는 지하 세계였지만 견딜 만한 환경이었다. 나노크리스탈 에너지 기술로 만든 인공 태양과 지하수 덕분에 텃밭과 식물들을 키우며 자급자족이 가능했다. 식량이 풍부하진 않았지만 체계적인 배급 관리로 잘 버티고 있었다.

레볼트군은 각자의 임무를 받고 집결지로 모이고 있었다. 각 부대의 대원들은 가지고 온 짐들을 무기창고에 가져다 놓았다. 신참으로 짐꾼 노릇만 하던 헤나와 일행들이 이들 사이에 있었다. 사막에서의 긴 여정으로 많이 지쳐있었지만 잘 견뎌내고 있었다. 프레드는 헤나를 도와 무기들을 내렸다.

일을 마친 헤나와 일행들은 식사를 배급받은 뒤 각자 바닥에 앉아 조용히 허기를 채웠다. 말할 힘도 없을 정도로 지쳐있었다.

'해성은 지금 뭐 하고 있을까…?'

헤나는 해성을 떠올렸다. 그녀의 얼굴에 자연스레 미소가 피었다.

"갑자기 급하게 먹으면 탈 날 수 있으니 천천히 먹어."

우걱우걱 먹는 프레드를 보던 렌쳉이 한마디 던지며 지나갔다. 그는 멀리 보이는 거구의 벤에게 가고 있었다.

"살아 돌아왔군! 벤."

"렌쳉! 하하!"

행동대장 벤과 렌쳉이 서로를 끌어안으며 재회를 기뻐했

다.

"카이로님!"

렌쳉은 다가오는 카이로를 보았다.

"렌쳉, 다시 만나 반갑네."

카이로는 렌쳉의 어깨를 툭툭 치더니 직속부하들과 함께 텐트로 향했다.

"보름 뒤 출발은 변함없는 거지?"

카이로의 뒷모습을 보던 렌쳉은 벤에게 물었다.

"그렇다네."

벤이 답했다.

"이번 달 농사가 잘 안됐다더군. 우림지대까지 가기엔 식량이 부족해."

렌쳉은 배급을 받아 식사하는 헤나의 일행과 다른 구역에서 온 수백 명의 지원자들을 힐끗 보았다.

"지원자들이 많이 늘었어."

렌쳉은 걱정스러운 눈빛으로 말을 이었다.

"10구역에 간 식량 팀들은 아직도 무소식인가?"

벤이 물었다.

"그렇다더군. 걱정이네. 카이로님이 믿고 있는 게…"

"틀렸다고 생각하나?"

"아니, 그런 건 아니라… 군인들 사기가 많이 떨어져서 말이야."

"음…"

벤은 무기고에서 메탈과 크리스탈 자원을 수레에 싣는 기술자를 본 뒤 그의 뒤를 따라갔다. 연구실 텐트 안으로 들어간 기술자는 보조 인력들과 함께 크리스탈 쉴드를 수리하고 있었다. 나이가 어린 그는 레볼트의 무기와 방어 기기들을 만드는 천재 기술자였다. 괴짜인 그가 만들어내는 무기들은 중앙에서 만드는 것들과는 매우 달랐다.

"헤헤. 요구한 물건은 가지고 오셨는지요?"

기술자는 연구실로 들어온 벤을 보며 물었다.

벤이 묵직한 가방을 열어 안에 있는 물건들을 그의 앞에 부었다. 블루 다이아몬드의 파편들이 빛을 내고 있었다.

"헤헤. 이 정도면 쉴드 10개는 더 만들 수 있을 것 같네요."

"플릭 놈들, 자네의 발명품에 상당히 당황하더군."

"저의 발명품은 여기서 끝이 아닙니다요. 이제 시작일 뿐. 헤헤."

"자네가 말하는 이 다이아몬드 원석이면 최강의 무기를 만들 수 있는 게 확실한가?"

"그럼요. 카이로님이 저를 고용한 이유도 다 그것 때문입죠 헤헤. 원석들만 찾는다면 상상을 초월한 무기들을 만들 수 있습니다요."

기술자는 벤이 가지고 온 다이아몬드 자원들을 실험 중인 장비에 테스트하기 시작했다. 분주한 기술자를 보던 벤은 연구실 텐트를 나갔다.

그는 근처에 있는 카이로의 텐트로 향했다. 카이로를 지키는 보초 군인들이 벤에게 형식적 인사를 하며 안으로 들여다 보내주었다. 텐트 안에는 카이로가 얼굴을 감싼 천들을 하나씩 풀고 있었다. 백발의 헝클어진 머리카락 아래로 초록색의 눈을 가진 중년 여성이 얼굴을 드러냈다.

그녀의 이마에는 지워진 고유번호 위로 레볼트의 문장이 새겨져 있었다. 다만 다른 이들과 다른 점은 그 문장 가운데에 홈이 파여 있었는데, 누군가 다이아몬드를 강제로 뜯어 버리고 남은 흉터 자국이었다.
"아무래도 10구역에 구조팀을 보내야 하지 않을까요?"
벤은 물었다.
"내일 아침까지 기다려 보도록 하지."
"구조팀을 보내기엔 늦을 듯한데요?"
"..."
카이로는 잠시 망설였다.
"카이로님."
"우리에게 필요한 건, 끝까지 살아남는 군인이다. 나약한 놈들은 필요 없어."

산전수전 다 겪은 카이로는 냉정했다. 오랫동안 중앙과 전쟁 중인 그녀는 대의를 위해 많은 이들의 희생을 선택해야만 했다. 심적으로 괴로웠지만 수많은 군인을 책임져야 하는 그녀는 리더로서 나약한 모습을 보여줄 수 없었다.

카이로의 텐트 밖에서는 카메르를 탄 정보원이 모래를 타고 지하로 내려오고 있었다. 도착한 정보원은 카메르에서 내려 입구에서 기다리고 있던 렌쳉에게 갔다. 그는 정보원을 데리고 카이로의 텐트로 향했다.

"카이로님. 우림지대로 갔던 유키가 도착했습니다."

렌쳉이 말했다.

"들어오게 해."

카이로의 목소리를 들은 렌쳉과 유키는 안으로 들어갔다. 유키는 벤과 가벼운 눈인사를 하고는 리더 앞에 앉아 보고했다. 렌쳉은 유키 옆에 앉아 그녀의 보고를 들었다.

"우림지대 북쪽에 파견된 첩보원으로부터 온 서신입니다."

유키가 말했다.

"말해보게."

"붉은소금 채굴장으로 알려진 공장에서 매일 밤 이상한

녹색연기가 나온답니다."

"녹색연기?"

벤은 의아해했다.

"최근 들어 발생하는 오염된 모래 돌풍과 연관성이 있을
지도…"

카이로가 말했다.

"분명 중앙 놈들이 또 다른 생체실험을 하는 것이 분명합
니다! 당장 쳐들어가시죠!"

벤이 소리쳤다.

"첩보원에 의하면 공장 주위로 50여 대의 S급 기동대들
이 배치되어 있다고 합니다."

"뭐?? 로봇들이? 그것도 S급?"

벤이 놀라며 또다시 소리쳤다. 조용하고 신중한 성격의
렌쳉과 달리 벤은 다혈질이었다.

S급 기동대는 프랑수아 5세를 수호하던 로봇들과 같은
최신식 살인병기를 말한다. 긴 반경을 가진 레이져빔을 장
착한 로봇은 중앙본부에서 개발한 기동대 중 가장 진화한
기종이다.

"S급 기동대가 지키고 있는 곳이라면 분명 가치가 큰 무
언가가 있다는 거야."

카이로는 굳은 표정으로 말했다.

"신종 무기를 만들고 있는 걸까요?"

렌쳉이 물었다.

"그들이 어떤 무기를 만들고 있다면 미리 알아내야 해."

카이로가 답했다. 그녀는 곰곰이 생각했다.

"안으로 들어갈 수 있겠나?"

렌쳉은 정보원에게 물었다.

"그분이라면 가능할 거라 믿습니다."

"그분? 누구를 말하는 거지?"

렌쳉이 다시 물었다.

"스카이를 말하나? 그가 우림지대 1선발팀에 있었나?"

카이로가 의아해하며 입을 열었다.

"뭐? 스카이? 그 망나니가 허락도 없이 또 혼자서 움직였다고!!?"

벤의 목소리가 커졌다. 화를 내고 있었다.

"카이로님께서 허락을 하셨다고 저희는 알고 있었는데…?"

유키는 당황했다.

"차라리 잘됐군. 그 녀석이라면 가능할지도."

카이로는 피식 웃으며 말했다. 벤은 화가 치밀어 올랐지만 리더 앞인지라 감정을 삼켰다.

렌쳉, 벤과 같은 행동대장인 스카이는 지시를 잘 따르지 않는 엉뚱한 구석이 많았다. 체계와 계급 그리고 명령에 절대복종하는 벤과는 아주 달랐다. 그래서 종종 이 둘은 의견 충돌을 일으키기도 했다. 렌쳉도 자유로운 스카이에 대해 불만이 없던 건 아니지만 벤처럼 감정적이진 않았다.

그날 밤, 렌쳉과 벤의 직속부하들은 레볼트에 지원한 신입병들의 의식을 치렀다. 'Z'가 새겨진 펄펄 끓는 쇳덩이가 지원군들의 이마를 뜨겁게 달구었다. 다들 이를 악물고 버텼다. 그들 중 헤나와 그녀의 일행들도 보였다. 레볼트가 되기 위해 필요한 의식이었다.

"오늘부터 너희들은 레볼트를 위해 살고, 레볼트를 위해 죽는다!"

행동대장 벤은 군인답게 말했다. 헤나를 비롯하여 수백 명의 지원군들은 고통스러운 신고식을 끝내고 중앙에서 주어진 고유번호를 지웠다. 레볼트 군인으로 다시 태어난 것이다. 고참들은 신참들을 환영하며 환성을 질렀다.

우림지대 북쪽 개척지. 괴상한 머리 스타일에 등에는 블루 다이아몬드가 박혀 있는 쌍칼을 찬 스카이가 보였다. 그의 얼굴은 10대나 다름없었다. 큰 책임이 따르는 행동대장으로 보기엔 너무도 어려 보였다.

그는 높은 나무 위에 올라가 사냥감을 찾는 듯 아래를 관찰 중이었다. 풍성한 나뭇잎 사이에서 무언가가 움직였다. 몸집은 두 배나 큰, 옛 지구의 쥐를 닮은 짐승이 스카이의 시선에 들어왔다. 스카이는 엄청난 속도로 날아가 그것의 목을 우두둑 한 번에 부러뜨렸다.

스카이는 사냥한 짐승을 들고 어두컴컴한 동굴로 들어왔다. 불을 피워 잡아 온 짐승을 구워 먹었다. 그의 옆으로 몸뚱이가 많이 부서진 늑대 모습의 로봇이 다가왔다.

"울프, 너도 배고프지?"

스카이는 지니고 있던 가죽 주머니에서 마지막 남은 나노메탈 덩어리들을 주었다. 뿌드득! 울프가 그것을 씹어 먹더니, 곧 부서져 있던 부분이 하나씩 복원되었다.

"조금만 기다려. 화이트다이아몬드만 찾으면 더는 이런 메탈 쓰레기는 안 먹어도 돼."

울프가 그의 말을 잘 알아듣기라도 한 듯 개처럼 꼬리를 살랑거렸다.

동물의 형태를 한 로봇은 기동대가 나오기 전 모델이다. 오랫동안 중앙본부 연구실에서 실험용으로 쓰이다가 대부분 폐기처분 신세를 면치 못했다.

울프는 스카이가 임무를 받고 버려진 무기창고를 습격하면서 구조되었다. 이후, 이 둘은 서로 떼려야 뗄 수 없는 절친이 되었다.

스카이는 인간의 몸에 기계를 접목한 중앙본부 연구실의 프로토타입 사이보그로 탄생했다. 사이보그가 되기 전 어떤 인물이었는지는 그 자신도 모른다고 한다.

사이보그는 레볼트 전쟁이 일어나기 전까지는 연구실에서 적극적으로 개발했던 프로젝트였다. 살아있는 인간을 기계화하여 슈퍼솔져를 만드는 것이 목표였다. 그런데 명령에 복종하지 않고 독립적이며 저항하는 사이보그들이 나오자 중앙에서 모두 폐기하였다.

이후, 기동대가 그 자리를 차지하면서 모두 대체되는 동안 스카이는 레볼트의 도움으로 구조되었다. 울프도 스카이도 연구실에서 태어나 버려진 고아나 다름없었다.

스카이는 붉은소금 공장 근처로 숨어 들어갔다. 울프가 기동대 앞에 나타나 시선을 분산시키는 동안, 스카이는 날렵한 스피드를 이용해 공장 내부로 들어갔다. 울프를 스캔한 기동대는 위협적이지 않은 기계로 인식하여 별다른 행동을 취하지 않았다.

환기구를 통해 공장 중심부에 도착한 스카이는 아래에 설치된 거대한 어항들을 보았다. 그 안은 녹색의 칙칙한 물로 채워져 있었다.

복잡하게 연결된 굵직한 호수들 사이로 무언가가 들어와 어항 안으로 주입되는 것이 보였다. 어항 아래에는 가열기

가 있는 듯 어항에 채워진 물이 펄펄 끓고 있었다. 스카이
는 거기서 발생한 녹색연기가 연결된 통풍관으로 흡수되는
것을 보았다.

그는 환기구를 열어 아래로 내려갔다. 자신의 키보다 5배
는 큰 괴상한 어항들 사이를 걸었다. 이상한 소리가 들려오
자 그는 어항 속을 들여다보았다.

"윽!"

스카이는 소스라쳤다. 인간의 눈알이 끓는 물 속에서 떠
다니고 있었다. 그는 그제야 실체를 보았다. 거대한 호스를
통해 주입되는 것들은 모두 인체였다.

괴상망측하고 역겨운 장면을 목격한 스카이가 몹시 당황
할 때 누군가의 발소리가 들려왔다. 스카이는 재빨리 몸을
낮춰 숨었다. 미스터 창과 프랑수아 5세가 보였다.

"각하. 조금만 더 시간을 주시면 저장소에서 대량 생산도
가능할 것입니다."

미스터 창이 자랑스럽게 자신의 개발품을 소개했다.

"하하. 오랜 세월을 기다린 보람이 있군."

프랑수아 5세는 매우 만족해했다.

"폐하께서도 매우 흡족해하실…!"

미스터 창의 말이 프랑수아 5세의 심기를 건드린 듯했
다. 그의 몸이 강렬한 염력에 사로잡혀 꼼짝없이 공중으로

부양됐다. 그는 부들부들 떨었고 레드의 기운이 프랑수아 5세의 주위를 감쌌다.

"너는 언제까지 그놈의 하수인으로 살 생각이냐?"

"으윽… 제가… 말실수를… 했나 봅니다… 각하… 용서해 주십시오."

크루거와 키아라보다도 강했던 미스터 창도 통치자의 힘에 비하면 아무것도 아니었다.

"우린 이제 신세계를 향하고 있다. 우리 기술과 힘이면 그 누구도 우리를 이기지 못해. 그놈이 여길 온다 해도 우릴 이길 수 없어. 알겠나?"

"으윽… 맞…습니다. 각하."

프랑수아 5세는 자신의 힘을 풀었다. 그러자 그를 감싸던 레드의 기운이 사라지고 미스터 창은 바닥으로 떨어졌다.

이 광경을 훔쳐보던 스카이의 시선이 어항 속에서 꿈틀거리는 인체로 갔다. 끓는 물 속에서 살아있는 인간이 발버둥 치고 있었다.

순간 깜짝 놀라 뒷걸음질친 스카이는 바닥에 깔린 전선에 발이 걸려 우스꽝스럽게 넘어졌다. 그 소리에 고개를 돌린 프랑수아 5세와 미스터 창이 스카이를 발견했다.

"누구냐?"

프랑수아 5세가 불청객을 향해 소리쳤다. 스카이는 부랴

부랴 일어나 들어왔던 환기구로 빠르게 도주했다. 프랑수아 5세는 염력으로 환기구를 뜯어 버리며 공격했다.

가까스로 더 깊은 곳으로 피하는 데 성공한 스카이는 밖으로 빠져나갔다. 스카이의 양팔과 다리가 로봇으로 만들어진 덕에 그 누구보다 빠른 스피드를 자랑했다.

"쥐새끼 한 마리가 들어온 모양이군."

프랑수아 5세는 인상을 찌푸렸다. 미스터 창은 괴물로 변신하여 스카이를 잡으러 빠르게 달려갔다.

스카이는 기동대들이 지키고 있는 공장 밖으로 허겁지겁 탈출했다. 들어왔던 환기구가 부서지며 그 소음을 들은 기동대가 그를 향해 공격했다.

지지직! 스카이는 기동대의 위력적인 레이저빔을 빠른 스피드로 피했다. 등에 차고 있던 쌍칼로 기동대의 다리를 베어버린 그는 기동대에게서 멀어졌다. 균형을 잃고 쓰러진 기동대의 다리가 바닥에 깔려있던 메탈 모래들과 합쳐지면서 빠르게 복원되었다.

"쳇, 회복 속도가 더 빨라졌군."

두 개의 블루 다이아몬드가 박힌 쌍칼에서 푸른 기운이 활활 타올랐다. 침입자를 감지한 수십 대의 기동대가 빠르게 스카이를 공격했다.

스카이는 또다시 빠른 스피드를 살려 로봇의 다리를 베

어가며 도주했다. 이때 입고 있던 겉옷이 찢어지더니 감추었던 몸이 드러났다. 가슴 중앙에는 A급 나노크리스탈이 인간 신체에 이식되어 무한한 에너지를 공급하고 있었다.

숲으로 도주한 스카이는 그의 앞을 가로막은 괴물과 대치했다.

"크크크. 아주 조그마한 쥐새끼로군. 사이보그인가?"

미스터 창이 말했다.

"쳇. 뭐야?"

"폐기물이 아직도 있었나?"

미스터 창은 그를 얕보고 있었다.

"내 이름은 스카이. 제3지구 마지막 남은 사이보그님이시다! 이 괴물아!"

"흥! 골동품이군. 죽어라!"

미스터 창이 공격해 왔다. 그때 울프가 나타나 그의 목을 물었다.

"이런 쓰레기들!"

미스터 창이 울프를 잡아 바닥으로 처바르는 사이, 스카이의 쌍칼이 그의 몸을 베었다.

"크어억!"

몸이 두 동강 났지만, 떨어져 나간 살들이 꿈틀거리더니 두 몸이 다시 붙었다. 스카이는 그 틈을 이용해 괴물의 시

야에서 사라졌다. 회복한 미스터 창은 씩씩거렸다. 사라진
침입자를 다시 쫓기에는 늦은 듯했다.

"울프, 카이로님께 반드시 알려야 한다. 알겠지?"

"크르르르."

스카이와 그를 따르는 울프는 울창한 숲 사이를 매우 빠
르게 달렸다.

8. 최강의 파이터

해성은 눈을 떴다. 창밖으로 날아다니는 스카이모빌리티
들이 보였다. 정신없이 색깔과 화면을 바꾸는 홀로그램 광
고들이 해성의 시선을 유혹했다.

고층빌딩들 너머로 석양이 지는 모습이 무척이나 아름다
웠다. 아래를 보니 끝이 보이지 않을 정도로 높았다.

해성은 주위를 둘러보았다. 먼지 하나 안 보일 정도로 깨
끗했다. 모든 것이 낯설기만 한 해성 앞으로 누군가 문을
열고 들어왔다. AI 로봇이었다. 제8구역에서 구할 수도 없
는 귀한 음식들을 로봇이 가져왔다.

침을 꿀꺽 삼킨 해성은 유혹을 참지 못하고 마구 먹어 댔
다. 다시 방문이 열리고 베그너가 들어왔다.

"못 먹던 사람이 갑자기 그렇게 먹으면 병난다네."

"네?"

"앞으로 계속 잘 먹게 될 테니 맛만 보시게."

"아… 네…"

맛있는 음식을 먹던 해성은 헤어졌던 준혁과 엄마를 생각했다.

"사장님. 혹시 제 동생과 엄마의 행방을 알 수 있을까요? 운명의 추첨으로 분명 여기 와 있을 텐데요?"

"그건, 차차 알아보도록 하지. 서두를 필요 없어."

"아, 네… 지난번에는 감사했습니다. 그렇게까지 안 해주셔도…"

"영웅이 될 사람의 아버지인데. 제대로 장례 해드려야지."

"…빚은 꼭 갚겠습니다."

"그래 그래. 몸 관리부터 잘하시게. 조만간 정식으로 중앙에서 데뷔전을 치를 거야."

"벌써요?"

"자네 실력이면 충분하지. 안 그런가? 하하하! 3개월 뒤에는 12구역 최강전도 있을 거니 준비해야지?"

"…네."

해성은 죽은 큰형을 생각했다. 굳어버린 그의 표정을 읽은 베그너가 말을 이어갔다.

"12구역 최강전에서 우승하면 데스트로와 대결한다."

"데스트로…"

"해성이 네가 그놈을 반드시 꺾어 줘야겠어."

해성은 죽은 형의 마지막 모습을 잊을 수 없었다.

수많은 군중이 모인 제8구역 광장에는 도로시가 제공한 홀로그램 방송을 다들 보고 있었다. 바로 중앙에서 열린 12구역 최강전 9차전 경기였다. 최강의 파이터로 불리는 제7구역의 영웅 데스트로가 등장할 때 제8구역 노동자들은 다같이 그에게 야유를 보냈다.

"우!!"

군중들 사이엔 어린 해성이 가족과 함께 구역의 영웅인 형을 열심히 응원하고 있었다. 데스트로 소개가 끝나고 제8구역의 파이터 소개가 나오자 다들 함성을 질렀다. 그는 구역의 희망이었다. 특히 그에게 코인을 건 이들에겐 인생을 바꿀 수 있는 기회였다. 둘의 대결에서 나온 불법 도박의 액수는 절정에 달했다.

소개가 끝나자 두 남자의 세기의 대결이 시작되었다. 해성의 형이 먼저 몇 차례 공격했지만 데스트로가 한 수 위였다. 경기는 오래가지 않았다.

잔인하기로 유명한 데스트로에게 한 방 먹은 해성의 형은 그의 살인기술에 제대로 걸렸다. 상대의 몸을 잡아 하늘로 번쩍 들어 올린 데스트로는 자신의 무릎에 강렬하게 내

려찍었다. 해성의 형은 척추가 완전히 부러졌다. 데스트로
는 그의 목을 한 치의 망설임 없이 부러뜨렸다.

"형!!!!"

어린 해성이 경악하며 소리쳤다. 경기 시작 3분도 안 되
어 형은 허무하게 목숨을 잃었다. 눈으로 보고도 믿을 수
없는 광경이었다.

경기를 보고 있던 제8구역 노동자들은 충격에 휩싸인 채
침묵했다. 해성의 형을 믿었던 몇 이웃들이 해성의 아버지
를 욕하며 공격하기 시작했다. 그들은 도박에 모든 재산을
걸었던 사람들이었다.

패싸움이 벌어졌고 구역경찰이 제압에 나섰다. 가족을
잃은 슬픔에 잠길 틈도 없었다. 광장은 순식간에 아수라장
이 되었다. 동생은 엄마의 품에, 어린 해성은 아버지의 품
에 안긴 채 광장을 빠져나왔다.

어린 해성은 홀로그램 방송에 비친 데스트로를 보았다.
어렸지만 그를 향한 복수심이 불타고 있었다.

회상에서 돌아온 해성은 밖을 바라보았다. 맞은편 건물
옥상에 비친 홀로그램 광고판에 곧 치르게 될 신인전이 소
개되고 있었다. 파이터 소개 영상에는 해성도 보였다. 유치
한 컬러로 치장한 광고 속 자신의 모습이 낯설게 다가왔다.

"그럼 젊은이. 오늘은 푹 쉬라고. 하하하!"

베그너가 나가고, 해성은 주먹을 불끈 쥐었다.

"데스트로…"

해성은 속삭였다. 오래전에 다짐했던 복수의 날이 멀지 않았음을 직감했다.

"안녕하십니까! 제3지구 여러분! 올해의 신인전이 돌아왔습니다!"

"와아!!!"

사회자의 소개가 시작되자 관중들이 모두 환호했다. VIP석에는 해성의 시합을 보러 온 마르고 키가 큰 귀족도 보였다. 옆으로는 얼굴변환기를 목에 찬 고위급 남자도 있었다.

그는 귀족이 제8구역에서 해성을 확인하러 갔을 때 통화하던 인물이었다.

"(변조된 목소리) 드디어 시작이군요."

경호원들에 둘러싸인 귀족은 다른 편에 앉아 있는 카림을 주시했다.

"(변조된 목소리) 카림도 와 있군요. 신인전에 얼굴을 비추다니 말이죠."

"음… 카림은 각별히 조심해야 한다. 위험한 인물이야."

"(변조된 목소리) 네, 알고 있습니다."

"시합에 앞서 제3지구 최고통치자님의 말씀이 있겠습니

다!"

사회자가 말을 끝내자마자 시합장 한가운데 홀로그램 영상이 비쳤다. 거대한 크기의 프랑수아 5세가 등장했다.

"와아!!! 각하! 각하!!!"

그의 등장에 관중들이 열광했다.

"안녕하십니까? 제3지구 여러분! 얼마 전 테러리스트 카이로의 등장에 충격이 크셨을 거라 생각됩니다. 하지만 여러분! 두려워하지 마십시오. 우리는 모두 극악무도한 테러리스트들을 상대로 함께 싸워야 합니다. 우리 중앙본부는 그들을 두려워하지 않습니다."

프랑수아 5세의 홀로그램이 말했다.

"저희도 두렵지 않습니다. 각하!!! 각하가 저희를 지켜주셔서 너무 행복해요!! 각하!!"

광적으로 중앙본부를 따르는 이들에게 프랑수아 5세는 신과도 같은 존재였다.

"(변조된 목소리) 한심한 인간들로 가득하군요."

마르고 키가 큰 귀족이 말했다.

"이들의 잘못이라고 볼 수는 없지. 이런 세상에 태어난 이들의 운명이 비극일 뿐…"

프랑수아 5세의 홀로그램을 우러러보는 고위급 남자가 말했다.

경기장 대기실 안에는 신인전을 준비하는 파이터들이 몸을 풀고 있었다. 신인들의 표정은 다소 긴장돼 보였다.

"해성아. 하던 대로 하면 된다. 네 실력이면 여기 있는 놈들은 모두 상대가 안 돼. 하하!"

일부러 크게 얘기하는 베그너의 말에 상대 파이터들이 인상을 찌푸렸다. 이들을 후원하는 라이벌 사업가들의 시선 또한 곱지 않았다.

"다들 똑똑히 보라고! 우리 해성이가 최강의 파이터를 짓밟아 줄 테니까! 무패의 데스트로를 말이야!"

"흥! 여전하군, 베그너!"

"쳇!"

베그너의 자신감에 라이벌 사업가들이 투덜거렸다. 이들 사이 긴장감이 가득 흘렀다. 이윽고 경기장으로 들어가는 문이 열렸다. 신인왕에 도전하는 젊은 파이터들이 속속 경기장 안으로 들어섰다.

5층으로 된 거대한 경기장을 꽉 채운 관중석에서는 큰 환호성이 들려왔다. 신인들은 그 웅장함에 엄청난 위압감을 느꼈다.

"신인전에 참가한 파이터들에게 용기와 응원의 박수를 보내며 저는 이만 물러가겠습니다."

프랑수아 5세의 홀로그램 영상이 바뀌어 신인들의 프로

필이 하나씩 나열되기 시작했다.

"네! 최고통치자님의 말씀에 이어 이제 20명의 파이터들을 소개합니다!!"

사회자는 열광된 분위기를 더욱 띄웠다. 영상에는 해성의 프로필도 보였다.

파이터의 신분부터는 구역의 고유번호가 아닌 이름이나 별명을 사용할 수 있는데 해성은 본명을 선호했다.

"최강의 파이터다! 데스트로가 신인전을 보러 왔어!!"

데스트로가 나타나자 관중석이 시끌벅적해졌다. 해성은 관중석 어딘가에 앉은 데스트로를 보았다. 여유로운 최강의 파이터는 신인들을 훑어보고 있었다.

"저기, 12번 해성이라는 놈이 네가 경계해야 할 대상이다."

그와 함께 온 미스터 창이 말했다.

"체… 체격이 크…크지 않네유. 내…내 상대가… 안…될 거 같…같은데유."

데스트로가 해성을 보며 대답했다.

땡! 종소리가 울리자 20명의 파이터가 모두 링 위로 올라갔다. 신인전은 1대 1의 대결이 아닌, 모두가 한 링에서 싸우는 방식이었다. 끝까지 의식을 잃지 않고 서 있는 마지막 한 사람이 신인왕을 차지할 수 있었다.

19명의 파이터들은 가장 꼴사나운 베그너의 파이터 해성을 먼저 제거할 생각이었다. 그들은 해성의 주위를 에워쌌다.

"다들 나만 노리는 건가?"

갑작스럽게 19대 1이 되어버린 상황에 해성은 긴장했다.

"헤헤. 다들 같은 생각을 하고 있나 보군."

파이터들이 마치 사전에 작전이라도 짠 듯 모두 해성을 노렸다.

"쳇, 한심한 놈들이군. 기억해 주겠어!"

링을 지켜보던 베그너가 라이벌 사업가들의 면상에 대고 투덜거렸다. 그들은 서로 키득거리며 베그너를 멸시했다.

뒤에서 공격해 오는 상대 파이터의 주먹을 피한 해성은 그를 잡아 앞쪽으로 던졌다. 여럿이 그와 함께 쓰러졌다. 또 다른 파이터가 공격해 왔지만 해성의 어퍼컷 한 방으로 하늘을 날아올라 바닥으로 내동댕이쳐졌다. 이때다 싶어 덩치가 제법 큰 파이터가 발차기를 날렸다.

해성은 빠르게 그의 발을 잡아 공격해오는 다른 무리에게 던지며 위기에서 벗어났다. 주먹과 발차기가 오가는 동안, 해성의 주먹 한 방 한 방에 다들 일격에 줄줄이 쓰러졌다.

시작한 지 5분도 되지 않아 해성은 17명을 해치웠다. 해성의 스피드와 힘은 그토록 대단했다.

"계속 지켜만 볼 생각인가?"

해성은 남은 두 파이터들에게 말했다.

"어떻게 하나 보고 싶었지."

태양으로 불리는 파이터가 대답했다. 다른 18명의 파이터와 다르게 태양의 이마에는 고유번호가 새겨져 있지 않았다. 태양 옆에서 눈치만 보던 또 다른 파이터는 긴장한 기색이 가득했다.

"역시 소문대로 실력이 상당하군."

태양은 꽤 여유로운 표정이었다.

해성의 실력에 난리 난 관중들이 환호했다.

"대단하다. 저 12번! 해성이라고 했나? 와! 8구역에서 왔다더군! 대단해!!"

해성은 순식간에 관중들의 관심을 받았다.

"우하하하! 어떤가! 이 애송이들아!"

베그너는 신이 났다.

"빌어먹을…"

라이벌 사업가들은 낙심하며 그를 질투했다. 해성은 이제 두 사람만 쓰러뜨리면 신인왕이 되는 것이었다.

"어떤가? 이제 좀 생각이 달라졌나?"

관중석에서 해성을 지켜보던 미스터 창이 데스트로를 보며 말했다.

"다…다음에, 만…만나면, 목…목을 끊어버릴게유."

데스트로는 해성을 경계했다.

"그래. 그래야지. 크크크."

미스터 창은 웃었다.

두 사람이 동시에 공격해 올 듯하더니 태양은 순간 멈칫했다. 해성은 먼저 공격해 온 파이터를 가볍게 쓰러트렸다. 드디어 해성과 태양의 1대 1 마지막 대결이 남았다.

"아까부터 진짜 공격은 하지 않는군."

해성은 다른 파이터들과 다른 태양을 주시했다.

"1대 1이 될 때까지 기다렸지. 소개가 늦었군. 해성. 내 이름은 태양이다."

"넌 이마에…?"

해성이 그제야 태양의 이마를 보고는 의아한 표정을 지었다.

"난 이곳 중앙 출신이야. 너희들처럼 고유번호가 새겨져 있지 않지."

"아… 그렇구나…"

"만나게 돼서 영광이야, 해성."

"뭐? 영광…?"

"너에 대해서는 귀가 빠지도록 들었지. 자기 자신이 누군지도 모르는 것까지 말이야."

"무슨 말을 하는 거냐?"

"곧 알게 될 거야."

두 사람의 대화가 끊어지고 태양이 선공격을 했다. 해성이 그의 공격을 막아내며 힘겹게 반격했다. 태양은 확실히 다른 18인의 파이터들과 달랐다. 두 사람은 막상막하의 대결을 펼쳤다.

"(변조된 목소리) 태양이 녀석 너무 흥분했는걸."

"자네가 키우고 있다는 그 아인가?"

"(변조된 목소리) 네. 상당히 쓸만한 녀석으로 성장 중입니다. 좀 철이 없긴 하지만 말이죠."

마음이 앞선 태양을 지켜보던 귀족이 난감한 말투로 말했다. 태양은 귀족 집안에서 일하는 하인의 자식으로 어릴 때부터 파이터로 키워졌다. 이번 신인전에 해성을 테스트하기 위해 귀족이 태양을 내보낸 것이다.

"예상 밖이군. 재밌는 한 해가 되겠어, 안 그래 데스트로?"

미스터 창은 해성과 태양의 대결에 감탄했다. 데스트로는 화가 나기 시작했다.

"제…제가, 다…다 죽여버릴게유."

태양은 자신의 필살기인 연타 공격을 날렸다. 강한 힘과 스피드를 살린 그의 연타 공격에 해성은 쓰러졌다.

"저 7번도 대단하다!! 와!!"

숨죽인 채 멋진 대결을 보던 관중들은 환호했다. 해성은 다시 일어섰다.

"너 같은 상대는 처음이야. 확실히 다르군."

"헤헤. 난 계속 성장 중이라고. 날 상대하려면 너의 숨겨진 힘을 보여줘야 할 것이야."

"이해할 수 없는 말만 계속하는군."

이번엔 해성이 먼저 공격했다. 태양은 날아온 해성의 발차기를 막아내더니 해성에게 달려가 연타 공격을 또다시 퍼부었다. 이번엔 통하지 않았다. 해성은 그의 공격을 읽고 있었다.

"내 움직임을 읽었다고? 말도 안 돼!"

몇 번의 공격만으로 자신의 무공을 다 파악한 해성의 움직임에 태양은 놀라움을 감추지 못했다.

"(변조된 목소리) 놀라운 운동신경이군요. 마치 육체가 정신보다 더 빠르게 반응하는 것처럼…"

"피는 역시 다르다는 건가?"

"(변조된 목소리) 어쩌면 크론의 힘을 능가할지도요."

"그렇게까지 생각하기엔 너무 섣부른 것 아닌가?"

"(변조된 목소리) 적어도 저에겐 그의 잠재된 힘이 느껴지고 있어요."

귀족은 해성의 능력에 큰 희망을 품고 있었다.

공격을 피한 해성은 엄청난 힘의 어퍼컷으로 태양의 배를 강타했다.

"크억!"

태양은 몸을 부들부들 떨며 바닥으로 쓰러졌다. 그는 의식을 잃고 다시는 일어나지 못했다. 해성이 승리의 손을 번쩍 드니, 관중들이 열광했다. 예상 밖의 큰 인기에 해성은 어리둥절했다.

"들리나 데스트로? 관중들이 환호하고 있어. 이런 적이 있었나?"

"화…화가 나유… 정말로 화가 나유…"

"(변조된 목소리) 놀랍군요. 이 정도로 해성이 인기가 있을 줄은 예상 밖이네요."

해성의 데뷔전은 매우 성공적이었다. 데스트로가 자리에서 일어나자 관중들의 환호성이 멈췄다. 모두의 시선이 그에게 집중되었다. 해성의 시선 역시 그를 향했다. 데스트로는 엄청나게 큰 소리로 해성을 향해 고함을 질러댔다. 인간의 목소리라기보다 짐승에 더 가까운 소리였다.

VIP석에 앉아 이 모든 걸 지켜보던 카림은 굳은 표정으로 자리를 떠났다.

'케이, 정말로 저놈의 각성을 기다릴 생각인가…?'

카림은 마음이 복잡했다. 그는 해성의 숨겨진 힘을 느끼고 있었다.

한편, 자신의 방에서 경기를 지켜보던 프랑수아 5세는 해성의 데뷔전에 만족하고 있었다.

"아주 기대되는군. 하하하하!!!"

2부

거대한 힘

1. 고스트팀

한밤중 울려온 인터폰 벨소리에 유진은 조심스레 대문으로 다가갔다. 그녀는 홀로그램 화면에 잡힌 크루거를 보았다. 문을 열어 준 그녀는 키아라와 시선을 교차했다.

"미안하네, 유진. 이 늦은 밤에."

크루거가 말했다.

"…제가 도울 수 있는 일이라면 도와야죠."

막상 친절한 말을 던졌지만 크루거 품에 안긴 키아라를 본 유진은 기분이 좋지 않았다. 크루거를 도와 키아라를 부축한 유진은 그녀를 소파에 눕혀 상태를 확인했다.

가슴 아래로 깊은 출혈이 있었고 뼈가 여러 군데 부러진 그녀의 상처는 심상치 않았다.

"생각보다 부상이 심각하네요."

유진은 서랍에서 비상의료장비를 꺼냈다.

"다행히 재생액체가 한 통 남아 있어요. 도와줘요. 대장."

크루거는 유진을 도와 키아라의 몸을 일으켜 욕실로 데리고 갔다. 유진은 키아라의 옷을 하나씩 벗기기 시작했다. 근육으로 단련된 그녀의 몸이 관능적으로 다가왔다.

물속에 몸을 담근 키아라는 고통을 힘겹게 이겨냈다. 유진은 가지고 있던 재생액체를 물속에 부었다. 욕조 물이 부글부글 끓더니 액상 물질이 키아라의 상처를 치유하기 시작했다.

"두어 시간 지나면 괜찮을 거예요."

한숨 돌린 유진은 담배 한 개비를 꺼내 피웠다. 유진의 표정은 어두웠다. 크루거의 시선이 키아라에게 계속 가 있는 것 같다는 생각이 들자 마음이 무거워졌다.

크루거는 머리가 다시 지끈거렸다. 그는 약통을 꺼냈지만 비어 있었다.

'빌어먹을…'

미스터 창의 뒤를 쫓을 때 마지막 남은 한 알을 먹었던 기억을 되새겼다.

"제가 나중에 본부로 돌아가서 약을 좀 챙겨드릴게요."

유진이 말했다.

"고맙네, 유진."

두통이 그를 괴롭혔지만, 크루거는 그것이 지나가기만
기다렸다.

"나를 살려둔 걸 후회하게 될 거다."

긴 침묵을 이어가던 키아라가 입을 열었다.

"너는 고스트팀인가?"

크루거는 물었다.

"…그렇다. 우리에 대해 알고 있었나?"

"…들은 적은 있다. 실제로 본 건 네가 처음이군."

"…난 중앙본부 연구실에서 태어났다. 내 부모는 1구역
노동자 출신이었지."

"연구실에서 태어난 아이들은 몇 명이었나?"

"수백 명은 될 것이다…."

"수백 명?"

놀란 크루거는 유진과 시선을 교차했다.

"들은 적 있는 거 같아요. 연구실 아이들… 10년 전 불이
나지 않았나요?"

담배를 태우던 유진이 물었다.

"맞아. 그때 내 나이 12살이 되던 해였지. 불이 났을 때
카림은 나와 쌍둥이를 데려갔어."

"카림? 제3지구 군대를 이끄는 대장을 말하나?"

크루거가 다시 물었다.

"그렇다. 우린 철저하게 그의 그림자 속에서 키워졌어. 중앙에서는 나와 쌍둥이가 죽은 줄로 알고 있을 거다. 화재의 주범이 카림이었다는 걸 나중에 알게 되었지."

"연구실 아이들은 그럼…?"

이번엔 유진이 키아라에게 물었다.

"그 아이들이 모두 살아남았는지는 나도 모른다. 내가 유일하게 아는 건 그들 중 일부는 중앙본부의 고스트팀으로 프랑수아 5세의 명령을 받고 활동하고 있다는 것이다. 그들이 어떤 힘을 가졌는지는 카림도 모른다더군."

"일부러 DNA를 남긴 이유는 뭔가? 자신의 존재를 중앙에 알리고 싶었나?"

크루거의 물음에 키아라는 말을 이어갔다.

"…난 절망에 빠져 있었다. 카림이 우리에게 준 임무는 너무도 끔찍했지. 의미 없는 살인에 지쳐있던 난, 카림의 비밀 대화를 우연히 듣게 되었다. 내 부모가 저장소라는 곳에서 희생되었다는 것을…"

유진은 키아라의 답변에 다소 충격을 받은 표정이었다.

"저장소는 어떤 곳이지? 위치는 알고 있나?"

크루거는 다시 물었다.

"그곳은…"

콰지직! 욕실 벽이 갑작스레 밖으로 뜯겨 나갔다. 욕조에 있던 물들이 염력의 힘에 이끌려 방울 형태로 공중 부양되고 있었다. 치료 중이었던 키아라는 하늘에 떠 있는 제타와 알렉스에게 날아갔다.

"키아라!"

크루거가 외쳤다. 그는 나노아머의 레이저건을 쌍둥이 남매를 향해 발사했다. 알렉스는 손을 뻗어 날아오는 레이저를 소멸시켰다. 알렉스의 힘에 놀란 크루거는 다시 레이저를 조준했다. 그때, 알렉스는 염력의 힘으로 크루거의 몸을 마비시켰다.

"뭐야, 너무 싱겁잖아."

알렉스는 공중 부양된 크루거를 농락했다. 그의 팔을 움직이게 한 뒤 레이저건을 턱 아래로 가져가게 했다.

'크윽, 빌어먹을… 도저히 움직일 수가 없어…'

키아라와는 완전히 다른 힘에 압도적으로 눌린 크루거는 얼굴을 겨냥한 자신의 레이저건에서 벗어나기 위해 안간힘을 썼다.

"제타… 저들은 중앙 놈들이야. 내버려 둬…"

제타 앞에 공중 부양된 키아라는 간절히 부탁했다. 제타는 아무 말 없이 지켜만 보고 있었다. 펑! 어디선가 레이저가 날아와 방심하고 있던 알렉스의 얼굴을 명중시켰다. 공중 부양되었던 크루거는 바닥으로 내동댕이쳐졌다.

얼굴을 맞은 알렉스가 날아온 방향으로 고개를 돌렸다. 유진의 호신용 레이저건 공격이었다. 짜증난 알렉스는 가벼운 손짓만으로 그녀를 날려 보냈다. 유진은 벽을 맞고 정신을 잃은 채 쓰러졌다.

"쳇! 정말 약해빠졌군."

알렉스가 투덜거리는 동안, 크루거는 그에게 근접해 얼굴에 대고 레이저를 날렸다. 가까스로 손을 뻗어 레이저를 소멸시킨 알렉스는 손가락 마디 하나하나가 저렸다.

"날 화나게 하지 마!!"

불같은 성격의 알렉스가 눈을 부릅뜨고는 크루거를 염력으로 강하게 밀어냈다. 멀리 날아간 크루거는 벽을 부수며 나가떨어졌다. 알렉스는 크루거의 몸을 다시 염력의 힘으로 붙잡은 뒤 그의 얼굴 가까이 다가갔다. 크루거의 목이 조여왔다.

"크윽…"

숨쉬기가 힘들어진 크루거는 바둥거렸다.

"그만해 제타. 제발 그만해…"

제타에게 애원하는 키아라의 눈에서 눈물이 주르륵 흘러내렸다. 키아라의 진심에 제타는 마음이 흔들렸다.

"알렉스, 그만하자."

제타는 알렉스를 향해 말했다.

"뭐? 왜 그래? 이제 재밌어지고 있는데?"

알렉스가 대답했다.

"중앙 놈들이잖아. 일 크게 만들지 마. 키아라를 잡았으니 우리 임무는 여기까지야."

"쳇…"

알렉스는 마지 못해 목을 조르고 있던 염력의 힘을 풀었다.

"다시는 나대지 마라."

성에 안 찼는지 알렉스는 크루거의 몸을 날려 벽에 꽂아 버리고는 제타에게 날아갔다. 쌍둥이 남매는 키아라를 데리고 어딘가로 사라졌다.

벽에 꽂힌 크루거는 나노슈트의 쉴드 덕에 큰 부상은 피할 수 있었다. 몸을 빼낸 그가 바닥으로 떨어졌다.

"유진? 유진!"

그는 쓰러진 유진에게 다가갔다. 의식을 잃었던 유진이 눈을 뜨자 크루거는 안도의 한숨을 내쉬었다.

"대장님은 괜찮으세요?"

유진이 물었다.

"난 괜찮네. 자네 머리부터 치료해야겠군."

유진의 머리에서 피가 흐르고 있었다. 크루거는 비상의료장비에서 소독약과 나노밴드를 꺼냈다. 그는 유진의 다친 머리를 소독하고 나노밴드를 상처 위로 붙였다. 밴드 속 물질이 그녀의 찢어진 부위를 서서히 아물게 만들어 출혈을 멈추게 도와줬다.

크루거로부터 뜻밖의 도움을 받은 유진은 묘한 용기가 생겨났다. 크루거의 얼굴이 가까워지자 순간 그의 입술을 빼앗았다. 그녀의 감정을 모르고 있진 않았던 크루거는 그녀의 따뜻하고 촉촉한 입술을 거부하지 못했다. 가벼운 입맞춤이 뜨거운 키스로 발전했다. 두 개의 커다란 달이 훤하게 부서진 벽 사이로 두 사람을 비추었다.

"사랑해요."

유진은 용기를 내어 고백했다.

"유진… 난…"

그들의 대화는 오래가지 못했다. 멀리서 중앙경찰의 사이렌 소리가 들려왔다. 연이어 크루거의 나노아머에서 호출 신호도 울려왔다. 바할의 긴급 소환 명령이었다. 크루거는 유진을 의식했다.

"…대장 먼저 가세요… 전 경찰과 정리하고 뒤따라갈게요…"

유진의 얼굴은 어두웠다. 선뜻 대답 못 한 크루거에게 상처받은 그녀는 그의 뒷모습을 바라만 보았다.

슬픔에 잠긴 유진을 뒤로하고 크루거는 곧바로 본부로 날아갔다. 바할 대장실 앞에 도착한 크루거는 소환된 12개 팀의 대장들과 마주쳤다. 다들 심각한 표정이었다. 크루거를 의식한 대장들 사이, 타케시도 있었다.

크루거는 눈총 따가운 이들의 시선을 지나 바할 대장실로 들어갔다. 바할은 크루거를 기다리고 있었다.

"어떻게 된 건지 얘기해 주겠나?"

바할이 크루거를 보자마자 다짜고짜 물었다. 크루거는 침묵했다. 바할의 의도를 파악하지 못하고 있었다.

"모르고 있는 듯하군. 자네 요원들이 모두 사망했네."

충격에 휩싸인 크루거는 아무 말도 하지 못했다.

"자네의 단독 행동 때문에 다른 팀 대장들이 지금 불만이 많아."

바할은 말을 이어갔다.

"내부 조사가 있을 거야. 끝날 때까지 자네 직위를 해제하겠네. 나노아머도 반납하고 당분간 집에서 대기하고 있게."

"…알겠습니다."

크루거는 손목에 차고 있던 나노아머를 바할에게 내려놓았다.

"이제 가 봐."

크루거는 대장실을 묵묵히 나갔다. 그의 시선은 대기 중이던 각 팀의 대장들과 다시 한번 마주쳤다. 크루거가 그들을 지나치자 타케시가 그의 어깨를 잡으며 막아섰다.

"그냥 그렇게 갈 건가? 크루거?"

타케시는 진지했다.

"이 손 놓지. 너한테 할 말 없어."

크루거는 타케시의 손을 뿌리쳤다.

"이 자식이!"

흥분한 타케시가 크루거의 얼굴에 주먹을 날렸다. 한 대 맞은 크루거는 다케시에게 돌진했다. 온몸을 던지며 다케시를 바닥에 쓰러트린 크루거는 그의 얼굴을 때렸다. 크루거의 돌주먹을 맞은 타케시는 두 번째 한 방은 막아내며 크루거를 밀쳐냈다.

바할의 대장실 앞에서 두 남자의 난타전이 일어나자 다른 팀 대장들은 말없이 지켜만 보았다. 고독한 남자들의 싸움 같았다. 둘의 대결은 서로의 공격이 먹혔다 막혔다를 반복했다. 싸움이 꽤 소란스러워지자 바할이 나왔다.

"여기서 뭐 하는 짓거리야!"

바할은 소리쳤다. 상관의 큰 소리에 크루거와 타케시는 싸움을 즉시 멈췄다. 구경만 하던 대장들은 모두 똑바로 선 채 상관에게 예우를 갖췄다.

"다들 할 일 없어?! 레볼트 하나라도 더 잡아 와!"

바할이 대장실 문을 쾅 닫고 들어가자, 긴장한 동료들은

166

부랴부랴 자리를 떠났다. 타케시는 그냥 가기 아쉬운지 크루거의 어깨를 툭 밀치며 떠났다. 홀로 남은 크루거는 잠시 숨을 돌렸다.

크루거는 시신 소각장으로 내려갔다. 불이 활활 타오르는 소각장에는 여러 시신이 차례를 기다리며 바닥에 안치되어 있었다. 지하에 도착한 크루거는 마뉴의 얼굴을 보았다. 아직 훈련생이었던 신참도 이들 사이에 있었다. 본부로 돌아온 지 며칠도 지나지 않아 그는 제8구역에서 함께 했던 요원들과 신참까지 모두 잃었다. 뼈아픈 실수를 저지른 것 같았다.

가장 아끼던 요원인 마뉴의 죽음은 받아들이기 힘든 현실이었다. 마뉴는 자신의 뒤를 이을 만큼 제1팀의 차기 대장으로서 그 능력을 인정받고 있었기 때문이다.

플릭 출신들은 장례식을 치르지 못하는 게 관례였다. 그래서 플릭으로 활동하다 목숨을 잃으면 그 시신은 수사국 지하에 있는 소각장에서 소리도 없이 사라져야만 했다. 대부분의 요원들은 고아원 출신들이었기 때문에 찾아오는 이도 없었다. 그들의 마지막은 냉혹함이 가득한 외로운 죽음이나 다름없었다.

소각장 직원들은 시신들을 하나씩 불 속으로 집어넣었

다. 굉장한 소리를 내며 불은 활활 타올랐다. 크루거는 마뉴의 시신이 타들어 가는 모습을 한참 동안 보더니 휘파람을 불었다. 그 소리는 무척이나 무겁고 쓸쓸했다. 살아남은 자가 죽은 자에게 해줄 수 있는 마지막 위로였다. 소각장 직원들도 다들 동참했다. 마치 그들만의 염을 치르는 듯 휘파람 소리가 모여 하나의 멜로디처럼 울려 퍼졌다.

소각장을 나온 크루거는 수사국 지하에 주차된 크루저 모터사이클로 향했다. 옛 지구인이 사용했던 골동품이었다. 오랫동안 사용한 적이 없었는지 먼지가 가득했다. 바이크에 손을 얹은 크루거는 깊은 한숨을 내쉬었다. 마치 죽은 제시가 눈앞에 아른거리는 것 같았다. 시동을 걸자 엔진 소리가 거칠게 들려왔다. 오랜만에 듣는 소음에 심취된 크루거는 가속 핸들을 당겼다. 골동품은 기다렸다는 듯 빠르게 수사국을 빠져나갔다.

바할은 일급기밀 사항으로 올라온 홀로그램 자료 속, 중앙본부 CCTV에 녹화된 동영상들을 보고 있었다. 고민이 많은 바할 앞으로 어둠 속에 숨어 있던 누군가가 다가왔다.
"아무래도 문제가 좀 커진 것 같군."
불청객이 말했다. 얼굴변환기를 장착한 그는 바할 앞에 앉았다.

"크루거라고 했나? 인간치고는 꽤 용감하게 싸우더군. 아깝지만 우리에 대해 아는 게 너무 많아졌어."

불청객은 목에 차고 있던 얼굴변환기 작동을 해제했다. 미스터 창이었다.

"제거하자는 말인가?"

바할이 물었다.

"자네 부하이니 알아서 해결하시지."

미스터 창은 대답했다.

"카림의 비밀연구실 위치는 아직인가?"

바할은 재차 물었다.

"카림은 매우 신중한 녀석이야, 바할. 쉽지 않아."

바할이 보고 있던 홀로그램 영상 속에는 괴물로 변신한 미스터 창이 키아라와 함께 맞서는 크루거의 모습이 들어 있었다.

"…카림이 빼돌린 실험체인 건 확실한데, 증거가 부족해. 놈의 확실한 증거를 가져와 줘야겠어."

키아라를 보던 바할은 심각한 얼굴로 말했다.

"쳇! 카림이 우림지대 채굴장 프로젝트를 가지고 간 이후부터 케이는 나에게 저장소 임무만 주고 있어. 그의 저장소 프로젝트만으로도 벅차. 카림은 이제 직접 상대하시지."

미스터 창의 시원찮은 대답에 바할은 인상을 찡그렸다.

"케이의 신뢰를 두둑이 받더니, 카림을 누르겠다던 마음이 바뀌었나 보군, 미스터 창?"

"우리끼리 싸우는 게 무슨 의미가 있나? 난 그저 이 체제가 영원히 계속되길 바랄 뿐이지."

"그건 나도 마찬가지야. 카림은 믿을 놈이 못 돼. 그는 케이가 우리에게 애초에 한 약속을 망칠 놈이라는 거지."

"음…"

미스터 창은 고민하더니 자리에서 일어났다.

"자네 부하부터 해결해 주게. 나도 최선을 다할 테니."

미스터 창은 얼굴변환기를 다시 작동시킨 뒤, 바할 대장실 문을 열고 나갔다. 바할은 갈등했지만 그에겐 선택의 여지가 별로 없었다. 그는 호출 영상을 작동시켰다.

"타케시, 당장 대장실로 오게."

호출을 받은 타케시는 얼마 지나지 않아 바할 대장실로 들어왔다.

"여기 앉게."

"네."

긴장한 타케시는 바할 앞에 앉았다.

"자네가 그 누구보다 크루거를 잘 알겠지?"

"…네 맞습니다."

바할의 물음에 타케시는 군인스럽게 대답했다.

"아무래도, 음… 크루거를 체포해야겠어."

타케시는 의아한 표정을 지었다.

"…무슨 죄로 말입니까?"

"…반역죄."

"크루거가 레볼트와 연계되어 있다는 말씀입니까?"

타케시는 매우 당황했다.

"그렇다는 제보가 들어왔네. 조용히 그를 데리고 와. 시끄럽지 않게. 무슨 말인지 알겠지? 그의 죄목은 일급기밀일세. 자네만 알고 있게나."

"…네…"

마음이 착잡한 유진은 본부로 들어왔다. 사랑하는 남자에게 고백했지만 돌아온 거라고는 침묵이었다. 간호실로 도착한 그녀는 야간 근무를 하는 훈련생과 마주쳤다.

"오늘 휴직 아니었나요?"

잠이 덜 깬 훈련생이 눈을 반쯤 뜨고는 유진에게 물었다.

"어? 응… 잠깐 들렸어. 나 신경 쓰지 마."

유진의 대답에 훈련생은 다시 잠들었다. 그녀는 크루거에게 줄 두통약을 챙기고는 간호실을 나왔다.

"이 밤중에 긴급 소환이라니요? 무슨 일입니까?"

"몰라… 묻지 마."

긴급소환 명령을 받은 제2팀 요원들이 유진 옆을 지나갔다. 그들의 얼굴에 피곤한 기색이 가득했다.

"안녕, 유진."

제2팀 요원 중 막내가 그녀에게 인사했다. 요원들은 수줍은 미소를 보인 유진을 뒤돌아보더니 키득거리며 타케시 대장실로 들어갔다.

"잘 들어라. 우리 2팀은 1팀의 대장 크루거를 오늘 밤 체포한다."

"예? 무슨 죄로요?"

의아해하는 요원들의 물음에 타케시는 답변을 하지 못했다.

사랑했던 제시를 잃은 후 사이가 나빠졌지만 타케시는 그 누구보다도 입사 동기였던 크루거를 잘 알고 있었다. 크루거가 반란군을 돕고 있다는 바할의 말을 도저히 믿을 수 없었다. 하지만 상관의 명령을 따르는 것은 플릭이 지켜야 할 절대적 규칙이었다.

"…위로부터 내려온 명령이다. 더 알려고 하지 마라."

유진은 타케시의 대화를 몰래 엿듣고 있었다. 당황한 그녀는 필사적으로 뛰었다.

'안 돼, 이렇게 끝나는 건 아니잖아!'

사랑하는 남자를 구하기 위해 그녀는 모든 걸 걸고 달렸다.

2. 그랜드킹

　고층빌딩 최상층에 위치한 고급 펜트하우스에서는 해성의 데뷔전을 기념하는 웅장한 파티가 열리고 있었다. 베그너의 파티에 초대받은 상류층들이 해성을 만나기 위해 줄을 서야 할 지경이었다.

　하인들은 고급술과 음식들을 나르느라 정신이 없었다. 수많은 인파가 붐비는 럭셔리한 파티였다.

　"하하! 해성아! 이제 넌 이곳에서 유명인이야!"

　베그너가 술에 잔뜩 취한 채 해성의 화려한 데뷔전에 축배를 들고 있었다. 수많은 부유층의 관심과 격려를 받던 해성은 쑥스러운 미소를 지었다. 그가 살아온 환경과 너무도 다른 분위기에 적응하는 게 쉽지 않았다.

　"반가워요. 영광이에요."

　"손이 생각보다 부드럽네요."

"다음 경기도 지켜볼게요."

그를 만나러 온 이들은 해성에게 다가와 한 번씩 말을 건넸다. 너무 많은 이들을 만나느라 누가 누군지 알 수 없었지만, 해성은 최선을 다했다.

베그너에게 초대받은 이들 중엔 해성의 데뷔전을 보러 왔던 마르고 키가 큰 귀족과 고위급 남자도 있었다. 특수가면을 쓴 귀족과는 다르게 고위급 남자는 본 얼굴을 숨기지 않았다. 바로 디아고 원로였다. 그는 제3지구 원로원의 권력자 중에서도 그 중심에 있는 인물이다.

"축하드립니다. 베그너 사장님께서 대단한 인물을 찾으신 것 같군요."

"디아고 원로께서 직접 여기까지 오시다니요. 정말 영광입니다."

베그너는 원로의 방문에 놀라며 그를 반겼다.

"앞으로도 계속 지켜보겠습니다. 저도 투자를 좀 생각해봐야겠네요. 하하!"

"하하! 언제든지 연락해주십시오. 문은 열려 있습니다. 디아고 원로님!"

신이 난 베그너는 자신감이 대단했다. 디아고 원로는 다음 사람을 위해 인사를 한 뒤 거리를 두고 서 있는 마르고 키가 큰 귀족에게 돌아갔다. 해성은 자신을 뚫어지라 보는 귀족이 계속 신경에 거슬렸다. 가면을 쓴 그의 얼굴에서 해성은 이상한 기운을 느끼고 있었다.

'뭐지 이 기운은…?'

알 수 없는 미지의 기운을 느낀 해성은 몸이 굳은 채 움직이질 못했다. 마치 귀족이 그에게 마법이라도 거는 것 같은 기분이 들었다.

"자 그럼! 다들 파티를 즐기시라고!"

베그너가 샴페인을 터트렸다. 준비된 작은 무대 위에는 섹시한 의상을 입은 아리따운 여성이 노래를 불렀다. 처음 들어본 노랫소리에 해성의 시선이 그녀에게 갔다.

노래를 부르는 여성은 해성을 뜨거운 눈빛으로 유혹했다. 해성은 멍하니 그녀의 감미로운 목소리를 들었다. 그때 베그너가 해성의 어깨에 팔을 걸치며 다른 사업가들에게 데리고 갔다. 투자가 목적인 이들은 모두 해성에게 큰 기대를 걸고 있었다.

해성이 억지로 끌려다닌 지 시간이 꽤 흘렀다. 피곤한 기색이 가득한 그의 시선엔 붉은소금을 즐기는 게스트들의 낯 뜨거운 장면이 들어왔다.

해성의 마음 한구석은 엄마와 준혁의 생각으로 가득했다. 그는 조용한 창가로 가서는 씨티의 화려한 밤 야경을 보았다.

그의 옆으로 무대 위에서 노래를 불렀던 여성이 다가왔다.

"안녕."

와인을 손에 든 여성은 해성에게 인사했다.

"아… 안녕하세요…"

그녀는 해성에게 바짝 다가갔다. 해성이 얼굴을 붉히며 당황하자 그녀는 해성에게 귓속말로 속삭였다.

"난 강한 남자가 좋아."

해성의 볼에 가벼운 입맞춤을 한 그녀는 바를 향했다. 고개를 돌려 해성을 보는 그녀의 뒤태는 해성을 자극하기에 충분했다. 그녀에게 완전히 시선을 빼앗긴 해성 앞에 자신과 대련했던 태양이 다가왔다.

"뭐… 뭐냐?"

해성은 인사도 없이 불쑥 나타나 자신을 뚫어지라 보는 태양에게 물었다.

"지겹지? 이런 파티?"

태양은 물었다.

"뭐?"

"이런 파티 수도 없이 하게 될 거다. 곧 지겨워서 오기도 싫어질걸."

"넌 파티에 익숙한가 보구나. 난 아직 뭐가 뭔지 모르겠다.”

“특히 얼굴변환기 장착한 여자들 조심해야 할 거다.”

“뭐?”

태양은 해성을 유혹했던 여성을 가리켰다. 그녀의 목에는 얼굴변환기가 장착되어 있었다.

“너 나랑 어디 좀 가자.”

“어딜?”

“따라와 봐. 지금 다들 취해서 신경도 안 써.”

어리둥절한 해성은 태양의 뒤를 따랐다. 베그녀의 경호원이 주방으로 가는 해성과 태양을 가로막았다.

“해성이 배가 고프다고 해서요.”

태양은 핑계를 댔다. 경호원은 그들을 안으로 들어가게 해주었다. 태양은 귀족의 하인답게 주방에서 일하는 인력들과 친분이 깊은 사이였다.

마치 메시아의 등장을 보는 듯 백여 명의 하인들이 일제히 해성에게 가까이 갔다. 손을 잡거나 어깨에 손을 얹는 등 한 번이라도 만지고자 하는 이들 사이를 해성은 당혹해하며 지나갔다.

태양을 따라 도착한 곳은 주방의 끝에 위치한 탈의실이었다. 그곳엔 마르고 키가 큰 귀족이 앉아 있었다. 해성은 그에게서 느꼈던 미지의 기운을 기억했다.

"당신이었군요. 내가 느꼈던…"

"(변조된 목소리로) 기운 말이죠?"

귀족은 해성의 말을 이었다.

"(변조된 목소리로) 드디어 우리가 만나게 되었네요."

"누구시죠? 저를 아시나요?"

"(변조된 목소리로) 당신을 오랫동안 찾았어요."

"그게 무슨 … 말이죠?"

"(변조된 목소리로) 우린 당신의 도움이 필요해요."

"우리라니요? 누구를 말하는…?"

해성은 뒤를 돌아 태양을 보았다. 귀족은 말을 계속 이어
갔다.

"(변조된 목소리로) 주방에서 못 느꼈나요? 모두가 당신
을 기다렸어요."

"도저히 … 무슨 말을 하는지 모르겠어요."

"(변조된 목소리로) 당신은 우리가 사는 이 세상이 이상
하다고 생각하지 않나요?"

해성은 혼란스러웠다.

"(변조된 목소리로) 우리가 세상을 바꾸려면 당신의 힘
이 필요해요."

"전 그저 싸움이나 하는 파이터예요. 혹시 레볼트?"

"(변조된 목소리로) 우린 레볼트와 동맹 관계에 있는 다
른 조직이에요. 목적은 같죠."

귀족은 망설임 없이 대답했다.

"당신들이 바꾸려는 세상이 어떤 건지 모르겠지만, 지금은 제 가족을 찾는 게 더 중요해요. 제 목적은 그것밖에 없어요."

"(변조된 목소리로) 우린 자유롭지 못한 이 세상을 다시 바로 잡으려는 거예요. 스스로 결정하면서 살고 싶지 않나요? 생각해 봐요. 당신의 의지대로 살아본 적이 있는지 말이에요."

귀족의 말에 해성은 갈등했다. 무슨 말을 해야 할지 몰랐다.

"…오늘 일은 못 들은 거로 할게요."

그가 뒤돌아서자 동요한 태양이 그의 앞을 막아섰다.

"불공평해, 불공평하다고! 아리아님 이딴 놈이 선택된 자라고 할 수 있습니까!"

태양은 화를 냈다.

"(변조된 목소리로) …가게 내버려 둬."

귀족은 해성을 말리지 않았다.

"아리아님!"

실망한 태양은 해성의 앞을 열어주었다. 다시 부엌을 지나는 해성은 자신에게 희망을 건 하인들의 시선을 계속 의식했다.

"이제 어떡하시려고요?"

태양은 귀족에게 물었다.

"(변조된 목소리로) 그에게 진실을 말하기에는 아직 때가 아닌 것 같아. 좀 더 지켜보자."

귀족은 대답했다.

해성은 다시 파티장으로 돌아왔다. 그의 시선은 전라의 남녀 사이에서 애정 행각을 벌이는 한 남자에게 갔다. 고향에 있는 동상의 모습보다 더 뚱뚱하고 나이가 들었지만 그는 분명 제8구역의 전설 그랜드킹이었다. 그의 이마에는 해성처럼 구역의 고유번호가 새겨져 있었다.

"안녕하세요, 그랜드킹 아니신가요?"

술에 취한 그랜드킹은 해성을 보았다.

"오! 8구역의 영웅 해성 아니신가? 허허."

그랜드킹은 앞에 놓인 샴페인을 병째로 벌컥 마시더니 해성에게도 권했다. 해성은 고개를 가로저었다.

"아, 8구역에 안 가본 지가 벌써 30년도 넘었나? 여전히 도로시가 통치자로 있나 거기는?"

"네, 맞아요…"

해성은 그랜드킹을 위에서 아래로 훑어보았다. 그는 어딜 봐도 향락을 즐기는 늙은 알코올 중독자였다. 영웅의 모습은 없었다. 그런 해성의 시선을 본인도 느꼈는지 그는 자리에서 일어났다.

"우리 좀 걸을까?"

　그랜드킹은 해성과 함께 옥상 야외 수영장이 있는 테라
스로 향했다.
"한 대 필 텐가?"
　그는 시가를 입에 물었다.
"아니요. 괜찮습니다."
"옛 지구인들의 손재주는 정말 기가 막히지. 이 맛을 한
번 맛보면 말이야, 잊지 못해. 언제 한 번 내 사업장에 놀러
오라고. 옛 지구인의 전통대로 재배 중인 시가를 보여줄 테
니."
"아 네…"
　시가에 불을 붙인 그는 대화를 계속 이어갔다.
"이곳 출신 놈들은 시가의 가치를 몰라. 붉은소금밖에 모
르지. 다들 머저리들이야. 너희는 다들 머저리들이야!!! 우
하하하하!!"

　그랜드킹은 큰 소리로 사람들을 놀렸다. 당황한 해성이
주위를 돌아보았지만, 어느 누구도 그의 소리를 듣지 못했
는지 관심이 없는지 다들 각자의 향락에 심취되어 있었다.
"봤지? 해성아, 이상한 나라에 온 걸 환영한다. 허허!"
　테라스로 도착하니, 시원한 바람이 불어왔다. 공기가 좋

았다. 제8구역에서의 공기와는 완전히 달랐다. 해성은 숨을 깊이 들이쉬더니 내쉬었다. 그랜드킹은 해성을 보며 마치 옛 생각이 났는지, 씁쓸한 미소를 보였다.

"어때? 베그너 밑에서?"

조금 진지해진 그랜드킹은 해성에게 물었다.

"잘 대해주시는 거 같아요."

해성은 대답했다.

"그럼 다행이군. 난 베그너의 아버지 밑에 있었네. 그는 파이터들을 존중했던 얼마 안 되는 괜찮은 사업가 중 한 명이었지."

"아, 몰랐어요."

"근데 그 아들은 말이야…"

그랜드킹은 멀리 발코니에서 신나게 춤추고 있는 베그너를 보았다. 그는 수많은 남녀와 붉은소금을 흡입하며 광란의 밤을 보내고 있었다. 그랜드킹의 시선은 다시 해성에게 갔다. 젊은 파이터를 보던 그는 결국 하려던 말을 아꼈다.

"8구역에선 나에 대해 어떻게 기억하고 있나?"

그는 주제를 바꾸었다.

"네? 그게… 30년 전… 레볼트 전쟁 이후…"

"사라졌다고?"

그랜드킹은 해성의 말을 받아쳤다.

"네, 맞아요."

"하하하! 하하하!"

그랜드킹은 껄껄 웃었다. 그의 과장된 웃음에 해성은 당황했다.

"전쟁 이후 내가 대회에 나가지 않은 건, 더는 링에서 싸우는 게 의미가 없었기 때문이야. 무엇을 위해… 누구를 위해 싸우는지 도저히 알 수 없었지.

난 지금도 몰라. 그래서 보시다시피 하루하루의 쾌락을 위해서만 살아가지. 그게 지금의 나야. 허허."

그랜드킹의 말을 듣는 해성은 매우 진지했다.

"그랜드킹! 거기 서 있지 말고 여기로 들어와요!"

수영장에서 즐기던 누군가가 그랜드킹을 불렀다.

"기왕에 이곳에 온 김에 자네도 인생 즐겨보라고! 아직 한창이구먼! 총각이지?"

"네? 그게…!"

해성은 얼굴을 붉혔다.

"허허! 부끄러워할 필요 없네. 나도 자네 나이일 땐 경험이 없었다네. 허허!"

그랜드킹은 변태스러운 미소를 짓더니, 수영장으로 몸을 날렸다. 그의 육중한 몸의 충격으로 수영장 물이 사방으로 튀었다.

"꺄악!"

다들 웃으며 즐기는 모습을 보던 해성은 파티장 안으로 다시 들어갔다. 해성은 실망했다. 자신이 꿈꾸던 영웅의 모습을 찾아볼 수 없었기 때문이다.

해성은 바에서 와인을 마시는 여성의 뒷모습을 보았다. 조금 전에 자신을 유혹했던 여성이었다. 해성과 다시 시선을 마주친 그녀는 자리에서 일어나 펜트하우스를 나갔다. 마치 자신을 따라오라고 암시라도 하는 듯 해성을 향한 그녀의 시선은 뜨거웠다. 그는 잠시 망설이다가 그녀의 뒤를 따라갔다.

"어디로 가시게요?"

경호원이 그를 막았다.

"아, 그게… 음…"

마침 문이 열린 사이로 여성은 해성을 보고 있었고 경호원은 분위기를 감지했다. 홀로 엘리베이터를 탄 그녀는 아래로 내려갔다.

"경호원 한 명 붙여 드릴게요."

경호원은 바로 해성을 보내주었다. 해성은 엘리베이터를 타고 아래로 내려갔다. 그가 로비로 도착하자 그녀는 이미 택시에 타고 있었다. 아래층에 대기 중이던 경호원이 해성에게 다가왔다.

"어디로 모실까요?"

"아, 그게… 저 택시 따라갈 수 있을까요?"

경호원은 해성을 리무진에 태워 곧바로 택시를 따라갔다.

스카이로드를 날아가는 동안 해성은 묘한 감정에 사로잡혔다. 헤나를 만났을 때처럼 수줍음 많은 남자아이의 모습이었다. 운전하던 경호원은 긴장된 해성을 힐끔 보더니 피식 웃었다.

여성이 탄 택시는 멀지 않은 곳에 있는 고급 호텔에 멈췄다. 경호원의 리무진도 바로 뒤따라 호텔 앞으로 정차했다. 그녀는 로비에서 해성을 기다리는 분위기였다. 그녀와 시선을 마주친 해성은 리무진에서 내렸다.

"천천히 즐기다 오세요."

경호원이 해성에게 웃으며 말했다.

"아… 네…"

얼굴이 붉어진 해성은 호텔 안으로 들어갔다. 로비에서 그를 기다리던 여성은 해성의 손을 잡고 호텔 방으로 데려갔다. 안으로 들어오자마자 그녀는 해성을 침대에 눕히고는 그의 윗옷을 벗겼다.

그녀가 입고 있던 드레스를 벗자 적당히 부풀어 오른 그

녀의 가슴이 드러났다. 해성의 눈이 휘둥그레졌다. 그는 그
녀의 목에 장착된 얼굴변환기에 손을 가져갔다.

"안 돼."

해성의 손을 살며시 막은 그녀는 해성의 입술을 빼앗아
키스하고는 아래로 내려가 부드럽게 애무를 하기 시작했
다. 너무도 적극적인 그녀의 뜨거운 행위에 해성은 처음 겪
어 보는 흥분을 느꼈다.

그녀는 해성의 위에 올라타 자신의 가슴을 만지게 하고
는, 그의 검지를 입안에 넣어 촉촉한 혀로 빨았다.

"아!"

해성의 표정이 순간 일그러졌다. 손가락에서 피가 흐르
는 것이 보였다. 그녀가 해성의 손가락을 깨문 것이다. 그
녀는 흐르는 피를 빨기 시작했다. 그리고 해성을 향해 괴상
한 표정을 지었다.

"눈 감아."

흥분되면서도 괴상한 첫 경험이었다. 해성은 그녀의 요
구대로 눈을 감았다. 그녀의 끈적한 혀는 해성의 귀를 애무
하다가 목으로 내려갔다.

그리고 그때, 그녀의 표정이 일그러지더니 입이 쩍 벌어
졌다. 목에 찬 얼굴변환기가 부서지면서 흉측한 괴물의 본
모습이 드러났다.

이상한 기분에 눈을 뜬 해성은 날아오는 거대한 입을 두 손으로 막았다. 놀란 그는 힘으로 밀어냈다. 바닥으로 떨어진 괴물은 괴상한 소리를 내며 입을 쩍 벌려 다시 공격해 왔다. 마치 오랫동안 굶주린 짐승 같았다.

쫘아아악! 무언가가 괴물을 반으로 갈랐다. 진득한 검은 피가 사방으로 퍼지더니, 해성 앞으로 마르고 키가 큰 귀족이 서 있는 것이 보였다. 그는 하얀빛이 활활 타오르는 검을 들고 있었다.

반으로 갈라진 괴물은 죽지 않고 계속 꿈틀거렸다. 귀족은 괴물을 향해 손을 뻗었다. 그의 손에서 하얀빛의 에너지가 모이더니 갈라진 괴물을 향해 그 에너지가 퍼졌다. 그것을 맞은 괴물은 몸이 재생되지 못했다.

"크아아악!"

귀족은 에너지를 증폭시켰다. 기괴한 비명을 지르던 괴물은 끔찍한 냄새를 내뿜으며 소멸했다.

"조금만 늦었어도, 큰일 날 뻔했군."

귀족이 손을 펴자 들고 있던 활활 타는 빛의 검이 연기처럼 사라졌다. 그는 쓰고 있던 특수가면을 벗었다.

해성의 눈앞에 미모의 아리아 4세가 그녀의 얼굴을 처음으로 드러냈다. 넋을 잃은 해성은 멍하니 그녀를 바라만 보고 있었다.

"음… 옷이나 입지 그래요."

아리아는 나체에 가까운 해성의 모습을 보며 말했다. 괴물의 검은 피를 뒤집어쓴 해성의 모습이 우스꽝스러울 정도였다. 당황한 해성은 옷을 챙겨입었다.

"도… 도대체 뭐였죠?"

해성은 물었지만, 그녀는 침묵으로 대답했다.

"내 이름은 아리아, 아리아예요. 나를 다시 만나고 싶다면, 나타샤의 집으로 찾아와요."

그녀는 가면을 다시 쓰고는 들어왔던 호텔 발코니로 갔다. 그녀가 아무렇지 않게 점프하자 놀란 해성이 달려갔다. 아래를 보니 그녀는 이미 태양이 운전하는 컨버터블 스카이모빌리티를 타고 날아가고 있었다.

처음 본 괴물을 상대한 해성은 궁금한 게 많았다. 대답을 얻지 못한 채 그는 소멸한 괴물의 흔적을 보고 또 보았다.

아리아가 자리 잡자 태양은 스카이모빌리티의 하드탑 지붕을 닫았다. 아리아는 가면을 벗어던지고는 헝클어진 머리칼을 뒤로 묶었다.

"베그녀 녀석, 해성을 얻더니 정신을 너무 놓고 있군."

태양 옆에 앉은 아리아가 말했다.

"뭐였나요? 그것은?"

"인간의 영혼까지 갈아 먹는 놈들이지. 해성에 대한 정보가 새고 있어. 누군가 고의로 흘리고 있는 게 분명해."

"음…"

"해성이 자신의 힘을 깨닫는 데는 시간이 걸릴 거야. 그때까진 우리가 도와줘야 해."

스카이로드를 질주하는 아리아는 확신하고 있었다.

'그는 반드시 나에게 올 거야. 올 거라고.'

어둡고 음산한 창고 안으로 검은 기운들이 서서히 나타났다. 해성을 공격했던 괴물과 비슷한 종족들이 서로를 경계하며 사람으로 변신했다. 그들은 창고 가운데 있는 원형의 테이블에 각자 앉았다.

"너무 서둘렀어. 서두른 게야…"

"아리아에게 제대로 당했는걸."

하나씩 모여든 이들은 원로들이었다.

"아리아 가문이 해성의 뒤를 봐주는 이상 접근하는 게 쉽지 않겠군."

그들 앞으로 누군가 다가왔다. 어둠 속에서 얼굴을 비친 이는 다름 아닌 디아고 원로였다.

"정말 확실한 거야 디아고? 가디언의 피가 맞는 거냐고?"

한 원로가 물었다.

"확실해. 분명 그의 피가 맞아. 다들 명심해. 시에나 원로처럼 어리석은 짓을 해선 안 돼."

디아고는 말했다.

"디아고, 우리도 살아야지. 몸이 예전 같지 않아."

옆에 앉은 다른 원로가 투덜댔다.

"최하층에는 아직 인간들이 많아. 버틸 수 있어."

원로들의 염려를 모르는 것이 아니었기에 디아고는 고민했다.

원로원 의원들은 초창기 제3지구 건설에 큰 활약을 했던 인물들이다. 하지만 케이는 오래전부터 원로들을 멀리하고 있다. 그의 저장소 프로젝트를 적극 지지하지 않은 것이 화근이었다.

결국 그들은 정치권에서 힘을 잃고 명분만 유지하고 있었던 것이다. 반전의 기회만 엿보던 원로들은 케이에게 불만이 많았다.

"케이가 저장소를 완성했다는 소문이 들려. 그놈이 우리에게까지 나눠주진 않겠지? 디아고? 말 좀 해봐?"

다른 원로가 불안에 떨었다.

"처음부터 줄을 잘못 선 거야. 케이의 말을 들어야 했는데…"

불안해하는 원로들은 동요하고 있었다. 그건 디아고도 마찬가지였다. 늙은 원로들은 마땅한 대안이 없어 보였다. 그들의 근심은 깊어져만 갔다. 나이 든 시에나 원로가 얼굴 변환기를 장착하면서까지 해성을 공격한 이유는 분명했다. 생존의 위협을 느끼고 있었기 때문이다.

마르고 키가 큰 귀족 아리아는 태양과 함께 호화로운 저택으로 들어왔다.

"늦으셨네요, 말룬다가 기다리고 있습니다."

집사 모드가 말했다.

"말룬다가?"

말룬다는 아리아가 아끼는 특전사였다. 거실로 간 아리아는 큰 키에 야수 같은 모습의 여성 말룬다를 만났다.

"새벽부터 보고할 일이 생겼나?"

"크론으로 추정되는 에너지가 AI 정찰 드론에 잡혔습니다."

"뭐? 어디서?"

말룬다는 가지고 있던 홀로그램 영사기를 공중에 띄웠다. 영사기에서 화면이 떠올랐고, 홀로그램 화면 속에는 우림지대로 보이는 지도가 입체적으로 그려졌다. 그녀는 붉은 신호가 깜박거리는 곳을 확대했다. 숲이 울창한 우림지대 동쪽에서 그 신호는 잡혀 있었다.

"쉐도우님의 예언대로 우림지대 동쪽입니다."

"태양, 말룬다와 함께 우림지대로 갈 준비를 해."

"네, 아리아님. 해성은 어떻게 하시게요?"

"기다려야지. 그가 올 때까지. 그동안 자네들은 크론을 찾아."

"네!"

믿음이 현실로 다가오고 있었다.

'크론, 드디어 만날 수 있게 되는 건가? 쉐도우님의 예언이 맞았어.'

아리아는 세상이 요동칠 날을 고대하고 있었다.

3. 타케시의 아이

플릭 요원들과 훈련생들 그리고 간호병들의 함성이 들려왔다. 붉은 태양 아래에서 두 남자가 웃통을 벗은 채 모래 위에서 힘겨루기 결승전을 치르고 있었다. 타케시와 크루거였다.

파워배틀이라고 부르는 힘겨루기 시합은 중앙본부에 소속된 조직들 사이에서 인기가 대단했다. 게임의 규칙은 단순했다. 원형의 필드 안에서 두 팔을 이용해 상대방을 다섯 번 먼저 넘어뜨리는 이가 승리한다. 중앙본부는 사기를 끌어 올리기 위한 수단으로 매년 파워배틀 게임을 추진했는데 우승자에게는 특별한 상품을 증정했다.

크루거와 타케시의 결승전을 관람 중인 이들 중 제시도 있었다. 함께 온 룸메이트 유진도 두 남자의 힘겨루기를 흥미롭게 보고 있었다.

열띤 분위기 속에 지칠 때로 지친 두 남자였지만 제시 앞인지라 이기고자 하는 의욕이 더욱 넘쳤다. 점수는 4대 4. 가장 친한 친구인 두 사람은 피지컬 능력도 매우 뛰어났다.

타케시가 크루거를 밀어붙였지만 바로 밀쳐냈다. 크루거는 곧장 타케시의 허벅지를 잡고는 몸으로 그를 밀치면서 함께 쓰러졌다.

"4대 5! 크루거 승!"

타케시의 몸이 먼저 바닥에 닿은 것을 본 심판이 크루거의 승리를 외쳤다. 크루거가 두 팔을 번쩍 들어 올렸다. 자신감 넘치는 크루거는 함박웃음을 지었다. 그는 몸을 일으키는 타케시의 손을 잡아주었다.

"뭐냐, 이 자식 제법인데?"

타케시가 일어나며 말했다. 땀에 흠뻑 젖은 두 남자에게 제시가 웃으며 다가왔다.

"축하해."

그녀는 크루거와 키스했다. 관중들은 다들 각자의 부서로 돌아갔고 타케시는 두 사람의 키스를 보고만 있었다. 제시는 타케시를 은밀한 눈빛으로 보았다. 묘한 감정이 두 사람 사이를 오갔다.

"우승 상품은 받아 가셔야죠."

직원이 다가와 크루거에게 말했다.

"옛 지구인이 사용했던 기름통도 아직 남아 있어요. 그것도 같이 가져가세요."

직원 옆에는 옛 지구인의 물건인 크루저 모터사이클이 있었다.

"우와! 이거 완전 골동품이잖아!"

흥분한 타케시가 바이크에 올라타 시동을 걸었다. 오래된 엔진 소리가 꽤 요란스럽게 들렸다.

"끝내주는걸!"

"야 타케시, 네가 우승했냐?"

제시를 태우고 주위를 도는 타케시를 향해 크루거가 소리쳤다. 제시는 깔깔 웃었다. 두 남자를 바라보는 그녀의 눈빛은 매혹적이었다.

수사국을 떠났던 크루거가 집 앞에 도착해 있었다. 과거의 기억이 더는 떠오르지 않았다. 모터사이클의 꺼진 엔진처럼 그의 머릿속은 고요했다.

크루거의 허름하고 낡은 아파트는 텅 빈 곳이나 다름없었다. 잦은 임무로 집에는 거의 들어온 적이 없어 보일 정도로 매트릭스 하나 바닥에 놓여 있었다.

집으로 들어온 크루거는 피곤한 기색이 역력했다. 다시 찾아온 두통이 그를 괴롭히기 시작하자 짜증이 났다. 지끈거리는 머리통을 박살내고 싶은 충동까지 느낄 정도였다.

마침 부엌 싱크대 위에 먹던 약통을 발견했다. 한 알 남은 약을 입안에 털어 넣고는 바닥에 놓인 매트릭스에 누웠다. 두통이 사라지기만을 기다렸다. 그는 눈을 감자마자 방안에 누군가가 있다는 것을 느꼈다. 그곳으로 시선을 돌리자 카림이 어둠 속에 조용히 서 있었다.

"…여긴 어쩐 일이신지요?"
크루거가 물었다.
"오늘 고생 좀 했더군."
"고생을 한두 번 하나요."
크루거의 대답은 건조했다. 그는 누운 몸을 일으켜 세웠다. 두통이 완화된 것을 느낀 그는 안도의 한숨을 내쉬었다.
"어떻게 안으로 들어왔는지 궁금하군요. 제3지구 군대의 대장님께서 저와 같은 신분의 집 문을 따고 들어오시진 않았을 텐데요."
카림은 피식 웃었다.
"문 따는 능력 정도는 나도 있네. 한 대 피울 텐가?"
카림은 담배를 권했다. 크루거는 카림의 주위를 맴돌다 창밖을 보았다.
"나 혼자 왔네. 걱정하지 말게."

크루거는 카림의 담배를 받아 입에 물었다. 그는 가지고 있던 라이터로 불을 붙였다. 한 모금 들이쉬고 내뱉은 크루거는 잠깐의 평화로움을 만끽했다.

"이제는 옛 지구인 담배도 피우시나 보군요."

크루거가 말했다.

"난 붉은소금 같은 건 안 한다네. 정신 건강에 해롭지. 그래도 이건, 나름 흥미로운 맛이야."

크루거는 담배를 피우는 카림이 매우 낯설었다.

"용건이 있어서 찾아오셨을 텐데요?"

"예전에 했던 제안은 아직도 생각 중인가?"

"글쎄요… 키아라는 어디로 데려가셨나요?"

크루거의 질문에 카림은 대답을 망설였다.

"그 아이는 회복 중이라네."

"저장소는 어떤 곳입니까?"

"…키아라에게서 많은 얘기를 들었나 보군."

"말씀해주시죠."

"자네가 그곳에 대해 알게 된다면 목숨을 유지하기 힘들 거야."

"키아라의 부모를 어떻게 했나요?"

카림은 크루거의 집요한 질문에 인상을 찌푸렸다.

"조심하게, 크루거. 다시는 저장소에 관해 묻지도 알리려고 하지도 말게. 이건 내가 자네에게 할 수 있는 처음이자 마지막 충고야."

크루거는 더는 묻지 않았다.

"자네의 대답은 아직도 듣지 못했네."

카림은 재차 물었다. 크루거는 창밖을 보며 침묵으로 대답했다.

"여전하군. 크루거."

카림은 망설임 없이 나갔다.

다시 매트릭스 위에 누운 크루거는 피곤했는지 눈을 감자마자 잠들었다.

시끄러운 소리가 사방에서 들려왔다. 크게 다친 환자들로 가득한 병원이었다. 반란군의 무기고 습격이 있었던 당일. 테러리스트들은 소탕했지만 자살 테러로 인한 부상자들이 속출해 있었다.

제시를 잃은 크루거가 병실에 멍하니 앉아 있는 것이 보였다. 슬픔에 빠진 크루거가 정신을 놓고 있을 때 마뉴가 들어왔다. 목과 팔에 깁스를 한 채 다리를 쩔뚝거리며 크루거에게 다가왔다.

"대장, 괜찮으세요…?"

마뉴는 조심스레 물었다. 병실에 배치된 홀로그램 광고창에는 연구 중인 피부 재생액체 출시가 얼마 남지 않았다는 홍보 영상이 방영되고 있었다. 다친 신체 부위를 물속에 넣어 액체를 부으면 그 물질이 상처를 아물게 한다는 신개념 치료제였다.

"아, 저것만 나오면 이제 이런 깁스 같은 거 안 해도 되겠네요. 하하."

마뉴가 홍보 영상을 보며 웃었다. 대장의 기분을 좀 풀어 보려 했지만 크루거는 웃음을 완전히 잃은 사람처럼 보였다.

"대장… 반드시 잡읍시다. 레볼트 이 새끼들… 반드시 다 잡아서 이 지긋지긋한 전쟁을 끝내도록 하죠."

크루거는 마뉴의 말을 듣고 있지 않았다.

"힘내요, 대장…"

마뉴는 대답 없는 대장에게 마지막 할 말을 하고는 고개를 숙인 채 병실을 나갔다. 크루거의 시선이 뒤늦게 마뉴의 뒷모습을 향했다. 아무 말도 않았지만 조금은 제정신으로 돌아온 듯 보였다.

그는 자리에서 일어나 불편한 몸을 이끌고 창가로 갔다. 병실 밖은 마치 아무 일도 없었던 듯, 평범한 일상이 반복되고 있었다.

그는 제시를 생각하고 또 생각했다. 죽은 제시의 얼굴이 떠올려지지 않았다. 눈가에 눈물이 흘러내리자 깜짝 놀란 그는 흐르는 눈물을 재빨리 닦았다. 현실을 직시해야만 했다. 그가 이끄는 제1팀은 임무를 계속 수행해야 했고 멈추어서는 안 되었다. 크루거는 다짐했다. 힘들지만 잘 버텨보겠다고.

그의 시선은 멀리서 어린 신참들이 엄격한 교관의 명령을 들으며 고된 훈련을 하는 곳으로 갔다. 근처에 쉼터가 보이자 그는 훈련생 시절을 떠올렸다. 제시와의 좋았던 시절을 생각하던 그는 그때를 회상했다.

"아, 이대로 시간이 멈췄으면 좋겠어."

제시는 가늘고 부드러운 목소리로 속삭였다. 제시의 작고 긴 발가락이 두툼하고 못생긴 크루거의 발을 더듬거리더니 털 덥수룩한 다리 위를 지나갔다.

그녀의 손은 크루거의 아랫도리에서 아래위로 천천히 움직였다. 사랑스러운 눈빛으로 크루거를 보는 제시가 너무도 매혹적으로 다가왔다. 크루거의 얼굴은 미소로 가득했다.

그녀의 촉촉한 입술이 크루거의 입술을 훔치더니 혀가 깊숙이 들어왔다. 서로의 땀이 뒤섞인 채 제시는 그를 리드하며 뜨거운 사랑을 나눴다.

"아!"

흥분된 제시의 신음에 옆 침대에서 자고 있던 제시의 룸메이트 유진이 눈을 떴다.

"뭐야 제시… 짜증나…"

유진이 인상을 찡그리며 말했다.

"미안 유진… 오늘만 봐줘. 헤헤."

제시는 그녀에게 윙크했다. 유진은 크루거와 제시의 사랑놀이에 이불을 얼굴까지 덮어썼다. 두 사람의 신음에 참다못한 유진은 얼굴을 빼꼼히 이불 사이에 드러내 훔쳐보았다.

크루거의 근육질 몸과 덥수룩한 털이 순진한 그녀의 시선을 사로잡았다. 얼굴이 붉어진 유진은 크루거의 실룩거리는 엉덩이를 보며 흥분했다.

너무 뜨거워진 자신에게 스스로 놀란 유진은 이불을 걷어차고 방을 나갔다. 제시는 순진한 유진을 보며 즐기고 있었다.

벌건 대낮의 뜨거운 햇살이 사랑을 나눈 두 사람의 얼굴을 비췄다.

"나 임신했어."

"뭐? 진짜로?"

"응."

크루거의 얼굴에는 당혹한 표정이 역력했다.

"안 좋아하네?"

"어? 아니 그건 아니고… 너무 갑작스러워서…"

"너 아이 아니야 근데."

"뭐?"

"타케시 아이인 거 같아."

"뭐라고?"

놀란 크루거가 벌떡 일어났다.

"왜 이래? 우리 셋이서도 했잖아."

"그때는… 술이 너무 취해서…"

"그럼 지금도 술 취해서 나랑 한 거야?"

제시의 표정이 변했다.

"아니 그런 건 아니고…"

"아이 낳지 말까? 말해봐."

"…"

크루거는 아무런 대답을 하지 못했다.

'타케시의 아이라니! 빌어먹을…'

그의 머릿속은 복잡했다.

제시는 그가 만나 온 여성들과는 다르게 매우 개방적이었다. 상류층들의 자유분방한 향락에 심취된 그녀를 크루거와 타케시는 존중해 주었다.

"뭐야? 왜 대답 안 해?"

제시는 되물었다.

"어? 그런 걸 왜 나한테 물어보냐? 타케시랑 얘기해."

"알았어. 그럼, 타케시와 의논해 볼게."

시무룩한 반응의 크루거가 얄밉게 보였는지 그녀는 차갑게 말했다. 두 사람 사이에 차가운 기운이 갑작스레 흘렀다.

옛 기억에서 돌아온 크루거는 한숨을 내쉬었다. 창가에서 있던 그가 뒤돌아서니 병실 문가에 카림이 있었다. 의아한 표정을 지은 크루거는 생각지 못한 상관의 방문에 예우를 갖춘 인사를 했다.

"나한테 그런 인사까지 할 필요 없네. 바할이 싫어하잖아."

"…"

카림과 바할의 적대적 관계는 플릭 수사국에서도 이미 유명했다.

"어쩐 일로 저를 찾아오셨는지요?"

카림의 방문은 매우 뜻밖이었다.

"음… 당연히 병문안을 온 건 아니네. 내가 자네에게 온 건 우리끼리의 비밀로 해두지. 그럴 수 있겠나? 바할이 알아서 좋을 게 없네."

"…알겠습니다."

크루거의 대답은 건조했다.

"올해 중앙에서 고스트팀 프로젝트를 진행할 예정일세. 내가 프로젝트의 책임을 맡았지."

"고스트팀…"

"훈련생 시절부터 자네의 성적을 지켜보고 있었네. 다른 요원들보다 월등히 뛰어나더군."

"감사합니다. 좋게 봐주셔서."

크루거는 자신의 직속상관이 아닌 카림을 부담스러워했다.

"그래서 말인데, 고스트팀에 지원해 볼 생각 없나?"

"…좀 더 설명해주실 수 있는지요?"

"일급기밀이라 구체적인 건 말해줄 수 없네. 내가 해줄 수 있는 말은 지금보다 더 뛰어난 능력을 얻을 수 있다는 거지."

"…너무 갑작스럽군요."

"자네라면 분명 가장 뛰어난 고스트팀이 될 수 있을 거야."

"…생각은 해 보겠습니다."

크루거의 대답에는 망설임과 카림을 향한 의구심으로 가득했다. 카림은 더는 강요하진 않았다.

"마음이 바뀌면 나를 찾아오게나."

"…"

크루거는 침묵으로 답했다.

"바할이 부럽군. 목숨을 다할 때까지 한 사람만 섬기는 걸 보면 말이야."

병실을 나가는 카림은 아쉬운 감정을 남긴 채 크루거의 시선에서 사라졌다.

누군가 문 두드리는 소리에 크루거는 잠에서 깨어났다. 현실로 돌아온 그는 무거운 몸을 일으켜 세우고는 소리가 나는 곳으로 조심히 다가갔다.

"크루거 대장님, 저예요, 유진."

크루거는 문을 열었다. 유진은 그에게 와락 안겼다.

"당장 여기서 떠나야 해요. 타케시가, 타케시가…"

유진의 다급함에 분위기를 감지한 크루거는 창가로 갔다. 건물 아래에 타케시의 제2팀이 바이크에서 내리는 것이 보였다.

그는 바닥을 뜯어 숨겨놓은 옛 지구인의 무기를 꺼냈다. 반란군을 체포할 때 그가 빼돌렸던 권총인 베레타 92였다. 그는 유진의 손을 잡고 서둘러 나갔다. 하지만 타케시와 그의 팀은 건물 안으로 들어와 올라오고 있었다.

아래를 보던 크루거의 시선이 위를 보는 타케시와 마주쳤다. 두 남자가 서로를 뚫어져라 보더니 타케시가 속도를 냈다. 크루거는 유진과 함께 건물 위로 올라갔다. 옥상 문을 박차고 나온 크루거는 주위를 보았다. 당장 옆 건물로 점프해야 하는 상황이었다.

"유진, 기본 훈련은 받았겠지?"

"네. 할 수 있어요."

유진은 선뜻 대답했지만, 건물은 제법 높았다. 크루거는 한 치의 망설임 없이 점프했다. 그는 맞은편 건물 아래층 창문을 박살내며 들어갔다. 와장창!

"뭐! 뭐야!!"

낙법으로 착지한 크루거는 겁에 질린 평범한 가족과 마주쳤다.

"어서 피하세요!"

크루거가 가족에게 경고했다.

유진은 뒤로 몇 걸음 물러서서 전속력으로 달렸다. 힘차게 점프한 그녀는 몸의 반쪽만 안으로 들어오더니 바로 미끄러져 아래로 추락했다.

"꺄악!"

크루거는 몸을 던져 추락하는 유진의 손을 필사적으로 잡았다. 그녀의 몸을 끌어올리는 동안, 타케시팀이 옥상에 도착했다. 맞은편 건물에서 유진을 끌어올리는 크루거의 모습을 본 타케시가 외쳤다.

"크루거!"

크루거는 서둘렀다. 타케시의 요원들이 점프하기 직전이었다. 긴박한 상황이었다. 크루거는 온 힘을 다해 그녀를 끌어올렸다. 그때 이들을 향해 요원 한 명이 점프하며 돌격해왔다.

크루거는 유진의 몸을 안으로 던지고는 날아온 요원과 몸싸움을 벌였다. 요원은 크루거의 일격을 맞고 아래로 추락했다.

"으아악!"

발길질을 당한 요원은 아래로 추락하더니 등에 달고 있던 크리스탈 엔진의 힘으로 무사히 착지했다. 추락한 요원은 엔진을 이용해 벽 사이를 점프하며 위로 다시 올라갔다.

탕! 탕! 크루거는 가지고 있던 권총으로 플릭을 향해 쏘았다. 무기를 가지고 있다는 걸 알게 된 타케시와 요원들은 그의 총알을 쉴드로 막으며 레이저를 쏘았다. 펑!

나노아머가 없었던 그는 간신히 몸을 날려 레이저 폭발을 피했다. 하지만 폭발의 여파로 옆에 있던 무고한 가족들이 몰살당하는 상황이 발생했다.

크루거는 유진과 함께 계속 달렸다. 타케시팀은 크루거가 있던 곳으로 점프하며 그를 쫓았다. 레이저 공격으로 사망자가 생긴 것에 인상을 잔뜩 찌푸린 타케시는 분노가 폭발했다. 크루거는 죽음을 불러일으키는 저승사자나 다름없었다. 시신을 보던 타케시 머릿속에 과거의 아픔이 스쳐 지나갔다.

"임신 중이었나 보군요."

조사원이 말했다. 영안실에 누워있는 제시 앞에 넋을 잃은 타케시가 슬픔에 잠겨 있었다.

"…"

타케시는 아무 말도 못 했다. 그는 제시의 얼마 남지 않은 얼굴을 보았다. 그녀의 육체는 폭발로 인해 형체를 알아보기 힘들었지만, 그녀의 드러난 뱃속엔 5개월 된 태아가 함께 죽어있었다.

타케시는 시체로 변한 자신의 아이를 손에 쥐었다. 너무도 끔찍했다. 흐느끼며 울더니 분노의 고함을 질렀다.

뼈아픈 과거의 회상에서 돌아온 타케시는 달렸다.

"이쪽으로!"

크루거가 외쳤다. 건물 밖으로 나오는 데 성공한 크루거는 세워둔 모터사이클에 올라탔다.

최하층을 질주하는 이들의 뒤를 맹렬하게 추격하는 타케시와 그의 요원들은 포기하지 않았다. 아슬아슬한 질주가 이른 새벽까지 계속되었다.

크루거는 경사진 코너를 활용해 급하게 왼쪽으로 꺾었다. 뒤따라가던 요원들이 방향을 틀지 못하고 우왕좌왕하는 동안 타케시는 놓치지 않았다.

크루거의 뒤를 바짝 쫓은 그는 레이저를 날렸다. 펑! 펑! 레이저를 맞고 폭발한 건물 파편들이 사방으로 튀었다. 크루거는 가지고 있던 권총으로 타케시를 향해 쏘았다. 탕! 탕!

그들의 질주 끝에는 타케시의 요원들이 크루거를 잡으려고 대기하고 있었다. 조금 전 코너를 꺾지 못한 이들이 다른 길을 통해 앞질러 온 것이다.

"멈춰! 안 서면 발포한다!"

요원은 경고했다.

"꽉 잡아, 유진."

전속력으로 달리던 그는 급브레이크를 작동했다. 그 순간 유진은 크루거를 꽉 껴안았다.

머리가 앞쪽으로 치우치고, 바이크 뒷부분이 하늘로 상승하면서 잭나이프 기술이 걸렸다. 크루거는 수직으로 선 바이크의 핸들을 돌려 날아오는 타케시 쪽으로 180도 방향을 틀었다.

뒷바퀴가 땅에 다시 닿자 그는 휠스핀을 걸었다. 돌아가는 바퀴와 지면의 마찰력으로 연기가 뿜어져 나왔고, 요원들의 시야에서 벗어났다. 그야말로 환상의 기술이었다.

탕! 탕! 탕!! 크루거는 타케시의 날아오는 바이크의 엔진을 향해 총을 쏘았다. 펑!!! 타케시의 바이크 엔진이 폭발하면서 타케시가 바닥으로 고꾸라졌다.

"대장!"

요원들이 타케시의 상태를 보러 달려가는 동안 크루거는 반대편으로 다시 도망쳤다. 나노슈트의 방어복 덕에 타케시는 털고 일어날 수 있었다.

화가 잔뜩 난 타케시는 냉정을 잃고 있었다. 그는 부하요원의 바이크를 타고 하늘로 날아올랐다. 요원들은 황급히 대장을 따라갔다.

"이쪽으로 가요."

타케시팀을 따돌린 크루거는 유진의 안내에 따라 길을 찾고 있었다.

"저기 건물만 지나서 왼쪽으로 가면 돼요. 얼마 안 남았어요."

그들이 지나는 최하층 구역엔 많은 인파가 모여 있었다. 브로커 구역이었다. 군중들 사이를 지나는 크루거 위로 플릭의 바이크 소리가 들려왔다.

크루거는 하늘을 보았다. 공중에 뜬 채 크루거의 바이크를 보던 타케시는 나노아머의 모든 에너지를 모으고 있었다.

"대장! 아래에 사람이 너무 많아요!"

"크루거!"

"타케시! 미쳤군!"

타케시는 부하요원의 말을 듣지 않았다. 크루거 때문에 이성을 잃고 있었다.

푸슈우우웅! 타케시의 몸이 뒤로 몇 미터 밀려날 정도로 거대한 레이저 에너지가 지상으로 떨어졌다. 콰아아앙! 거대한 폭발과 함께 연기가 치솟았다. 나노아머의 크리스탈 에너지를 다 모은 레이저의 파괴력은 대단했다.

"크윽… 빌어먹을…"

찌릿찌릿할 정도로 팔이 저렸다. 과다한 에너지를 방출한 나노아머가 방전된 것 같았다. 인상을 잔뜩 찡그린 타케시는 아래를 보았다. 수많은 사상자와 부상자들이 속출하고 있었다. 요원들은 대장의 무모한 행동에 난감해하는 표정이었다.

"괜찮나, 유진?"

"네… 전 괜찮아요…"

폭발의 충격으로 바이크가 날아가 박살이 났지만, 크루거와 유진은 죽음을 모면할 수 있었다. 두 사람은 아수라장이 된 폭발 현장을 빠르게 벗어났다. 대피하는 인파들 속에

섞여 타케시의 시야에서 또다시 멀어졌다.

타케시와 제2팀 요원들은 연기가 자욱한 아래로 내려갔
다. 최하층에는 시체들로 가득했고, 다친 생존자들의 비명
이 들려왔다.

중앙경찰과 앰뷸런스가 사이렌을 울리며 현장에 도착하
고 있었다. 시체들과 부상자들을 수습하는 일은 그들의 몫
이었다.

"대장, 찾았습니다!"

타케시팀은 망가진 크루저 모터사이클을 찾아냈다. 타케
시는 바이크와 얽힌 과거가 떠오르자 분노가 치밀어 올랐
다. 제시를 생각하니 잃은 아이의 모습이 눈앞에 아른거리
는 것 같았다.

"멀리 가진 못했을 거야."

분노를 삼킨 타케시는 말했다. 선택의 여지가 없었다. 모
든 게 엉망이 된 그는 빈손으로 돌아갈 수 없었다. 마침 방
전되었던 나노아머가 재부팅하며 기능이 돌아왔다.

무장한 플릭 요원들은 전진했다. 그들의 임무는 크루거
를 생포하는 것이 그 첫 번째였다. 다들 꺼림칙한 임무에
표정들이 좋지 않았지만, 위로부터 내려온 명령을 따를 수
밖에 없었다. 레볼트를 추적하면서 온갖 더러운 일을 많이
했던 그들도 오랫동안 알고 지내던 동료를 잡는다는 것은

매우 기분 나쁜 임무였다.

타케시는 그 누구보다 괴로웠다. 그는 제시와 자신의 아이를 지키지 못한 죄책감에 시달리고 있었다.

4. 우정의 끝에서

"여기예요."

유진이 말했다. 폭발로 먼지를 뒤집어쓴 크루거와 유진은 유흥업소로 보이는 건물로 갔다. 지하로 연결된 계단을 걸어 내려간 두 사람은 철문 앞에 섰다. 안에 있던 문지기가 철문의 일부를 열어 눈만 빼꼼 밖으로 가져갔다.

"저 유진이에요. 하만님께서 기억하실 거예요."

문지기는 그녀를 유심히 보더니, 누군가에게 무전을 쳤다.

"지난번 간호사가 왔는데요. 들여보낼까요?"

"…들여보네."

무전기에서 허락한다는 굵직한 남자의 목소리가 들리자 문지기는 철문을 열었다.

크루거와 유진은 핑크 조명으로 치장한 유흥업소를 걸었

다. 위쪽 상류층들이 고급술과 붉은소금에 빠져 향락을 즐긴다면, 하류층들은 코인으로 쾌락을 구매했다. 최하층의 절망적 삶에서 벗어나고자 하는 이들의 마지막 절규나 다름없었다.

문지기는 크루거와 유진을 하만에게 데려갔다. 문지기의 허리에 찬 무기가 보이자 크루거는 몸속에 숨겨둔 권총을 꼭 쥐었다.

"걱정마세요. 제가 여기 보스를 치료해 준 적이 있어요."

유진이 속삭였다. 크루거의 뒤를 따라가는 유진의 발걸음이 조금씩 이상했다. 그녀의 이마에서 식은땀이 흐르고 있었고 어딘가 아파 보였다. 문지기는 미로 같은 방과 복도를 지나 그의 보스인 하만에게 갔다.

"유진! 여긴 어쩐 일인가?"

브로커 하만은 유진을 반겼다. 그는 옆에 있는 불청객 크루거를 경계했다.

"폭발이 있었다더니 현장에 있었나 보군? 플릭 놈들, 이젠 아래층까지 공격하나? 제정신이 아니군."

하만은 시가를 피웠다. 그의 뒤로 수많은 옛 지구인 무기들이 보란 듯이 전시되어 있었다. 씨티에서 최하층은 범죄율이 높은 편이다.

특히 악명 높은 구역은 중앙경찰들마저 오기를 꺼렸다.

무장한 브로커 조직들과 싸우는 것은 득보다 실이 더 컸기 때문이다. 하만은 브로커 중에서도 영향력이 큰 조직의 우두머리였다. 그의 조직은 다양한 물건들을 사고팔 수 있는 암시장이나 유흥업소를 통해 코인 수익을 챙기고 있었다.

"지하 세계로 저희를 보내줄 수 있나요?"

유진은 하만에게 물었다.

"음… 가능하지. 한 사람당 백만 코인이야."

"백만이라고? 터무니없이 비싸군."

황당한 가격에 크루거가 말했다. 하만은 인상을 구겼다.

"낯이 익은데 우리 초면인가?"

하만은 크루거를 훑어보며 의심했다.

"제 남편이에요."

유진은 둘러댔다. 그녀는 손바닥을 펼쳐 내밀었다.

"지금 지불할게요."

서두르는 유진의 손을 크루거가 황급히 잡았다.

"어쩌려고, 추적당해."

"서둘러 가면 되죠. 지금 그런 거 따질 때가 아니잖아요."

하만은 크루거를 유심히 보더니 부하에게 신호를 보냈다. 결제기기를 가져오자 유진이 손바닥을 기기 위에 올렸다. 홀로그램 배너창을 통해 2백만 코인전송 완료를 확인한 부하는 보스에게 고개를 끄덕였다.

"그럼 행운을 비네."

하만의 말이 끝나자마자 부하는 크루거와 유진을 비어 있는 방으로 데려갔다.

"1시간 뒤에 출발할 테니 여기서 기다리쇼."

부하는 문을 닫으며 말했다. 유진과 크루거는 핑크빛으로 가득한 음란한 방에 단둘이 서 있었다. 남녀의 신음 소리가 낡고 서늘한 벽을 타고 들려왔다.

"저… 화장실 좀 갔다 올게요."

어색해하는 유진은 화장실로 갔다. 크루거는 침대에 앉아 거울에 비친 자신의 모습을 보았다. 몰골이 영락없는 무일푼의 도망자였다.

화장실에 들어온 유진은 입고 있던 옷을 벗었다. 등에는 피가 가득했다. 손을 등 쪽으로 가져가니 무언가가 잡혔다. 그녀는 그제야 자신의 부상이 심각하다는 것을 깨달았다. 폭발이 일어났을 때 날아온 파편이 등 부위에 박힌 것이다.

그녀는 출혈과 함께 통증을 느끼기 시작했다. 기침하자 피를 토했다. 간호병인 그녀는 자신의 몸 상태가 어떤지 충분히 예측 가능했다. 그녀의 눈에서 갑작스레 눈물이 쏟아졌다.

마치 죽음이 가까워졌다는 것을 직시라도 한 듯 그녀는

거울에 비친 자신을 보았다. 슬픈 얼굴이 싫었는지 흘러내린 눈물을 물로 씻어내고는 마음을 다스렸다. 화장실을 나온 그녀는 침대에 누운 크루거를 보았다. 그는 눈을 감고 누워있었다. 유진은 조심스레 그의 옆에 앉았다.

크루거의 두통이 다시 찾아온 것을 본 유진은 잊고 있었던 약통을 주머니에서 꺼냈다.

"깜박 잊고 있었네요."

유진이 크루거에게 약통을 건네자 크루거는 바로 한 알을 씹어 먹었다. 머리를 찌르는 듯한 두통은 서서히 잠잠해졌다.

"미안하네, 유진. 나 때문에 자네가…"

"그런 말 하지 말아요. 제가 선택한 거예요."

크루거는 그녀에게 고개를 돌렸다. 침대에 누운 두 사람은 서로에게 끌리고 있었다. 크루거는 먼저 그녀에게 키스했다. 그들의 감정은 뜨거웠고, 유진은 사랑하는 남자의 얼굴을 다시 보았다. 그의 흥분된 눈빛을 확인한 그녀는 윗옷의 단추를 풀었다.

그녀의 예쁜 가슴이 드러나자 크루거는 짐승이 되었다. 아래를 벗기고는 격렬하게 사랑을 나눴다. 매우 거칠었다. 유진은 마치 꿈을 다 이룬 사람처럼 황홀해 했다. 야수 같은 크루거의 몸동작이 거칠어질수록 그녀의 등에서는 출혈이 심해졌다. 유진의 눈에서는 눈물이 흘러내렸다.

크루거는 뒤늦게 유진이 이상하다는 것을 느꼈다. 그녀의 얼굴은 행복해 하는 표정이었지만 그녀의 등에서 나온 피는 이불을 다 적시고 있었다.

"이런, 유진! 안돼!"

너무 많은 피를 흘린 그녀는 정신을 잃어가고 있었다. 크루거가 그녀의 등에 박힌 파편을 빼내자 날카로운 쇳덩이가 드러났다. 흥건히 흘러나오는 출혈을 어떻게든 막아보려 했지만 이미 늦은 듯 보였다.

그녀의 얼굴에는 생기가 돌지 않았고 숨소리조차 들리지 않았다. 마지막 말도 못 들은 채 허무하게 떠나버린 유진의 죽음은 크루거를 절망의 늪에 빠뜨렸다.

"시간 됐다."

하만의 부하가 방으로 들어왔다. 유진을 끌어안고 흐느끼는 크루거를 본 부하는 유진의 상태를 확인하고는 보스에게 달려갔다.

"이런 이런… 친절했던 아가씨였는데. 가엽게 됐군, 그래."

얼마 지나지 않아 하만이 방으로 들어왔다. 하만은 크루거 옆에 놓인 피 묻은 쇳덩이를 보았다.

"폭발의 파편이군. 이런 게 몸에 박혔으면 제아무리 중앙본부의 의술이라도 구하기 힘들었을 거야."

크루거는 흐느끼며 울고만 있었다.

"혼자라도 가겠는가? 시간이 없네. 떠나려면 지금 가야
해."

하만이 말하자마자 차고 있던 무전이 울렸다.

"보스, 플릭 놈들이 왔는데요. 어떡할까요?"

문지기의 무전이었다.

"쳇! 들여보내."

"네."

"귀찮게 됐군. 깨끗이 처리해."

투덜거리는 하만은 부하에게 명령하고는 방을 나갔다.
부하는 들고 있던 총으로 절망에 빠져 아무런 행동을 취하
지 않는 크루거의 머리를 쳤다.

그는 기절해 버린 크루거를 들어 어깨에 올리고는 방을
나갔다.

"룸307호, 시신 처리해. 서둘러."

하만의 부하는 근처에 있던 동료에게 지시하고는 핑크빛
의 유흥업소에서 멀어졌다. 그는 아주 좁은 복도를 지나 하
수구 뚜껑을 열었다.

지독한 냄새가 올라오자 목에 차고 있던 마스크로 입과
코를 막았다. 크루거를 어깨에 올린 채 하수구 계단을 내려

간 그는 야시경을 착용하고 어둠 속을 걸었다.

지하 세계는 그야말로 최하위층 중에서도 더 갈 곳 없는 이들이 굶주림, 역병과 싸우는 죽음의 악취가 풍기는 통로였다. 하만의 부하는 얼마 가지 않아 하수구에 사는 이들 옆에 크루거를 내려놓았다.

"미안하군. 행운을 비네."

하만의 부하는 다시 업소로 되돌아갔다.

한편, 하만은 타케시와 요원들을 맞이하고 있었다. 타케시의 부하요원은 홀로그램을 띄워 크루거와 유진의 얼굴을 보여주었다.

"글쎄… 정보는 공짜가 아니라네."

하만은 태연하게 말했다.

"말로 해선 안 되겠군."

요원들이 레이저건을 소환하자 수십 명의 하만의 부하들이 몰려왔다. 그들은 옛 지구인의 무기로 플릭을 위협했다. 수적으로 매우 불리한 타케시는 하만에게 말했다.

"얼마면 되겠나?"

"여자는 어디로 갔는지 모르겠지만 남자는 말해 줄 수 있지. 4백만 코인을 입금한다면 말이야."

"뭣!"

황당한 가격에 요원들이 흥분했다. 하지만 타케시는 바로 받아들였다.

"그렇게 하도록 하지."

타케시는 자신의 손바닥을 내밀었다. 하만의 부하는 기기를 가져와 코인을 전송시켰다. 하만은 지하 세계에서 돌아온 부하를 보고는 말했다.

"이분들, 지하로 안내해 드려."

"네. 보스."

크루거를 던져놓고 돌아온 하만의 부하는 타케시와 플릭 요원들을 지하 세계로 가는 입구로 안내했다. 그는 다시 한번 하수구 뚜껑을 열었다. 요원들은 악취 나는 아래를 빼꼼히 들여다보며 정말 가기 싫은 표정을 지었다.

"내려가자."

타케시가 명령했다. 요원들은 대장의 뒤를 따라 내려갔다.

"쉴드!"

하수구로 내려온 요원들은 나노아머의 쉴드를 작동했다. 입고 있던 나노슈트가 단단해졌고, 반투명 나노크리스탈 방탄유리막이 머리 전체를 감싸주었다. 슈트에 장착된 조명은 어둠을 밝혔다.

웅성거리는 사람들 사이에 의식을 잃었던 크루거가 눈을

떴다. 새로 온 이방인을 신기하게 만져보고 쳐다보는 이들은 모두 병든 노인들이었다.

크루거가 그들을 밀치며 들고 있던 총을 꺼내자 겁먹은 노인들이 더 어두운 곳으로 도망쳤다. 하수구의 강한 악취가 그의 입과 코로 들어왔다. 견딜 수 없는 냄새를 팔로 막은 크루거는 정신을 차리고 자리에서 일어났다.

그의 시선이 멀리 어둠을 비추는 플릭의 조명을 향했다. 타케시가 멀지 않은 곳에서 거리를 좁혀오고 있었다. 크루거는 서둘러 어둠 속으로 도망쳤다.

"히이익!"

몸 위로 올라온 쥐 때문에 막내요원이 소스라치며 넘어졌다. 그는 가장 약한 파워 레벨로 징그러운 것들을 향해 레이저를 쏘아댔다. 바닥에는 사체들이 널려 있었고, 바퀴벌레와 쥐들이 사체들을 먹으며 생존하고 있었다.

"쓸데없는 짓 하지 마. 해치지 않아."

타케시가 말했다. 막내요원은 진정하며 자리에서 일어났다.

"옛 지구인들을 따라온 것들이지. 생존력이 매우 강해."

타케시는 진지하게 설명을 덧붙였다.

부하요원들은 병든 노인의 얼굴을 일일이 확인하며 전진했다.

"이들은 도대체 왜 여기에 살고 있나요?"

병든 노인이 바퀴벌레와 쥐를 잡아먹고 있는 걸 본 막내 요원이 경악하며 물었다.

"최하층에서도 생존하지 못하고 쫓겨난 이들이지. 갈 곳 없는 이들. 삶의 의미를 잃은 영혼들이야."

타케시의 말은 묵직했다. 절박한 이들의 얼굴을 보던 타케시는 어린 시절을 회상했다.

"야! 너 거기 안 서!"

빵을 훔쳐 달아나는 어린아이를 빵집주인이 쫓고 있었다. 수많은 인파가 모인 최하층 시장을 요리조리 달리는 아이는 타케시였다. 먹을 것을 훔친 그는 골목길에 숨어 있는 어린 크루거에게 합류했다. 크루거는 길에 널린 바퀴벌레들을 사냥하고 있었다.

"자 먹어, 크루거."

"고마워 타케시."

타케시는 크루거의 다리를 보았다. 심하게 넘어졌는지 피부가 완전히 까져있었다. 치료해야만 했다.

"걱정마, 크루거. 이거 먹고 방법을 찾아보자."

"응."

타케시는 크루거보다 키도 크고 성장이 빠른 편이었다. 반면 크루거는 매우 허약해 보이는 체구였다.

"다신 고아원으로 돌아가고 싶지 않아."

크루거는 눈물을 훔치며 말했다.

"우린 안 돌아갈 거야. 절대로."

타케시는 강한 의지로 크루거를 안심시켰다.

빵을 다 먹은 두 아이는 소란스러운 시장을 걸었다. 호객 행위를 하는 상인들이 하나라도 더 팔기 위해 소리를 질러 댔다.

다양한 물건을 사러 온 고객들 중엔 상류층 사람들도 종 종 보였다. 경호원의 보호를 받으며 쇼핑을 즐기는 이들을 타케시는 놓치지 않았다. 화기애애한 분위기의 두 여성에 게서 훔칠 것이 없나 기웃거렸다.

"꼬마야, 저리 가."

경호원이 그를 밀쳤다.

"쳇!"

타케시는 여성들의 핸드백을 주시했다. 한 여성이 경호 원에게서 이탈하여 머플러를 보는 동안, 타케시가 그녀의 핸드백을 노렸다.

"꺄악! 경호원! 저 아이가!"

비명을 들은 경호원은 핸드백을 들고 달아나는 타케시를 쫓았다.

"이 쥐새끼 같은!"

타케시는 사람들 사이를 미꾸라지처럼 빠져나갔다. 짜증 내는 경호원은 필사적이었다. 그를 놓치면 해고당할 각오를 해야만 했다. 시장을 달리던 타케시는 누군가의 팔에 딱 걸려 잡히고 말았다.

"이거 놔줘요!"

타케시는 바둥거렸다.

"내 빵도 모자라서 가방도 훔치냐 이 도둑 노무새끼!"

빵집 주인이었다. 타케시를 본 경호원이 성큼성큼 다가왔다.

"이 쥐새끼."

경호원은 타케시가 들고 있던 핸드백을 빼앗았다. 안에 물건이 다 들었는지 확인하고는 있던 곳으로 돌아갔다.

"쳇! 고맙다는 인사도 안 하는군. 예의가 없어 위쪽 놈들은."

"타케시를 놓아줘요. 빵값은 물어주면 되잖아요!"

빵집 주인이 투덜거리는 동안, 크루거가 빵집 주인에게 다가와 말했다.

"너도 이놈과 한패냐?"

"잘못했어요. 제발요."

겁먹은 크루거는 사정했다.

"이거 놔! 이 뚱땡아!"

바둥거리는 타케시는 반항했다.

"너희 같은 놈들은 교도소 맛을 봐야 정신 차리지!"

그때 누군가 빵집 주인에게 다가왔다. 바할이었다.

"제 아이들이 잘못을 저질렀나 보군요."

바할은 예의를 갖추며 말했다. 그의 뒤로 플릭 요원들이 최고 책임자를 보호하고 있었다. 플릭을 본 빵집 주인은 긴장했다.

"아… 몰… 몰랐습니다. 저는 그저… 주인 없는 아이인 줄 알고…"

"아이들 교육이 부족해서요. 제가 대신 사과드리지요. 훔친 빵의 사례는 해드리겠습니다."

"아닙니다… 그냥 가십시오. 기껏해야 빵인걸요… 하하…"

잡혀갈까 봐 잔뜩 긴장한 빵집 주인은 타케시를 내려 주었다. 화가 잔뜩 난 타케시는 빵집 주인의 정강이를 발로 찼다.

"악! 이…!"

때리고 싶었지만 빵집 주인은 플릭을 의식했다.

"꼬마야, 이름이 뭐냐?"

바할은 타케시에게 물었다.

"타케시, 타케시입니다."

당당한 말투로 바할에게 자신의 이름을 말한 타케시는 플릭의 제복이 제법 멋져 보였다.

"분노가 가득 찬 아이구나. 맘에 든다. 아저씨들 누군지 아니?"

"몰라요. 옷이 멋지네요."

"하하하!"

당돌한 타케시가 맘에 들었는지 바할은 웃었다.

"아저씨 따라가면 이 멋진 옷을 입을 수 있단다. 타케시."

"먹을 것도 주나요?"

"그럼."

"잠도 잘 수 있고요?"

"물론이지."

"우린 고아원에 다시 안 들어갈 거예요!"

뒤에 숨은 크루거가 외쳤다.

"아저씨가 일하는 곳은 고아원이 아니란다. 우린 아주 멋진 일을 하고 있지."

바할은 수호하던 요원에게 신호를 보냈다. 그가 나노아머로 레이저건을 소환하자 타케시와 크루거는 입을 쩍 벌렸다. 너무도 멋져 보였다.

"너희들도 이 아저씨들처럼 될 수 있어. 같이 갈 텐가?"

바할이 손을 내밀자 타케시는 망설임 없이 그의 손을 잡았다. 크루거는 망설였지만 타케시의 손을 잡고 바할을 따라갔다.

회상에서 돌아온 타케시는 나노아머에 비친 홀로그램 지도를 보며 크루거의 발자취를 추적했다. 하수구의 구조는 매우 복잡했다.

중앙본부로부터 전송받은 지도가 없었다면 제아무리 플릭이라도 미로 같은 곳에서 길을 잃을 것이 뻔했다. 이곳에서 누군가를 찾는다는 것은 불가능해 보였지만 타케시는 그의 직감을 믿었다.

타케시팀의 발소리가 멀지 않은 곳에 크루거가 어둠 속을 걷고 있었다. 시간과 공간 개념이 없을 정도로 크루거는 칠흑 같은 암흑을 뚫으며 앞으로만 전진했다. 그리고 마침내 빛을 발견했다.

사막이 보이는 하수구의 끝은 철창으로 막혀있었다. 철창을 통해 들어온 뜨거운 햇살이 그의 눈살을 찌푸리게 했다.

그는 온 힘을 다해 발로 찼다. 제법 단단한 철창은 꼼짝도 하지 않았다. 총을 꺼내어 봉합된 부위를 쏘았다. 탕! 탕! 몇 방 쏘지도 못하고 총알이 바닥난 그는 다시 필사적으로 여러 차례 발로 찼다.

철창이 조금 부서지며 몸이 나갈 수 있는 공간이 생기자 어떻게든 빠져나가려고 몸을 끼워 넣었다. 살이 찢겨 나가는 고통을 느꼈지만 아랑곳하지 않고 하수구를 빠져나오려 안간힘을 썼다.

총소리를 들은 타케시와 요원들의 발걸음이 빨라졌다. 크루거가 멀지 않은 곳에 있다는 것을 확신했다. 곧 그들의 시선에 사막의 빛이 보이기 시작했다. 하지만 그때, 하수구에 설치된 비상등에서 붉은색의 빛이 깜박거리더니 AI 로봇 소리가 들려왔다.

"경고, 경고, 배출 시간을 알려드립니다. 하수구에서 작업 중인 인부들은 모두 대피소로 피하십시오. 경고, 경고…"

타케시와 요원들은 근처에 있는 대피소로 급히 들어갔다. 병든 노인들도 서둘러 숨을 공간을 찾았다. 타케시는 바닥에 쓰러져 있는 한 노인의 얼굴을 보았다.

그의 몸은 쥐와 바퀴벌레들에게 뜯겨 먹히고 있었다. 아직 숨을 쉬고 있었지만, 그의 눈빛엔 생기가 없었다.

대피소 문이 닫히자 하수구로 쏟아지는 더러운 물의 소음이 가까이서 들려오기 시작했다. 타케시는 작은 창 사이로 노인의 마지막 시선을 보았다. 배출된 오물은 꽹음을 내며 빠른 속도로 모든 걸 쓸어버렸다.

그것은 철창문에서 낑낑거리던 크루거에게 빠르게 돌진
했다. 당황한 크루거는 서둘렀다. 옷과 함께 살갗이 찢어질
정도로 절박했다.

하수구 오물은 굉음과 함께 사막으로 분출되었다. 뜯긴
철창이 거센 물살과 함께 사막으로 튀어 나갔다. 겨우 몸을
뺀 크루거는 절벽에 매달려 있었다. 아래를 보니 10m는 되
는 높이였다.

중앙본부 씨티는 12개 구역보다 바닥이 지면보다 훨씬
더 높게 지워졌다. 그렇다 보니 씨티 안의 최하층은 구역에
사는 이들보다 더 높은 지면에 위치한다. 더 높게 지었기에
레볼트가 전면전으로 쳐들어오기 힘든 구조였다.

물이 다 빠져나가자 닫혔던 대피소 문이 열렸다. 타케시
는 노인이 있었던 곳으로 시선을 던졌다. 아무것도 남아 있
지 않았다.

"대장!"

부하요원들이 타케시를 기다리고 있었다. 타케시는 요원
들을 따라 뜯겨 나간 철창문으로 다가갔다.

타케시팀의 발소리가 더 가까워지자 크루거는 아래를 보
았다. 그는 겹겹이 쌓여 있는 오물을 향해 뛰어내렸다.

타케시와 요원들이 하수구의 끝에 도착했을 땐 크루거가 보이지 않았다. 위아래를 모두 훑어본 그들은 의아해했다.

"빌어먹을… 밖으로 통하는 하수구가 총 몇 개지?"

타케시는 요원에게 물었다.

"그게… 한 8천 개… 라고 뜨는데요…"

요원은 나노아머의 홀로그램 정보를 보며 말했다.

아래에는 오물 속으로 뛰어내렸던 크루거가 사막으로 기어 나오고 있었다. 입에서 온갖 더러운 것들을 토해낸 그는 타케시가 보았던 삶을 포기한 노인의 시체와 마주쳤다. 그의 입과 코에서는 쥐와 바퀴벌레들이 빠져나오고 있었다.

"크루거!!"

타케시의 외침을 들은 크루거는 몸을 움츠렸다. 오물에 시야가 가려진 덕에 타케시팀은 그를 보지 못하고 있었다. 빠져나갈 방법을 찾던 크루거 앞으로 로봇 한 대가 멈춰 섰다. 고개를 드니 오물을 치우는 청소 로봇이었다.

삐이이잉! 삐이이잉! 청소 로봇은 살아있는 생명체를 스캔하자마자 시끄러운 경고음을 내보냈다.

아래에서 이상 현상을 포착한 타케시는 사막으로 달아나는 크루거를 찾았다.

"크루거!! 멈춰!"

232

타케시는 외쳤다. 외관 벽에 장착된 레이저포가 일제히 크루거를 조준했다. 타케시의 소리를 들은 크루거는 뒤를 돌아보았다. 거대한 레이저포가 발사 직전이었다.

더는 도망칠 곳이 없는 크루거는 두 손을 들었다. 오물을 뒤집어쓰면서까지 필사적이었지만 철통같은 요새를 브로커의 가이드 없이 빠져나가는 건 불가능했다.

타케시와 요원들은 등에 장착된 크리스탈 엔진의 힘으로 순간적으로 날아올라 아래로 내려왔다. 타케시는 크루거에게서 시선을 떼지 않았다. 요원은 크루거에게 메탈수갑을 채웠다. 옛 동료를 체포해서인지 말 못 할 불편한 감정이 치솟았다.

"바할 대장님, 크루거를 체포했습니다."

타케시는 나노아머의 송신기를 이용해 바할에게 알렸다.

"외곽에 있나 보군. 거기서 대기하고 있어."

바할은 대답했다.

"못 보던 장비인데? 타케시."

크루거는 요원들의 등 뒤에 달린 엔진을 보았다.

"지난번 카이로 사건 이후, 연구실에서 아머를 업그레이드 했더군."

두 남자 사이에 묘한 감정이 오갔다.

"크루거…"

"아무 말도 하지 말게. 듣고 싶지 않아."

크루거는 실망과 좌절감에 자신을 규탄하고 있었다.

보고를 마친 지 얼마 되지 않아, 중앙본부 수송기인 그랜더알파 한 대가 날아와 사막 위에 착륙했다. 아래쪽 문이 열리자 아일랜드 우주경찰들이 내려왔다.

"바할 대장의 명령을 받고 왔습니다. 수배자를 저희가 인도하겠습니다."

"뭣? 아일랜드로 보낸다고요? 대장? 심문도 하지 않고 보내다니요?"

의아해하던 부하요원들이 일제히 타케시를 보았다.

"상관의 명령이잖아. 당장 인도해."

안절부절못한 표정의 타케시는 말했다.

타케시의 명령에 부하요원들은 우주경찰에게 크루거를 넘겼다. 그들은 그랜더알파를 타고 어딘가로 날아갔다.

'대체, 이게 무슨 짓이지…?'

타케시는 이해하기 힘든 상관의 지시에 갈등했다.

수사국으로 돌아온 타케시는 바할을 다시 만났다.

"수고했네."

바할이 말했다.

"심문도 하지 않고 아일랜드로 보내다니 절차에 맞지 않는군요."

"그에 대한 정보는 일급기밀이야. 아무것도 묻지 말게."

"그렇지만…"

"오늘 중으로 보고서 올려. 크루거는 체포 중에 사살한 것으로 해주게."

타케시는 바할을 대답 없이 뚫어져라 보았다.

"힘들겠나?"

"…그렇게 하겠습니다…"

그는 바할의 명령을 거역할 수 없었다.

"또 뭐 할 말 있나?"

"…없습니다."

"그럼 가봐."

타케시는 나갔다.

바할은 일급기밀 영상에 담긴 타케시의 무모한 최하층 시민 공격 장면을 확인했다. 플릭의 위엄에 해를 끼칠 것을 우려한 그는 영상을 영구히 삭제했다. 외곽에서 크루거를 체포하는 장면도 모두 삭제했다. 서류상 크루거는 사망한 것이다.

부하요원들이 모두 귀가한 뒤 홀로 남은 타케시는 보고 서를 작성했다. 상관의 명령 때문에 거짓 정보를 적어야 하는 그는 혼란스러웠다.

'아니야, 크루거는 내 친구야…'

'크루거가 친구라고? 제시를 죽인 놈이야!'

'네 아이는! 놈은 죽어야 해!'

'아니야, 그와 난 어릴 때부터…'

'상관의 명령은 절대복종이야!'

'너무 이상해… 너무 이상해…'

그는 심적으로 너무도 괴로워하고 있었다. 그가 믿어왔던 것이 허물어지기 시작했다.

5. 저장소

　숲을 탈출한 스카이는 사막을 지나 옛 지구인 창고로 가고 있었다.

"크르릉…"

"조금만 참아 울프. 조금만 더 가면 돼. 미안하지만 먹을 것이 다 떨어졌어."

　스카이는 가지고 있던 가죽 주머니를 탈탈 털었다. 메탈 부스러기들이 먼지처럼 떨어졌다. 그것이라도 먹어 보겠다고 울프는 사방팔방으로 뛰었다. 결국 에너지를 채우지 못한 울프는 고개를 숙이며 낙심했다.

　스카이와 울프는 체력이 바닥나 있었지만 멈추지 않았다. 이날따라 사막에는 바람 한 점 불지 않을 정도로 고요했다. 하늘에 물든 붉은 노을이 사막의 모래 빛을 짙은 오렌지색으로 바꾸고 있을 무렵. 울프가 갑자기 달리기 시작했다. 언덕 너머에 쓰러져 있는 사람들을 감지한 것이다.
스카이도 그를 따라 달렸다. 사막 위에 쓰러져 있는 일행들
은 레볼트 지원군들이었다. 끝까지 일행들과 함께 가지 못
한 낙오자들은 사막에서 지쳐 죽어가고 있었다.

"…물… 물 좀…"
쓰러진 사람 중에 유일하게 숨이 붙어 있는 생존자는 간
절했다. 하지만 스카이에게 남은 것이 없었다.
"미안합니다…"
스카이는 쓸쓸함을 삼켰다. 그는 남자의 마지막 숨소리
를 듣고서야 그의 눈을 감겨주었다. 사막에서의 규칙은 냉
정했다. 마음이 아팠지만 도와줄 수 없다는 것을 누구보다
잘 알고 있었다.

스카이는 시체들의 소지품을 뒤졌다. 건질 것이 있다면
지금이 기회였다. 소지품에서 메탈 파편들을 발견한 스카
이는 그것을 울프에게 가져다주었다.
울프는 꼬리를 살랑거리며 메탈 파편들을 단숨에 먹어
치웠다. 에너지가 회복되었는지, 울프는 펄펄 날뛰었다.
"울프, 체력을 아껴둬. 여긴 사막이잖아."
펄펄 뛰던 울프가 스카이에게 얌전히 다가왔다. 그들은
밤낮을 쉬지 않고 다시 걸었다.

마침내 긴 여정을 끝낸 스카이와 울프는 옛 지구인 저장소에 도착했다. 모래를 타고 레볼트 피난처로 내려온 그들을 벤이 기다리고 있었다. 스카이는 그의 따가운 시선을 애써 피했다. 그는 빠른 스피드를 이용해 벤의 옆을 순식간에 지나갔다.

"스카이! 당장 이리 안 와!"

자신을 피해간 스카이를 향해 벤은 소리쳤다.

"메롱!"

"이런 어린 노무 자식…"

어린아이 같은 행동을 하는 스카이에게 불만 가득한 벤의 모습이 좀 엉뚱한 귀여움을 발산했다.

스카이는 카이로의 텐트로 곧장 들어갔다.

"살아 돌아왔군, 스카이."

카이로가 그를 기다리고 있었다.

"오랜만입니다. 카이로님."

스카이는 카이로 앞에 앉았다. 따라온 울프가 카이로에게 꼬리를 살랑거리며 개처럼 안겼다.

"이 녀석도 용케 살아남았군. 귀여운 녀석."

"쳇! 넌 정말 막무가내야!"

벤이 투덜대며, 스카이 옆에 앉자 울프가 으르렁거렸다.

"괜찮아 울프, 벤이잖아. 잔소리는 많지만 좋은 녀석이야."

카이로가 울프를 달래는 동안, 벤은 콧바람만 내쉬었다. 스카이는 벤이 귀찮은지 상대하지 않았다.

"…아무래도 저장소를 찾은 거 같습니다."

스카이는 침묵을 깨고 말을 열었다.

"뭣? 확실한가?"

카이로가 두 눈을 크게 뜨며 물었다.

"분명 저장소라고 말하는 걸 똑똑히 들었습니다. 그곳에 프랑수아 5세도 있었고요. 그의 힘은 엄청나더군요. 분명 카이로님이 말씀하셨던 다이아몬드의 힘이겠지요?"

"신무기를 만들고 있었던 게 아니었군. 그곳에서 무엇을 봤나? S급 기동대가 배치될 정도로 중요한 것이 있었나?"

카이로는 다시 물었다. 스카이는 그녀의 물음에 대답을 망설였다.

"스카이 대답해! 저장소는 대체 어떤 곳이야?"

인내심 부족한 벤은 소리쳤다.

"그곳엔 사람들이 있었습니다. 살아있는 사람들이요…"

스카이는 아직도 자신이 본 것에 대해 충격에 휩싸여 있었다.

"살아있는 사람들이 펄펄 끓는 물 속에 담겨 있었어

요…"

스카이의 말에 카이로는 충격에 사로잡혔다.

'도대체 무슨 짓을 꾸미고 있는가…?'

카이로는 심각한 고민에 빠졌고, 벤은 흥분된 감정으로 벌떡 일어섰다.

"카이로님! 당장 쳐들어갑시다!"

벤이 이번엔 더 크게 소리 질렀다.

"무슨 목적으로 그런 잔인한 실험을 하는지는 모르겠습니다… 흑흑…"

스카이가 갑작스레 울컥하며 눈물을 터트렸다. 울프가 다가와 그의 슬픔을 달래주었다. 강한 모습만 보이던 스카이의 어린아이 같은 울음에 벤은 당혹해하며 다시 자리에 앉았다.

"그들이 말하는 저장소가 어떤 목적으로 쓰이는지 반드시 알아내야 한다. 그리고 반드시 파괴해야 해. 벤! 자네는 당장 출발해서 우림지대 1선발팀과 합류하게."

카이로가 말했다.

"좋습니다! 카이로님! 쳐들어갑시다!"

벤은 다시 일어나며 소리쳤다. 그는 당장이라도 싸울 준비가 되어 있었다. 벤은 눈물을 흘리는 스카이를 보며 마음이 아팠지만 그가 할 수 있는 일은 없었다. 그저 싸우는 일밖에. 벤은 항상 그래왔다. 그는 싸우기 위해 태어난 무모한 전사처럼 적진에 돌진하는 성격이었다. 그리고 반드시 이겨야만 했다. 스카이의 생소한 나약한 모습은 벤의 투쟁의지를 더욱 자극했다.

"렌칭에게 실력 있는 정예군들을 더 뽑으라고 해. 나와 스카이는 렌칭과 함께 2선발팀과 합류한 다음 그곳으로 간다."

"알겠습니다! 카이로님!"

한편, 헤나의 일행과 신참들은 행동대장 렌칭과 교관들의 지시를 받으며 힘겨운 훈련을 하고 있었다. 근접전 훈련과 사격 훈련, 체력 훈련까지 고된 시간을 보내야 했다.

"더 빨리 달려!!"

"이 굼벵이들! 더 빨리!"

교관들은 체계적이며 엄격한 분위기로 신참들을 훈련했다. 헤나와 프레드는 어느새 고된 훈련에 적응하고 있었고 성적도 꽤 높은 그룹에 끼어 있었다.

특히 헤나는 사격 솜씨가 유난히 돋보였고 그런 그녀를 렌칭은 주의 깊게 지켜보고 있었다.

카이로의 텐트에서 나온 벤은 렌칭에게 다가왔다.

"스카이가 좋은 정보를 가지고 왔나?"

렌쳉이 물었다.

"아주 끔찍한 정보를 가지고 왔더군. 고약한 스카이가 눈물을 보일 정도로 말이야."

"스카이가 눈물을 흘릴 정도라니. 듣고 싶지 않을 거 같군."

"카이로님이 정예군들을 뽑으라더군."

"드디어 출발인가, 벤?"

"그래, 렌쳉. 싸울 때가 온 거지."

"흠, 신참들이 경험이 없어서 걱정이야."

렌쳉의 얼굴에는 근심이 가득했다. 무엇보다 시간이 부족했다. 식량도 떨어져 갔고 그의 책임은 막중했다.

"우리 때는 언제 경험이 있어서 실전에 나갔나? 싸우다 보면 다 발전하는 거지, 안 그래?"

렌쳉은 피식 웃었다. 긴 한숨을 들이쉬는 렌쳉의 어깨를 툭툭 치는 벤은 훈련 중인 신참들을 바라보았다.

"안 그래도 몸이 근질근질했는데 말이야. 제대로 복수를 날려야겠어."

주먹을 불끈 쥔 벤은 다짐했다. 그때 천재 기술자가 벤에게 다가왔다.

"벤, 보여줄 게 있습니다요."

벤은 기술자를 따라 그의 연구실 텐트로 들어갔다.

"지난번에 가져온 다이아몬드 파편으로 만든 겁니다."

벤은 블루 다이아몬드 파편들이 박힌 거대한 해머를 보았다.

"다이아몬드 원석이었다면 더 큰 힘을 낼 수 있을 테지만 이것도 꽤 쓸만할 겁니다요. 헤헤."

벤은 해머를 집어 들어 휘둘렀다. 연구실 보조원들이 벤이 휘둘러대는 해머에 뒷걸음질쳤다.

"마음에 드는걸! 내 취향이잖아!"

그의 큰 덩치와 잘 어울리는 신무기였다.

"마음에 드신다니 다행입니다요. 헤헤!"

신무기를 얻은 벤은 50여 명의 정예부대와 떠날 준비를 했다. 헤나는 멀리서 렌쳉과 벤이 서로에게 작별 인사를 나누는 것을 보고 있었다.

"우림지대로 간다더군."

프레드가 헤나 옆으로 다가와 말했다.

"우림지대? 거긴 왜?"

"모르지. 우리도 조만간 가게 되지 않을까? 거긴 무시무시한 짐승들이 득실거린다던데? 사람 영혼을 먹는 짐승도 있데."

"뭐? 장난치지 마."

"우우우와! 난 영혼을 먹는 짐승이다!"

"참 내…"

프레드의 장난기가 발동하자, 헤나는 피식 웃었다.

"그래도 너 미소를 보니 보기 좋네."

"뭐?"

"너 여기 온 이후로 웃는 모습 한 번 못 봤어."

"내가? 그랬나…?"

헤나는 레볼트에 온 이후로 매우 진지했다. 그런 그녀를 의식한 프레드는 오랜만에 그녀의 긴장된 모습을 풀어주고 싶었다.

사막으로 떠나는 벤의 정예부대를 보던 헤나의 얼굴에는 미소가 점점 사라졌다. 장난치던 프레드는 헤나의 굳은 표정에 시무룩해졌다. 그들의 삶이 다시는 예전 같지 않다는 생각에 프레드는 심적으로 힘들어했다.

이른 아침, 누군가의 부름에 헤나가 눈을 떴다.

"일어나, 일어나."

렌쳉이었다. 잠이 덜 깬 헤나는 곧바로 기상해 차려 자세를 취했다. 군기가 단단히 들어있었다.

"카이로님이 찾으신다."

"네?"

어리둥절한 헤나는 주위를 보았다. 신참 숙소에는 동기들이 다들 꿀잠을 자고 있었다. 그녀는 렌쳉을 따라 조용히

숙소를 나갔다. 보초를 서는 군인들을 지나 카이로의 텐트
로 헤나는 들어갔다. 리더를 직접 대면한 신참인 헤나는 당
황했다. 하지만 바로 격식을 차리고 군인으로서 몸을 뻣뻣
이 세웠다. 많이 긴장된 얼굴이었다.

"편히 앉게."
카이로는 부드러운 말투로 헤나에게 말했다.
"뭐해? 안 앉고?"
렌쳉이 되물었다.
"네!"
긴장한 헤나는 카이로 앞에 앉았다. 편안한 자세의 행동
대장과는 다르게 그녀는 굳은 몸을 풀지 못했다. 식은땀이
흐르고 있을 정도였다. 그녀의 우상인 레볼트의 리더를 직
접 만나는 것은 영광이었다.

"이번 신참들 중 가장 우수한 성적을 냈다더군."
카이로가 다시 말했다.
"아… 네?"
어리둥절한 표정을 짓는 헤나는 무슨 말을 하는지 감이
잡히지 않았다.
"신참들 훈련 중엔 교관들이 모두 점수를 매긴다. 네가
가장 높은 점수를 받았어."

렌쳉이 설명했다.

"아… 그런가요?"

긴장을 풀지 못한 헤나를 뚫어지라 보던 카이로는 앞에서 끓고 있던 커피를 권했다.

"마셔 볼 텐가? 커피라고 하는 거네."

"아…"

"귀한 거지. 얼마 남지 않은 마지막 커피네."

"괘…괜찮습니다! 카이로님!"

"하하하!"

헤나의 모습에 카이로는 웃음을 참지 못했다. 렌쳉도 피식 웃었다. 오랜만에 보는 카이로의 웃음이었다. 30년 전 전쟁에서 패한 이후, 그 누구도 카이로의 웃음을 본 적이 없을 정도로 그녀의 표정은 항상 굳어 있었다.

렌쳉은 그 누구보다 카이로를 잘 알고 있었다. 그에게 카이로의 웃음은 뜻밖의 선물 같았다.

"자, 마셔봐. 잠이 확 깰 테니."

카이로의 권유를 이기지 못한 헤나는 생전 처음 커피 맛을 보았다. 떫은맛으로 인상을 찡그렸지만 금세 묘한 향기에 빠져들었다.

"자네에 대해서 렌쳉에게 많이 들었네."

헤나는 렌쳉을 보았다.

"자네를 따르는 친구들이 있다지?"

"아, 네. 고향 친구들이에요."

"나도 8구역 출신이라네."

"알고 있어요. 카이로님은 저희 구역에서 영웅인걸요."

"그런가…"

카이로는 쓸쓸한 표정을 지었다.

"자네가 레볼트에 지원한 이유가 궁금하네. 말해 줄 수 있는가?"

헤나는 망설였다.

"…어릴 때 부모를 잃었어요. 그들은 거리에서 자유를 외치다 잡혀갔죠."

카이로와 렌쳉은 헤나의 사연을 진지하게 들었다.

"그때 전 7살이었어요. 부모님이 잡혀간 뒤엔 성인이 될 때까지 구역 고아원에서 자랐어요. 저와 함께 온 친구들은 모두 고아원 출신들이에요. 다들 중앙 놈들에게 부모를 잃은 아이들이었죠."

"복수를 원하나?"

카이로는 물었다.

"전… 세상을 바꾸고 싶어요. 아니 바뀌어야 해요. 반드시. 우린 노예가 아니잖아요."

헤나의 목소리가 떨렸다. 울컥하는 감정을 참지 못한 그녀의 눈에 눈물이 글썽거렸지만, 그녀는 이를 악물고 감정을 삼켰다. 나약함을 보이고 싶지 않았다. 카이로는 그녀의 강한 눈빛을 보았다.

"생각보다 강한 아이군. 헤나. 오늘 말 잘 들었네. 이제 나가도 되네."

"…네. 커피… 잘 마셨어요."

헤나는 일어나 텐트를 나갔다. 헤나를 보던 카이로는 미소를 지었다.

"자네의 말이 맞는 것 같군. 헤나는 자격이 있어."

카이로와 렌쳉은 헤나를 차기 리더의 자격을 헤아려 보고 있었다.

"아직 이르긴 합니다만, 지금처럼 성장한다면 충분한 자격이 있을 듯 보입니다."

"헤나와 친구들도 이번에 함께 가보도록 하지."

"실전에 나가기엔 너무 이르지 않을까요?"

"저장소를 찾은 건 우리에게 큰 기회야. 더는 훈련만 하고 있을 수 없어."

"네…"

벤의 정예부대가 떠난 지 몇 주가 흘렀다. 헤나의 후발팀

은 다들 우림지대로 갈 준비를 하고 있었다. 무기고 장비들
이 거의 비어 있을 정도로 대규모 전쟁을 준비하는 분위기
였다.

렌쳉의 지시로 헤나와 프레드, 그리고 후발팀 군인들은
각자의 무기와 짐들을 챙겼다. 카이로를 비롯해 천재 기술
자까지 수백 명이 문 앞에서 대기했다.

동물 관리사들은 짐들이 가득 실린 수십 마리의 카메르
들을 먹이느라 바빴다. 문지기들은 사막으로 나가는 거대
한 문을 열었다.

사막의 뜨거운 햇살이 안으로 서서히 들어왔다. 오랜만
에 보는 자연광에 다들 눈살을 찌푸렸다. 카이로, 스카이,
울프, 렌쳉, 헤나, 프레드, 천재 기술자 외 수백 명의 무장
한 레볼트 후발팀은 사막으로 전진했다.

그 시각, 중앙본부에서는 카림이 프랑수아 5세의 소환 명
령을 받고 중앙본부 타워 마지막 층을 향하고 있었다. 기동
대의 보호 속에 제3지구 최고통치자는 도착한 카림을 맞이
했다.

"부르셨습니까?"

카림이 말했다.

"자네 부대가 우림지대로 가줘야겠어."

250

카림을 유심히 보던 프랑수아 5세는 대답했다.

"이번엔 어떤 임무인가요?"

"저장소가 레볼트에게 발각되었네. 분명 그들이 쳐들어올 거야. 자네가 나서줘야겠어."

카림은 그의 임무가 썩 내키지 않았다.

'레볼트와의 전면전이라니? 쳇, 무슨 꿍꿍이냐 케이…'

카림의 계산은 복잡해졌다.

"장소를 옮기는 게 더 좋지 않을까요?"

"아니야. 그들이 쳐들어온다면 아주 좋은 미끼가 되는 거지, 안 그런가?"

케이는 권력 2인자인 카림을 경계하고 있었다. 날이 갈수록 그의 군사력이 커지고 있었기 때문이다. 그는 카림이 자신의 명령을 거역할 수 없다는 점을 이용했다.

이번 기회에 그의 군대가 패하든 승리하든 골치 아픈 레볼트와 그의 군사력이 약해질 것임이 분명했다. 아무튼 케이에게는 득이 되는 전략이었다.

"이번 기회에 우리의 막강한 군대의 힘을 보여주게. 그들을 몰살시키라고."

"…그렇게 하도록 하지요."

명령을 받은 카림은 통치자실을 나갔다. 안절부절못한 얼굴을 감출 수 없었다. 그는 당장 전용기 그랜더-IV를 타고 자신의 비밀연구실로 날아갔다.

이른 새벽, 카림의 전용기는 사막 한가운데 착륙했다. 그랜더에서 내린 카림과 직속부하들은 모래 위에서 잠시 기다렸다. 곧 모래 속에서 메탈 캡슐들이 올라왔다.

한 명씩 탈 수 있는 캡슐은 비밀연구실로 내려갈 수 있는 일종의 엘리베이터였다. 카림과 부하들은 각각의 캡슐 안으로 들어갔다. 문이 닫히며 캡슐은 빠른 속도로 사막 아래로 하강했다.

지하 20층은 되는 듯, 한참을 내려가서야 메탈 캡슐이 멈췄다. 연구실 안은 꽤 분주했다. 캡슐에서 내린 카림은 쌍둥이가 데려온 키아라의 상태를 확인했다.

머리에 씌워진 기계와 연결된 홀로그램 영사기에는 수억 개의 영상들과 사진들이 초당 전환되며 키아라의 두뇌 속을 뒤집어 놓고 있었다.

"오셨습니까?"

제타는 다가오는 카림에게 인사했다. 그를 바라보는 그녀의 시선은 차가웠다.

"수고했네."

카림은 키아라를 다시 생포한 쌍둥이에 대해 흡족해했다.

"키아라의 옛 기억을 지우는 건 불가능하지만 다시 깨어났을 땐 기억을 하지 못할 겁니다."

연구실 직원이 다가와 카림에게 보고했다.

"우림지대로 가기 전까지 키아라도 준비되어 있어야 하네."

그의 말에 연구실 직원은 더 바쁘게 움직였다.

"다시 우림지대로 갑니까?"

키아라를 지켜보던 알렉스가 카림에게 물었다.

"그렇다. 키아라가 준비되는 대로 우림지대로 간다. 레볼트 몰살 작전이다."

"하! 전쟁이군요! 기대되는 걸요 대장! 하하!"

알렉스는 흥분했다. 그와 반대로 전쟁에 임해야 하는 소식에 제타의 얼굴은 초조함으로 가득했다. 몸이 묶인 채 세뇌당하고 있는 키아라의 모습은 그녀의 불안한 심경을 자극했다.

근처에는 다양한 구역에서 잡혀 온 노동자들이 생체 실험당하고 있었다. 우림지대에서 빼돌린 3가지 색상의 다이아몬드가 연구원들의 손을 거쳐 테스트 중이었다.

"실험체가 턱없이 부족합니다, 대장님."

연구실 소장이 카림에게 다가와 말했다. 다이아몬드의 힘을 극복하지 못한 실험체들은 머리가 폭발하거나 알 수 없는 현상으로 녹아내리고 있었다.

"얼마나 더 잡아 와야 하는가?"

"글쎄요, 한 100여 명은 더 필요할 듯 보입니다."

"3개의 다이아몬드는 아직도 합쳐지지 않는가?"

"네… 그게… 현재의 기술로는 미지의 영역이라서요…
시간이 더 걸릴 듯…"

카림은 소장의 목을 잡아 번쩍 들어 올렸다. 겁을 먹은
연구실 직원들이 모두 소장을 바라보았다.

"죽기 싫다면 서둘러."

"…큭, 네. 어떻게든… 만들어보겠습니다…"

카림은 그를 놓아주었다. 소장은 목을 캑캑거리며 연구
원들에게 갔다. 그들에겐 생사가 걸린 연구였다. 카림은 앞
에 놓여 있는 3개의 다이아몬드 원석을 보았다. 레드, 화이
트, 옐로우, 각자의 힘은 달랐지만, 카림은 꽤 오래전부터
그가 발견한 3개의 힘을 합치는 연구를 하고 있었다.

'반드시 이 3개의 다이아몬드로 케이를 물리칠 것이다.
내가 그렇게 할 것이다.'

카림의 얼굴은 엄청난 자신감으로 가득했다.

6. 가문의 능력

아늑한 아침 햇살이 들어오는 호화로운 저택 안에는 홀로 아침을 먹는 아리아가 보였다.

주위에는 다양한 식물들이 그녀의 주위를 둘러싸고 있었다. 알록달록한 색깔의 야채와 과일들이 널려 있는 모습이 마치 마법의 나라를 보는 것 같았다.

저택에서 일하는 하인들은 열린 과일과 야채들을 따다가 말리기도 하고 요리에 쓰기도 했다. 또 다른 하인들은 식물의 껍질을 잘라 거기서 흘러나오는 푸른 액체를 작은 병에 모았다. 시중을 드는 하인들은 하나같이 평화로워 보였다.

저택 안에서 일하는 많은 인력을 책임지는 일은 집사인 모드의 역할이었다. 그녀는 아리아의 어머니 아리아 3세와 할머니 아리아 2세를 섬긴 경험이 많은 베테랑이었다. 그녀가 현재 섬기는 아리아는 가문의 대를 유일하게 이어오고 있는 아리아 4세였다.

아리아는 향기로운 차를 마시며 홀로그램 영상에 나오는 파이터 12구역 최강전 홍보 영상을 보고 있었다. 각 구역을 대표하는 파이터들의 프로필이 소개되었고 해성의 모습도 함께 등장했다. 홍보 영상은 해성과 데스트로의 대결에 초점을 맞추고 있었다.

"해성은 12구역 최강전에서 우승하여 데스트로와 맞설 수 있을 것인가? 기대해주십시오!"

뻔한 홍보 영상을 보던 아리아는 고개를 절레 저으며 한숨을 내쉬었다. 식사를 끝낸 그녀는 따뜻한 물로 샤워하고는 가운을 입고 수련실을 향했다.

"오늘도 수련하시게요?"

수련실을 지나던 모드가 말했다.

"네."

아리아는 바닥과 벽이 모두 하얀색의 수련실로 들어가 앉았다. 모드가 문을 닫으며 수련실 안으로 들어왔다. 내부는 고요했다. 다리를 꼬아 바닥에 앉은 아리아는 가지고 온 푸른 액체를 마셨다.

액체는 그녀의 힘을 증폭시켜주었다. 아리아는 눈을 감고 정신 수련을 시작했다. 처음엔 매우 평화로운 분위기로 모든 게 순조로워 보였다. 얼마 지나지 않아 그녀의 숨소리가 거칠어졌다. 모드는 아리아를 멀리서 지켜보았다.

"어머니?"

머릿속에서 어머니를 부르는 어린 아리아 4세의 목소리가 스쳐 지나갔다. 명상을 거듭할수록 아리아의 정신은 흐트러졌다.

"어머니!!"

아리아의 불길한 외침에 그녀는 눈알을 움직였지만 뜨지 못했다. 그녀는 내면 깊숙한 곳에서 악몽 같은 환상을 경험하고 있었다. 온 세상이 붉은색으로 물든 피비린내 나는 곳에 아리아가 절망에 빠져있었다.

"어머니!"

그녀는 목이 찢어지도록 어머니를 외쳤다. 그녀 주위에는 시체들로 가득했다.

"어머니!!"

명상에서 빠져나온 아리아는 식은땀을 흘렸다.

"여전히 불안정하군요. 마음을 비우셔야 합니다. 빛의 기운을 느끼셔야 해요."

아리아를 지켜보던 모드가 말했다.

"…마음처럼 잘 되지 않아."

그녀는 가문에서 내려오는 능력을 더 발전시키기 위해 수련을 거듭했지만, 이해할 수 없는 과거의 자신에게 발목을 잡히고 있었다.

"항상 같은 곳에 서 있어… 아무리 이해하려 해도…"

"인내를 가지세요. 아리아님."

아리아는 숨을 돌렸다.

"오늘 아침 쉐도우님과 약속이 있습니다. 또 혼자 가실 건가요?"

"응."

"차 대기시켜놓을게요."

집사가 나가자 그녀는 팔을 뻗어 빛의 에너지를 모았다. 전날 밤 괴물을 죽인 그 에너지였다. 그녀가 심호흡을 내쉬며 힘을 빼자 에너지는 소멸했다.

'아직 부족해. 아직…'

스스로 만족을 못한 아리아는 자기 자신에게 냉정했다. 그녀는 두 손을 모아 활활 타오르는 빛의 검을 소환했다. 그녀는 무술과 검술을 열정적으로 연마했다.

'아직 멀었어… 아직…'

그녀는 마음속으로 계속 되새겼다.

"아직 멀었어! 더 빨리! 다리의 힘이 약해!"

어머니 아리아 3세의 목소리가 들려왔다.

어린 아리아 4세가 하얀 수련실에서 어머니의 강도 높은 검술 지도를 받고 있었다. 지칠 대로 지친 아리아는 버티지 못하고 바닥에 주저앉았다.

"아리아! 빨리 안 일어나?"

아리아 3세가 야단쳤다.

"어머니, 조금만 쉬었다가 하면 안 돼요?"

"아리아, 수련을 게을리하면 지는 거야. 알겠니? 어서 일어나."

어린 딸을 강하게 키우려는 아리아 3세는 단호했다. 마음이 아팠지만 딸이 가문의 능력을 이어받으려면 혹독한 수련을 강행해야만 했다.

"이번엔 빛을 소환해보자. 지난번에도 배웠으니 어렵지 않을 거야."

아리아 3세는 팔을 뻗어 빛의 에너지를 소환했다. 어린 딸은 일어나 팔을 뻗었다. 매우 작은 빛이 손바닥 앞에 생기더니 금세 사라졌다.

"눈을 감고 마음을 비워, 아리아."

아리아가 다시 시도했지만 잘되지 않았다.

"포기하면 안 돼. 아리아. 가문의 능력은 반드시 대를 이어야 한다. 우린 빛의 기사니깐."

"우린 빛의 기사니깐."

아리아는 어머니의 마지막 문장을 그대로 따라 했다. 진절머리나게 들은 말이었다. 그녀의 손바닥에 조그마한 빛의 에너지가 모인 것을 본 아리아는 기뻐했다.

회상에서 돌아온 아리아는 과거를 생각하며 검술을 연마했다. 그녀의 활활 타오르는 빛의 검은 모든 것을 베어버릴 것 같은 위엄을 보였다.

'어머니, 반드시 당신이 못다 한 복수를 제가 이루겠습니다. 반드시 케이를 해성과 함께 물리칠 거예요.'

마음속으로 다짐한 그녀의 모습은 강했다.

아침 수련을 끝낸 아리아는 저택을 나와 스카이로드를 향했다. 그녀가 도착한 곳은 쉐도우 가문의 집이었다. 아리아 가문처럼 쉐도우 가문도 그들만의 능력을 자손 대대로 이어받는 전통을 가진 몇 안 남은 귀족이었다.

"고맙네, 마크."

아리아는 문을 열어준 집사, 마크에게 인사했다.

"서재에서 기다리고 계십니다."

마크는 아리아를 안내했다. 책을 읽는 AI 로봇의 목소리가 들려왔다. 그녀가 도착한 쉐도우의 서재에는 희귀한 책들이 가득했다. 모두 옛 지구인들의 책이었다.

"집에서 책만 읽는 게 지겹지는 않으신가요?"

아리아가 말했다.

"전 책 읽는 게 좋아요. 이 많은 책을 제가 죽기 전에 과연 다 읽을 수 있을까요? 옛 지구인들의 지식은 엄청난 것 같아요."

쉐도우는 겨우 14살밖에 되지 않은 아이였다. 그는 매우 특별한 능력을 갖췄는데 바로 예지 능력이다. 쉐도우 가문에서도 100년에 한 번 대를 이어 내려온다는 전설이 있을 정도로 예지 능력은 그 가치가 특별했다.

예지 능력을 얻는 자는 자신의 다른 능력을 잃게 된다고 한다. 어린 쉐도우가 맞바꾼 건 그의 눈이었다.

그는 어린 나이에 부모를 잃었지만 물려받은 큰 유산을 흥청망청 쓰지 않았다. 친절한 집사인 마크는 어린 쉐도우를 잘 돌보고 있었다.

"참, 선물로 주신 차는 잘 마셨어요. 항상 마시던 것과는 다르더군요."

아리아의 말에 미소를 짓던 쉐도우는 일어섰다.

"따라와요."

"네? 어디로 가시게요?"

아리아는 쉐도우를 따라갔다. 앞이 보이지 않았지만 집

안 구조를 다 아는 쉐도우는 발길이 빨랐다. 아리아가 도착한 곳은 찻잎이 널려져 있는 온실 테라스였다.

"멋지네요, 이게 다 찻잎인가요?"

"맞아요. 옛 지구인 것과 저희 것의 혼종이죠."

"아 그래서 맛이 달랐군요."

"그들의 지식을 잘 활용하면 훌륭한 종을 얻을 수 있어요."

"흥미롭군요."

우린 왜 지금까지 가문의 능력을 위해 하나의 방법만 고집하고 있을까요?"

아리아는 쉐도우가 말하려는 것을 이해했다. 엄격한 교육에 싫증을 느낀 아리아의 입장에서도 가문의 능력을 이어가는데 전통을 고집할 필요는 없다고 생각하고 있었다.

"…쉐도우님이 말한 곳에서 크론의 에너지가 잡혔어요."

아리아는 주제를 바꿨다.

"다행이네요. 제가 본 것이 틀리지 않았네요."

"곧 팀을 그곳에 보낼 거예요."

"제가 도움이 되었다니 정말 기쁘군요. 참! 마크가 시합 얘기를 해줬어요! 해성이라는 분 대단하다죠?"

"네. 중앙에서 인기가 상당해요."

"정말 궁금하네요. 그가 어디까지 갈 수 있을지."

아리아는 풍성한 찻잎을 만졌다.

"얼마 전에… 케이가 찾아왔어요."

쉐도우는 말을 이었다.

"케이가요?"

케이는 기동대의 보호를 받으며 쉐도우 집에 방문해 있었다. 그를 서재로 안내하는 집사 마크는 긴장을 풀지 못했다.

"쉐도우 가문에 예지 능력을 가진 자가 나왔다지? 자네인가?"

쉐도우는 다가오는 통치자에게서 엄청난 힘을 느꼈다. 몸이 마비될 정도로 고통스러웠다.

"저를… 찾아온 이유가… 뭔가요? 케이?"

케이는 쉐도우에게 손을 뻗었다.

"자신의 미래를 보고 싶다고 하더군요."

회상에서 돌아온 쉐도우는 아리아에게 말했다.

"무엇을… 보셨나요?"

아리아는 불길했다.

다시 그의 회상 속, 쉐도우가 벌벌 떨며 케이에게 손을 뻗었다. 케이의 손을 만진 그는 비명을 질렀다.

"아! 아아악!!"

케이에게서 비춰진 미래의 모습은 지옥 그 자체였다. 그는 수억 명의 시체들 위에 홀로 군림하고 있었다.

"그의 힘은… 우리를 끝없는 어둠 속으로 데리고 갈지도 몰라요…"

쉐도우는 겁에 질려 있었다.

"…우리에겐 가디언의 유산이 있잖아요. 잃어버린 빛을 되찾아야죠."

아리아가 쉐도우에게 해줄 수 있는 건 희망을 주는 것뿐이었다.

해성은 눈을 떴다. 피곤한 기색이 가득했다. 전날 밤에 겪은 일이 마침 꿈만 같았다. 피곤한 몸을 이끌고 그는 훈련장으로 갔다. 이른 아침부터 운동과 연습을 하러 온 파이터들과 형식적 인사를 하고는 해성은 가벼운 몸풀기부터 시작했다.

"12구역 최강전이 얼마 안 남았다!"

전날의 취기가 아직 안 빠진 베그너가 소리쳤다.

"해성아 12구역 최강전은 체력 조절이 중요하단다."

해성은 홀로그램 스크린에 나오는 홍보영상을 보았다. 12구역 최강전은 12명의 파이터들이 한 번씩 싸워 가장 높은 점수를 가져간 이가 승리한다. 해성이 11명의 파이터들과 싸워야 하는 장기전이었다.

"엄마와 준혁의 소식은 아직인가요?"

해성은 베그너에게 물었다.

"최선을 다하고 있네. 분명 찾을 수 있을 거야. 시합에 집중해. 가족은 내가 찾을 테니."

"네… 알겠습니다."

그는 엄마와 준혁이 그리웠다. 하루빨리 다시 만나길 고대하며 해성은 다가올 경기를 대비해 몸을 단련시켰다.

"여러분! 드디어 12구역 최강전 그 첫 번째 대회가 왔습니다!"

"와!!"

진행자의 목소리와 함께 관중석에서 함성이 들려왔다. 대기실에 있는 해성은 상대 파이터들처럼 긴장하고 있었다.

12구역 최강전은 6개의 링 위에서 12인의 파이터들이 같은 시간대에 싸우는 경기였다. 해성은 이곳에서 매주 한 번씩 상대를 바꿔가며 싸워야 했다.

시합이 시작되자마자 끝나는 소리가 여기저기서 들려왔다. 내기 도박에 참여하는 군중들은 광적이었다. 목숨까지 내놓을 기색이었다.

해성의 첫 상대는 제11구역에서 온 스피드로 불리는 선수였다. 그는 정말 빨랐다. 스피드는 날아온 공격을 재치 있게 피해 가며 해성을 괴롭혔다. 그의 공격은 강하지 않았지만 같은 곳만 노렸다.

약한 힘이더라도 반복해서 같은 곳만 때린다면 강철같은 몸도 약해질 수밖에 없었다. 그의 끊임없는 공격이 먹혔는지 해성은 상당히 애를 먹고 있었다.

스피드를 제압하려면 그를 잡는 수밖에 없었다. 해성은 날아오는 그의 공격을 일부러 맞으면서까지 그를 잡으려 애썼지만 쉽지 않았다. 치고 빠지는 속도가 굉장했다.

'눈에 보이는 것이 전부가 아니에요.'

어디선가 들려오는 목소리에 해성은 당황했다. 주위를 돌아봤지만, 링 위에는 자신과 스피드밖에 없었다.

'눈을 감고 마음을 비워요. 상대가 느껴질 거예요.'

계속해서 들려오는 목소리에 해성은 의아해했지만 믿고 실행했다. 그는 눈을 감았다.

"뭐야? 싸울 생각이 없는 거냐?"

스피드는 눈을 감고 아무런 행동을 하지 않는 해성에게 킥을 날렸다.

'보인다. 보여!'

해성은 빠르게 날아온 스피드의 발을 낚아챘다. 깜짝 놀란 상대의 얼굴을 정면으로 쳐다본 해성이 핵주먹을 날렸다. 해성의 한 방에 의식을 잃은 스피드는 바닥에 쓰러졌다. 해성의 승리에 환호성이 들려왔고, 그는 두 팔을 번쩍 들었다.

관중석에는 아리아가 있었다. 분명 그녀의 목소리였다. 두 손을 번쩍 든 해성은 아리아를 보았다. 그녀의 기운을 그도 느끼고 있었다.

선수 대기실로 돌아온 해성은 땀을 닦았다.

"잘했다 해성아! 오늘처럼 이 페이스만 유지해! 네가 우승하는 건 누가 봐도 뻔하지 않냐? 하하!"

베그너의 큰 소리에 인상만 구긴 파이터들과 사업가들은 투덜거리며 대기실을 나갔다. 해성 역시 그런 베그너가 불편해지고 있었다.

그날 밤, 해성은 외출을 시도했다.

"나가시게요?"

경호원이 해성에게 다가와 물었다.

"나타샤의 집을 아시나요?"

경호원은 어디를 말하는지 알고 있는 듯, 긴장을 풀었다.

"모셔다 드리죠."

해성은 지난번 밤처럼 리무진을 타고 스카이로드를 날았

다. 창밖으로는 화려한 세상이 그의 눈을 자극했다. 해성은 처음 왔을 때의 기분과는 달랐다. 신기해 보이던 홀로그램 광고창도 날아다니는 스카이모빌리티도 식상해지기 시작했다.

"여깁니다."

도착한 경호원이 말했다. 해성은 나타샤의 집이라고 적힌 클럽의 간판을 보았다. 강렬한 붉은색의 네온사인이 그의 시선을 사로잡았다.

"이걸 끼고 들어가세요."

경호원은 해성에게 얼굴변환기를 건넸다.

"이제 유명인이시잖아요. 이런 데는 얼굴을 안 드러내시는 게 좋을 겁니다."

나타샤의 집은 섹스 클럽으로 유명한 곳이었다. 이곳은 상류층에 속하지 못한 부류들이 주로 드나드는 곳인데 종종 높은 위치에 있는 이들도 비밀리에 애용한다고 한다.

얼굴변환기를 목에 장착한 해성은 리무진에서 내려 클럽 안으로 들어갔다. 클럽 안 살롱에서는 나타샤로 불리는 여인이 얼굴변환기를 장착한 손님들을 맞이하고 있었다.

해성은 유리관에 전시된 섹시한 차림의 남성과 여성을 보았다. 줄을 선 고객들이 상품을 골라 코인을 지불하자 도우미들이 룸으로 안내했다. 나타샤는 선택을 못 한 해성에게 다가갔다.

"뭘 고를지 모르신다면 제가 추천을 해드릴까요?"

나타샤가 물었다.

"아… 아리아를 찾아왔어요."

해성의 대답에 나타샤는 입술을 그의 귀에 가져갔다.

"아리아님께서 말씀하신 그 영웅이시군요. 밝히신다던데?"

나타샤는 속삭였다. 그녀의 손은 자연스레 해성의 아래를 만졌다. 당황한 해성을 보던 나타샤는 멀어지며 깔깔 웃었다. 해성을 놀려대는 것이 재미있는지 그를 뚫어져라 보기만 했다.

"아리아님께서 찜을 해놓지만 않았다면 내가 먼저 맛볼 수 있었을 텐데."

괴상한 표정으로 군침을 삼키는 나타샤를 해성은 경계했다. 그녀는 또다시 깔깔 웃었다.

"아리아님은 곧 오실 거예요. 룸으로 안내해 드리죠."

나타샤는 남아있는 룸으로 그를 데려갔다. 붉은 조명으로 가득한 룸 안에는 깔끔한 침대와 그 주위로 가지각색의 섹스기구들이 널려져 있었다.

해성은 침대에 앉아 아리아를 마냥 기다렸다. 음란한 소리가 벽 사이로 들려오자 해성은 초조한 기색이 역력했다.

귀를 틀어막은 그는 시간이 빨리 흘러가길 바랐다.

깔깔거리는 웃음소리가 밖에서 들려오더니 정적이 흘렀다. 그때 누군가 문을 두드리며 들어왔다. 자극적인 차림의 젊은 여성이 해성에게 가까이 다가와 몸을 숙였다. 속옷 사이로 그녀의 가슴이 보이자 긴장한 해성은 침을 삼켰다.

그녀는 해성의 얼굴변환기를 해제한 뒤 자신의 것도 해제했다. 아리아였다.

"우리에게 주어진 시간은 한 시간이에요."

아리아가 말했다. 그녀는 지난번보다 더 매력적으로 다가왔다.

"이렇게까지 해서 만나야 하나요?"

"서로의 안전을 위해서 어쩔 수 없어요. 당신을 지켜보는 이들이 많아졌죠."

"지난번… 그 괴물… 은 도대체 뭐였나요?"

"결정했나요?"

"네?"

"우릴 돕기로 결정했는지 묻는 거예요."

해성은 계속 고민하고 있었다.

"제가… 무엇을 해야 하죠?"

"지금은 당신의 힘을 깨닫는 게 첫 번째예요."

"무슨 말인지 모르겠어요."

"당신 몸속에 흐르는 능력은 선택된 자들만이 가질 수 있어요. 우린 그걸 가문의 능력이라고 불러요."

"도대체 무슨 말을…? 오늘 경기 중에 들은 그 음성, 당신이죠?"

"맞아요. 제 목소리죠."

"그런 걸 어떻게 하죠?"

"가문의 능력 중 하나죠."

'텔레파시라고 불러요. 당신의 머릿속에 지금처럼 제 음성을 보낼 수 있는 거죠.'

입술 하나 움직이지 않는 그녀의 모습에 해성은 기분이 이상했다.

"제 몸속에 흐르고 있다는 그 능력은 도대체 뭐죠?"

"앞으로 남은 시합을 그 기회로 삼아요. 몸속에서 느껴지는 그 기운을 실전에 사용해 보는 거죠. 지금 제가 당신에게 할 수 있는 말은 여기까지예요.

당신이 준비되었을 때 진실을 말해줄게요. 하지만 지금은, 당신 자신을 지킬 힘을 깨닫는 게 우선이에요."

그녀는 자리에서 일어났다. 목에 찬 얼굴변환기를 다시 작동시키고는 문을 열고 나갔다. 해성은 머리가 아팠다. 생각하면 할수록 혼란스러웠다.

집으로 돌아온 해성은 아리아의 말을 생각했다.

'가문의 능력…'

그는 눈을 감았다. 그녀의 말이 맞는다면, 그 힘을 느껴야 했다. 그는 몸속에 숨어 있는 미지의 힘을 찾고 또 찾았다. 오래전부터 어떤 기운을 느끼고 있었지만 단 한 번도 의식하지 않았던 그는 능력을 제대로 알고 싶었다. 주먹을 불끈 쥐어보기도 하고, 인상을 잔뜩 써보기도 했지만, 돌아온 건 아무것도 없었다.

"하아…"

한숨만 쉬는 해성은 그 힘을 느끼기가 쉽지 않았다. 해성은 아리아의 말처럼 싸우면서 그 힘을 알아가기로 했다.

12구역 최강전은 계속되었고 해성은 상대방을 쓰러뜨리며 승승장구했다. 하지만 가족에 대한 소식을 듣지 못한 해성은 상실감이 깊어졌다. 10명의 파이터와의 대전을 마친 그는 매우 지쳐있었다.

"미안하다 해성아. 아직 무소식이다. 다음 경기만 이기면 최강의 파이터 데스트로야! 드디어 네 형의 복수를 할 수 있는 기회라고!"

베그너는 계속되는 해성의 요구에 변명만 늘어났다. 주제를 바꾸고 또 바꿔가며 해성이 듣고자 하는 답변을 피해

갔다.

해성은 베그너에 대한 의구심이 날이 갈수록 커져만 갔다.

7. 해성의 싸움

 12구역 마지막 라운드가 한창인 경기장에는 10전 10승의 해성과 제3구역 최강자인 르페르와의 힘든 경기가 시작되고 있었다. 사실상 결승전이나 다름없었다.
 두 파이터들은 모두 10승을 달리고 있었고 단 1승만을 남겨놓고 있었다. 관중석에는 오랜만에 미스터 창과 데스트로가 경기를 보러 와있었다.
 상대는 맷집이 상당히 좋았다. 해성의 공격에도 정신을 잃지 않고 반격했다. 11라운드까지 오느라 해성도 많이 지쳐있었다. 무엇보다 심리적인 이유가 컸다.

 "찾아준다면서요? 도대체 어디에 있는지 정도는 알아보실 수 있지 않나요?"
 해성과 베그너의 갈등은 깊어지고 있었다.
 "나도 열심히 찾아보고 있어. 근데…"

"벌써 몇 개월째잖아요! 분명 여기 살고 있을 텐데…!"

"사정이 있겠지. 원래 사람은 삶이 바뀌면 생각도 바뀌어. 해성이 네가 여기서 유명인인데 왜 안 나타나고 있는 걸까? 그런 생각은 안 해봤어?"

"분명 일이 생긴 거예요. 엄마와 준혁은 절대로 연락을 끊을 사람이 아니라고요."

"도로시가 알고 있을지도 모르니, 내일 8구역에 가서 만나보고 올게."

"저도 같이 가요."

"넌 내일 11라운드 치러야 하잖아. 갔다 와서 얘기해 줄 테니 경기에 집중해."

르페르의 주먹을 맞은 해성이 쓰러졌다. 전날 베그너와의 대화가 계속 마음에 걸렸는지 경기에 집중하지 못한 해성은 고전했다. 그의 경기를 홀로그램 방송으로 보고 있는 베그너는 도로시의 접견실에 앉아 있었다.

"골치 아프군요."

경기를 지켜보는 도로시가 말했다.

"다음이 데스트로인데… 저 녀석이 계속 저런다면 걱정이야…"

근심 깊은 베그너를 보던 도로시는 다시 말을 꺼냈다.

"사고 처리로 하시는 게 어떨까요? 중앙으로 가다가 사고로 모두 사망."

"그러다 정말로 나타나면…?"

"저만 믿으세요, 그럴 리는 없을 겁니다. 호호!"

베그너와 도로시는 해성과 데스트로의 대전을 필히 성사시켜야 했다. 두 파이터의 대결에서 나올 수익이 어마어마할 것으로 예측되고 있었다.

물론 이들의 계획이 성사되기 위해서는 해성이 최강의 파이터를 이겨야 했다. 지금 도박판에서는 미스터 창의 데스트로가 승리할 확률이 해성보다 월등히 높다고 한다.

'정신이 매우 혼란스럽군요, 해성. 마음을 다시 가다듬어요.'

아리아의 음성이 다시 들려왔다.

"나도 왜 이러는지 모르겠어요…"

'그런 식으로는 최강의 파이터를 이길 수 없어요. 당신에게 흐르는 가문의 능력을 사용해요.'

해성은 들려오는 음성에 반응했다. 그는 마음을 가다듬고 경기에 집중하기 시작했다. 몸속에서 끓어오르는 힘을 느꼈다. 르페르의 주먹이 날아오자 해성도 주먹을 날렸다. 두 남자의 주먹이 서로를 쳤지만, 르페르는 몇 미터 날아가 쓰러졌다.

"크윽… 뭐지 이 파워는?"

맷집이 좋은 르페르는 비틀거렸다. 그는 미지의 기운으로 뒤덮인 해성의 주먹을 보았다. 막상막하로 보이던 경기는 해성에게 기울어졌다. 아리아가 말하던 가문의 능력을 해성이 깨닫기 시작한 것이다.

그의 주먹에 모인 기운은 해성의 힘을 증폭시켰다. 르페르는 하늘로 점프해 그의 필살기 스핀킥을 날렸다. 해성은 공격해 오는 파이터를 향해 어퍼컷을 강타했다. 그에게 모인 기운은 상대방을 링 밖으로 날려버렸다. 해성의 승리였다.

두 팔을 번쩍 든 해성은 형의 원수인 데스트로를 보았다. 관중석에 앉아 경기를 지켜보던 데스트로는 진지한 표정을 지었다. 그들의 대결이 다가오고 있었다.

미스터 창은 강해진 해성을 의식했다. 특히 그가 사용한 미지의 기운을 느꼈다.

'예상 밖이군. 어디서 느껴본 기운인데…? 설마 크론…? 아니야, 그놈이 여기에 있을 리가 없지. 도대체 넌 누구냐…'

미스터 창은 해성의 숨겨진 힘을 이제야 깨달았다. 분명 인간의 힘을 뛰어넘는 것이었다.

그날 저녁, 도로시를 만나고 돌아온 베그너의 사업장에 미스터 창이 기다리고 있었다.

"미스터 창! 어쩐 일인가? 내 사무실까지 다 오고 말이야?"

미스터 창은 거래하길 원했다.

"데스트로와 해성이 싸우면 분명 하나는 희생될 거야."

"당연한 말씀! 해성은 데스트로를 박살내겠지."

"거래를 제안하지. 내가 소유한 사업장들을 자네에게 나눠주는 대가로 해성을 공동 소유로 하는 건 어떤가?"

"갑자기 자신감을 잃었나 미스터 창?"

"난 합리적인 거래를 제안하는 거네. 자네도 손해 볼 것이 없지 않겠나?"

미스터 창은 해성을 자기 사람으로 만들고 싶었다. 오늘 경기에서 느낀 해성의 힘은 분명 그의 생각을 바꾸었다.

"하하! 글쎄. 난 도로시와 계약 관계에 있어서 말이지. 그녀가 동의할지를 모르겠군. 게임이라는 게 싸울 상대가 있어야 재밌는 거 아니겠나?"

더 할 얘기가 없는 미스터 창은 자리에서 일어났다. 불편한 기색이 가득했다.

"시합 때 보자고! 미스터 창! 하하!"

베그너를 만난 뒤, 자신의 사무실로 온 미스터 창은 암살자를 불렀다.

"부르셨습니다. 주인님."

"오늘 밤, 베그너를 죽여. 소리도 없이 빠르게 처리해야 해."

"맡겨주십시오."

암살자는 어둠 속으로 사라졌다. 미스터 창은 홀로그램 화면에 뜬 도로시의 얼굴을 보고 있었다.

"쳇, 베그너 같은 하찮은 놈과 계약 하다니. 실망이야 도로시."

도로시는 미스터 창과 함께 케이의 저장소 프로젝트를 담당했던 권력자였다. 하지만 그녀는 갑작스레 저장소 프로젝트를 떠났다. 마침 비슷한 시기에 제8구역 통치자가 사망하면서 그 자리에 그녀가 들어갔던 것이다.

미스터 창은 베그너를 직접 죽일 수 없었다. 도로시의 힘 때문이다. 카림처럼 그는 매우 신중했기에 암살자를 시키는 것이 합리적인 전략으로 보고 있었다. 베그너를 처치하고 해성을 손에 넣고자 했다.

12구역 최강전에 우승한 해성은 베그너의 집으로 가고 있었다. 해성은 초조했다. 가족에 대한 희망적 소식을 내심 기대하고 있었다.

리무진은 베그너의 저택 앞에 멈췄다. 수십 명의 경호원을 지나서 베그너의 침실로 간 해성은 답변을 얻길 원했다.

"8구역에서 얻어온 소식은요?"

베그너는 망설였다.

"사장님?"

"그게… 도로시가 말이지… 해성아… 네 엄마와 동생이 사고로 죽었단다."

"뭐! 뭐라고요?"

베그너의 연기는 너무도 자연스러웠다. 해성은 충격이 컸다.

"그… 그럴 리가 없어요. 그럴 리가 없다고요!"

그는 베그너의 말을 믿고 싶지 않았다.

"그날, 운송 트럭이 뒤집혀져 생존자가 없다고 하더군. 미안하다, 해성아."

해성은 털썩 주저앉았다. 눈물을 흘리며 괴로워했다.

"그 얘기를 왜! 지금 해 주는 거예요! 도대체 왜!"

"도로시도 며칠 전에야 알게 됐다더군. 미안하다 해성아."

베그너는 그를 감싸 안았다.

"도로시와 얘기해서 장례를 치르게 해줄 테니, 해성이 넌 데스트로만 생각해. 형의 복수를 해야 하지 않겠니?"

베그너가 해성의 마음을 진정시키는 동안, 침실 밖에서는 미스터 창의 암살자가 침입하고 있었다. 그는 경호원들을 빠르게 살해하고는 베그너의 침실로 다가왔다.

침실 안에 있던 해성은 이상한 기운을 느꼈다. 흐느끼며 울던 그가 침실 문을 열고 거실로 향했다. 그의 직감은 맞았다. 경호원들의 시체를 본 해성은 뒤를 돌아보았다. 그의 시선이 베그너를 노리는 암살자와 마주쳤다.

순간 해성은 베그너를 밀쳤다. 베그너 대신 암살자의 칼에 어깨가 찔린 해성은 암살자에게 주먹을 날렸다. 뒤로 날아간 암살자는 낙법으로 바로 착지했다.

암살자는 바닥에 쓰러진 베그너를 다시 노렸다. 빠른 속도로 베그너의 목을 노린 암살자를 해성이 온몸을 날려 그와 부딪쳤다. 황소 같은 그의 돌격에 몸이 날아간 암살자는 벽을 맞고 쓰러졌다.

"일단 여기를 피하세요."

해성은 베그너를 보호했다. 베그너가 밖으로 피신하자 해성은 다시 일어선 암살자와 대결했다. 두 주먹을 불끈 쥔 그에게 미지의 기운들이 소용돌이처럼 다가와 감쌌다.

암살자는 해성과 싸울 수밖에 없었다. 쌍칼을 꺼낸 암살자는 해성에게 돌격했다. 해성은 불끈 쥔 주먹을 날렸다. 그 충격이 어찌나 센지 암살자의 몸은 피를 토하며 벽에 꽂혔다.

"역시… 힘이 보통이 아니군… 짧았지만 영광이었네. 베그너를 너무 믿지 말게. 그는 말이야…"

펑! 그때 암살자의 얼굴이 뚫렸다. 해성이 뒤를 돌아보니, M590 전투산탄총에서 연기가 나고 있었다.

"나를 죽이려 하다니."

총을 든 베그너가 암살자의 얼굴에 침을 뱉었다. 해성은 암살자가 하려던 말이 무엇이었는지 궁금했다. 갑자기 모든 것이 거짓처럼 느껴지기 시작했다.

"앞으로 경호를 강화해야겠어."

베그너는 침실 유리진열장에 놓여 있는 헬멧을 꺼냈다. 플릭이 사용하는 것과 같은 것이었다. 해성은 그것의 용도를 알지 못했다.

그는 베그너가 죽은 암살자의 머리에 헬멧을 씌우는 것을 보고만 있었다. 암살자의 머리가 금세 터져버리자 깜짝 놀란 해성은 당혹해했다.

데이터는 영상화 되었지만 진짜를 식별할 수 없었다. 이런 상황을 대비해 암살자의 머릿속에는 가짜 기억이 심어져 있었기 때문이다.

"쳇!"

아무런 정보를 얻지 못한 베그너는 이를 갈았다.

한편 해성은 헬멧을 보고 있었다. 어쩌면, 그것을 이용해 베그너의 진실을 알 수 있을지도 모른다는 생각이 스쳐 지나갔다.

　미스터 창은 제8구역을 향하고 있었다. AI의 허가증 검사를 통과한 미스터 창의 리무진은 도로시의 본부에 도착했다. 미스터 창이 내리자 AI 로봇경찰이 그를 스캔했다.
　"통치자님은 접견실에서 기다리고 있으십니다."
　미스터 창이 로봇의 뒤를 따라갔다. 문을 수호하던 또 다른 AI 로봇이 함께 온 경호원들을 막았다.
　"당신들은 허가되지 않았습니다."
　로봇의 말에 미스터 창은 뒤돌아보았다.
　"괜찮아. 대기하고 있어."

　홀로 도로시의 접견실로 들어가는 미스터 창은 보안이 강화된 본부를 확인했다. 미스터 창을 경계라도 하는 듯 무장한 경호원들이 상당히 많았다.
　접견실에 들어온 미스터 창은 도로시를 보았다. 그녀는 화가를 시켜 자신의 거대한 초상화를 그리게 하고 있었다.
　"어떻습니까? 옛 지구인의 기술을 가진 장인의 솜씨가요?"
　르네상스 시절 스타일의 거대한 초상화를 우러러보는 미스터 창은 대답했다.
　"저런 기술을 가진 자를 용케도 구했군."

미스터 창은 앉았다.

"오랜만입니다. 미스터 창 사장님?"

도로시가 뒤돌아보며 웃으며 말했다.

"우리 사이에 그런 격식이 필요한가?"

그는 주위에 서 있는 경호원들을 의식했다.

"단둘이서만 얘기하고 싶은데? 나도 혼자이지 않은가? 자신이 없나 보군?"

"무슨 말씀을 그렇게 하시나요? 호호! 자신이 없다고요?"

도로시는 경호원들과 그림 그리던 화가까지 모두 내보냈다.

"날 찾아온 용건이 뭔가?"

"흥. 오랜만이군. 그 모습에 말투. 불편했겠어. 지금까지 다른 사람 흉내 낸다고."

말투도 표정도 완전히 바뀐 도로시를 본 미스터 창이 말했다.

"아니 불편하진 않았어. 나름 재밌게 살아가고 있는데 말이야. 넌 여전히 케이의 뒷바라지만 하고 있나?"

"뒷바라지라니! 이래 봬도 저장소를 완공했다고!"

"하하핫! 그까짓 저장소 자랑하려고 여기까지 왔냐?"

도로시의 예상치 못한 반응에 미스터 창은 당황했다.

"놀라지 않는군. 저장소에 집착한 건 너일 텐데?"

"뭐, 그깟 저장소, 이제 관심 없어. 말해봐. 나를 찾아온 용건이 뭔지?"

도로시는 매우 태연했다.
'이상하군, 도로시가 너무 침착한걸… 저장소에 반응을 보이지 않다니 말이야…'
생각이 복잡해진 미스터 창은 망설였다.
"미스터 창, 할 말 있으면 빨리하고 가. 그렇게 멍청한 표정으로 날 보고 있지 말고 말이야."
"실은 좀 놀랐어. 베그너 같은 하찮은 놈하고 계약관계에 있다는 게. 네 취향이 아니잖아?"
"하하핫! 갑자기 왜 이래? 질투?"
"흥! 질투는 무슨. 나와 함께 해성을 공동 소유하는 건 어때? 중앙에 있는 사업장을 나눠 줄 의사도 있어."
"음. 그런 거였군. 이제 느꼈나 보군 그 기운을?"
"쳇! 숨길 것도 없군. 그래! 느꼈지. 그놈의 힘을 말이야. 그래서 탐나는 거야. 이번 기회에 우리 힘을 합치는 건 어때? 손해 볼 것 없잖아?"
"음, 글쎄. 난 베그너 같은 놀잇감이 좋은걸. 너 같은 기회주의자는 딱 질색이야. 내 취향이 아니거든."

그녀의 말에 화가 치민 미스터 창은 벌떡 일어나며 괴물로 변신했다.

"나를 화나게 만들지 마! 도로시."

"여전하군. 미스터 창. 예민한 녀석. 너의 옛 이름이 뭐였더라? 이젠 기억도 안 나는군."

도로시는 미스터 창을 비꼬았다.

"나랑 손을 안 잡은 걸 후회하게 될 거야."

미스터 창은 다시 사람의 모습으로 돌아오더니 접견실을 나갔다.

도로시는 창가에 서서는 리무진에 올라타는 미스터 창을 보았다. 리무진이 다시 출발하자 그녀는 호출기를 눌렀다.

"부르셨습니까?"

도로시의 비서가 들어왔다.

"아무래도 액수를 더 올려야겠어."

"네, 어디에다 더 걸까요?"

"최강의 파이터가 죽는다…에 걸어줘."

"네, 바로 시행하겠습니다."

"아, 그리고 조건을 하나 달아줘. 미스터 창의 사업장."

"우린 무엇을 그럼?"

"8구역."

"네? 그렇게 되면?"

"시키는 대로 해!"

"네…"

도로시는 미스터 창을 파멸시키고 싶은 욕망이 강했다. 자존심 싸움이다 보니 그녀는 꽤 감정적이었다. 사실 소유권을 건 내기 도박은 가혹한 결과를 초래하는 위험한 거래로 불린다.

종종 권력을 가진 자들이 명분을 내세워 무모한 도박을 했는데 승자와 패자의 명함이 뚜렷했다.

리무진에 앉은 미스터 창은 홀로그램창을 통해 도로시가 내건 조건을 확인했다.

"미쳤군. 도로시! 나를 파멸시킬 생각이냐!"

그 역시 도로시에게 진다는 건 자존심의 문제였다.

"빌어먹을…"

그는 그녀의 도전에 승낙했다. 불안에 떨고 있었지만, 만약 자신이 승리한다면 제8구역의 소유권을 가져갈 수 있는 절호의 기회였다.

사무실에 도착한 미스터 창은 데스트로를 만나러 갔다.

"이제 얼마 안 남았군."

"걱…걱정마세유… 제가 그… 놈의… 목…목을 꺾어 버릴…께유…"

"그래, 그래야지. 내 말 잘 들어라. 혹시나 네가 죽을 위기에 빠진다면 넌 반드시 살려달라고 애원해야 한다."

"무…무슨 말…말인지…모…모르겠어유…"

"넌 반드시 살아야 해. 알겠나?"

"걱…걱정…마…마세유…"

미스터 창의 의도를 이해하지 못한 데스트로는 근육 운동을 계속했다. 위험한 도박에 발을 담근 미스터 창은 불안감을 감추지 못했다. 평소에 차가울 정도로 냉정함을 보이던 그도 도로시의 무모한 조건이 부담스러웠다.

모두가 기다리던 세기의 대결이 있는 날. 해성이 대기실로 들어왔다. 암살자에게 박힌 칼의 상처는 어느 정도 아물어 있었다. 하지만 어깨를 움직이는 게 편할 정도는 아니었다.

그 누구보다 강한 상대 앞에서 몸 상태가 좋지 않은 것은 그에게 불리했다. 특히 마지막 남은 가족의 죽음은 그의 의지를 완전히 꺾어버렸다.

베그너가 해성에게 다가왔다.

"해성아, 드디어 네 형의 복수를 할 기회가 왔다. 여기까지 오느라 수고했다. 이번 대결은 우리에게 정말 중요한 싸움이다. 반드시 데스트로를 죽여야 한다. 부당하게 죽은 형의 복수를 네가 해줘야 하지 않겠니? 저놈은 악마야!"

베그녀는 해성의 복수심을 건드렸다. 해성의 마음은 착잡했다. 그는 형을 위해서라도 싸워야 했다.

"제3지구 여러분! 드디어! 드디어! 여러분이 고대하시던 최강의 파이터 데스트로의 그 8번째 방어전이 돌아왔습니다!!"
"와!!!"

그 어떤 대결보다 환호성이 컸고, 세기의 관심을 받고 있었다. 통치자는 물론이고, 원로들, 귀족, 엘리트, 사업가, 12개 구역 노동자들까지 제3지구의 모든 시선을 한 몸에 받는 대결에 최강의 파이터가 먼저 링에 올라섰다.
그가 두 팔을 번쩍 들자 사람들이 환호했다. 그랜드킹 이후로 무패의 신화를 이어가는 챔피언 앞에 해성이 등장했다. 환호성은 더욱 컸다.
"사랑해요, 해성!"
"최강의 파이터를 박살내!"

광적인 사랑을 한 몸에 받는 해성을 보며 데스트로는 못마땅한지 시합 전부터 화가 났다. 미스터 창의 시선은 살아있는 베그녀를 향했다.
평소보다 더 많은 경호원에 둘러싸인 베그녀를 보는 미

스터 창은 인상을 구겼다. 두 남자의 얼굴에는 긴장감이 흘렀다.

"여러분! 우리의 영웅 해성이 죽은 형의 복수를 위해 드디어 저 악마와 싸우게 되었습니다. 기뻐하십시오! 해성은 우리 8구역의 영웅이자 자랑입니다!"

수십만 명의 제8구역 노동자들이 광장에 설치된 홀로그램 영상 앞에 모여 있었다. 도로시의 연설을 들은 노동자들은 열광했다.

제8구역의 영웅이었던 그랜드킹의 뒤를 이어 해성도 이제 전설이 되고 있었다. 어린아이부터 성인들까지 모두가 그를 응원했다.

최고통치자실에 앉은 프랑수아 5세도 이번 경기를 눈여겨보고 있었다. 분주하던 스카이로드가 썰렁할 정도였다. 중앙본부 씨티에 사는 대부분의 시민들이 세기의 대결을 보고 있었기 때문이다.

"안녕하십니까, 제3지구 여러분. 이번 대회의 성공적 개최는 모두 여러분의 사랑과 열정 덕분입니다. 저를 비롯하여 중앙본부에서는 여러분들의 안전과 더 나은 삶을 위해 애쓰고 있다는 점을 다시 한번 강조드리며…"

신인전 때처럼 시합장 중심에 나타난 거대한 홀로그램 속에서 프랑수아 5세가 인사말을 했다. 광적인 추종자들은 최고통치자를 신의 재림인 듯 열광했다.

아리아와 디아고 원로는 관중석에 앉아 대결을 기다렸다.

"드디어, 시작이군요."

아리아는 링 위에 서 있는 해성을 보았다.

"그가 정말… 세상을 바꿀 인물인가?"

디아고 원로는 아리아에게 물었다.

"저는 그렇게 믿고 있습니다. 반드시 그렇게 만들 거예요."

아리아는 확신하고 있었다.

"…그렇군…"

디아고는 아리아의 확신에도 초조함을 감추지 못했다. 그 이유는 분명했다. 디아고와 그를 따르는 원로들에게는 당장의 큰 변화가 필요했기 때문이다.

그들은 아리아처럼 아직 한창인 젊은 세대가 아니었다. 저물어가는 옛 세대에겐 남은 시간이 없었다.

시합이 시작되자마자 데스트로는 해성에게 돌진했다. 큰 덩치의 엄청난 괴력을 자랑하는 데스트로의 공격을 피한 해성은 그에게 주먹을 날렸다. 순간, 그는 알았다. 가문의 능력이 몸에 실려 있지 않다는 것을.

해성의 주먹을 맞은 데스트로는 웃었다. 그는 해성의 팔을 잡아 번쩍 들어 바닥으로 내려쳤다. 그리고 잡고 있던 팔을 놓지 않고 다시 번쩍 들어 반대편 바닥으로 내려쳤다. 그렇게 수를 헤아리기 힘들 정도로 내려치고 또 내려쳤다.

관중석에선 정적이 흘렀다. 제8구역의 노동자들은 과거의 악몽을 보는 듯했고, 경기 시작 불과 2분도 안 된 시점이었다. 도로시와 베그너는 긴장했다.

반면 불안에 떨던 미스터 창은 예상 밖의 상황에 안도의 한숨을 쉬고 있었다.

'해성, 정신 차려요. 그러다가 죽을 수도 있어요. 능력을 써요, 해성!'

머릿속에서 들려오는 아리아의 목소리에 해성은 데스트로에게서 벗어나려고 안간힘을 썼다. 하지만 데스트로는 강했다. 계속되는 도끼질에 해성은 피를 토하고 있었다.

온몸이 만신창이가 된 해성은 빠져나올 수 없었다. 잔인함의 극치를 보여준 최강의 파이터는 승리를 확신했다.

몇 번이나 바닥에 처박혔는지 알 수 없을 정도로 그의 도끼질이 끝날 무렵, 데스트로는 해성의 뒤로 가서 머리를 잡았다. 그는 기절한 해성의 머리를 꺾어 버릴 기색이었다.

'해성! 눈을 떠요!'

아리아가 자리에서 벌떡 일어났다. 생사가 걸린 마지막 남은 몇 초였다.

'일어나! 가디언의 힘을 보여줘!'

아리아의 텔레파시를 들은 해성이 눈을 떴다. 목을 꺾으려는 데스트로의 팔을 잡고 버텼다. 필사적인 해성의 몸을 미지의 기운이 감싸기 시작했다.

그는 머리를 잡고 있던 데스트로의 팔을 서서히 벌렸다. 몸을 비틀며 구르기로 빠져나온 해성은 최강의 파이터 앞에 다시 일어섰다.

관중석에서 열광의 환호성이 다시 들려왔다. 온몸이 저렸지만, 해성은 싸워야 했다. 제8구역에서도 환호성이 울렸다. 다 이긴 게임을 놓친 미스터 창은 아쉬워했다.

최강의 파이터가 놓칠세라 그를 잡으려 돌진했다. 미지의 기운에 둘러싸인 해성은 그에게 강렬한 펀치를 날렸다. 최강의 파이터의 무거운 몸이 공중으로 뜨더니 바닥으로 고꾸라졌다.

승부는 끝난 듯 보였다. 그의 한 방은 치명적이었다. 아픈 몸을 힘겹게 끌며 해성은 숨이 겨우 붙어있는 데스트로에게 다가갔다.

"죽여."

베그너는 혼잣말로 말했다.

"죽여."

도로시도 중얼거렸다. 미스터 창은 식은땀을 흘리기 시
작했다.

"죽여!! 죽여!!"

제8구역의 노동자들이 모두 외쳤다. 시합장에 있는 관중
석에서도 그들의 목소리가 들려왔다.

"죽여라! 죽여!! 최강의 파이터를 죽여라!"

모두가 무엇을 원하는지 알 수 있는 살벌한 분위기였다.
해성은 망설였다. 데스트로의 머리를 잡았지만 용기가 나
질 않았다. 다들 해성의 다음 행동을 기다렸다.

"살… 살려주세유…"

해성은 패배자의 눈에서 눈물이 흐르는 것을 보았다. 그
를 죽일 수 없었다. 같은 방식으로 형의 복수를 하는 건 아
니라고 생각했다. 갈등하고 있던 해성은 분노하며 고함을
질렀다.

"아아아아!"

그의 고함에 모두가 숨죽인 채 해성을 주시했다. 그는 데
스트로의 머리를 놓더니 그냥 뒤돌아서서는 두 팔을 올렸

다.

"뭣?! 죽여라! 최강의 파이터를 죽여 해성아! 데스트로를 죽여!"

베그너가 필사적으로 외쳤다. 극적인 반전에 미스터 창은 웃었다.

"우하하하하! 도로시 보고 있나?"

제8구역에서는 노동자들이 모두 할 말을 잃고 있었다. 구역 전체에 정적이 흘렀다. 도로시도 마찬가지였다.

경기장에서는 승리자에게 있을 환호성이 아닌 난감한 표정으로 술렁이고 있었다. 두 팔을 번쩍 들었지만, 그의 승리를 반기는 이가 없자 해성은 팔을 내렸다.

그는 고개를 숙인 채 링에서 내려와 대기실로 향했다.

"흥미로운 상황이군."

경기를 관전하던 프랑수아 5세는 비웃고 있었다.

"해성! 당장 돌아가서 저놈의 목숨을 끊어! 당장!"

화가 단단히 난 베그너가 해성을 다그쳤다. 해성은 대답 없이 그를 지나쳐 갔다.

"당장 돌아가서 저놈의 목을 끊어!"

베그너는 총을 꺼내 들었다. 자신의 등 뒤로 총을 겨눈 베그너에게 해성이 다가갔다.

"쏘세요."

해성은 자기 이마를 총구에 대고 말했다. 베그너는 방아쇠를 당기지 못했다. 투자한 금액을 생각하면 죽일 수 없었다. 손을 부들부들 떨던 베그너는 총을 내렸다.

제8구역 노동자들은 다들 뿔뿔이 흩어지고 있었다.

"경기에 이겼으면 된 거 아냐?"

"저게 이긴 거냐?"

"배신자야 저놈은!"

"…배신자!"

"배신자야…"

대부분의 노동자들은 실망감을 안겨준 해성에게서 배신감을 느꼈다. 도로시도 마찬가지였다.

충격에 빠진 그녀는 말없이 본부로 돌아갔다.

8. 생사의 갈림길

우주경찰에 연행된 크루거는 메탈수갑을 찬 채 정거장에 도착했다. 그를 태웠던 수송기 그랜더알파가 막 이륙하고 있었다. 크루거는 대기 중이던 범죄자들과 함께 아일랜드 우주선 앞에 섰다. 그는 하늘을 우러러보았다. 두 개의 거대한 달이 이날따라 가깝게 느껴졌다.

"다들 앞으로 전진!"

우주경찰의 신호와 함께 모두가 우주선 안으로 들어갔다.

"헤이! 당신!"

들려오는 목소리에 크루거는 고개를 돌렸다.

"당신 플릭 출신이지?"

그의 말에 옆에 있던 범죄자들이 일제히 크루거를 주시했다.

"맞군! 플릭 출신 맞아! 하하! 하하! 넌 도착하면 죽었어!"

크루거는 아무 말 없이 눈을 감았다. 다들 플릭에게 원한이 있는 이들이었다. 크루거에게 지옥은 이제 시작되고 있었다.

아일랜드 우주선이 달로 출발하자 우주경찰이 탄 은하전투기 디펜더가 그들을 수호했다. 달 뒤 표면에 범죄자를 실은 우주선이 도착하자 기다리고 있던 수용소 교관들이 새로 온 재소자를 맞이했다.

"아일랜드에 온 걸 환영한다! 이곳에서는 내가 주인이다. 명심하도록!"

경험 많은 소장은 크루거를 주시했다. 교관들은 새로 온 재소자들을 안으로 데리고 갔다. 크루거는 다시 하늘을 보았다. 시커먼 끝을 알 수 없는 광활한 우주 외엔 아무것도 보이지 않았다.

아일랜드 안은 철저하고 삼엄한 경계 속에 관리되고 있었다. 새로 온 얼굴들을 놀려대는 베테랑 수감자들이 환호했다. 크루거의 얼굴을 알아보는 수감자들이 꽤 보였다.

플릭에게 연행되어 아일랜드로 온 이들 중에는 레볼트 출신들이 상당히 많았다. 복수의 칼날만 갈고 있던 그들에게 크루거는 가장 좋은 표적이었다.

내부로 들어온 재소자들은 입고 있던 옷을 벗었다. AI 로봇은 벌거벗은 범죄자들의 신체는 물론이고 몸속까지 스캔한 뒤 트래킹 팔찌를 채웠다. 수의를 받고 형식적인 절차를 마친 재소자들은 교관들이 인솔했다.

수용소에서의 첫날 아침은 긴장감의 연속이었다. 증오의 눈빛으로 가득한 전직 레볼트들은 호시탐탐 기회를 노리고 있었다.

그때 영양죽을 먹는 크루거에게 건장한 남자가 다가와 마주 앉았다. 그는 수용소에서 꽤 힘 있는 자 같아 보였다. 조용히 아침을 먹는 크루거의 식판에 남자가 침을 뱉자 주위에 있던 수감자들이 키득거렸다.

크루거는 호락호락하지 않았다. 잃을 게 더는 없었던 크루거의 심기를 건드린 자는 끔찍한 죗값을 치러야 했다. 그는 손에 들고 있던 플라스틱 숟가락을 부러뜨려 자신을 모욕한 이의 눈알을 찔렀다.

"아악!"

찔렀던 부러진 숟가락을 빼내자 눈알이 꽂혀 나왔다. 비명을 지르는 남자의 눈에서 피가 분출했다. 주위에 있던 수감자들이 벌떡 일어나 크루거에게 달려들었다. 주먹질과 발길질이 오갔다. 뒤에서 공격해 온 남자의 머리를 테이블 위에 내리꽂더니 팔꿈치로 다른 상대방의 얼굴을 가격했다.

수적으로 불리한 크루거는 몇 번의 성공적 공격에도 불구하고 자신도 여러 차례 얻어터졌다. 하지만 그는 생각보다 강했다. 수십 명의 공격에도 끄떡없었다. 얼굴이 부을 대로 부은 그였지만 상대방의 상태는 더 심각했다. 팔과 다리가 부러진 중상자들이 속출했다.

그들의 싸움은 계속되었고 날카로운 칼을 손에 쥔 누군가가 크루거의 배를 찔렀다. 칼은 크루거의 배를 여러 차례 들어갔다가 나왔다. 크루거는 피를 흘리며 바닥에 쓰러졌다. 악의를 품은 수감자들의 발길질은 잔혹했다.

교관들은 뒤늦어서야 기동대 로봇과 함께 달려와 사태를 진정시켰다. 아침식사 시간은 피바다로 변해 있었다. 크루거와 다친 수감자들은 응급실로 실려갔고 폭력에 가담한 이들은 모두 교관들에게 처맞고 독방으로 보내졌다.

"유진… 제시…"

크루거는 혼잣말로 두 여인의 이름을 불렀다. 정신이 혼미한 그는 간호사의 얼굴에서 유진과 제시의 모습을 보았다. 응급실에 누운 그는 생사의 갈림길에 있었다.

우림지대로 출발했던 후발팀이 2선발팀과 합류했다. 울창하고 습도가 높은 숲에는 다양한 곤충들과 동물들이 서식하고 있었다.

지친 후발팀은 진영을 만들고 허기진 배를 채웠다. 2선발팀에 있던 유키는 카이로와 렌쳉에게 다가왔다.

"카이로님, 식량이 부족할 거 같은데, 어떡하죠?"

카이로는 식사하는 군인들을 보았다. 이제 막 도착했지만 렌쳉의 염려가 현실로 되고 있었다.

"식량을 찾으러 갈 팀을 만들어야겠군. 렌쳉, 가능하겠나?"

"해봐야죠."

렌쳉은 일어났다.

"저도 같이 가요."

유키가 렌쳉을 뒤따라갔다.

"다들 일어나. 우린 식량을 찾으러 간다."

렌쳉은 헤나와 프레드 등 신참들과 베테랑을 섞은 정예군 20명을 뽑았다. 그들은 행동대장을 따라 후발팀의 진영을 떠났다.

무장한 렌쳉과 그의 팀은 울창한 숲을 지났다. 덥고 습한 바람이 불어오는 나무 사이로 괴상한 짐승들의 소리가 들려왔다.

"쉿! 모두 고개 숙여."

렌쳉의 지시에 다들 숨죽인 채 몸을 숙였다. 렌쳉은 두 마리의 사냥감을 보았다. 지구에서 보았던 사슴과에 가까운 동물이 열매를 먹고 있었다.

렌쳉은 총구를 겨눴다. 그의 시선에 어미로 보이는 더 큰 짐승이 눈에 들어왔다. 그는 부하들에게 신호를 보냈다.

유키와 헤나, 프레드는 팀을 나누어 각자 한 마리씩 겨냥했다. 렌쳉의 신호가 떨어지자 모두 동시에 사격했다. 탕탕! 피우웅! 사냥감은 쓰러졌다.

렌쳉은 숨을 거칠게 몰아쉬는 짐승에게 다가갔다. 칼을 꺼내어 목숨이 붙은 짐승의 목을 끊었다. 그리고는 그들의 몸을 갈라 내장을 파내서 먼 곳으로 던지고는 나무를 잘라 사냥감을 운반할 기구를 만들었다.

정예군들은 그를 거들었다. 큰 어려움 없이 3마리를 포획한 이들은 기뻐했다. 이 정도면 많은 인원의 배를 채우기 충분했다.

무거운 짐승을 들고 숲을 걷는 이들 주위로 이상한 소리가 들리기 시작했다.

꺄꺄꺄꺅! 꺄꺄꺄꺅! 이 소리는 분명, 히콘이었다. 렌쳉은 그 소리를 단번에 알아차렸다.

"모두 방어 준비해!"

렌쳉이 외쳤다. 다들 사냥감을 바닥에 놓고 무기를 장전했다. 렌쳉은 주무기인 블루 다이아몬드 파편이 박힌 권총을 꺼냈다.

"뭐… 뭐죠?"

프레드가 겁을 먹은 채 물었다.

"히콘이야. 히콘이 오고 있어. 정신 바짝 차려!"

유키도 긴장했다. 헤나는 소리가 나는 하늘을 우러러보았다. 다섯 마리의 히콘이 이들에게 날아오고 있었다.

히콘은 산성으로 된 침액을 내뱉는 머리가 두 개나 있는데다 독침을 쏘는 꼬리가 있어 아구라보다 더 위험한 짐승으로 불린다.

항상 여럿이 모여 다니기 때문에 히콘을 죽이는 것은 쉬운 일이 아니었다. 벌의 몸통에 독수리의 날개를 붙여놓은 듯한 히콘은 사람보다 두 배는 컸다.

탕! 탕! 타다다다! 군인들은 날아오는 히콘을 향해 총알을 갈겼다. 렌쳉의 총알은 히콘 한 마리를 땅으로 추락시켰다. 머리 하나가 터졌지만 남은 다른 하나가 강하게 저항했다.

"아악!!"

헤나는 히콘의 침액을 맞은 동료를 보았다. 그의 얼굴이 녹아내리고 있었다. 당혹해하는 그녀를 향해 어디선가 날아온 히콘이 독침을 쏘았다. 헤나는 가까스로 그것을 피한 뒤 히콘이 바로 위를 지나가자 배에 총알을 날렸다.

피를 흘리며 날아간 히콘은 다시 헤나를 향해 날아왔다. 또 다른 히콘이 헤나에게 액을 내뱉는 순간 근처에 있던 프레드가 온몸을 날려 그녀를 살렸다.

두 사람은 날아오는 두 마리의 히콘에게 총알을 갈겼다. 한 마리가 나무를 박으며 바닥으로 쓰러지자 프레드는 달려가 히콘의 두 머리에 총을 쏘아댔다. 머리가 터져나가자 신이 난 프레드는 방심했다.

"조심해!"

하늘을 향해 총을 쏘던 유키가 프레드를 향해 외쳤다. 프레드에게 머리가 박살난 히콘은 독침으로 그의 등에 최후의 일격을 꽂았다.

"프레드!!"

헤나의 절친 프레드는 독침을 맞고 쓰러졌다. 유키도 히콘의 공격을 피하지 못했다. 그녀의 머리가 히콘에게 뜯겨나갔고, 남은 몸뚱어리는 다른 히콘의 먹잇감이 되었다.

독침에 맞아 죽어가고 있는 신참은 물론이고 몸이 녹아내리는 베테랑까지, 렌쳉은 군인들을 잃고 있었다.

그런데도 그의 권총은 그들을 위기에서 벗어나게 해주었다. 블루의 힘이 실린 총알은 두 마리를 더 추락시켰다. 렌쳉과 베테랑 군인이 추락한 두 마리를 사살하는 동안 헤나는 그녀를 공격해 오는 마지막 남은 히콘에 용감하게 맞섰다. 괴성을 지르며 쓰러진 히콘의 머리와 꼬리에 총알을 날렸다. 프레드의 실수에서 배운 것이었다.

히콘을 제거한 헤나는 독에 중독된 프레드에게 달려갔다.

"프레드!"

프레드의 얼굴은 창백했다. 가망이 없었다.

"헤나야… 미안하다…"

프레드는 눈을 뜬 채 세상을 떠났다. 가장 친했던 친구를 잃은 헤나는 그를 부둥켜안으며 슬퍼했다. 순식간에 정예군 절반을 잃은 렌쳉은 헤나에게 다가왔다.

"일어나 헤나야."

헤나는 프레드의 마지막 얼굴을 보며 일어섰다. 슬픔에 잠길 여유조차 없었다. 살아남기 위해서는 같은 곳에 머물러 있으면 안 되었다. 소리를 들은 또 다른 히콘의 무리가 들이닥칠 수도 있었다.

그때 나무 사이에 숨어있던 히콘 한 마리가 군인을 향해 급습했다. 렌쳉이 권총을 겨누는 순간 히콘이 날아오르며 그 날갯짓이 일으킨 바람에 몸이 휘청거렸다.

"대장!"

균형을 잃은 렌쳉을 향해 헤나가 소리쳤다. 렌쳉은 경사가 깊은 아래로 굴러떨어졌고, 헤나는 그가 떨어뜨린 권총을 손에 쥐었다. 멀리 날아간 히콘이 다시 공격해 왔다.

남은 군인들은 날아오는 히콘을 향해 반격했고 렌쳉의 권총을 든 헤나는 심호흡을 했다.

"후우…"

그녀는 블루의 힘이 실린 권총의 방아쇠를 당겼다. 총알은 히콘의 첫 번째 머리를 관통했다. 다시 발사된 총알은 남은 머리를 명중했다. 모두가 기다렸다는 듯 추락한 히콘에게 총알 세례를 퍼부었다.

짙은 흙색의 피가 사방으로 터져나갔다. 히콘의 몸뚱아리가 저항했지만 얼마 가지 않았다. 숨을 거둔 히콘을 본 군인들은 환호했다.

헤나가 아래로 굴러떨어진 렌쳉을 찾으러 내려갔다. 다행히 큰 부상까지 가지 않은 렌쳉은 발을 절뚝거렸다. 헤나는 그를 부축했다.

위에서 또 다른 일행들이 내려와 행동대장을 도왔다. 위로 올라온 렌쳉은 살아남은 일행들을 반겼다. 헤나의 공이 컸다. 절친인 프레드를 잃었지만, 냉정을 잃지 않고 싸운 헤나의 용기에 렌쳉은 감탄했다. 신참임에도 불구하고, 대단히 강한 면목을 보였다.

"아무래도 두 마리만 들고 가야겠군."

렌쳉과 정예군은 마지막 남은 힘으로 사냥감을 운반했다. 한 마리는 남겨두고 가야 했지만 두 마리만으로도 현재의 식량 부족은 해결할 수 있는 양이었다.

싸늘하게 죽은 프레드를 두고 떠나야 하는 헤나는 마음이 아팠다. 하지만 죽은 자에 대한 슬픔은 살아남은 이들에게 사치였다. 떠난 동료의 슬픔과 죽음에 대한 두려움을 극복하는 것은 레볼트 전사가 가져야 하는 필수적 마음가짐이었다.

사냥감과 돌아온 헤나와 렌쳉 일행을 본 카이로는 안심했다. 진영에 있던 레볼트 군인들은 살아 돌아온 일행을 반기며 환호성을 외쳤다. 부족한 식량을 해결한 이들은 가라앉았던 사기가 올라갔다.

카이로는 주위의 관심을 한 몸에 받는 헤나를 보았다. 헤나는 리더의 자격을 하나씩 증명하고 있었다.

데스트로를 이긴 해성은 숙소로 돌아와 짐을 쌌다. 떠날 생각이었다.

"어딜 가려고?"

베그너가 다가와 물었다. 오늘 일로 베그너와 해성의 갈

등은 끝을 모를 정도로 깊어졌다.

"나갈 거예요."

수십 명의 무장한 경호원들이 그를 에워쌌다.

"뭐 하는 짓입니까?"

"내가 너한테 투자한 액수가 얼만데, 그렇게 나간다고? 빚을 다 갚고 나가야지 해성아."

"빚이라니요? 제가 할 만큼 했잖아요."

"네가 데스트로를 죽이지 않은 빚. 거기에 건 액수가 얼만지 모르겠지?"

해성은 당황했다. 또다시 싸워야 한다니, 끔찍했다.

"이제 앞으로 다가올 방어전을 준비해야지. 빚을 다 갚으면 내보내 주마. 약속하지."

해성은 떠나지 못했다. 제8구역에 있을 때나 지금이나 그의 몸은 자유롭지 못했다. 변한 게 없었다.

"그리고 앞으로 외출 금지다."

베그너는 경호원들을 붙여 해성의 옆을 지키게 했다. 감옥살이나 다름없었다. 베그너가 숙소를 떠나자 해성은 멍하니 창밖을 바라보았다. 스카이로드는 다시 분주해졌고 그들의 일상은 아무 일 없었던 듯이 계속되었다.

그날 밤 해성은 꿈을 꾸었다. 마치 쉐도우의 예지몽을 꾸는 듯, 그는 베그녀와 아버지의 대화 모습과 그를 살해하는 모습을 꿈을 통해 보고 있었다.

경호원을 시켜 자살로 꾸미는 베그녀의 사악한 모습을 보던 해성은 괴로워했다. 숨소리가 거칠어지더니 아버지의 목이 매달리는 순간 소리를 지르며 잠에서 깨어났다.

"아악!"

비명을 듣고 달려온 경호원이 잠에서 깬 해성을 확인했다. 아무 일도 없는 걸 확인한 경호원은 다시 해성의 방을 나갔다. 해성의 이마엔 식은땀이 흥건했다.

이상한 기분이 들었다. 그의 머릿속에 암살자의 마지막 말과 그랜드킹의 말이 스쳐 지나갔다. 모두 베그녀에 대해 뭔가 말하고자 했지만 결국 듣지 못한 것이 해성의 마음에 걸렸다. 한참을 고민한 끝에 그는 자리에서 일어났다.

늦은 새벽, 창밖으로 보이는 스카이로드는 휑했다. 홀로그램 광고판들도 보이지 않았다. 모두가 잠든 시간이었다. 옷을 입은 해성은 문을 열고 경호원들에게 갔다. 무장한 그들은 해성을 경계했다.

"방으로 돌아가십시오."

해성은 그의 앞으로 다가온 경호원의 복부를 때렸다. 그리고 빠른 동작으로 옆에 있던 남자의 머리에 발차기를 날렸다. 둘 다 한 방에 제압당하자 해성은 거실로 갔다.

　입구를 지키던 경호원들이 누군가에게 하나씩 쓰러지고 있었다. 경호원을 모두 제압한 불청객은 목에 차고 있던 얼굴변환기를 해제했다. 아리아였다. 해성은 그녀 옆에 있는 쉐도우를 보았다.

　"안녕하세요, 처음 뵙네요. 저는 쉐도우라고 합니다. 당신이 꾼 꿈을 저도 봤어요. 어떤 이유로 당신과 제가 연결되어 있는지는 모르겠지만, 지금 당신이 가려는 길은 위험해요."

　"전 진실을 알아야 합니다."

　"끔찍한 고통이 당신을 기다리고 있을 거예요."

　해성은 쉐도우의 말을 듣지 않았다. 그는 가야만 했다.

　"거기를 혼자서 들어가는 건 무모해요. 함께 가요."

　아리아가 말했다.

　해성과 아리아는 쉐도우의 리무진에 앉아 베그너의 저택으로 향했다. 해성은 자신을 보는 듯하면서 보고 있지 않은 쉐도우의 눈을 보았다.

　"당신의 눈이…"

　"맞아요. 전 앞을 볼 수 없어요. 하지만 당신을 느낄 수는 있죠."

"쉐도우님은 예지 능력이 있어요."

아리아는 설명했다.

"손을 줘봐요."

쉐도우는 그에게 손을 내밀었다. 해성은 망설이다 그의 손을 잡았다. 눈을 감은 쉐도우의 이마에서 식은땀이 흐르기 시작했고, 몸을 떨었다. 쉐도우의 표정은 심각했다.

"쉐도우님?"

아리아의 말에 쉐도우는 눈을 떴다. 해성의 손을 놓아준 그는 생각에 잠겼다.

"당신에게서 빛을 보았어요."

쉐도우는 고민하더니, 말을 이었다.

"당신은 언젠가… 선택해야 할 거예요."

해성의 얼굴에는 불안에 가득 차 있었다. 쉐도우는 마치 미래를 다 보고 있는 듯했지만 더는 알려주지 않았다.

"도착했습니다."

쉐도우의 운전사가 말했다. 리무진은 저택에서 조금 떨어진 곳에 정차했다.

"이게 필요할 거예요."

쉐도우는 해성에게 자신의 얼굴변환기를 건넸다. 그것을 목에 장착한 해성은 아리아를 따라 차에서 내렸다.

아리아의 도움으로 해성은 비밀리에 베그너의 저택에 침

투했다. 그녀는 베그너의 경호원들을 손쉽게 제압했다. 베그너의 침실 입구를 지키던 경호원까지 처리한 아리아는 해성과 함께 안으로 들어갔다.

두 여성 사이에 누운 베그너가 보였다. 해성의 인기척에 눈을 뜬 여성이 겁을 먹고 함께 온 동료를 깨웠다. 아리아가 조용히 나가도 된다는 손짓을 하자 두 여성은 허겁지겁 침실을 떠났다.

손을 더듬으며 함께 자던 여성들이 없자 베그너가 그제야 눈을 떴다. 그의 앞에 침입자가 서 있는 걸 본 베그너는 베게 밑에 숨겨놓은 총을 꺼냈다.

해성은 그를 빠르게 제압하며 총을 빼앗았다. 베그너의 안면에 총을 겨냥한 해성은 얼굴변환기를 해제했다.

"이 은혜도 모르는 배은망덕한 놈!"

놀란 베그너가 소리쳤다.

"내가 당신을 살려줬잖아. 기억 안 나?"

베그너는 해성의 독기 가득한 모습을 보았다.

"해성아. 왜 그래?"

"당신이 내 아버지를… 아버지를 죽이는 걸 봤어. 당신이…"

"으윽… 아니야. 내가 한 게 아니야. 도로시! 도로시가 시킨 거라고!"

"뭐?"

해성은 혼란스러웠다. 이마에 총을 댄 해성에게 베그너는 애원했다.

"다 도로시가 시켜서 한 일이야. 정말이야! 나를 믿어야 해!"

더는 베그너의 말을 믿을 수 없었다. 해성의 시선은 유리 진열장에 놓인 헬멧으로 갔다. 그는 총으로 베그너의 머리를 가격한 뒤, 진열장으로 다가가 유리를 깼다.

"그걸 사용하면 돌이킬 수 없어요."

아리아는 염려했다.

"알아요. 하지만 진실을 알리면 이 방법밖에 없어요."

해성은 기절한 베그너의 머리에 헬멧을 씌웠다. 안에 장착된 긴 바늘이 베그너의 두뇌를 찌르자 얼마 지나지 않아 폭발했다. 해성은 그의 최후를 보고만 있었다.

아버지의 복수를 한 것 같았지만 기분이 썩 좋지 않았다. 이런 식의 복수를 바란 게 아니었기 때문이다. 아리아도 그의 갈등과 혼란을 옆에서 느끼고 있었다.

피로 물든 헬멧을 통해 얻어낸 기억에서 그는 꿈에서 보았던 장면을 찾아냈다. 자신의 아버지를 죽인 것은 베그너의 짓이었다. 해성은 엄마와 준혁을 운명의 추첨으로 뽑아 보내자는 베그너와 도로시의 음모 외에도 베그너와 도로시의 최근 대화도 볼 수 있었다.

엄마와 준혁은 사고로 죽은 것이 아니었다. 기억의 영상 속에는 확실한 게 없었지만 해성은 어쩌면 가족이 아직 살아있을지도 모른다는 희망을 품었다. 결국 그는 도로시에게 대답을 찾아야만 했다.

"도로시에게 갈 생각이군요?"

그의 결심을 느낀 아리아가 물었다.

"엄마와 준혁이 살아있을지도 모르잖아요. 도로시를 만나야 해요."

"도로시는… 만만치 않을 거예요."

해성은 물러설 생각이 없었다. 아리아는 한숨을 내쉬었지만 그를 막을 수 없었다.

"…그곳에 다시 돌아가려면 허가증이 필요할 텐데…"

"방 안에 있을 거예요."

해성은 베그너의 침실을 뒤졌다. 그의 옷장에서 발견한 허가증을 획득한 그는 이제 마지막 남은 선택지로 가야만 했다. 아리아는 그를 돕기로 결심했다.

"내가 운전할 테니, 당신은 베그너처럼 행동해요."

그녀는 해성의 목에 찬 얼굴변환기를 만지작거렸다. 홀로그램창의 코드 속에서 몇 가지 정보를 바꾸고는 변환기를 다시 작동시켰다. 해성의 얼굴이 감쪽같이 베그너로 변해 있었다.

거울에 비친 베그너의 얼굴에 당황한 해성은 경호원의 얼굴로 바꾼 아리아를 보았다. 얼굴을 바꾼 두 사람은 저택 아래에 주차된 베그너의 전용 리무진에 올라탔다.

"명심해요. 도로시와 싸우기엔 당신은 아직 준비되어 있지 않아요."

아리아는 경고했다. 리무진이 저택을 나오자 아리아의 시선이 근처에 세워둔 쉐도우의 리무진과 마주쳤다. 쉐도우는 그들을 따라가지 않았다.

"우린 집으로 가지."

"네."

쉐도우의 리무진은 반대 방향으로 향했다.

"그는 정말… 우리에게 빛을 가져다 줄까…?"

쉐도우의 얼굴에는 불길한 기운이 감돌았다.

"자율 모드로 전환해."

아리아는 리무진에 장착된 AI에게 명령했다.

"자율 모드 전환. 목적지, 제8구역 도로시의 본부. 확인했습니다. 핸들에서 손을 놓으십시오."

AI의 대답을 들은 아리아는 뒷문을 열어 뒷좌석에 앉은 해성에게 갔다. 해성은 오랜만에 돌아가는 고향을 생각하고 있었다. 아리아는 해성의 경직된 얼굴에서 불안감을 느꼈다.

"가는 동안, 기운을 다스리는 법을 알려줄게요."

아리아는 자세를 바로 하고 눈을 감았다.

"눈을 감아요. 빛은 어둠을 극복해야만 얻을 수 있어요."

해성은 아리아를 따라 눈을 감았다.

"마음을 비우고 느껴야 해요."

스카이로드를 날던 리무진은 곧 제8구역 게이트 문을 향해 지상으로 내려가고 있었다. 하강하는 동안 바퀴가 내려와 지상을 달릴 준비를 했다. 덜커덩! 바퀴가 땅에 닿으면서 진동이 왔다. 해성은 긴장했다. 그곳에서 어떤 일이 펼쳐질지 알 수 없었다. 가족을 되찾겠다는 신념 하나만으로 그는 무모한 여정을 가고 있었다.

아리아 역시 긴장하고 있었다. 그녀는 해성을 조금이라도 더 강하게 만들어야 했다. 도로시를 상대하려는 해성의 행동이 아리아 자신마저 위험에 빠뜨리는 짓인지 잘 알고 있었지만, 그녀는 위험을 감수했다. 해성을 보는 아리아의 눈은 이미 사랑에 빠져 있었다.

3부

두려운 여정

1. 도로시

"보안검색존 통과. 승객은 불필요한 행동을 삼가시기를 바랍니다."

리무진은 속도를 줄였다. 해성과 아리아는 제8구역 게이트를 지나고 있었다.

운전석 위에 올려놓은 허가증을 확인한 로봇은 X-Ray 투시를 통해 차 내부를 확인했다. 무기 소지 여부와 불법으로 들어오는 물건은 없는지 검사했다. 차 안의 승객 얼굴도 모두 스캔한 로봇은 문제를 발견하지 못하자 통과시켰다.

게이트 문이 열리고, 터널 속으로 들어간 리무진은 다시 속도를 냈다. 아리아는 해성을 보았다. 긴장한 모습이 역력했다.

"긴장 풀어요. 도착하려면 한참은 더 가야 하니깐."

그녀는 얼굴변환기 작동을 해제했다. 창에 비친 베그너

의 얼굴을 보고 있던 해성은 다시 본 모습으로 돌아왔다.

"얼굴변환기가 언제까지 통할지 모르겠네요. 도로시는 분명 당신을 알아볼 거예요."

해성은 아리아의 초조한 눈빛을 보았다. 자신감 넘치는 그녀에게서 처음으로 느끼는 두려움의 감정이었다.

"두려워하고 있군요?"

아리아는 해성을 바라보았다. 그녀는 대답 없이 창밖으로 시선을 돌렸다. 긴 터널에서 들려오는 소음은 긴장감을 더했다.

"…무엇이 그렇게 두려운가요?"

"…"

그녀는 침묵했다.

"…아리아?"

"…당신을 잃을지도 모른다는 두려움이요…"

그녀는 진심이었다. 해성은 그녀의 마음을 느끼고 있었다.

"전… 당신을 오랫동안 찾았어요. 당신은…"

아리아는 망설였다. 그녀는 아직도 때가 아니라고 생각했다.

"하던 수행… 계속하죠. 눈 감아요."

아리아는 대화의 주제를 돌렸다. 해성은 다시 눈을 감았다.

"당신은 지금 어둠 속에 있어요. 이제 빛을 찾아요. 빛이 보일 거예요."

최면에 걸린 듯 그의 정신은 깊은 암흑 속으로 빠져들었다. 해성의 숨소리가 거칠어졌다. 칠흑 같은 어둠 때문에 두려움이 몰려왔다.

"두려움은 당신을 더 나약하게 만들 거예요. 두려움을 이기고 빛을 찾아야 해요."

몰려오는 거대한 두려움은 그를 잡아먹을 듯했다.

"으윽…"

눈을 뜨려 했지만, 마음처럼 되지 않았다.

"윽…"

그는 몸을 떨었다. 마치 암흑 속에서 벗어나지 못하는 듯 괴로워했다.

"해성!"

그녀의 외침에 순간 눈을 부릅떴다.

"또 실패군요."

이마에 흐르는 식은땀을 닦은 해성은 실망했다.

"잘하고 있어요. 수행을 거듭하면 빛을 볼 수 있을 거예요."

계속되는 실패에 아리아의 표정은 굳어졌다. 생각보다 잘

되지 않는 해성을 어떻게 하면 도울 수 있을지 고민했다.

"다시 시작하죠."

해성의 정신 수련은 계속되었다. 베그너의 리무진이 어두운 터널을 지나는 동안 해성은 실패를 거듭했다. 빛을 보기는커녕 어둠 속에서 방황했다.

"다시!"

반복되는 정신 수련에 해성은 지치기 시작했다. 하지만 아리아는 포기하지 않았다. 단호했다.

"다시!"

어둠 속에서 한참을 헤매던 해성이 드디어 빛을 보았다. 바늘구멍 크기의 매우 작은 것이었지만 그것은 분명 빛이었다.

"보여요. 작지만… 보여요…"

해성은 하나의 점처럼 보이는 빛 앞으로 다가갔다. 어둠 속에 떠 있는 그 작은 빛에도 해성의 얼굴이 어렴풋이 밝아졌다. 그는 손을 뻗어 그 빛을 손바닥 위로 가져갔다.

"이것이 당신이 말하는 빛인가요?"

해성은 작지만 너무도 신비스러운 빛을 보았다. 그가 손바닥을 움직이자 마치 빛은 그에게 종속된 것처럼 그의 손바닥 위에 머물며 움직임을 따라갔다.

"하하!"

어린아이처럼 재밌어하는 해성의 감격도 잠시, 어둠이 바람처럼 몰려와 그 빛을 덮었다. 꺼져버린 빛은 다시 사라졌고 해성은 들려오는 이상한 소리를 향해 뒤를 돌아보았다.

어둠 속에서 검은 화염에 휩싸인 자가 해성에게 다가왔다. 그가 뿜어내는 검은 불이 해성의 피부를 스치자 그의 피부를 태웠다.

"으윽!"

해성은 움직일 수 없었다. 검은 화염에 휩싸인 자는 해성의 주위를 맴돌았다. 그가 가까이 가자 그 뜨거움에 피부가 타들어 갔다.

"으아아악!"

"해성!"

아리아는 정신세계에 너무 깊이 빠져버린 해성의 몸을 흔들며 불렀다. 아리아의 목소리가 들리지 않는지 해성은 깨어날 기미를 보이지 않았다. 그녀는 두 손을 해성의 이마에 올렸다.

'해성! 눈을 떠요. 내 말이 들린다면…'

아리아는 텔레파시를 이용해 해성의 정신세계로 그녀의 목소리를 전달했다.

'해성! 깨어나요!'

타오르는 고통 속에 해성은 아리아의 목소리를 들었다.

"가디언의 피를 받은 자여··· 나를 받들겠는가···?"

검은 화염에 휩싸인 자는 의문의 문장을 남기고 서서히 어둠 속으로 사라졌다. 검은 불길이 해성의 몸을 서서히 불태웠다.

"아아악!"

아리아는 비명을 지르며 눈을 뜬 해성을 꼭 껴안았다. 그는 자신의 얼굴과 팔을 만져 보았다. 아무 일도 없었다. 거친 숨소리는 진정되었다. 해성은 따스한 아리아의 품에 안겨 마음을 가다듬었다.

긴 터널 끝에서 사막의 뜨거운 햇살이 보이기 시작했다.

리무진은 터널을 지나, 먼지를 날리며 모래 위를 달렸다. 아리아는 다시 해성 앞에 앉았다.

"무슨 일이 있었나요?"

아리아는 물었다.

"그게··· 무언가에··· 사로잡혔어요···"

해성은 대답했다.

"어떤 검은 힘에 억눌려 움직일 수가 없었어요."

두려움에 가득 찬 해성을 보는 아리아는 그의 정신세계

가 생각보다 복잡하다는 것을 느꼈다. 먼지를 휘날리며 사막 위를 달리던 리무진은 곧 도로시의 본부 앞에 도착했다.

"명심해요. 도로시와 싸워서는 안 돼요."

아리아가 먼저 내려 주위를 살폈다. 본부를 지키는 경호원과 AI 로봇들이 보이지 않았다. 모래바람만 휑하게 불어왔다. 너무 조용했다. 그녀는 주위를 살피며 뒷좌석 문을 열었다. 베그너의 얼굴을 한 해성이 리무진 앞에 섰다.

"이상하군요…"

본부를 지키는 이들이 아무도 없는 것을 본 해성은 의아해했다. 아리아는 경계를 놓지 않았다. 함정일지도 모른다는 생각이 들었다. 불어오는 모래바람 소리가 꺼림칙하게 들려올 정도로 사방이 고요했다.

본부 안으로 들어온 두 사람은 주위를 돌아보았다. 마치 모든 것을 남기고 떠난 듯 내부에는 그들의 발걸음 소리만 울렸다.

위층으로 올라가니 도로시의 접견실에서 음악 소리가 들려왔다. 아리아와 해성이 접견실 문을 조심스레 열자 음악 소리는 더 커졌다.

옛 지구인의 레코드판이 돌아가고 있는 것이 아리아의 시선에 들어왔다. 그리고 그곳엔 도로시가 있었다. 그녀는 의자에 앉아 등을 돌린 채 음악을 듣고 있었다.

"더 가지고 갈 게 남았나?"

자신의 초상화를 우러러보던 도로시는 불청객을 향해 뒤도 돌아보지 않고 말했다. 술병을 든 그녀는 취해 있었다.

"미스터 창이 아주 고소해 하고 있겠군!"

미스터 창과의 내기에서 진 도로시는 소유하고 있던 권력과 부를 한순간에 잃었다. 그녀는 제8구역을 스스로 떠나야만 했다. 심기가 불편한 그녀는 고개를 힐끗 돌려 베그너의 방문을 확인했다.

"베그너 사장님? 여긴 무슨 일로 오셨는지요?"

도로시는 아직 베그너의 사망 소식을 접하지 못한 듯했다. 고개만 빼꼼 한 번 베그너를 쳐다본 그녀는 앞에 걸려 있는 거대한 초상화만 보고 있었다.

"으흠… 그게…"

말을 제대로 하지 못하자 뒤에 있던 아리아가 그의 등을 툭 찔렀다.

"해성이… 가족에 대해서 다시 물어봐서 말이야."

"…지난번에 해결된 게 아니었는지요? 베그너 사장님?"

꼴도 보기 싫었는지 도로시는 등을 돌린 채 손에 쥔 술병만 들이켰다.

"으흠… 그게 말이지. 안 믿더라고."

"…"

도로시는 침묵했다. 계속 등을 지고 침묵하는 그녀의 뒷모습이 더 불길했다.

"내 얼굴에 표정이 좀 부족해 보이지 않나요?"

"…"

초상화만 올려다보던 도로시의 물음에 해성은 대답하지 못했다.

"옛 지구인의 기술을 터득한 장인을 겨우 구해서 그렸는데, 아무래도 마음에 안 든단 말이야. 다시 그려야 하는데… 도대체 어디로 간 걸까? 그 장인은?"

도로시는 서서히 고개를 돌렸다. 해성의 눈에는 평소에 알던 도로시의 얼굴이 아닌 섬뜩한 얼굴을 한 도로시가 드러났다. 아리아는 그녀를 경계했다.

"조심해요. 해성. 그녀가 본모습을 보였어요."

도로시는 일어나 해성을 쳐다보며 말했다.

"해성아. 네 엄마도 동생도, 내 화가도 도대체 어디에 있는 거냐?"

검은 기운이 도로시를 감싸기 시작했다. 들통이 난 해성은 얼굴변환기를 목에서 뺐다.

"도망가요, 해성!"

아리아가 소리쳤지만, 해성은 고집했다.

"제발… 말해주세요… 엄마와 준혁은 어디 있나요?"

"그걸 왜 나한테 묻니? 8741478번? 그렇게 궁금하면 직접 찾아야지! 왜 나한테까지 와서! 성가시게!!"

매우 다른 말투에 매서운 얼굴을 한 도로시는 화가 제대로 나 있었다. 그녀에게서 뿜어져 나오는 검은 기운이 거센 바람처럼 불어왔다.

그녀의 몸이 점점 더 커지기 시작했다. 부드럽던 손이 흉측하게 변하고 손톱은 공룡의 발톱처럼 크고 날카로워진 괴물로 변하고 있었다.

아리아가 빛의 에너지를 쏘기 위해 도로시를 향해 손을 뻗었다. 그러자 도로시는 더 빨리 그녀를 가격했다. 그녀의 괴력에 나가떨어진 아리아는 서재에 부딪히며 쓰러졌다.

충격으로 서재가 무너지면서 남아 있는 책들과 함께 쓰러진 아리아를 덮쳤다.

"아리아!"

해성은 아리아를 향해 외쳤다.

"안 그래도 배가 고팠는데. 잘 왔어! 8741478번!!"

도로시는 해성에게 빠르게 다가와 두 팔로 꽉 잡았다.

"아악!"

우두둑! 그녀의 괴력에 몸속의 뼈가 으스러졌다. 도로시에게 꼼짝없이 잡힌 해성을 본 아리아는 무너진 서재를 힘으로 박차고 일어섰다.

"너를 먹으면 어떻게 되나 궁금했는데, 시험해 볼 시간이
군. 흐흐흐!"

도로시가 입을 쩍 벌리며 해성을 먹으려 할 때, 아리아가
빛의 검을 소환해 도로시에게 달려갔다. 그녀가 휘두른 검
을 재빠르게 피한 도로시는 아리아에게 검은 기운들을 날
렸다.

아리아는 손을 뻗어 빛의 에너지를 발산했다. 날카로운
창의 형태로 날아온 도로시의 검은 기운들은 빛을 맞고 소
멸했다.

"제법이군. 빛의 기사."

아리아는 그녀에게 다시 달려갔다. 도로시는 자신의 힘
을 증폭시켰다. 그녀에게서 뿜어져 나온 거센 검은 바람이
아리아를 밀어냈다. 눈을 뜨기도 힘들 정도로 강한 기운에
아리아는 뒤로 밀렸다.

창문이 깨지고, 뒤에 그려진 초상화가 찢어질 정도로 거
센 바람이 불었다. 아리아는 몸에 차고 있던 작은 유리병을
꺼내 마셨다. 그 속에 들어있던 푸른 액체는 그녀의 힘을
증폭시켰다. 아리아는 바람을 뚫고 달려갔다.

도로시는 접견실에 있던 접시, 유리잔, 나이프, 테이블

등 온갖 물건들을 아리아에게 날렸다. 양손에 든 빛의 검으로 아리아는 바람에 날려오는 것들을 베었다.

그녀는 날아오는 테이블을 밟고 높이 치솟았다. 빛의 검을 하늘로 솟구쳐 올린 아리아는 공기의 저항을 가로질러 도로시의 얼굴을 향해 휘둘렀다. 두 기운이 충돌하며 폭발을 일으켰다.

접견실의 벽이 금이 가고 지붕이 벗겨지더니 남아 있던 창문은 완전히 박살났다. 아리아는 강렬한 공격을 날렸다고 생각했다. 그런데 검은 기운과 빛의 기운이 사라지자 도로시가 빛의 검을 맨손으로 잡고 있는 모습이 드러났다.

"약하군."

당황한 아리아가 한 손을 놓아 빛의 에너지를 소환해 도로시를 겨냥했다. 그때 도로시의 검은 기운이 아리아를 잡았다. 몸이 꽁꽁 묶인 아리아는 움직일 수 없었다. 검은 기운은 아리아를 조여왔다.

"아악!"

도로시는 해성의 머리를 잡아 입을 다시 쩍 벌렸다. 해성은 산 채로 먹힐 위기를 맞았다.

'해성! 가디언의 아들! 당신의 힘을 보여줘요, 해성!'

아리아는 해성에게 텔레파시를 보냈다. 입안에 거의 다

들어간 해성은 도로시의 입을 양다리를 펼쳐 막았다. 그리고 그녀의 얼굴에 미지의 기운이 실린 주먹을 날렸다.

퍼어엉! 도로시는 자신의 초상화를 맞고 벽이 뚫리며 사막으로 나가떨어졌다. 검은 기운에 잡혔던 아리아는 바닥으로 털썩 주저앉았다. 해성도 쓰러졌다.

"으으윽!"

해성은 뼈가 으스러져 있었다. 제대로 서 있기도 힘들 정도로 도로시의 괴력에 제대로 당한 해성이 필사적으로 일어섰다. 아리아는 박살 난 벽으로 시선을 돌렸다. 도로시가 벽을 타고 올라와 얼굴을 내밀었다. 그녀는 해성과 아리아를 향해 서서히 오고 있었다.

"실망인걸. 과대평가했던 것 같군."

도로시에게 해성의 일격이 통하지 않았다. 해성과 아리아는 다가올 공격을 대비했다. 접견실로 돌아온 도로시는 점프하더니 두 손으로 바닥을 쳤다.

그녀의 힘과 몸의 무게가 실리며 바닥이 내려앉아 해성과 아리아는 지하 깊은 곳까지 추락했다.

"해성!"

아리아는 부서지는 벽들을 밟고 점프했다. 끝없는 아래로 추락하는 해성을 붙잡기 위해 필사적으로 뛰어 내려갔다. 아리아는 바닥에 충돌 직전 해성의 몸을 잡고 벽에 매달렸다.

쿠구구궁!! 지상에서 무너져버린 파편들이 바닥과 충돌하며 큰 먼지를 일으켰다.

"콜록! 콜록!"

벽에 가까스로 매달린 아리아는 해성을 잡고 오래 버티지 못했다. 그들은 다시 아래로 추락했다. 지친 아리아는 일어서기 위해 안간힘을 썼다.

해성은 몸을 부들부들 떨고 있었다. 추락으로 온몸이 상처투성이였다. 뿌연 먼지 속에 도로시가 다시 내려와 아리아를 공격했다.

아리아는 빛의 힘으로 도로시의 검은 기운을 막았다. 힘이 빠졌는지 오래 버티지 못했다.

"크억!"

도로시는 아리아의 배를 짓밟았다. 피를 토하는 아리아를 보던 도로시는 발길질을 날렸다. 그녀는 벽으로 날아가 부딪친 뒤, 다시 아래로 떨어졌다.

"으…"

그때 그녀의 얼굴변환기가 부서지며 정체가 드러났다. 도로시는 아리아의 얼굴을 보며 말했다.

"엄마를 빼닮았군! 하지만 힘의 10분의 1도 안 되는 딸이라니! 아리아 가문도 이제 형편없어졌어. 하하하!"

그녀의 가문에 대해 알고 있는 도로시는 너무도 강했다. 많은 피를 흘린 그녀는 정신마저 혼미해졌다.

'일어나야 해… 일어나야 해… 어머니… 도와줘요… 저에게 힘을…'

아리아는 마지막 남은 힘을 다해 다시 일어섰다. 하지만 한 발짝 앞으로 가는 것도 엄두가 나질 않았다.

'젠장…'

강한 상대 앞에서 자신의 나약함을 깨달은 아리아는 괴로워했다. 그토록 수련을 열심히 했지만 아직 역부족이었다. 도로시는 힘없이 쓰러져 있는 해성의 머리를 잡아 번쩍 들었다.

"8741478번, 네가 그토록 찾던 가족이 여기 있다."

도로시는 자만했다. 연기가 서서히 걷히더니 해성의 시선에 뭔가가 들어왔다. 저장소였다. 어항 속에는 인간들이 물속에 둥둥 떠다니고 있었다.

도로시는 한때 케이와 가까운 사이였다. 저장소 프로젝트는 사실 그녀의 아이디어에서 시작되었는데 어떤 이유로 갑작스레 중앙을 떠났다. 그리고 바로 제8구역에서 오랜 세월을 공들여 자신만의 세계를 만든 것이다.

그녀가 이곳에 집권한 지 얼마 안 되었을 때 카이로 혁명이 일어나면서 큰 위기를 겪기도 했지만 굉장한 지도력으로 혼란을 잘 대처한 것으로 알려져 있다.

그녀를 전적으로 신뢰하는 노동자들은 도로시의 노리개들이었다. 비밀리에 저장소를 완성한 그녀는 신이 되고자 했다.

해성은 녹색의 물속에 살아있는 사람이 바둥거리는 모습을 보았다. 어항 속으로 빨려 들어온 인간들은 서서히 안에서 죽어갔다.

해성과 같은 마음으로 충격을 받은 아리아는 도로시의 저장소 앞에 멍하니 서서는 털썩 주저앉았다. 인간들이 담겨있는 어항을 도저히 두 눈으로 볼 수 없었다. 그들의 잔인함에 경악하며 눈물을 터트렸다.

해성은 봐서는 안 되는 것을 보고야 말았다. 운명의 추첨에 뽑힌 엄마와 준혁이 어항 속에 싸늘하게 담겨있었다. 얼굴과 몸이 부풀어 올라 있었지만 분명 해성의 가족이었다.

"도… 도대체… 무슨 짓을…?"

해성의 시선에 준혁이 보였다. 그의 싸늘한 모습에서 해맑았던 동생의 얼굴이 스쳐 지나갔다. 어린 시절을 떠올리며 그와의 즐거웠던 시간이 눈앞에 아른거렸다. 도저히 도로시를 용서할 수 없었다.

336

"너희는 식량일 뿐이야. 어리석은 노예들아."

도로시는 해성의 귀에 대고 속삭였다.

두 눈을 부릅뜬 해성은 분노했다. 몸속 깊은 곳에서 그의 숨겨진 힘이 요동치며 분출했다.

"으아아아!"

해성의 몸이 미지의 기운으로 뒤덮이더니 빛으로 발광했다. 도로시는 끊임없이 뿜어져 나오는 해성의 거대한 빛의 에너지에 눈을 뜨지 못했다. 얼굴을 가린 채 뒤로 물러선 도로시는 놀라고 있었다.

"이… 이것이 그의 힘인가?"

도로시는 해성의 폭발하는 힘을 느꼈다. 눈물을 흘리던 아리아는 각성하는 해성의 모습에 놀라고 있었다. 그녀가 그토록 기다렸던 희망의 불씨가 눈앞에서 타오르고 있었다.

치료를 받은 크루거는 다시 수용소로 돌아왔다. 죽지 않은 크루거의 복귀에 불만이 가득한 재소자들이 다시 한번 기회를 엿보았다. 자유 시간이 오자 모두가 운동장으로 나갔다.

재소자들 위로 시커먼 우주를 정찰하는 은하전투기 디펜
더가 날아다니고 있었다. 그 소리가 꽤 시끄럽게 들려왔다.

재소자들이 우르르 나오자 크루거의 모습도 보였다. 완
벽히 회복한 상태는 아니었지만 근질거렸던 몸을 가벼운
운동으로 풀었다. 눈 따가운 시선으로 보던 한 무리가 크루
거에게 다가왔다.

"살아 돌아오다니, 염치가 없군그래."

크루거는 무시하고 운동을 계속했다. 멀리서 지켜보던
교관들이 그들을 힐끗 보더니 자리를 피해줬다. 그들은 숨
겨뒀던 칼을 꺼내어 크루거를 공격했다.

크루거는 두 번 당하지 않았다. 공격한 남자의 팔을 부
러뜨려 칼을 빼앗더니 옆에서 공격해오는 남자의 목을 찔
렀다.

"아악!"

급소를 찔린 남자의 목에서 피가 터져 나왔다. 크루거의
칼부림은 그야말로 무시무시했다. 그를 공격했던 남자들은
모두 급소를 맞고 피를 토하며 즉사했다.

처참한 광경을 지켜보던 재소자들은 크루거를 두려워하
기 시작했다. 크루거는 살기 위해 짐승이 된 것이다.

피바다가 된 싸움 현장에 그제야 다시 나타난 교관은 깜

짝 놀라며 동료들과 함께 운동장 아래로 내려왔다. 긴급 상황에 위로는 로봇 기동대가 출동해 아래로 내려간 교관들을 보호했다.

크루거는 칼을 바닥에 놓고는 양손을 머리 위로 올렸다. 교관 중 한 명이 전기 충격을 가하자 바닥에 쓰러졌다. 몽둥이를 든 교관들은 크루거를 무자비하게 폭행했다.

교관들은 피투성이의 크루거를 독방에 처넣었다. 철문이 닫히고, 혼자가 된 크루거는 웃었다. 자신의 삶을 한탄하는 웃음 같았다. 너무 괴로운 나머지 눈물이 나지도 화가 나지도 않았다. 그의 웃음은 쓸쓸했고 한없이 슬퍼 보였다.

아일랜드의 독방은 한 명이 겨우 서 있을 공간만 만들어져 있었다. 그래서 독방에 갇힌 재소자들은 서 있는 채로 짧게는 며칠, 길게는 몇 주를 지내야 했다.

수감 자체가 고문이나 다름없는 곳이었다. 종종 독방에서 버티지 못한 이들이 자살을 시도하거나 또는 굶어 죽는 일이 생긴다고 한다.

2. 대학살

 각성한 해성의 몸에서 뿜어져 나온 강력한 빛의 에너지
는 폭발하듯 주위를 휩쓸었다. 도로시의 저장소가 그 여파
로 금이 가더니 유리관이 터졌다. 그 속에 들어있던 시체들
이 녹색의 물과 함께 쏟아져 내렸다.

 "안돼!!"
 자신이 아끼는 저장소가 파괴되자 화가 난 도로시는 해
성을 공격했다. 도로시의 거대하고 날카로운 손톱이 해성
의 얼굴을 향해 날아왔다.
 해성은 그녀의 손을 쳐내고는 안면에 엄청난 힘의 주먹
을 날렸다.
 "크억!"
 각성한 해성의 공격이 도로시에게 먹혔다. 그녀는 멀리
날아가 벽을 뚫고 처박혔다. 흙과 돌들이 무너져 내려 한

방에 끝이 난 것처럼 보였다.

정적이 잠시 흐르더니 무너져 내린 곳에서 도로시가 뛰쳐나왔다. 그녀는 검은 기운을 모아 거대한 창의 형태로 만들어 해성에게 날렸다. 아리아에게 공격했던 것보다 더 큰 거대한 창이었다.

"피해요! 해성!"
멀리서 지켜보던 아리아가 소리쳤다. 해성은 자신의 모든 기운을 한주먹에 다 모아 날아오는 거대한 창을 향해 돌진했다. 그의 주먹은 창을 갈라 도로시의 가슴을 뚫었다.
"크아아악!"
해성은 연타 공격을 퍼부었다. 빠르게 날아간 주먹을 맞은 도로시의 몸이 찢기고 뜯겨 나갔다. 도로시의 비명이 울려 퍼졌다. 해성에게 일격을 당한 도로시의 몸은 잘 회복되지 않았다. 해성의 연타 공격은 치명적이었다.
"내 몸이… 재생이 안 돼…"
해성은 필사의 어퍼컷을 날렸다. 두려울 정도로 엄청난 파워였다. 땅의 일부가 그 여파로 무너져 내릴 정도였다. 가까스로 해성의 공격을 피한 도로시는 검은 기운을 연막탄처럼 퍼트렸다.
사방이 어둠으로 뒤덮이자 아리아가 빛의 기운을 내뿜었

다. 어둠이 서서히 사라지는 동안, 도로시는 지상으로 도망쳤다.

해성의 놀라운 힘에 감탄한 아리아가 그에게 다가왔다. 그녀의 몸은 만신창이였지만 강한 의지로 버티고 있었다. 해성은 터져나간 저장소 앞으로 갔다.

다른 시체들과 함께 쏟아져 나온 엄마와 준혁을 보고는 털썩 주저앉았다. 그는 자신의 힘에 감동할 겨를도 없었다.

"여기 있었네… 결국 이곳을 떠나보지도 못했구나… 불쌍한 녀석…"

어린 나이에 세상을 떠난 준혁을 보며, 슬픔에 빠진 해성은 분노의 주먹을 불끈 쥐었다.

"해성…"

아리아가 해성을 감싸주었다.

"미안해요… 미안해요…"

그의 아픔을 그녀도 느끼고 있었다. 해성이 일어나 상처투성이의 아리아를 끌어안았다.

"가요. 도로시를 잡으러."

해성은 그녀를 안고 벽들 사이를 굉장한 속도로 점프하며 지상으로 올라갔다. 그토록 기다렸던 선택된 자의 품에 안긴 아리아는 이제 그에게 진실을 말해줄 때가 왔음을 느꼈다.

사막 위로 올라온 두 사람은 제8구역을 걸었다. 이상하게도 사람들이 전혀 보이지 않았다. 마치 사막 위 유령 도시를 방불케 할 만큼, 고요했다.

"이상하네요…"

아리아는 주위를 경계하며 동작을 멈춘 AI 로봇들을 주시했다. 로봇경찰은 물론이고 감시자들까지 모두 어떤 명령을 기다리고 있는 듯 조용히 잠들어 있었다.

해성은 그가 일했던 공장을 지나갔다. 모든 기계가 멈춰 있었다. 허름한 공장 안으로 들어온 해성은 아버지와 헤나를 회상했다.

항상 분주했던 공장이었는데 그 많던 노동자들이 마치 증발이라도 한 것처럼 감쪽같이 사라진 상태였다. 공장을 지난 그는 가족과 살던 집으로 갔다.

먼지 가득한 집 안에는 꽤 오랫동안 사람이 살고 있지 않아 보였다. 가족과 함께했던 흔적들이 곳곳에 남아 있었다. 특히 준혁과 함께 추억을 보낸 침실은 그의 가슴에 다시 한 번 못을 박았다.

아리아는 해성의 뒤를 쓸쓸히 지켜만 보았다. 거실로 간 해성은 살해당한 아버지를 생각했다. 가족을 모두 잃은 그는 복수심으로 활활 타올랐다.

해성은 다시 사막으로 향했다. 해성과 아리아는 찰스 아저씨 가게 근처를 걸어갔다. 그때, 누군가가 해성을 불렀다. 작은 목소리였지만 그 음성은 찰스 아저씨였다.

"해성아?"

해성은 찰스 아저씨 가게를 향해 시선을 돌렸다.

"찰스 아저씨?"

가게에 몸을 숨기고 주위를 살피는 찰스 아저씨를 보았다. 해성과 아리아는 그의 가게로 들어갔다.

"아저씨!"

"해성아! 정말 너구나! 반갑다. 이게 얼마 만이냐?"

"그러게요… 다들 어디로 갔나요?"

"그게 말이다…"

찰스 아저씨의 얼굴에는 근심이 가득했다.

"8구역 노동자들은 지금 당장 가족들과 함께 광장으로 모이십시오!"

해성이 최강의 파이터를 이긴 그날 밤, 감시자들과 AI 로봇경찰들은 노동자들을 광장으로 데려갔다. 로봇들에게 끌려간 이들은 어린아이를 비롯하여 한밤중에 광장으로 가야만 했다. 옷을 챙길 겨를도 없이 한 명도 빠짐없이 광장으로 소환되었다.

어수선한 분위기 속에서 수십만 명에 달하는 노동자들이 거의 동시에 움직였다. 몇몇은 두꺼운 옷과 산소마스크를 챙기느라 바빴지만 대부분의 노동자는 자다가 뛰쳐나와야 했다. 광장으로 가던 노동자들 사이 도망친 이들은 모두 찰스 아저씨 가게로 피신했다.

"도대체 한밤중에 무슨 일이래?"

"나도 몰라. 무서워…"

찰스 아저씨는 그의 가게로 피신해 온 이웃들과 함께 지하터널로 통하는 통로에 숨었다. AI 로봇경찰들이 찰스 아저씨 가게로 들어와 수색했다. 스캔을 끝내고 아무도 없는 걸 확인한 로봇들은 가게를 나갔다.

지하에서 몸을 숨기고 있던 찰스 아저씨와 이웃들은 안도의 한숨을 내쉬었다.

찰스 아저씨가 회상에서 돌아오자, 해성과 아리아는 지하터널로 향하는 비밀 문을 향하고 있었다.

"여기로 도망 온 사람들 외에는 모두 광장으로 간 이후 소식이 없어."

찰스 아저씨가 말했다. 그를 따라 터널 안으로 내려가니, 60여 명의 노동자가 피난민처럼 숨어 있었다. 모두의 시선이 해성에게 갔다.

"해성 아니야?"

"해성 맞네!"

"해성아! 우리 가족 좀 찾아줘!"

"우리 조카! 할머니…"

해성을 본 노동자들은 동요했다. 해성의 어깨가 무거워졌다.

"새로운 구역 통치자가 온다는 소문이 들려."

찰스 아저씨가 말했다.

"새로운 통치자요?"

"너와 데스트로의 대결에 도로시가 위험한 내기를 걸었다더군."

해성의 물음에 찰스 아저씨는 대답했다.

"이제야 이해되는군요. 로봇들은 재부팅을 기다리고 있는 거였어."

아리아가 말했다.

"재부팅?"

"새로운 통치자가 선임되었을 때 해야 하는 절차 같은 거예요. 도로시가 쫓겨나는 상황이었다니 놀랍군요."

아리아는 말을 이었다.

"사람들은 그럼 광장에 모여 있는 건가요?"

해성은 되물었다.

"모르지. 우린 이곳에 줄곧 숨어 있었으니…"

"아저씨, 아무래도 광장에 가봐야겠어요."

"나도 같이 가. 해성아."

"우… 우리도 같이 가요!"

해성의 등장에 용기를 낸 피난민들은 모두 광장으로 갈 결심을 했다. 해성은 아리아를 보았다. 해성을 따르는 이들이 생기자, 아리아는 미소를 지었다.

해성을 따르는 60여 명의 노동자들은 리더의 뒤를 따라 광장을 향했다. 찰스 아저씨는 자신의 무기인 화염방사기를 등에 맸다. 노동자들은 곡괭이, 삽, 각목, 쇳덩이 등, 그들이 챙길 수 있는 온갖 무기들을 집어 들었다.

광장에 도착한 이들은 수십만 명의 노동자들이 서 있는 것을 보았다. 그들은 마치 무언가에 썰 사람들처럼 아무런 행동을 보이지 않았다.

"할머니!"

한 노동자 가족이 찾던 할머니를 발견하고 광장으로 내려갔다.

"잠깐, 기다려!"

찰스 아저씨가 달려가는 이들에게 소리쳤지만 그들은 무작정 광장으로 뛰어 내려갔다.

"이상해요. 아무래도…"

아리아는 경계했다. 해성도 이상한 느낌이 들었다. 할머니 앞에 다가간 이들은 재회하자마자 주위에 있던 사람들에게 끔찍하게 살해당했다.

"아!"

해성을 따라온 노동자들이 그 광경을 보자 충격에 휩싸였다. 그때 광장 안에 서 있던 수십만 명의 노동자들이 일제히 해성 쪽을 무섭게 쳐다보았다. 정적이 잠시 흐르더니 야수처럼 돌진해 왔다. 다들 이성을 잃은 미친 사람들 같았다.

해성과 그의 추종자들은 이웃이었던 그들과 갑작스레 싸워야 했다. 당혹해하던 찰스 아저씨는 겁에 질린 얼굴을 하고는 화염방사기로 그들을 불태웠다. 다른 방법이 없었다. 이성을 잃은 이웃들은 눈동자가 검게 변해 있었고 몸에는 검은 핏줄들이 뻣뻣하게 돋아나 있었다.

해성과 아리아도 떼 지어 공격해 오는 그들과 맞서 싸워야 했다. 하지만 그 수가 너무도 많았다. 해성은 자신의 경이로운 힘으로 수백 명을 동시에 제압했다. 하지만 쓰러지는 이들보다 다시 달려드는 이들이 더 많았다.

"도대체 왜 이러는 거죠!"

해성이 소리쳤다.

"다들 어떤 약물에 중독된 것 같아요!"

아리아가 대답했다. 해성과 아리아는 지쳐갔다. 찰스 아저씨의 화염방사기도 그 한계에 다다랐다. 굉장히 잘 싸웠지만 연료가 바닥이 난 그는 맨몸으로 그들을 상대해야 했다.

광장은 그야말로 피로 가득한 대학살의 현장이었다. 찰스 아저씨와 60여 명의 마지막 생존자들도 모두 이웃들이었던 자들에게 참혹하게 죽음을 맞았다.

"찰스 아저씨!!"

해성은 그의 죽음을 지키지 못했다. 그에게 다가갈 수도 없었다. 그를 공격해 온 이들 중 해성과 함께했던 이웃들도 있었다. 심지어 어린아이들도 끔찍한 살인에 가담했다.

이들을 인간으로 보는 건 무리였다. 괴물 그 자체였기 때문이다. 그들을 죽여야만 하는 해성에겐 너무도 괴로운 싸움이었다.

"도로시!!"

해성은 도로시를 불렀다.

"도로시! 비열하게 숨지 말고! 나와! 나와!!"

하지만 도로시는 나타나지 않았다. 수천 명을 쓰러트린 해성은 숨이 찼다. 아직도 너무도 많은 광기에 사로잡힌 자들이 지치지 않고 덤벼들었다.

아리아도 지쳐갔다. 빛의 검으로 베고 또 베어도 그 수가 너무 많아 힘의 한계를 느끼고 있었다. 해성과 아리아는 모든 에너지를 다 쏟아부은 후에야 수십만 명의 중독된 군중을 다 죽일 수 있었다.

피로 뒤덮인 두 사람은 주위를 둘러보았다. 그들의 표정은 일그러졌다. 해성을 따랐던 이들은 모두 주검으로 변해 있었다.

"나의 군대에 맞서 용케도 살아남았군."

광장 대기실에 숨어 있던 도로시가 그제야 다시 등장했다. 그녀의 상처는 아물어 있었다. 아리아는 일어서 있는 것도 힘들 정도로 지쳐 있었다. 해성도 마찬가지였다.

"쳇… 미스터 창에게 줄 선물이었는데, 이렇게 네 놈에게 내 군대가 끝나다니…"

도로시는 이를 갈았다.

"효과는 있었나 보군, 네 녀석의 힘이 느껴지지 않아. 하하!"

도로시는 나약해진 해성을 단번에 알아보고는 기회를 놓치지 않았다. 검은 기운을 모아 거대한 창으로 만든 뒤 해성을 노렸다. 해성은 필사적으로 그녀의 공격을 피했다. 하지만 몸이 휘청거리며 마음대로 되질 않았다.

도로시는 그를 죽일 기세로 덤볐다. 검은 기운의 창은 여러 차례 날아왔다. 해성은 마지막 남은 미지의 기운으로 방어하며 맞서 싸웠다.

도로시의 괴물 군대와의 싸움에서 힘을 너무 많이 잃은 그는 고군분투했다. 도로시의 창은 해성의 팔과 다리를 찔러댔다. 계속되는 도로시의 반격에 해성은 피를 흘리며 쓰러졌다.

아리아는 빛의 검으로 도로시를 공격하며 쓰러진 해성을 보호하려 했지만 소용없었다. 도로시의 창에 맞섰지만 아리아는 그녀에게 맞고 시체들이 쌓인 곳으로 날아갔다. 도로시의 창은 아리아의 팔을 명중시켰다.

"아악!"

바닥에 쓰러진 아리아는 더는 움직일 수 없었다. 해성은 미지의 기운을 모아 아리아를 노리는 도로시에게 주먹을 날렸다.

힘을 너무 잃은 해성의 일격은 도로시에게 큰 충격을 주지 못했다. 이번엔 도로시의 반격이 시작되었다. 그녀의 창은 기어코 해성의 가슴에 꽂혔다.

"윽!"

창은 그의 등을 관통했다.

"안 돼!!!"

아리아는 소리쳤다. 그것은 절망의 소리였다. 그토록 기다렸던 선택된 자의 최후를 목격한 그녀는 큰 충격에 휩싸였다. 모든 것을 잃은 기분이었다.

'어머니… 이제 난… 어떡해야 하나요…'

그녀에게 희망의 불씨를 피운 영웅의 힘은 느껴지지 않았다.

도로시의 창에 꽂힌 해성은 몸을 떨다가 더는 움직이지 않았다.

"하하핫! 가디언의 피를 이어받은 자라 해도 넌 한낱 인간일 뿐이야!"

해성을 죽인 도로시는 절망에 빠진 아리아에게 다가갔다.

"이를 어쩌나, 보고만 있어도 가엾기만 하군."

도로시는 아리아의 머리를 잡아 들어 올렸다.

"크윽…"

"저놈 곁으로 가줘야겠어! 빛의 기사!"

정신세계에 빠진 해성은 어둠 속을 걷고 있었다. 아무리 걸어도 빛은 보이지 않았다. 한참을 헤매던 그는 바늘구멍의 작은 빛을 또다시 발견했다.

해성은 빛으로 다가갔다. 하지만 그 빛은 금방 꺼져버렸고 검은 화염에 휩싸인 자가 다시 나타났다. 해성은 두려움에 가득 차 있었다.

"가디언의 피를 받은 자여. 무릎을 꿇어라."

해성은 그의 강력한 힘에 억눌려 무릎을 꿇었다. 검은 화염에 휩싸인 자는 해성의 얼굴에 손을 올렸다. 연기가 나며 해성의 얼굴이 타들어 갔다.

"으아아아악!"

"내 힘을 빌려주마…"

죽었던 해성이 다시 일어나 도로시에게 다가갔다.

"뭐라고! 넌 분명 죽었을 텐데!"

도로시는 긴장했다. 해성의 몸은 검은 화염에 휩싸여 어떤 힘에 이끌리고 있었다.

"…도대체 무슨! 처음 느껴보는 기운이야…!"

아리아는 중얼거렸다.

도로시는 아리아를 멀리 던져버리고 죽음에서 살아 돌아온 해성과 맞섰다. 검은 기운을 모아 수십 개의 거대한 창을 소환해서 그를 향해 내리꽂았다. 창들은 해성의 검은 불에 다가오자 모두 연기처럼 소멸했다.

"뭣이라!"

해성이 가까이 가자 몸이 굳어져 움직일 수가 없었다. 검은 화염에 휩싸인 해성이 가까이 오면 올수록 그녀의 몸이 타들어 갔다.

"크아아악!"

너무 뜨거워 도로시의 몸이 검은 불에 휩싸였다.

"이건… 말… 말도 안 돼…"

해성은 도로시의 얼굴에 손을 올렸다.

"살… 살려줘…"

도로시의 몸이 타오르면서 재로 변해갔다. 마침내 얼굴 반쪽만 남은 도로시는 종잇장처럼 바닥으로 떨어졌다.

해성의 발 앞에 떨어진 그것은 계속해서 검은 불에 타고 있었다. 그는 마지막 남은 눈알을 밟았다. 도로시는 시커먼 재와 함께 완전히 소멸했다.

도로시를 죽인 해성은 숨소리가 거칠어지더니 정신을 잃고 바닥으로 쓰러졌다. 그의 몸에서 타오르던 검은 불은 서서히 꺼졌다.

"해성!"

아리아가 달려와 그를 끌어안았다. 그녀는 의식을 잃은 해성을 부축해, 타고 왔던 리무진에 다시 올라탔다. 죽음에서 부활한 해성에게서 아리아는 희망을 버리지 않았다.

한편으로는 두려움도 느꼈다. 해성과 같은 경우는 그녀도 처음이었다.

리무진은 다시 중앙본부를 향했다. 이제는 정말 유령 도시로 변한 제8구역을 떠나는 아리아는 강렬했던 도로시와의 싸움을 통해 자신의 나약함을 크게 깨달았다. 빛의 기사의 능력을 이어받은 자로서 수치스러웠다.

'난 반드시 강해질 거야, 반드시…'

그녀는 다짐했다.

아리아가 해성을 데리고 제8구역을 떠난 지 며칠이 흘렀다. 도로시의 파괴된 본부 지하에는 프랑수아 5세가 도착해 있었다. 그는 기동대의 수호를 받으며 바할과 미스터 창과 함께 현장을 보았다.

"도로시가 비밀리에 저장소를 만들어 놓았군요."

도로시가 완성한 저장소를 보던 미스터 창은 말했다.

"보고서에는 저장소를 언급하지 말게나. 다른 구역 통치자들에게 알려지면 우리에게 좋을 게 없네."

프랑수아 5세가 말했다.

"네 명심하겠습니다."

바할은 대답했다. 그들은 곧 대학살이 있었던 광장으로 갔다.

"괴상한 일이군요."

떼죽음 당한 시체들을 보는 바할은 의아해했다. 프랑수아 5세는 검은 재가 남아 있는 곳으로 다가가 그것을 만졌다.

"도로시… 네가 당하다니…"

그 재가 도로시의 것임을 그는 느꼈다.

"바할, 철저히 조사해서 누가 이런 짓을 벌였는지 알아내도록."

"네! 각하!"

프랑수아 5세는 도로시의 죽음을 많이 슬퍼하는 표정이었다.

"새로운 노동자들은?"

"각 구역 통치자들에게 선별해달라고 전달해 놓았습니다. 조만간 대규모 이동이 있을 겁니다."

바할은 재차 대답했다.

"인수인계할 통치자는 결정했나?"

"미스터 창께서 몇 분을 추천을 해주셨습니다. 그들 중에 한 분이 되지 않을까 싶습니다."

바할은 미스터 창의 눈치를 보았다.

"믿고 맡길 수 있는 분들이니 염려 놓으십시오. 각하."

미스터 창이 말했다. 도로시와의 내기에서 이긴 그는 이곳을 독차지할 절호의 기회를 잡았다. 그는 자신을 전적으로 따르는 동업자 중 적임자를 보고 있었다.

"알아서 하도록 해."

프랑수아 5세는 근처에 세워둔 그랜더-V에 올라탔다.
바할이나 카림의 전용기 그랜더-IV와는 사뭇 다른 최고통
치자의 전용기는 상당히 고급스러워 보였다.

그랜더-V는 모래바람을 일으키며 제8구역 위를 날아올
라 빠르게 사고 현장을 떠났다.

그랜더 시리즈는 중앙에서 개발한 최첨단 기종으로 전투
용인 그랜더배틀쉽과 그랜더배틀쉽 퍼스트가 있으며, 수송
기인 그랜더알파 그리고 전용기로 쓰이는 그랜더가 있다.

모두가 대기권 안에서 적합한 기체이며 우주전용으로 개
발한 거대한 플라스마 디펜더나 작은 사이즈의 은하전투기
디펜더 시리즈도 중앙본부의 최첨단 기술력의 결과물이다.

"네놈이 한 짓은 아닐 테고…"

바할은 사체들의 얼굴들을 본 뒤 미스터 창을 향해 말했
다.

"감시 카메라나 잘 확인해 보시지. 바할."

미스터 창은 제8구역 구석구석에 설치된 감시카메라를
보고 있었다.

3. 지구인 VS 페르다인

해성은 눈을 떴다. 귀족 아리아의 호화로운 집에서 깨어난 해성은 정신이 멍했다. 커튼 사이로 밖을 쳐다보니 중앙본부 씨티에 와 있었다.

"깨어났군요."

아리따운 아리아가 따스한 햇볕을 받으며 해성 앞으로 다가왔다.

"어떻게 된 거죠…? 분명… 도로시하고…"

"기억이 안 나요?"

아리아는 기억을 못 하는 해성을 보았다.

"어디까지 기억하고 있나요?"

"그게…"

해성은 눈살을 찌푸렸다. 머리가 지끈거리는 것 같았다.

"식사 준비되었습니다."

집사 모드가 방문을 열고 들어왔다. 기억을 되살리려는 해성은 혼란스러웠다. 도로시를 죽인 기억과 검은 화염에 휩싸인 자에 대한 기억이 퍼즐처럼 그의 머릿속을 스쳐 지나갔다.

아리아는 죽음까지 경험한 해성의 정신세계가 무척이나 궁금했다. 자신이 느꼈던 기운은 도대체 어디에서 온 것인지 알고 싶었다. 분명 그녀가 어머니로부터 배운 것이 아니었다.

"배고플 텐데, 먹죠. 우리."

그녀는 차차 알아가기로 하고 해성과 함께 거실로 나갔다. 해성은 호화로운 저택 안을 뒤덮고 있는 화려한 색상의 식물들을 발견했다. 마치 새로운 세계로 온 기분이었다.

해성이 지나가자 식물들은 그에게 반응하며 움직였다. 어떤 식물은 빛을 뿜어내기도 했다. 신비스러운 능력을 지닌 식물들은 해성을 알아보는 것 같았다.

거실로 가니 만찬이 준비되어 있었다. 하인들은 영웅의 방문에 모두 들떠 있었다. 해성은 아리아를 따라 준비된 자리에 앉았다. 귀족의 식사 문화를 모르는 해성은 앞에 놓인 여러 가지 수저와 포크 그리고 나이프가 생소했다.

"쉐도우님이 도착하셨습니다."

모드는 홀로그램창을 통해 쉐도우의 방문을 확인하고는
입구로 가서 문을 열었다.

"쉐도우님. 마크."

모드는 마크와 함께 온 쉐도우에게 인사했다.

"안녕하세요, 모드."

"다들 기다리고 계십니다."

"무슨 요리를 하셨나요? 냄새가 좋군요."

모드에게 인사한 쉐도우는 풍겨오는 향을 맡았다.

"오늘은 특별히 로즈마리를 이용한 스테이크 요리를 준
비했습니다. 옛 지구인의 방식으로 말이죠."

"좋아요!"

쉐도우는 마치 어린아이처럼 매우 들떠 있었다. 모드는
게스트를 거실로 데리고 갔다.

"제시간에 도착하셨군요."

아리아는 자리에 앉는 쉐도우에게 말했다. 해성은 쉐도
우를 보았다.

"다시 만나 반가워요, 해성님."

"안녕하세요…"

해성에게 쉐도우는 아직 낯설었다.

요리가 나오기 시작하자 쉐도우는 감탄했다.

"아주 맛있겠군요. 저는 옛 지구인 방식의 요리를 매우 좋아한답니다. 해성님은 어떠신가요?"

"네?"

해성은 쉐도우의 질문에 어리둥절했다.

"저는… 이런 음식이 처음이라서요…"

긴장이 되었는지 경직된 얼굴을 한 해성은 자신을 향해 살며시 미소 짓는 아리아를 보며 얼굴이 붉어졌다.

"이런, 베그너는 정말 고약한 사람이었군요. 그의 아버지는 파이터들에게 최고의 예우를 해줬다는데."

"해성님, 편하게 먹어요."

아리아는 해성에게 식사를 권했다. 각자 조용히 차려진 음식을 먹기 시작했다.

"힘든 싸움을 하셨군요."

쉐도우는 다시 말을 열었다.

"도로시는 정말로 강하더군요."

아리아는 그의 말을 이었다.

"저는… 아직도 뭐가 뭔지 모르겠어요. 도대체…"

해성은 여전히 기억이 잘 나지 않았다. 도로시와 싸웠던 기억들이 마치 부서진 파편들처럼 그의 머리를 헤집어 놓았다.

"이젠 해성님도 진실을 들을 준비가 되셨을지도 모르겠네요."

쉐도우는 아리아에게 고개를 돌렸다. 하지만 아리아는 어디서 시작할지 망설였다.

"우린 인간 종족, 음… 그러니깐 지구인이 우리의 조상은 아니에요."

해성의 반응을 본 아리아는 말을 이었다.

"쉐도우님도 저도… 저희는 페르다 왕국의 후손들이죠."

"…페르다 왕국이요?"

"여기서부터 400억 광년은 떨어진 곳이에요."

쉐도우가 말했다. 아리아의 설명은 계속되었다.

"페르다 왕국은 12개의 국가를 통일한 페르다 가문에서 시작되었어요. 황제가 된 페르다 2세는 거대한 부와 권력으로 야망이 대단했는데, 어느 날 예언자들이 페르다 왕국의 행성은 1,000년 안에 멸망한다고 예견했죠.

분노한 황제는 왕국의 새로운 보금자리를 찾기로 했어요. 예언자, 마법사, 과학자 그리고 군인들로 조성된 전례에 없던 큰 군대를 전 우주로 보냈죠."

"당신이 태어난 이곳은 바로 그들 중 한 군대가 일궈낸 성과라고 보면 돼요."

쉐도우가 설명을 덧붙였다. 아리아는 쉐도우를 잠깐 보더니 해성에게 말했다.

"당신은 반은 지구인 반은 페르다인의 피를 가졌어요."

"이… 이해가 잘 안 가는군요. 아버지와 어머니 중 한 분이 페르다인이었다는 거예요?"

"당신을 키워준 그들은 지구인의 후손들이에요."

"그게 무슨…?"

"당신은 페르다 왕국의 몇 안 남은 마법사 혈통인 가디언과 지구인 사이에서 태어났어요. 당신이 알던 아버지와 어머니는 생물학적 부모님이 아니었던 거죠."

"…"

해성은 충격에 아리아의 말을 믿기가 힘들었다.

"어떤 사연으로 그들이 당신을 키우게 되었는지는 저희도 몰라요. 다만 확실한 건, 쉐도우님의 예지몽에 가디언의 두 아이 중 하나가 피로 물들 세상을 구한다는 거예요.

그 아이 중 하나가 당신이에요."

"…저보고 꿈을 믿으라고요? 단지 꿈 때문에…?"

"쉐도우님의 능력은…"

아리아는 필사적이었다. 해성의 반응을 충분히 예측한 쉐도우는 침착했다.

"제 말을 믿어줘요. 해성. 당신은 지구인이 가질 수 없는 유전자 체계를 가졌어요."

"당신이 도로시를 상대할 수 있었던 이유도 그 안에 있는 페르다인의 능력 덕분인 거죠. 지구인의 능력으로는 불가능해요. 지구인의 지식은 매우 방대하고 흥미롭지만, 전투능력은 페르다인에 비하면 너무도 약해요."

쉐도우가 침묵을 깨고 설명을 덧붙였다.

"당신들은 그럼… 도로시 같은 괴물과…?"

"우린 같은 종족이지만 모두가 같진 않아요. 그들은…"

해성은 자신이 듣고 있는 것에 대해 거부 반응을 보이기 시작했다. 해성의 눈앞에 아리아와 쉐도우의 얼굴이 그가 상대했던 괴물의 모습으로 아른거렸다. 두 얼굴이 병행되는 환각 증상까지 일어났다.

"괴… 괴물…?"

벌떡 일어선 해성은 혼란스러웠다.

"해성! 제 말 들어봐요. 다 설명할 수 있어요."

아리아의 간절함에도 당황한 해성은 문을 박차고 달아났다.

"해성!!"

아리아가 다급하게 해성을 외쳤다. 하지만 해성은 이미 그녀의 시야에서 벗어나 있었다.

"음… 아무래도 또다시 시간이 걸리겠군요."

쉐도우는 문틈에 서 있는 아리아에게 다가와 말했다.

"다시 돌아올 거예요. 해성은…"

비관적인 생각의 쉐도우와는 달리 아리아는 희망을 버리지 않았다.

"사람을 붙일까요?"

모드가 아리아에게 물었다. 그녀는 고개를 끄덕였다.

한편, 바할은 제8구역 CCTV 영상 자료로 올라온 일급 기밀 파일을 열람하고 있었다. 해성과 최강의 파이터의 대결이 끝난 그 날 밤, 제8구역에서 일어났던 일들이 기록된 영상들이었다.

도로시는 수십만 명에 이르는 노동자들을 광장으로 모이게 했다. 광장에 서 있는 노동자들은 한밤중에 그들을 소집한 도로시를 보았다. 무대 위에 선 도로시는 군중을 향해 말했다.

"여러분들은 모두 중앙본부 씨티로 가게 되었습니다!"

"뭐라고요? 씨티로 간다고?"

다들 기뻐하며 통치자 도로시를 향해 환호했다. AI 구역 경찰들은 노동자들에게 검은 액체가 담긴 병을 배포했다.

"마시세요! 저와 함께 여러분들은 오늘부터 새로운 삶을 살 게 될 겁니다!"

광장에 모인 노동자들은 신이나 다름없는 도로시의 말을

전적으로 믿으며 배포해 준 액체를 마셨다. 그들을 보던 도로시는 사악한 미소를 띠었다.

도로시의 검은 액체를 마시고 미쳐가는 노동자들의 모습이 잠깐 보이더니 영상은 정지되었다. 그리고 기록된 시간은 점프했다. 다시 재생된 녹화 영상은 대학살이 일어난 이후였다.

"보시다시피 인수인계로 기계들이 재부팅을 들어간 시간부터 기록이 없는데… 모든 게 그 사이에 일어난 것 같습니다."

바할이 말했다. 그는 영상과 관련된 사항을 프랑수아 5세에게 보고 중이었다.

"도로시가 만든 저 액체의 성분이 뭔지 연구실에 의뢰해보게. 궁금하군, 무엇이 저들을 미치광이로 만들었는지 말이야."

프랑수아 5세가 말했다.

"안 그래도 회수한 시체들을 모두 연구실로 보냈습니다."

바할은 홀로그램에 비친 기록 영상을 더 찾더니, 해성과 아리아가 베그너의 차에 올라타는 마지막 모습이 포착된 영상을 재생시켰다.

"베그너라는 사업가의 리무진인데 뒷모습을 보아 해성이라는 자로 보입니다. 긴급 체포 명령을 내렸으니 곧 보고

드리겠습니다.”

　프랑수아 5세는 해성을 부축해가는 아리아의 뒷모습을 보았다.

　“옆에 있는 자는 누구인가?”

　“글쎄요. 좀 더 알아봐야 할 거 같습니다.”

　프랑수아 5세는 아리아에게 유독 큰 관심을 보이는 것 같았다. 마치 낯익은 누군가를 보는 듯한 표정이었다.

　바할의 명령을 받은 타케시와 요원들이 머리가 터진 베그녀의 살해 현장을 수색 중이었다. 그들은 헬멧에 기록된 최신 영상을 보고 있었다. 총으로 그를 협박하는 해성의 얼굴이 생생하게 기록되어 있었다.

　“정보들 모두 수사국으로 전송했습니다.”

　헬멧에서 빼낸 정보를 전송시킨 요원이 타케시에게 말했다. 타케시는 긴급 메시지를 확인했다.

　“용의자로 보이는 인물이 B831존에서 포착되었습니다.”

　타케시팀은 중앙경찰과 공조 중이었다.

　홀로그램 동영상 메시지를 확인한 타케시는 요원들을 데리고 현장을 나왔다. 최하층으로 향한 그들은 중앙경찰이 알려준 장소로 출동했다.

　플릭 요원들은 나노아머에 표시된 홀로그램 기록에서 해성의 출신과 그에 대한 세세한 정보들을 확인했다.

"이 사람, 파이터 아닙니까? 며칠 전에 데스트로를 이겼지 말입니다?"

바이크를 타고 최하층을 수색하던 막내요원이 물었다.

"완전히 미쳤나 보네. 고용주를 살해할 정도면."

"근데 살인 사건이면 중앙경찰이 할 일인데, 왜 우리가 나서야 합니까?"

막내요원은 불만이 많았다.

"명령이라잖아. 위에서 하라면 하는 거지."

타케시는 요원들의 잡담에 아무런 반응을 보이지 않았다. 그는 크루거 체포 이후 정신적 후유증에 시달리고 있었다. 요원들은 모두 대장의 심기를 건드릴까 봐 조심하는 눈치였다.

아리아의 저택을 뛰쳐나온 해성은 최하층의 밤거리를 방황하고 있었다. 그는 인적이 붐비는 거리를 걸었다. 그가 보고 있는 모든 것이 가짜 같았다.

자신을 알아본 행인들이 동요하는 것이 보였다. 유명인의 얼굴을 모를 리가 없었다.

해성은 그들의 시선을 피해 속도를 올렸다. 어느 야시장을 지나던 그의 시야에 한 방송 프로그램이 들어왔다. 홀로그램 영상 속에는 '군중의 요구를 거부한 비운의 파이터'라는 타이틀이 행인들의 시선을 자극했다.

해성이 데스트로를 죽이지 않은 상황에 대해 전문가들의 열띤 토론이 라이브로 방송되고 있었던 것이다. 해성의 행동은 상당한 논란을 일으키고 있었다.

데스트로의 등장 이후 경기 중에 상대 파이터를 죽이는 일이 자주 발생했다. 경기 중에 일어난 살인은 범죄로 취급하지 않았다. 오히려 시청률을 올려주는 스릴 넘치는 게임이 되어버린 것이다.

극악무도한 짓이 당연시되다 보니 관중들은 해성의 태도를 이해하지 못했다.

상심과 체념으로 가득한 해성은 길을 계속 걸었다. 건장한 남자 몇몇이 그의 뒤를 미행했다. 그들을 의식한 해성의 발걸음이 빨라졌다. 그들 역시 속도를 냈다. 해성이 달리기 시작하자 의문의 남자들이 그의 뒤를 따라 달렸다.

추격전 끝에 해성이 다다른 곳은 막다른 골목이었다. 그는 다가오는 그림자들을 향해 돌아보았다. 해성을 쫓아온 남자들은 모두 전직 파이터들이었다. 다들 해성에게 패했던 이들이었다.

"그 잘난 체하던 놈이군?"
"네 놈 때문에 내 인생은 끝났어!"
해성은 그들의 얼굴을 마주했다. 시합에서 패한 이들은

고용주들에게 해고당한 뒤 최하층에서 살아가고 있었다.

"싸우고 싶어서 그런 게 아냐. 난… 난…"

해성은 자신이 지금껏 무엇을 위해, 누구를 위해 싸웠는지 생각이 나질 않았다. 모든 것이 허무해졌다. 체념한 그는 방어할 생각도 하지 않았다. 그는 모든 것을 내려놓았다.

이 세상에 원한이 가득한 전직 파이터들은 해성에게 분풀이라도 해야 했다. 그들은 해성의 얼굴을 때리고, 쓰러진 그를 짓밟았다. 그렇게 해서라도 속이 시원해지길 원했다.

해성은 반항 없이 맞아주었다. 그들 중 극도의 분노를 풀지 못한 파이터가 쇠파이프를 들었다. 죽일 기세로 덤벼들 찰나에 아리아의 부하들이 달려왔다.

"다들 물러나시오!"

해성을 집단 폭행하던 전직 파이터들에게 총을 겨누는 아리아의 부하들은 그를 부축했다. 쇠파이프를 든 남자는 그래도 성에 안 찼는지 막무가내로 해성에게 덤벼들었다.

그때 그의 뒤로 검은 기운에 둘러싸인 거대한 그림자가 나타나 덥석 물어 삼켰다.

"아악!"

순식간의 일이었다. 갑작스레 출몰한 다수의 괴물이 전직 파이터들을 갈가리 찢어서는 게걸스럽게 먹어 치웠다. 배를 채운 괴물들은 아리아의 부하들까지 노렸다.

잔인하게 뜯긴 희생자들의 비명이 울려 퍼지는 동안 해성은 아무런 도움을 주지 못했다. 아리아의 부하들이 총을 쏘아대며 방어했지만 소용없었다.

괴물들의 잔혹한 식사 모습을 보던 해성의 눈에서 눈물이 흘러내렸다.

'나에게… 저런 괴물의 피가 흐른다고…?'

해성은 진실을 받아들이기 힘들었다. 무릎을 꿇으며 털썩 주저앉았다. 충분히 배를 채운 듯한 괴물들이 홀로 멍하니 있는 해성에게 다가갔다.

"가디언의 자식이잖아?"

"먹어 치울까?"

괴물들은 수군덕거리며 군침을 흘렸다.

"참을 수가 없어… 먹어야 해. 내가 먹을 거야… 크크크…"

식욕의 본능이 분출한 다수의 괴물이 서로 먹으려고 달려들었다. 해성의 방어 본능이 순간적으로 발휘되고, 가장 먼저 달려든 괴물에게 미지의 기운이 담긴 주먹을 날렸다.

"히이익!"

그의 힘을 맞은 괴물 하나가 몸이 재생이 안 되는지 괴로워하며 쓰러졌다. 그때 타케시와 요원들이 해성을 목격하고 에워쌌다.

"움직이지 마! 손을 머리 위로!"

요원들이 레이저건으로 해성을 위협했다. 해성은 머리에 손을 올렸다. 그에게 맞고 쓰러진 괴물은 인간의 모습으로 돌아와 있었다. 디아고 원로였다.

"당신⋯?"

해성은 베그너의 파티장에서 만났던 디아고 원로를 기억했다. 몸의 일부가 완전히 뜯겨 나간 사람처럼 누워있었다.

"해성⋯ 용서해주게⋯ 선택의 여지가 없었네⋯"

디아고 원로는 그에게 속삭였다. 해성은 모든 것이 혼란스러웠다.

"뭐야? 저것들은?"

주위에서 서성거리던 다수의 괴물을 본 요원들이 레이저를 쏘았다. 푸슈우웅! 플릭의 갑작스러운 등장에 괴물들은 허겁지겁 어둠 속으로 도망쳤다.

요원들이 가까이 가자 바닥에 쓰러진 디아고 원로를 발견했다. 타케시와 제2팀의 시선엔 마치 해성이 디아고 원로를 해친 것처럼 오해할 상황이었다.

"플릭 제2팀이다. 구역 B831, 부상자가 있다. 위급한 상황으로 보인다⋯"

해성을 체포한 플릭 요원들은 디아고 원로의 신분을 확인한 뒤, 구조요청을 했다.

"뭐였죠? 대장?"

　괴물들을 목격한 요원들이 타케시에게 물었다.

"나도 처음…인가?"

　타케시는 혼란스러웠다. 괴물을 보자 무언가 이상한 기분이 들었다.

'본 적이 있어. 저런 괴물… 어릴 때…?'

　분명 낯설지 않은 경험이었다.

　어린 타케시는 크루거와 함께 또래의 아이들과 고된 훈련을 하고 있었다. 모두가 가족이 없는 고아였다. 살인 기술과 사격 등 킬러의 능력을 배운 아이들은 그룹에서 살아남기 위해서 자신보다 약한 아이들을 죽여야만 했다.

　잔인한 방식이었지만 약육강식의 체계 속에서 살아남은 아이들은 제거된 아이들의 식량을 독차지할 수 있었다.

　타케시와 크루거도 강한 아이들 무리에서 바할에게 인정받으며 성장하고 있었다. 훈련을 마친 타케시와 크루거가 교관의 신호에 맞춰 식당으로 달려갔다. 가장 먼저 도착한 순서부터 식사가 배분되는 방식이었다.

　앞쪽에 서지 못한 아이들은 불안에 떨었다. 왜냐면 줄의 끝으로 갈수록 배분되는 양이 줄어들었기 때문이었다.

타케시는 일등, 크루거는 이등으로 가장 많은 양의 식사를 배분받았다. 맨 마지막에 도착한 아이는 한 입 거리밖에 먹지 못했다.

플릭의 규칙은 그러했다. 강한 자만이 살아남는 그들만의 세상이었다. 식사를 끝낸 아이들은 모두 숙소로 돌아갔다. 지친 아이들은 금세 잠들었다. 타케시와 크루거도 예외는 아니었다.

모두가 깊은 잠을 자던 늦은 시간, 타케시가 이상한 소리에 눈을 떴다. 자리에서 일어나니 밖에서는 비가 내리고 있었다. 그는 잠든 크루거를 보고는 다시 자리에 누웠다. 이상한 소리가 또 들려왔다. 마치 짐승이 게걸스럽게 식사를 하는 듯한 소리였다.

"야 크루거, 일어나. 크루거."

타케시는 크루거에게 속삭였다. 크루거는 잠에서 깰 여지가 보이지 않았다. 타케시는 일어나 홀로 어두운 복도를 걸었다. 이상한 소리가 들리는 곳에 다가갈수록 그 소리는 더 커져갔다.

타케시가 도달한 곳엔 누군가를 게걸스럽게 뜯어 먹고 있는 괴물의 뒷모습이 보였다. 피를 흘리며 죽어있는 사람은 식당에서 일하는 직원이었다.

괴물이 타케시를 향해 돌아보더니 그의 앞으로 다가갔다. 타케시는 몸이 완전히 얼어있었다. 거대한 크기의 괴물 앞에 아무런 대항도 하지 못했다. 괴물은 타케시가 오줌을 싸자 피식 웃더니 머리를 쓰다듬어 주었다.

"꼬마야. 넌 그냥 악몽을 꾼 거야. 알겠니?"
괴물은 어린 타케시의 머리를 치며 기절시켰다. 인간의 모습으로 돌아온 괴물은 타케시를 안고 숙소로 데려갔다. 침대에 눕힌 그는 숙소를 나가며 타케시를 돌아보았다. 그는 바할이었다.

회상에서 돌아온 타케시는 완전히 잊고 있었던 기억을 되새겼다. 꿈인 줄만 알고 있었는데 그게 아니었다. 자신이 분명히 본 것이었다.

해성이 체포된 지 얼마 안 지나 하늘에서 앰뷸런스가 내려왔다. 상처를 입은 디아고 원로를 태우고는 스카이로드로 빠르게 날아갔다.
타케시는 살인범으로 몰린 용의자가 아무런 반항 없이 순순히 잡혀주는 것조차도 이상했다. 그의 머릿속은 의심으로 가득했다.
긴급 체포된 해성은 중앙경찰의 범죄자 수송기 그랜더알

파-II에 올라탔다. 해성은 감당해야 할 충격적인 오늘 일들을 되새겼다. 생각하면 할수록 괴로웠다. 괴물과 인간의 피가 섞인 그는 자신의 정체성에 깊은 혼란을 겪고 있었다.

"여기는 앰뷸런스 4792. 5분 뒤 도착. 환자의 상태가 심각하다. 다시 말한다…"

앰뷸런스는 빠르게 병원을 향하고 있었다. 의식을 잃어가던 디아고 원로는 구급대원들을 노렸다. 선택의 여지가 없었다.

"아악!"

비명과 함께 비행하던 앰뷸런스는 다른 스카이모빌리티를 들이박고 건물로 돌진했다. 펑! 무너져내린 건물들 사이를 괴물이 뚫고 나왔다. 그는 건물 벽을 타고 조심스레 사람들의 시선에서 멀어졌다.

꼭대기 층에 도착한 괴물은 그제야 디아고 원로의 모습으로 돌아왔다. 그는 씨티 아래를 내려다보며 해성에게 맞은 곳을 보았다. 그의 상처는 아물어 있었다. 멀리 중앙본부 타워가 그의 시선에 들어왔다.

비장한 얼굴의 디아고 원로는 어둠 속으로 사라졌다.

4. 가짜 파이터

어둡고 싸늘한 분위기가 물씬 풍기는 수사국 지하 조사실 안이었다. 몇 안 되는 조명들 사이 해성이 보였다. 맞은편에 앉은 타케시가 말없이 그를 지켜보고만 있었다.

"수고했네, 타케시. 그만 퇴근해."

조사실로 바할이 들어왔다.

"직접 조사하시려고요?"

타케시는 그가 들고 들어온 메탈박스를 힐끗 보았다. 헬멧이 들은 메탈박스인 것을 그는 잘 알고 있었다.

"그래, 그만 나가봐."

타케시는 묵묵히 조사실을 나갔다.

제2팀 대장실로 돌아온 타케시는 쓸쓸히 앉아 고독을 씹었다. 그는 나노아머를 통해 의심되는 자료들을 뒤졌다. 바할의 수상쩍은 명령에 불만이 쌓여 있던 그가 크루거를 체포했던 영상들이 모두 삭제되었다는 것을 알게 되었다.

그는 예전에 크루거가 추격했던 용의자의 DNA 분석 자료를 열람했다. 일급기밀로 분류된 파일을 그의 계급으로는 볼 수 없었다. 다만 크루거와 용의자의 대결 모습을 볼 수 있었는데 편집이 되어 이상한 부분투성이였다.

그가 믿어왔던 신뢰가 완전히 허물어지는 순간이었다. 거짓으로 가득한 세상에 몸을 담근 기분이었다. 타케시는 크루거를 만나 진실을 들어야 했다.

"8구역에서 무슨 일이 있었는지 얘기해 주게."

바할은 해성에게 물었다. 하지만 그는 고개를 숙인 채 침묵으로 대답했다.

"도로시를 어떻게 했지? 대답해!"

디아고 원로를 생각하던 해성은 앞에 앉은 바할을 보았다. 괴물과 인간의 모습이 반복적으로 교차하는 환각 증세가 나타났다. 해성은 놀란 얼굴로 자리에서 벌떡 일어났다. 손발에 모두 수갑이 채워져 있었던 그는 중심을 잃고 바닥으로 넘어졌다.

"괴… 괴물! 당신도 모두 한패지!"

그의 눈앞에 검은 기운들이 보이더니 도로시를 비롯하여 다수의 괴물이 다가왔다.

"정신이 완전히 나갔군."

환각 현상에 괴로워하는 해성을 보던 바할은 메탈박스에서 헬멧을 꺼냈다.

"이게 무엇인지는 알고 있겠지?"

바할은 해성에게 다가갔다. 그는 넘어진 해성을 일으켜 세우고는 헬멧을 해성의 머리 위에 씌웠다. 헬멧의 긴 바늘이 해성의 두뇌를 관통했다.

"아악!"

헬멧은 해성의 기억을 추출하기 시작했다. 얼마 지나지 않아 헬멧에서 연기가 났다. 방전을 일으키고 기능이 꺼져버린 것이다. 바할은 나노아머의 홀로그램에 표시된 오류 메시지를 확인했다.

"이상하군…"

그는 헬멧을 다시 작동시켜 보았지만 고장인지 전원이 켜지지 않았다. 헬멧을 빼낸 바할은 조사실을 나가서는 또 다른 헬멧을 들고 들어왔다.

그는 해성의 머리에 다시 씌워 시도했지만 결과는 똑같았다. 여러 차례 헬멧의 바늘이 해성의 두뇌를 관통했다. 끔찍한 고통을 느낀 해성은 견딜 수 없었다.

"그… 그만 해요… 제발…"

해성의 상태를 확인한 바할은 프랑수아 5세에게 통신했다.

"무슨 일인가 바할?"

홀로그램창이 뜨더니 프랑수아 5세가 대답했다.

"각하, 헬멧으로는 정보를 얻을 수 없을 거 같습니다. 보시는 것처럼…"

"내가 그리로 가지."

프랑수아 5세의 수사국 방문은 매우 드문 일이었다. 늦은 시각 기동대의 보호를 받으며 등장한 최고통치자를 본 수사국 요원들이 모두 벌떡 일어나 경례를 했다.

다들 긴장한 모습이었다. 타케시는 그 광경을 멀리서 지켜보았다. 조사실로 향하는 프랑수아 5세를 본 타케시는 심상치 않은 분위기를 느꼈다.

"오셨습니까, 각하!"

바할이 기합 든 모습의 부동자세로 그에게 인사했다. 조사실로 들어온 프랑수아 5세는 해성 앞에 앉았다.

"음… 기대 이하인걸. 너무 약하군."

해성의 힘을 가늠한 프랑수아 5세가 말했다.

"그런 힘으로 도로시를 상대했다니, 당황스럽군."

들려오는 프랑수아 5세의 목소리를 향해 해성이 고개를 들었다. 그는 정신이 겨우 붙어 있었다. 헬멧 때문에 의식을 잃어가던 그는 최고통치자의 거대한 힘에 억눌려 숨쉬기도 힘들 정도였다.

"…저한테 왜 이러시는 거예요…?"

프랑수아 5세는 말없이 그를 지켜만 보았다. 해성은 곧 의식을 잃고 쓰러졌다.

"다시 시도해 볼까요?"

바할은 통치자에게 물었다.

"아니야. 다시 해 봐야 소용없을 걸세."

"그럼 어떡할까요? 각하?"

"음…"

프랑수아 5세는 고민했다. 바할은 초조해하며 그의 답변을 기다렸다.

"아일랜드로 보내게."

"아일랜드요?"

바할은 의아해했다.

"이 녀석을 도와준 자가 분명 구하러 올 거야. 우린 그때 그를 붙잡는다."

프랑수아 5세의 계획에 바할은 고개를 끄덕였다.

우주경찰에게 연행된 해성은 정거장에 도착했다. 그곳에 모인 범죄자들과 함께 아일랜드 우주선에 올라탔다. 우주선은 연기를 뿜으며 달로 이륙했다. 대기를 벗어나 우주에 도달하자 중력이 사라져 몸이 가벼워진 것을 느꼈다. 그의 이마에서 흘러내린 땀이 허공에 떠다니고 있었다. 그것을 만져본 해성은 땀의 방향을 따라 시선을 돌렸다.

창을 통해 두 개의 달이 보였다. 우주선이 그 뒤편으로 가자 수용소의 모습이 드러났다. 레이저포들의 삼엄한 경계 속에 우주선은 조용히 달에 착륙했다.

"아일랜드에 온 걸 환영한다! 이곳에서는 내가 주인이다. 명심하도록!"

기다리고 있던 수용소 교관들이 새로 온 재소자를 맞이했다.

수용소로 들어가는 재소자들과 섞인 해성은 자신을 바라보는 소장의 사악한 눈빛과 마주쳤다. 마치 괴물이 군침을 삼키는 듯했다. 환각 증세인지 진짜인지 분간이 되지 않을 정도로 해성의 정신 상태는 좋지 않았다.

AI 로봇이 새로 온 재소자들의 얼굴을 모두 스캔한 뒤 트래킹 팔찌를 손목에 채웠다. 해성의 차례가 오자 로봇이 의아해했다. 허가되지 않은 트래킹 팔찌를 감지했기 때문이다. 로봇은 그것을 빼내 새로운 것으로 교체했다.

해성은 자신의 손목에서 빠져나간 트래킹 팔찌를 주시했다. 헤나가 준 트래킹 팔찌가 이곳에 있는 것과 똑같다는 것을 비로소 알게 된 것이다.

"이게 그의 손목에서 나왔다고?"

소장이 교관에게 물었다.

"네, 고유넘버가 리셋된 허가되지 않은 것입니다."

해성의 트래킹 팔찌는 교관에게 넘겨진 후 소장 앞에 놓여 있었다.

"알았어, 나가봐."

"네."

교관이 나가자 팔찌를 보던 소장은 바할에게 연락했다.

"무슨 일인가?"

홀로그램 영상 속 바할이 물었다.

"해성이라는 자에게서 허가되지 않은 트래킹 팔찌를 획득했는데요. 어떡할까요?"

소장은 의문의 트래킹 팔찌를 보여주었다.

"우리 수사국으로 보내주게. 그의 조력자를 찾는 데 도움이 될걸세."

바할은 소장에게 대답했다.

"네, 알겠습니다."

아리아는 해성에게 보낸 부하들이 돌아오지 않자 안절부

절 잠을 청하지 못했다. 그런 아리아에게 모드가 급히 다가
왔다.

"해성님이 아일랜드로 붙잡혀 간 것 같습니다."

"뭐라고?"

아리아는 자리에서 벌떡 일어났다.

"마지막으로 그의 신호가 잡힌 곳입니다."

모드는 홀로그램 영상을 띄웠다. 지도에 신호가 잡힌 곳
을 아리아에게 보여줬다. 달이었다.

"서둘러야겠군. 그곳에 매수할 만한 교관들이 있는지 알
아내."

"네. 해성님의 트래킹 팔찌가 넘어간 이상 그들이 우리에
게 오는 건 시간문제겠군요."

트래킹 팔찌의 이동경로 정보는 해커들만 있으면 어렵지
않게 알아낼 수 있었다. 해성이 머물렀던 아리아의 저택도
더는 안전한 장소가 되지 못했다.

"우린 이곳을 버리고 사옥으로 피신한다."

"네!"

모드는 분주했다. 하인들을 시켜 당장 집을 비울 준비를
했다.

'해성, 버텨야 해. 내가 당신을 구하러 갈게.'

아리아는 위기에 몰린 해성 구출 작전을 구상했다.

같은 시각, 수사국 연구실에는 제8구역에서 온 사체들이 해부되고 있었다. 그들은 도로시가 만든 액체의 성분을 분석했다.

사체들의 신체 변화를 보던 연구실 직원은 검은 액체가 살아있는 것을 확인했다. 전염성이 있는 건 아니었지만 새로운 숙주를 통해 그 힘을 발휘할 수 있는 생명체였다.

그들은 다른 구역에서 잡혀 온 노동자들을 대상으로 생체 실험을 강행했다. 연구실 직원들은 복제한 액체를 묶여 있는 노동자에게 강제 투여시킨 후 반응을 녹화했다.

4시간이 흐르자 노동자의 핏줄이 검게 변하더니 근육이 강화되었다. 제8구역의 미친 사람들처럼 똑같은 행동을 보였다. 평범한 인간이 끔찍한 야수로 변한 것이다.

프랑수아 5세는 연구실의 생체 실험을 실시간 홀로그램 영상으로 보고 있었다.

"꼭꼭 숨기고 있었군, 도로시. 네가 나를 떠난 이유가 이것 때문이었나?"

프랑수아 5세는 뜻밖의 발견에 매우 흡족해하고 있었다.

"너의 야망을 채워주지 못한 남자를 원망하는 수밖에…"

해성의 수용소 첫 아침, 그는 한적한 곳에 앉아 홀로 식사를 했다. 그를 알아본 재소자들이 해성에게 음식을 던지며 괴롭혔다.

"가짜 파이터!"

"겁쟁이! 하하!"

해성은 그들에게 휘둘리지 않으려고 묵묵히 식사를 했다. 그러자 그들은 해성을 더 괴롭혔다.

"네가 싸운 그 게임. 다 가짜지? 너 연기한 거잖아."

수용소에 있는 이들은 파이터들의 싸움이 다 조작된 것으로 간주하고 있었다.

"너 주먹이 그렇게 세다며? 나랑 한 번 붙어볼까?"

"하하하!"

다들 해성을 놀려대며 치근덕거렸다. 아침 식사를 방해하며 해성이 폭발하길 기다렸다. 하지만 해성은 고개를 푹 숙인 채 그들을 상대하지 않았다. 단지 그들의 온갖 더러운 짓을 당한 식판을 반납하러 자리에서 일어났다.

그때 누군가 그의 발을 걸었다. 바닥에 넘어진 해성은 재소자들의 웃음거리가 되었다. 바닥이 엉망이 된 것을 본 교관은 해성에게 말했다.

"2910번! 더러워진 바닥을 닦는다! 실시!"

교관도 재소자들처럼 해성을 괴롭혔다. 해성은 근처에

놓인 청소도구를 들고 와서는 자신의 식판과 쏟아진 죽을 치웠다. 다들 웃기만 했다. 그들 사이에서 해성을 지켜보는 자가 있었다. 크루거였다.

해성의 수용소 생활은 괴롭힘의 연속이었다. 가짜 파이터로 소문이 퍼진 이상 그를 만만히 본 재소자들이 해성을 괴롭혔다.

힘 있는 자들은 집요했다. 샤워하는 동안에도, 식사하는 동안에도, 자유 시간을 비롯하여 밤늦게까지 해성은 맞고 또 맞았다. 해성은 마치 싸울 의지도 살아갈 의지도 없어 보였다.

어느 날 해성은 건장한 남자들 사이에 에워싸여 궁지에 몰려 있었다.

"난 싸우기 싫어. 이제 그만해…"

"뭐? 싸우기 싫다고? 하하!"

"뭐라는 거야? 이 겁쟁이가?"

남자들은 해성을 보며 웃었다. 싸울 의지가 없던 해성에게 남자들이 다가오자 그들의 뒤로 크루거가 접근했다. 해성에게 주먹을 날리던 팔을 막은 크루거는 해성을 공격한 남자의 다리를 걸어 넘어뜨렸다.

남자의 얼굴을 바닥에 처바른 크루거는 그와 함께 따라온 일행들을 매섭게 보며 말했다.

"할 일이 그렇게 없나?"

남자들은 크루거를 의식하더니 바닥에 쓰러진 동료를 부축하며 멀어졌다. 크루거는 해성에게 손을 내밀었다. 해성의 얼굴은 앞이 제대로 보이지 않을 정도로 전날의 상처가 아직도 깊었다.

"교관! 계속 이렇게 놔둘 건가?"

크루거가 교관을 불렀다.

"무슨 일이야?"

교관이 다가오자 크루거는 해성의 상태를 보여주었다. 교관은 짜증스러운 표정을 짓더니 해성을 간호실로 데려갔다.

"새로 오셨나 보군요."

해성은 간호사의 부드러운 목소리를 들었다.

"나쁜 놈들. 힘들겠지만 잘 버텨요."

"…네…"

눈물이 왈칵 쏟아졌다.

"…믿을 만한 동료를 빨리 만드세요. 혼자 있으면 안 돼요. 알겠죠?"

간호사는 그가 안쓰러웠지만 해줄 수 있는 건 위로의 말밖에 없었다.

"고통을 좀 덜어줄 거예요."

치료를 끝낸 간호사는 해성에게 약을 처방해 주었다.

"시간 됐다. 일어나."

상황을 지켜보던 교관이 해성을 불렀다. 그는 해성을 데리고 간호실을 떠났다.

"가짜 파이터가 돌아왔다! 하하!"

돌아온 해성을 본 재소자들이 소리를 질렀다.

"겁쟁이! 우리 또 놀아볼까? 하하!"

해성은 괴로워했다. 두려움 때문이 아니었다.

'싸우기 싫어… 싸우기 싫어…'

혼란스러운 그는 머릿속으로 같은 말만 외쳤다.

다음 날 아침, 식판을 든 해성이 크루거를 보았다. 자신에게 신호를 보내고 있었다.

"고맙습니다. 무엇으로 보상을 해드려야 할지…"

해성은 크루거 앞에 앉았다.

"아무런 보상 필요 없네."

크루거의 무뚝뚝한 말투에도 해성의 감정이 복받쳐 왔다. 해성은 아무 말 없이 배급받은 영양죽을 먹었다.

크루거는 이미 이곳에서 악명이 높았다. 그를 건드린 자는 큰 희생을 치러야 한다는 것을 목격한 재소자들이 그를 미친 플릭이라는 별명까지 붙여줬다. 그 누구도 먼저 나서서 크루거와 싸우려 하는 이는 없었다.

"8구역 출신인가?"

크루거는 해성의 이마에 새겨진 구역을 알아볼 수 있는 고유번호를 보았다.

"…네."

해성이 대답했다. 대부분의 재소자와는 달리 크루거의 이마는 깨끗했다. 크루거는 의아해하는 해성의 시선을 의식했다.

"난 중앙에서 태어났네. 고아원에서 자랐지."

"아… 그렇군요."

해성은 남은 죽을 먹었다. 더는 묻지 않는 해성에게 크루거가 다시 말했다.

"내가 어디 출신인지 궁금하지 않나?"

"…그게 그렇게 중요한가요…"

"…난 전직 플릭이네. 여기 놈들은 나를 미친 플릭으로 부르지."

죽을 먹던 해성은 고개를 들어 크루거를 보았다.

"…아저씨 인생도 파란만장했겠어요. 플릭 출신이 이런 곳까지 오다니요."

크루거는 피식 웃었다.

"그러게 말이다. 내가 이런 곳까지 오게 될 줄이야… 자넨 이름이 뭔가?"

"…해성이요. 아저씨는요?"

"크루거. 내 이름은 크루거야."

해성은 쓸쓸한 표정을 지었다.

"자네는 무슨 죄를 지었길래, 어린 나이에 이런 곳에 왔나?"

"…전… 괴물을 죽였어요…"

"괴물…?"

"이젠 누가 사람인지 괴물인지 분간도 안 돼요…"

해성의 대답에 크루거는 다시 물었다.

"그 괴물, 어떻게 생겼나?"

해성은 진지한 크루거의 눈빛을 보았다.

"아저씨도… 괴물을 봤죠? 그런 거죠?"

"조용히 해. 큰 소리로 말하지 말고."

크루거는 주위의 시선들을 경계했다. 잠시 침묵하더니 다시 물었다.

"자네 몸을 보니 싸움을 못 하진 않을 거 같은데 왜 싸우질 않는가?"

해성은 크루거의 질문에 대답을 못 했다.

"그냥… 얻어맞는 게 더 속 편한 거 같아요. 이젠… 지겨워요. 싸우는 게…"

"여기서 살아남으려면, 싸워야 해. 그렇게 맞고만 있다가는 죽어."

"상관없어요. 죽는 거 두렵지 않아요…"

"어린 녀석이 말을 함부로 하는군. 그렇게 죽는 게 두렵지 않다면, 죽더라도 용감하게 싸우다 죽어. 이런 곳에 와서 저런 놈들에게 처맞고 죽는 게 억울하지도 않아?"

해성은 그의 다그침에 흔들렸다. 뭐라고 대답해야 할지 몰랐지만, 크루거가 내뱉은 말은 용기를 북돋아 주었다. 마치 다시 태어나는 기분이었다.

식사를 끝낸 재소자들은 모두 한 공간에 모여 자유 시간을 가졌다. 해성은 크루거를 따라 모여 있는 그룹을 피해 외진 곳으로 갔다. 다들 크루거와 해성을 노리고 있는 듯했다.

그때 문득 문을 박차고 들어온 이가 있었다. 크루거를 괴롭혔던 재소자였다. 자신의 한쪽 눈을 잃게 한 크루거를 본 애꾸눈은 복수의 이를 갈고 있었다.

"저놈을 조심해. 위험한 인물이야."

해성은 애꾸눈의 재소자를 주시했다. 크루거와 애꾸눈 사이에 살벌한 긴장감이 흘렀다.

"인간이든 괴물이든 이 세상은 나약한 자에겐 자리가 없어. 명심해. 강한 자만이 먹히지 않아."

해성은 악몽 같은 이곳을 한시라도 벗어나고 싶다는 욕망에 사로잡혔다. 크루거가 툭 던진 말이 세상을 구할 영웅에게 희망의 불씨를 피울 거라고는 상상도 하지 못했다.

해성은 그의 존재 덕분에 마음속에 꺼져 있던 불이 활활 타올랐다. 싸울 의지가 되살아나기 시작한 것이다.

5. 탈출

범죄자들을 가득 실은 아일랜드 우주선이 대기권을 지나고 있었다. 그들 사이 타케시가 보였다.

벨트를 푼 교관이 허공에 떠 올라 옆에 앉은 타케시를 몰래 불렀다. 타케시는 그를 따라 벨트를 풀고 벽을 잡으며 우주선의 외진 곳으로 갔다. 교관은 카메라가 없는 사각지대로 와서 타케시에게 물었다.

"약속된 코인은?"

타케시는 작은 디지털 칩을 교관에게 건넸다. 그는 손목에 찬 시계 위로 칩을 올렸다. 시계 위 홀로그램창에서 코인전송이 되는 걸 확인한 교관은 그에게 허가증을 주었다.

"10분이야. 그 이상은 안 돼."

타케시와 매수된 교관은 다시 자리로 돌아와 벨트를 맸다. 근처에는 아리아의 부하들이 고의로 체포되어 같은 우주선에 타고 있었다. 범죄자로 위장한 그들은 해성 구출 작전에 투입되어 막중한 임무를 수행 중이었다.

우주선이 달에 착륙하자 타케시는 매수된 교관을 따라 수용소로 들어갔다. 다른 재소자들은 형식적인 절차를 마치고 내부에서 대기 중인 교관들이 인솔했다.

이들 중 아리아의 부하들은 한 교관을 따라 방향을 틀어 서는 외진 곳으로 들어갔다. 아리아가 매수한 교관의 도움으로 그들은 옛 지구인 무기를 챙겼다. 매수된 교관은 아리아의 부하들에게 무기를 건네고는 중앙 컨트롤실로 향했다.

한편, 타케시는 세탁실 안에서 서성거리고 있었다. 그와 거래한 교관은 카메라가 없는 사각지대로 수갑을 채운 크루거를 데리고 왔다.

"타케시?"

타케시를 본 크루거는 의아해했다. 교관이 자리를 비운 사이 두 사람의 재회는 서로의 마음을 흔들었다.

"꼴이 말이 아니군. 크루거."

"날 찾아온 이유가 뭔가? 타케시?"

"바할이 자네를 이곳에 보낸 이유가 무엇인지 생각하고 또 생각했네."

"무슨 말이 하고 싶은 건가?"

"자네는 이곳에 온 이유가 무엇이라 생각하는가?"

"날 심문하러 온 거라면 헛수고야."

"난 괴물을 보았네! 그 괴물 말이야! 자네도 분명 알고 있지?"

타케시는 다시 돌아가려던 크루거의 멱살을 잡았다.

"바할이 숨기고 있는 게 대체 무엇인가? 말해봐. 크루거!"

크루거는 절실한 타케시의 얼굴을 보았다. 진심 어린 눈빛이었다.

"오랜만이군, 너의 그런 눈빛. 우리가 어릴 때…"

"허튼수작 부리지 마!"

타케시는 그의 멱살을 놓았다.

"어린 시절을 다시 떠올리고 싶지 않아. 크루거…"

두 남자 사이에 침묵이 잠시 흘렀다. 이윽고 크루거는 말했다.

"나도 알고 싶네. 그들이 숨기고 있는 것이 무엇인지. 보시다시피 진실을 알기도 전에 난 여기에서 생을 마감해야 한다네. 그들이 지키려는 것이 무엇인지 알아낼 수도 없지.

맞아. 나도 그 괴물을 보았네. 싸워도 보았지. 분명 인간이 아니었어."

"자네가 왜 요원들을 모두 잃었는지 이제야 알겠군."

타케시는 그제야 혼란스러웠던 자기 자신을 되찾은 듯

보였다.

타케시와 크루거가 대화하는 그 시각, 아리아의 부하들은 폭탄, 연막탄, 총을 들고 안으로 들어갔다. 그들은 연막탄을 던지며 총알 세례를 퍼부었다.

"레볼트 만세! 레볼트 만세!"

그들의 외침에 상당수의 재소자가 반응했다. 교도소 내부가 소란스러워지기 시작했다. 총소리를 들은 교관들은 무기고를 열어 레이저건을 챙겼다. 그들은 경보음을 켜고는 기동대를 가동해 소란의 현장으로 출동했다.

아리아에게 매수된 교관은 동료들이 자리를 비운 틈을 타 재소자들의 방들을 모두 열었다. 수용소를 빠져나가려던 그의 도피는 오래가지 못했다. 교도소 소장과 교관 두 명이 그의 앞을 가로막았다.

"배신자가 여기 있었군."

섬뜩한 미소를 띤 소장은 괴물로 변하더니, 입을 쩍 벌려 그를 응징했다.

"으아악!"

피를 흘리며 소장에게 뜯겨 먹히는 배신자의 비명이 울려 퍼졌다.

방문이 일시적으로 모두 열리자 재소자들은 소리를 지르며 뛰쳐나왔다. 해성은 의아해하며 소란스러운 바깥으로 걸어 나갔다. 연기가 자욱한 곳에서 불이 나고 있었다.

교관들의 무기를 빼앗아 폭동을 일으킨 재소자들은 흥분했다. 시선 분산 전략. 바로 아리아가 노리던 것이다.

"아리아님께서 보내서 왔습니다. 저희와 가시죠!"

해성을 발견한 아리아의 부하들이 그를 향해 달려왔다. 그들은 해성을 데리고 연기 속을 뚫고 전진했다.

세탁실에서는 경보음이 울려왔다. 폭동의 연기가 세탁실까지 들어와 있었다.

"무슨 일이지? 폭동인가?"

타케시가 의아해하며 말했다. 피슈우웅! 그가 매수했던 교관이 연기 속에서 달려오더니 레이저를 맞고 쓰러졌다. 크루거는 쓰러진 교관에게 달려갔다. 교관이 차고 있던 수갑의 디지털 키를 손에 쥔 그는 메탈수갑을 풀었다.

교관을 사살한 재소자들 중 크루거를 알아본 이가 누군가를 불렀다. 연기가 자욱한 곳에서 레이저건으로 무장한 애꾸눈이 달려왔다. 애꾸눈은 그를 따르는 추종자들과 함께 크루거에게 달려들었다.

타케시는 나노아머의 쉴드를 가동한 뒤 레이저건을 소환했다. 재소자들과의 전면전이 임박했다.

"크루거!"

크루거는 타케시의 목소리를 향해 뒤돌아보았다. 타케시는 그에게 놀라운 선물을 던졌다. 나노아머였다. 서둘러 나노아머를 장착한 그는 다가오는 공격을 대비했다.

"쉴드! 레이저건!"

애꾸눈과 추종자들이 플릭을 향해 레이저를 쏘았다. 크루거와 타케시는 반격했다. 타케시는 등에 달린 추진력을 활용해 위로 점프해서는 재소자들을 향해 레이저를 쏘았다. 타케시의 공격에 대다수의 재소자가 쓰러졌다.

애꾸눈과 생존한 추종자들이 타케시를 향해 쏘는 동안 크루거는 지상에서 그들을 제압했다. 유능한 두 플릭의 합동 공격은 막강했다. 애꾸눈과 그의 추종자들을 모두 사살한 두 사람은 연기 속으로 전진했다.

수용소 안은 난장판이었다. 교관들은 기동대들과 함께 폭동을 일으킨 재소자들을 제압한다고 분주했다. 연막탄들이 사방에서 터지며 앞이 제대로 보이지 않았다.

기동대의 레이저빔은 막강했다. 다수의 무장한 재소자들이 제대로 싸워보지도 못하고 죽어갔다. 마침 그들 옆을 지나던 해성이 발걸음을 멈추었다.

"저들은 데리고 갈 수 없습니다! 당장 떠나야 해요!"

아리아의 부하가 말했다.

해성은 그렇게 떠날 수 없었다. 그는 로봇 기동대의 레이저빔을 맞고 죽어가는 재소자들을 향해 달려갔다. 당황한 아리아의 부하들이 해성의 뒤를 따라갔다.

해성은 날아오는 레이저빔을 미지의 기운으로 막았다. 마치 빛의 기운으로 쉴드를 친 듯 기동대의 살인 공격을 막으며 겁에 질린 재소자들을 구했다. 그들 중에는 그를 가짜 파이터로 놀려대던 이들도 있었다.

해성의 힘에 어리둥절한 그들은 기동대를 향해 돌진하는 해성을 멍하니 바라만 보았다.

해성은 주먹을 날려 기동대의 중심부를 뚫었다. 메탈로 뒤덮인 로봇의 몸도 해성의 능력 앞에서는 무너졌다. 해성은 공격해 오는 여러 대의 기동대와 맞섰다.

재소자들은 맨손으로 싸우는 해성의 모습을 보며 탄성을 질렀다. 크루거와 타케시도 막강한 기동대를 상대하는 해성을 보고 있었다. 마지막 남은 기동대를 파괴한 해성은 연기가 자욱한 부서진 기계 위에 홀로 서 있었다.

가짜 파이터의 오명을 벗는 순간이다. 영웅의 등장에 재소자들이 일제히 열광했다.

다들 방심하고 있던 찰나, 작동을 완전히 멈추지 않은 기동대가 레이저빔을 쏘았다. 앞에 있던 재소자들이 두 동강 나면서 피를 쏟으며 쓰러졌고 크루거와 타케시가 기동대의 머리를 공격했다.

펑! 로봇의 머리는 박살났지만 파괴되지 않은 팔이 그들을 끈질기게 공격했다. 해성이 로봇의 팔을 완전히 뜯어내며 기동대와의 싸움은 비로소 끝이 났다.

크루거가 해성에게 다가왔다.

"다시 싸우기로 했나 보군, 파이터."

해성은 그를 체포한 타케시를 알아보며 경계했다.

"긴장 풀게, 우리의 적은 타케시가 아니야."

하지만 해성은 타케시를 믿지 못했다. 재소자들이 플릭과 대치한 상황 속에 교도소 소장과 그를 따르는 교관 두 명이 연기 속에서 등장했다.

"이렇게 소란을 피우다니 정신 똑바로 차리게 해줘야겠군."

소장의 말이 끝나자마자 그들은 두 배는 큰 괴물로 변신했다.

"뭐야! 저것들은!"

괴물들은 재소자들을 갈기갈기 찢었다. 아리아의 부하들이 괴물들을 향해 총을 쏘아댔고, 해성은 미지의 기운을 뿜어내며 그들과 맞섰다.

"조심해, 타케시!"

크루거와 타케시는 교관 괴물과 싸웠다. 교관이 휘두른 주먹에 벽이 먼지를 날리며 부서졌다. 가까스로 공격을 피한 크루거는 그의 얼굴을 명중시켰다.

눈에서 검은 피가 흐르자 교관이 화를 내며 크루거를 공격했다. 그때 타케시가 레이저 에너지를 모아 교관을 향해 날렸다. 엄청난 폭발음과 함께 그의 몸이 뜯겨 나갔다.

해성은 소장과의 대결에서 상당히 고전했다. 그의 힘은 도로시와 맞먹을 정도였다. 아니 어쩌면 그 이상일지도.

해성이 모든 힘을 모아 일격을 날렸지만 검은 기운을 방패로 만든 소장에게 막혔다.

"오랜만이군. 네놈 같은 혈통과 싸우는 게. 소문이 사실이었군 그래, 하하!"

소장은 싸움을 즐기고 있었다.

한편, 우주에서는 투명보호막을 작동시킨 A(RIA)-II 전투함 세 대가 달 표면을 향해 날아가고 있었다. 두 번째 달에 있는 우주경찰 정거장에서 은하전투기 디펜더가 출격하는 것이 보였다.

"저들의 레이더망에 발각되었습니다. 아리아님!"

"공격 대비해!"

아리아는 조종사에게 명령했다. 해성을 구하러 온 아리아의 전투함은 투명보호막을 해제하고는 출동한 디펜더들과 우주전을 펼쳤다.

그들은 달에 배치된 레이저포의 공격을 피해가며 은하전투기들을 하나씩 파괴했다. 세 대의 A(RIA)-II 전투함은 서로 수호하며 적들과 대치했다.

달 표면에 근접한 첫 번째 전투함 안에서는 아리아를 비롯하여 부하들이 하강 준비를 했다. 이들은 푸른 액체가 담긴 작은 병을 마셨다.

"선발팀 투하!"

아리아의 명령에 기체의 아래가 열리면서 우주전투복을 입은 그녀와 수십 명의 부하들이 달 표면으로 뛰어내렸다. 푸른 액체의 증폭된 힘 덕분에 파워와 스피드가 두 배로 커졌다. 그들은 달의 가벼운 중력을 이용해 점프하며 아일랜드의 방어체계를 공격했다.

선발팀이 내리자마자 모드가 탄 두 번째 A(RIA)-II 전투함에서 후발팀이 투하되었다. 달 표면에서는 지상전이 벌어졌다. 모드는 아리아를 대신해 우주전의 사령관 역할을 했다.

"쉴드 30% 상실, 쉴드 30% 상실."

디펜더의 레이저 공격을 맞은 A(RIA)-Ⅱ 전투함은 서둘러 달에서 멀어졌다.

우주경찰의 집중적인 공격을 받으며 전투기들과 우주전을 벌이는 동안, 빛의 검을 소환한 아리아는 부하들과 함께 적의 지상군들과 레이저포의 공격을 뚫으며 전진했다. 거대한 레이저포가 베어질 정도로 그녀의 검은 위력적이었다.

해성을 구하기 위해 모든 것을 건 그녀는 수용소로 달려갔다.

수용소 안. 해성의 주먹을 맞은 소장이 철창문을 부수고 나가떨어졌다. 그 근처에는 레이저를 맞았던 교관의 뜯겨나간 몸이 재생되고 있었다.

"뭐야… 죽지 않잖아?"

당황한 타케시가 말했다. 회복한 교관은 두 남자를 거칠게 공격했다.

"크윽…"

상상을 초월한 파괴력에 명콤비는 고전했다. 크루거와 타케시가 레이저건의 파워를 최대로 올렸다. 펑! 교관은 둘의 합동 공격을 피하더니 해성과 마주쳤다.

해성이 기회를 놓치지 않고 교관의 얼굴에 주먹을 날렸다. 그의 힘을 제대로 맞은 교관은 바닥으로 쓰러졌다. 그의 얼굴이 재생되지 않자 괴로워했다.

"재… 재생이… 으아악!"

크루거가 그 틈을 타 교관의 몸속에 바닥에서 주운 폭탄을 던졌다. 폭발과 함께 교관의 몸은 산산조각이 나며 사방으로 흩어졌다.

재생하지 못하는 동료를 본 소장이 해성에게 돌진했다. 검은 기운을 모아 해성을 공격한 소장이 해성의 몸을 덥석 잡았다.

그가 입을 벌리자 해성은 그때를 노렸다. 모든 힘을 쏟아 그에게 어퍼컷을 날렸다. 천장 벽을 맞고 바닥으로 떨어진 소장은 다시 일어섰다.

"쳇…"

소장은 도로시보다 맷집이 좋았다. 조금 전의 한방으로 몸의 일부가 재생되지 않았지만 아랑곳하지 않았다. 반면 조금 전의 충격으로 수용소 천장에서 금이 가기 시작했다.

크루거와 타케시는 두 번째 교관 괴물에게 갔다. 내부로 침투해 폭동을 주도했던 아리아의 부하들이 교관에게 끔찍하게 살해당하고 있었다. 명콤비는 그들을 도왔다.

레이저 공격을 퍼붓던 타케시가 괴물에게 가까이 가서는 그의 몸을 향해 폭탄을 던졌다. 퍽! 교관이 놓칠세라 다가

온 타케시에게 일격을 날렸다.

"타케시!"

교관의 괴력을 맞은 타케시가 벽으로 날아가 쓰러졌다. 타케시가 던졌던 폭탄은 교관 앞에서 터졌고 그의 신체 일부가 날아갔다.

특유의 재생 능력으로 손실된 신체는 빠르게 복구되었다. 타케시는 나노슈트의 도움으로 생명을 구제할 수 있었다. 크루거가 레이저를 쏘자 교관이 손으로 쳐내며 돌진했다. 그의 일격이 날아오는 순간 아리아의 빛의 검이 교관의 몸을 갈랐다. 쏴아아악! 아리아는 빛의 에너지를 소환했다.

"으아아악!"

비명을 지르는 교관이 아리아를 쳐냈다. 그녀의 공격에 몸의 절반이 녹아내린 교관은 죽지 않고 버텼다. 크루거와 다시 일어난 타케시가 레이저건의 모든 파워를 모아 비틀거리는 교관에게 발사했다.

거대한 레이저를 맞고 공중 분해된 교관에게 아리아가 다시 달려와 빛의 에너지를 날렸다. 그 빛은 마지막 남은 신체 일부까지 태웠다.

크루거와 타케시가 발사한 레이저 폭발의 여파로 금이 가고 있던 천장이 무너졌다. 수용소에 구멍이 나자 중력마저 사라지면서 파편들과 사체들이 둥둥 떠다녔다. 산소가 사라진 상황에 우주복 없이 생존하는 것은 불가능했다.

해성은 소장과 최후의 일격을 교환했다. 그 파장으로 주위의 건물들이 부서지고 아리아와 그 일행들이 우주로 팅겨 나갔다.

크루거는 타케시와 함께 바닥에 꽂힌 쇳덩이를 잡으며 그 파장으로부터 버텼다. 소장의 일격에 해성은 정신을 잃고 공중에 떠다녔다. 소장의 몸은 재생이 되지 않고 소멸하고 있었다.

"으으으… 안돼… 이렇게 끝날 수가…"

아리아가 소장에게 다가와 필사의 에너지를 쏟아부었다.

"악!"

소장을 해치운 아리아는 의식을 잃고 날아가는 해성을 붙잡았다. 해성은 그제야 눈을 떴다. 아리아는 해성의 몸에 비상 구조복을 씌운 뒤 산소마스크를 나눴다.

재회한 두 사람은 아무 말 없이 산소를 나눠가며 서로의 감정을 확인했다. 아리아의 눈에서 눈물이 흘러내렸다. 눈에 맺힌 물은 이내 자리에서 멈추더니 한자리에 모여 커다란 물방울을 형성했다. 그녀가 손으로 닦자 떨어져 나간 물방울이 공중을 떠다녔다.

사랑하는 남자를 다시 만난 그녀는 심적으로 동요하고 있었다. 해성도 비로소 그녀의 마음을 간절히 느꼈다. 두 사람의 사랑이 진정으로 시작되고 있었다.

아리아의 부하들은 서둘러 A(RIA)-II 전투함으로 향했다.

"저들도 함께 가요!"

크루거와 타케시를 본 해성이 아리아에게 소리쳤다. 아리아는 망설였지만, 해성의 요구를 들어주었다. 생존자들은 모두 전투함을 향해 달렸다.

밖으로 나가니 파괴된 디펜더들의 파편들, 적군 아군들이 뒤섞인 시체들이 우주를 둥둥 떠다니고 있었다. 달에 배치된 레이저포들은 모두 파괴되어 있었다. 세 대의 전투함은 파괴된 수용소를 나오는 이들을 수호했다.

해성 구출 작전을 성공적으로 해낸 아리아와 부하들은 기뻐했다. 모두가 안전하게 전투함에 타자 이륙했고, 해성은 아리아와 시선을 마주쳤다.

"제가 그렇게 떠나는 게 아니었는데…"

아리아는 해성의 말이 끝나기도 전에 그에게 달려와 입맞춤했다.

"돌아가서 모두 설명해 줄게요. 해성. 난 당신을… 잃을 수 없어요."

바닥에 앉은 지친 크루거와 타케시는 연인이 된 두 사람을 보고만 있었다. 아리아의 부하가 기계를 들고 와서는 크루거의 손목에 들어있는 트래킹 팔찌를 꺼냈다. 그는 해성의 것도 빼내어 우주 밖으로 던졌다.

"이제 어떡할 건가? 저들을 따라갈 건가?"
타케시가 크루거에게 물었다.
"글쎄… 아직 결정 못 했네. 자네는 어쩔 건가? 이제 다시 돌아갈 수 없을 텐데."
"흥, 언제부터 내 걱정을 했다고?"
타케시의 건조한 대답에 크루거는 피식 웃었다. 깨어졌던 두 남자의 우정은 다시 시작되고 있었다. 아리아의 전투함은 예정대로 제3지구 대기권으로 향했다.

"아리아님…?"
조종사가 아리아를 불렀다. 그녀가 앞을 보자 두 배는 큰 플라스마 디펜더가 그들의 항로를 가로막고 있었다.
"이런…"
중앙본부의 막강한 화력의 전투함을 본 아리아는 긴장했

다. 전면전으로 가기엔 상대가 월등했다. 플라스마 디펜더 조
종실에서는 함장과 바할이 홀로그램을 통해 통신 중이었다.

"말씀하신 대로 그들이 움직였습니다."

함장은 바할에게 말했다.

"배후자를 드디어 잡을 수 있겠군. 놓치지 말게."

"염려 놓으십시오. 제가 있는 한 그럴 일은 없습니다."

최첨단 시스템으로 치장한 중앙본부의 전투함은 플라스
마 캐논을 장전했다. 그들은 달아나려는 세 대의 A(RIA)-
Ⅱ 전투함을 노렸다.

"어떡하죠?"

조종사는 물었다.

"쉴드를 최대치로 끌어올려. 사막지대로 항로를 바꾼
다."

"네!"

"모두 자리에 앉아 벨트를 채워요!"

아리아는 모두를 향해 말하고는 자리에 앉아 명령했다.

"전속력으로!"

해성을 비롯하여 모두가 벨트를 차며 앉았다. 조종사는
쉴드를 최대로 끌어올리고는 전속력으로 방향을 틀어 날아
갔다.

그들의 움직임을 예측한 플라스마 디펜더는 캐논에 모인

에너지를 발포했다. 아리아가 탄 전투함은 크게 흔들렸다.

"쉴드 90% 상실, 쉴드 90% 상실. 경고! 경고!"

뒤를 따라오던 모드의 전투함도 예외는 아니었다. 플라스마 디펜더의 공격은 강력했다. 대기권으로 진입했지만 따돌릴 수 없었다. 맨 뒤를 따라오던 A(RIA)-Ⅱ 전투함은 플라스마 캐논 공격에 폭발했다.

"쉴드 파괴, 쉴드 파괴. 엔진 과열. 경고! 경고!"

"도저히 피할 수 없습니다. 아리아님!"

아리아의 전투함도 큰 위기에 빠졌다. 한 번만 더 맞으면 그대로 파괴될지도 모르는 긴박한 상황이었다. 모드는 아리아를 살리기 위해 중대한 결단을 내렸다.

"모든 에너지를 끌어 올려 적진으로 돌진한다!"

모드의 명령에 다들 그녀를 바라보았다. 이대로 가다간 두 대가 모두 공중 폭발할 위기였다. 한 대라도 살리려면 다른 하나가 희생해야만 했다. 모드가 탄 전투함은 방향을 틀어 적진으로 돌진했다.

"아리아님 함께 해서 행복했습니다. 어머님의 못다 한 꿈을 반드시 이루시길…"

"모드? 안돼!!"

아리아를 위해 희생을 택한 모드는 마지막으로 남길 말

을 수신했다. 날아오는 플라스마를 돌파하며 방향을 튼 A(RIA)-II 전투함은 레이저를 쏘며 적의 중심부와 충돌했다. 큰 폭발과 함께 플라스마 디펜더는 추락했다. 쉴드가 파괴된 아리아가 탄 A(RIA)-II 전투함도 연기를 뿜으며 사막을 향했다.

"추락합니다! 꽉 잡으세요!"
조종사는 충격을 최소화하기 위해 안간힘을 썼다. 쿵! 전투함은 사막 위로 추락했다. 기체의 30%가 박살이 났지만 모래가 충격을 흡수한 덕분에 죽음은 모면할 수 있었다.
전투함에서 내린 일행들은 수평선 너머로 추락하는 거대한 중앙본부의 전투함을 보았다.
"다행히 PT-1은 부서지지 않았어요."
조종사는 멀쩡한 PT-1을 동료들과 함께 사막으로 내리기 시작했다.
PT-1은 플라잉카로도 불리며 평지에 적합한 이동 비행체다. 최대 3명이 탈 수 있는 플라잉카는 생존용으로 아리아 가문의 기술진들이 개발했다.
A(RIA)전투함 시리즈와 함께 아리아 가문은 중앙본부와는 별도로 그들만의 첨단 기술력을 보유하고 있다.

아리아는 어릴 때부터 함께 했던 모드의 희생에 큰 슬픔에 잠겨 있었다. 해성은 그녀의 손을 잡아 주었다. PT-1을 모두 내린 아리아의 부하들이 다가와 그녀를 위로해 주었다.

"모드님은 좋은 세상으로 가셨을 겁니다."

아리아가 든든한 부하들과 슬픔을 나누는 동안 해성은 크루거와 타케시를 보았다.

"우리와 같이 가시겠어요?"

해성은 크루거에게 제안했지만 그는 고개를 저었다.

"어디로 가시게요?"

"뜻이 있는 곳으로. 또 만나세."

크루거는 해성과 악수를 하고는 동료 타케시와 함께 사막을 걷기 시작했다.

"아저씨!"

해성의 외침에 크루거는 뒤돌아보았다.

"또 만나요!"

크루거는 해성에게 미소를 보냈다. 해성은 다시 만날 날을 기약하며 아리아와 함께 PT-1에 올라탔다. 시동을 켜자 아랫부분에 달린 엔진에서 소음이 들렸다. 분출한 크리스탈 에너지가 기체를 공중으로 부양시키며 날았다.

아리아의 부하들은 망가진 전투함에 서둘러 폭발물을 설치했다. 그들의 기술력을 중앙본부에서 빼가지 못하게 하기 위함이다. 떠날 채비를 끝낸 이들은 모두 플라잉카에 올라탔다.

10대의 PT-1은 사막 위를 저공으로 날며 중앙본부를 향했다. 그들 뒤로 설치한 폭발물이 터지며 큰불이 하늘로 치솟았다.

아리아가 아끼던 전투함은 그렇게 불길 속으로 사라져 갔다.

6. 페르다인의 사랑 (상)

　해성 구출 작전에 성공한 아리아는 부하들과 함께 PT-1을 타고 사막을 질주하고 있었다. 많은 부하를 잃었지만 그들의 영웅 해성은 무사했다.

　사막을 질주하던 그들 앞으로 그랜더 한대가 막아섰다. 모래바람을 휘날리며 저공으로 날아온 기체는 바할의 전용기인 그랜더-IV였다. 장착된 크리스탈 레이저포는 아리아와 해성의 일행들을 위협했다.

　"어디를 그렇게 가시나?"

　기체 아래에서 바할과 많은 수의 플릭 요원들이 내려왔다. 바할의 등장에 해성은 긴장했다. 아리아와 해성을 태운 조종사는 엔진을 켠 채 망설였다.

　방향을 틀어 벗어나려 했지만 그랜더에서 레이저포 공격이 날아왔다. 모래를 맞춘 레이저포의 충격만으로 플라잉카들이 크게 흔들렸다.

"허튼수작 부리지 말고 모두 내리시지."

바할이 경고했다. 그는 해성과 그의 조력자를 잡은 것에 흡족해하고 있었다. PT-1에 더는 앉아 있을 수 없었던 해성은 결심한 듯 기체에서 내려 그들에게 다가갔다.

"네놈의 한패도 내려오는 게 좋을걸?"

바할이 노리는 건 분명 아리아였다. 해성을 따라 아리아가 내리자 무장한 그녀의 부하들도 내렸다. 그들은 플릭과 대치했다.

"양손 머리 위로 올려!"

플릭의 제6팀 대장이 외쳤다. 사막 위 긴장감이 흘렀다.

'저들이 다가오면 제압해요.'

아리아가 텔레파시로 해성에게 말했다. 해성은 아리아의 의도대로 순순히 굴복하는척했다.

"무기 던지고, 양손 머리 위로! 무릎 꿇어!"

메탈수갑을 든 요원들이 항복한 이들에게 다가갔다. 머리에 손을 얹은 아리아가 부하들에게 손가락으로 신호를 보내고 있었다.

요원들이 수갑을 채우려 하자 기다렸다는 듯 동시에 적들을 제압했다. 무기를 다시 잡은 아리아의 부하들은 공격해오는 플릭의 레이저에 맞서 싸웠다.

그랜더에서 레이저포가 발사되자 근처에 있던 아군이 죽어갔다. 해성은 전용기 앞으로 달려가 미지의 기운으로 날아오는 레이저포를 막았다. 마치 거대한 쉴드를 친 것처럼 레이저들이 모두 소멸했다.

"내가 나서야겠군!"

바할은 거대한 몸집의 늑대를 닮은 괴물로 변신했다. 날카로운 이빨을 드러내며 해성을 공격하자 아리아의 빛의 검이 괴물의 배 아래를 갈랐다.

"크으윽! 빛의 기사?"

상처가 난 곳은 빠르게 아물었다. 바할은 늑대 얼굴을 한 검은 기운들을 아리아에게 날렸다. 검은 기운의 늑대들을 하나씩 베어버린 아리아는 빛의 에너지를 모아 그것을 소멸시켰다.

아리아의 다음 공격에 바할의 팔이 잘려 나갔다. 아리아는 바할을 혼자서도 상대할 수 있을 거로 생각하고 무모한 근접 공격을 강행했다. 그의 팔은 재생되었고 공격을 피한 바할은 아리아의 머리를 가격했다. 그리고 바닥에 쓰러진 아리아를 짓밟았다.

"아악!"

"아리아!!"

"아리아님!!"

해성과 아리아의 부하들이 소리쳤다. 해성은 그랜더에서 발사된 엄청난 양의 레이포를 막느라 이미 지쳐있었다. 바할이 아리아의 등을 다시 한번 짓밟았다.

피를 토하며 뼈까지 다 부서질 정도로 크게 다친 아리아는 비명을 질렀다. 아리아의 부하들이 바할을 향해 레이저를 쏘았지만 별 효과가 없었다.

해성은 아리아를 구하기 위해 선택을 해야 했다. 방어만 하고 있을 수 없었다.

그때 모래 밑에서 거대한 크기의 아구라가 나타났다. 그랜더보다 세 배나 큰 아구라는 적군은 물론 아군들까지 모두 집어삼킬 기세로 입을 벌렸다.

전용기 안에 있던 요원들이 당황하며 아구라를 공격했지만 통하지 않았다. 아구라는 그랜더를 덥석 물어버리고는 주위에 있던 플릭과 아리아의 부하들까지 집어삼켰다.

아구라와 함께 구덩이 속으로 주위에 있던 것들이 함께 빨려 들어갔다. 플라잉카를 비롯하여 바할도 미처 피하지 못했다. 그는 쓰러진 아리아와 함께 미끄러져 갔다.

아구라의 공격을 피한 해성이 필사적으로 달려와 아리아의 손을 잡았다. 극적으로 아리아를 구출한 해성은 사막 위로 그녀를 끌어올렸다. 모든 게 끝난 것으로 보였다.

하지만 아구라가 곧 다시 사막 위로 솟아올라 마지막 생존자들까지 위협했다. 해성은 너무도 큰 아구라를 우러러 보았다. 자신의 힘으로 상대할 수 없음을 느낀 그는 마음속으로 빌었다.

'도와줘요. 가디언⋯ 제발⋯ 내게 힘을 줘요⋯ 제발⋯'
해성의 정신세계 속에서 검은 화염에 휩싸인 자가 다시 다가왔다.
"선택된 자여. 무릎을 꿇어라⋯"
검은 화염에 휩싸인 자가 해성의 얼굴에 손을 올리자 온몸이 검은 불에 타올랐다.
"아악!!"
아구라가 최후의 공격을 하는 순간 검은 불에 휩싸인 해성이 어퍼컷을 날렸다. 거대한 힘이 아구라의 얼굴을 완전히 지워버렸다. 몸까지 타들어 간 아구라는 모래 위에 쓰러졌다.

초인적인 해성의 힘을 목격한 아리아의 부하들이 환호성을 외쳤다. 해성은 또다시 의식을 잃고 쓰러졌다. 그때 투명보호막을 한 A(RIA)-I 전투함이 모습을 드러내면서 그들 앞으로 날아왔다. 아리아의 긴급 호출을 받고 출동한 지원군이 온 것이었다.
"때마침 와주었네요!"

살아남은 아리아의 부하들은 해성과 다친 아리아를 데리고 전투함에 올라탔다. 모두를 태운 A(RIA)-I은 모래바람을 일으키며 사막을 황급히 떠났다.

그들이 떠난 지 얼마 지나지 않아 사막 위에서는 죽은 아구라가 꿈틀거렸다. 검은 기운에 둘러싸인 손이 아구라의 몸통을 뚫었다.

괴물의 모습을 한 바할의 녹아내린 얼굴이 천천히 회복하며 힘겹게 모래사막으로 기어 나왔다.

"여기서 이렇게 죽을 수 없어… 절대로…"

그는 완전히 회복되지 않은 몸을 비틀거리며 사막 위를 걸었다.

어디선가 들려오는 물소리에 해성이 눈을 떴다. 그는 아리아의 사옥으로 피신해 있었다. 중앙본부 씨티 중심가에서 멀리 떨어진 곳에 있는 사옥은 그녀의 저택과 비슷한 환경으로 꾸며져 있었다.

해성은 일어나 소리가 나는 곳으로 갔다. 두 여성이 아리아의 옷을 벗겨 욕조에 살며시 넣고 있었다. 시중드는 하인은 준비된 액을 물 안에 부었다.

물이 끓어오르자 아리아의 몸이 치료되기 시작했다. 알

몸이 된 주인을 의식한 하인이 문을 닫으려 하자 아리아가
말했다.

"괜찮아요. 들어와요."

그녀가 손짓을 하자 하인들이 모두 밖으로 나갔다. 해성
은 아리아에게 가까이 다가갔다. 서로의 손을 꼭 잡은 두
사람은 입을 맞췄다. 두 연인의 감정은 그 어느 때보다도
뜨거웠다.

연인이 된 두 사람은 아일랜드 탈출 이후 찾아온 평화로
운 시간을 보냈다. 전날 밤 아리아의 침실에서 사랑을 나눈
두 사람은 따스한 아침 햇살을 맞으며 서로를 오랫동안 바
라보고 있었다.

이들은 행복한 얼굴로 가득했다. 해성의 거친 손길이 부
드러운 그녀의 머릿결을 어루만졌다. 아리아의 촉촉한 입
술은 해성의 얼굴로 다가왔다. 그의 입술은 그녀를 고스란
히 받아들였다. 두 사람은 열렬한 사랑을 또다시 나누었다.

사옥을 관리하는 하인들은 이른 아침부터 분주했다. 해
성은 아리아를 따라 식탁에 앉았다. 모드가 없는 것을 의식
한 아리아는 공허했다.

어머니가 세상을 떠난 후 아리아는 모드에게 많은 것을

의지하고 있었다. 그녀의 죽음은 큰 상실감으로 다가왔다. 해성은 그런 그녀를 충분히 이해했다.

"아리아, 고향에 관해 얘기해 줄 수 있나요?"

아리아는 해성을 보며 못다 말한 진실을 다시 꺼냈다.

그녀는 홀로그램 영상을 통해 그녀의 고향 페르다 왕국을 보여주었다. 숲이 울창한 그들의 행성은 60%의 바다, 40%의 육지로 이루어진 매우 아름다운 곳이었다.

"아름답죠? 저도 가본 적은 없어요. 여기 들어 있는 자료들은 모두 돌아가신 어머니가 저에게 물려준 거죠."

"어머님은 어떻게 돌아가셨나요?"

"그녀는… 제가 14살이 되던 해에 지병으로 돌아가셨어요. 레볼트 전쟁이 끝나고 10년이 흐른 뒤였죠."

해성의 물음에 대답한 아리아는 잠시 슬픔에 빠지더니 언제 그랬냐는 듯 아픔을 털고 설명을 이어갔다.

"당신은 지구인과 페르다인 사이에서 태어났지만 저와 어머니 그리고 당신의 아버지인 가디언은 모두 도로시와 같은 페르다인이죠."

그녀는 어머니가 남겨둔 홀로그램 영상을 보여주며 설명을 덧붙였다.

"황제인 페르다 2세가 식민지 행성을 찾기 위해 군대를 전 우주로 보냈을 때, 모두가 왕국의 미래를 위해 헌신을 약속한 이들이었죠.

가디언, 아리아, 쉐도우 가문은 모두 황제에게 충성을 맹세한 마법사 가문이었어요. 하지만 이곳에 정착하면서 황제와의 맹세는 깨어졌죠."

영상에 케이라는 인물이 등장하며 아리아의 이야기는 계속되었다.

"케이⋯ 군인이었던 그는 추종 세력들과 반란을 일으켰어요. 현 통치자인 프랑수아 5세는 200년 전 이곳을 정착한 지구인이었지요.

그런데 그가 케이에게 잡아먹히면서 지금까지 케이가 그의 행세를 한 거예요."

해성은 지난번처럼 감정에 휘둘리지 않으려고 노력했다.

"케이는 이 행성에서 발견한 다이아몬드의 힘으로 강해졌어요. 마법사 가문과 케이의 군인들이 대립하고 있을 때 케이와 추종자들이 먼저 지구인을 발견했다고 해요.

지구인들이 살았던 두 행성은 환경오염으로 멸망했다더군요. 그래서 이곳을 새로운 정착지로 삼았던 거죠. 그들은 마지막 지구인들이었어요. 그런데…"

홀로그램 영상을 섞어가며 해성에게 차분히 설명하던 아리아의 손이 떨리기 시작했다. 해성은 그녀에게 다가가 손을 살며시 잡았다.

"괜찮아요, 아리아. 진실을 들을 준비가 되었어요. 말해 줘요. 당신이 알고 있는 진실을."

아리아는 용기를 내어 목소리를 다시 높였다.

"지구인들을 발견한 케이와 추종자들은 알게 되었죠. 지구인들의 DNA가 페르다인의 식욕을 돋게 한다는 것을요."

"…?"

충격 속에 얼굴이 굳어진 해성은 그녀의 말을 담담히 들었다.

"지구인을 먹은 그들은 자신들의 몸이 치유된다는 것을 깨달았어요. 영생의 길이 열렸다는 걸 의미했죠."

"…영생이요?"

"케이와 그의 추종자들은 지구인들을 공격했어요. 그리고 그들은 진화했죠. 지구인의 DNA는 그들을 괴물로 만들었어요. 영생을 얻기 위해 그들이 선택한 길이었죠."

"도로시가 만든 그것… 그들의 영생을 위한 것인가요?"

아리아는 울컥하는 마음을 삼키며 해성과의 대화를 이어

갔다.

"맞아요… 저도 그런 건 처음 봤어요. 예전에 어머니에게 케이의 저장소 프로젝트에 관하여 들은 적은 있었지만 실체는 처음 본 거였어요. 애써 지구인들을 사냥하지 않아도 되는 식량 저장소였던 거예요."

"…그런 끔찍한 짓을…"

치밀어 오른 분노에 해성은 주먹을 불끈 쥐며 몸을 부르르 떨었다.

"…하지만 모든 페르다인이 케이의 방식에 동의하지 않았어요. 마법사 가문과 케이를 따르지 않는 이들은 영생을 포기하고 육체적 죽음을 받아들였죠. 페르다 왕국의 전통대로 자식을 낳고 대를 이어가는 방식을 선택한 거예요.

그들 중 가디언은 아무도 시도하지 않은 길을 갔어요. 지구인과 두 아이를 낳은 거죠."

"제가… 그 아이 중 한 명이군요."

아리아는 고개를 끄덕였다.

"우린… 지구인을 먹지 않는 선택을 했어요. 왜냐하면 우리에겐 지구인을 사랑하는 마음이 생겼으니까요."

해성은 그녀의 진심을 느꼈다.

"…가디언은 어디에 있나요?"

"그는 30년 전 레볼트 전쟁 이후 행방불명되었어요. 가디언의 첫째 아들인 크론, 그리고 제 어머니 아리아 3세는 케이에게 패한 뒤 서로의 연락이 끊어졌다는 기록만 남아 있어요. 사실 가디언에 대한 정보는 거의 찾아볼 수 없어요. 어머니의 일기장에 몇 번 언급이 된 거 말고는요."

"일기장이요?"

아리아가 어머니의 일기장을 홀로그램 자료 속에서 꺼냈다.

"가디언은 도무지 종잡을 수 없는 인물이다. 그의 생각을 읽을 수가 없어. 미래가 걱정된다…"

가디언과 관련된 일기장을 아리아가 읽었다.

"가디언은 왜 지구인과 두 아이를 낳았는가? 전통의 방식을 거부한 그의 목적이 궁금하다…"

또 다른 페이지를 넘기며 가디언이 언급된 부분을 읽어나갔다.

"크론은 가망이 없다. 가디언의 확신은 틀렸어. 우린 이제 어디로 가야 하는가… 그가 말한 두 번째 아이는 대체 어디 있는지?"

그녀는 또 다른 페이지를 읽었다. 해성은 놀라운 기록의 도움으로 가디언에 대해 알아갔다.

같은 시각, 케이는 아리아가 비우고 떠난 저택 안에 들어와 있었다. 사막 전투에서 극적으로 살아남은 바할이 플릭 요원들과 함께 최고통치자의 뒤를 따랐다.

"빛의 기사?"

"네, 각하! 제 눈으로 똑똑히 봤습니다. 빛의 검을 사용한 것을요."

케이의 물음에 바할이 대답했다.

"혜성의 트래킹 팔찌에서 나온 위치와 이곳이 일치하는 것도 우연이 아닌 확실한 증거입니다."

바할은 설명을 보탰다.

'아리아는 분명 죽었을 텐데… 도대체 누가…?'

케이는 아리아 3세를 생각하며 아픈 과거를 떠올렸다. 그는 아리아 3세에게 딸이 있었다는 것을 모르고 있었다.

"수고했네, 바할."

"계속 추적할까요?"

"아니야. 아리아 가문은 지금부터 내가 직접 맡도록 하지."

"네?"

"또 할 말 있나?"

"아! 아닙니다, 각하!"

바할은 케이의 갑작스러운 태도 변화에 의아해했다. 하

지만 절대적 권력인 그의 의지를 거역할 수 없었다.

　사막을 걷는 크루거와 타케시는 지쳐갔다. 끝을 알 수 없는 모래 위를 걷는 두 남자는 불어오는 모래바람을 지나고 있었다. 나노아머의 쉴드 덕에 잘 버티고 있었지만 더 이상 에너지가 남아 있지 않았다.

　두 남자의 나노아머도 전력이 모두 소진되자 그저 손목에 찬 평범한 기기로 전락해버렸다.

　"쳇, 무기도 못쓰게 되었군."

　타케시는 그의 습관처럼 투덜댔다. 크루거는 말없이 묵묵히 걷고 있었다. 그의 시야에 레볼트 지원군으로 보이는 줄 행렬이 들어왔다.

　"조심해, 크루거."

　크루거의 뒤를 따르는 타케시는 그들을 경계했다. 그들 중엔 아리아의 명령을 받고 우림지대로 떠났던 태양과 말룬다도 있었다. 이들은 각자의 목적을 가지고 만나 함께 우림지대로 가는 중이었다.

　"어디로 가시나?"

　크루거가 일행들에게 물었다.

　"우림지대로, 당신들은?"

　레볼트 지원군 중 한 명이 크루거와 대화했다.

"뜻이 있는 곳으로…"

크루거는 그들을 뒤따라 걸었다. 타케시는 마음이 내키지 않았지만 선택의 여지가 없었다. 그런데 레볼트 지원군 중 명콤비가 차고 있는 나노아머를 알아보는 자들이 있었다.

"플릭이잖아?"

무기를 든 이들이 크루거와 타케시를 위협했다. 작은 그룹 사이에 긴장감이 돌았다.

"죽이자!"

플릭의 존재감에 일부 일행들이 독기를 품었다. 그때 태양이 다가와 말했다.

"플릭이 이렇게 대놓고 사막을 건너다니? 너무 이상한 거 아닌가요?"

태양의 말에 이들은 의아해 했지만 총구를 내려놓지 못했다.

"맞네. 우린 플릭 출신이지. 하지만 더는 아니네."

"그걸 우리한테 믿으라고?"

일행들은 쉽게 넘어가려 하지 않았다.

"나를 죽여서 마음의 한을 풀 수 있다면 그렇게 하게."

크루거는 그들 앞에 무릎을 꿇었다.

"크루거!"

타케시는 크루거의 방식이 마음에 들지 않았다.

"쳇!"

타케시는 그를 따라 무릎을 꿇었다.

"빨리 끝내!"

짜증스러운 말투의 타케시를 향해 일행들은 총구를 가까이 가져갔다. 하지만 그들의 손이 떨리기 시작했다. 사람을 죽여보지 못한 이들이었다.

태양은 한숨을 쉬며 말룬다를 보았다. 그녀는 절대 관여하지 않았다. 침묵으로 태양에게 대답했다.

"여기서 죽여봤자 소용없어요. 정말 이들에게 죄가 있다면 카이로님께서 하시지 않을까요? 함께 가시죠? 어차피 사막에서 죽을지도 모르는데."

태양의 말에 일행들은 망설이더니 총구를 내려놓았다. 그들은 크루거와 타케시의 존재를 무시하며 사막을 계속 걸었다.

"고맙네. 도와줘서. 이름이 뭔가?"

크루거가 태양에게 다가가 말을 걸었다.

"태양이요. 아저씨는요?"

"크루거, 이쪽은 타케시."

"여기는 말룬다예요."

말룬다는 새로 합류한 크루거와 타케시를 거들떠보지도

않았다. 그건 타케시도 마찬가지였다.

"말이 너무 없는 동료들뿐이라 여행이 지루했는데, 대화 상대라도 생겨 다행이군요."

"어린 나이에 사막을 건너다니 용기가 대단하군."

"이래 봬도 파이터 출신이라고요!"

어린아이 취급하는 크루거를 향해 태양은 자신 있게 말했다.

"그런가?"

"내가 해성에게 패하지만 않았어도 진짜 아우!"

"…해성을 알고 있나?"

크루거는 태양이 언급한 해성에 귀를 기울였다.

"그럼요. 중앙에서 저와 한 번 붙었었죠. 그 녀석과 막상막하의 경기를 펼쳤다니깐요."

크루거는 피식 웃었다.

"아저씨도 해성을 아세요?"

"한 번 만나봤지. 한 번…"

크루거는 태양과 대화를 이어갔다. 조용한 일행 중 유일하게 대화가 가능한 두 사람은 그렇게 우림지대를 향했다.

7. 페르다인의 사랑 (하)

해성과 아리아는 연인이 된 이후에도 수행을 멈추지 않았다. 정신 수련을 비롯하여 대련, 기운을 다스리는 능력까지 둘만의 시간을 함께 나누며 힘을 키워나갔다.

아리아는 강한 자들 앞에서 너무 나약했던 자신을 반성하며 수련을 강행해오고 있었다.

"이거 마셔봐요."

"이게 뭔가요?"

아리아가 해성에게 푸른색 액체를 건넸다.

"힘을 일시적으로 증폭시켜줘요. 저희 가문 대대로 내려오는 비법이죠."

해성은 액체를 마시자 몸에서 빛을 발산했다. 넘쳐흐르는 기운을 느꼈다.

"대… 대단하군요."

아리아는 미소를 띠었다.

"우리 대결할까요?"

푸른 액체를 마신 아리아가 해성을 공격했다. 두 사람은
가벼운 근접전을 벌였다. 아리아는 빨랐다. 힘겨운 싸움을
거듭한 결과 많이 발전된 모습을 보였다. 해성도 강해진 자
신의 힘에 만족해했다.
"케이를 상대하려면 멀었어요."
아리아는 부족한 힘을 계속해서 느꼈다.
"…케이는 … 얼마나 강한가요?"
"오래전에 그의 힘을 느껴본 적 있어요. 파이터들의 시합
에 단 한 번 모습을 직접 드러낸 적이 있었는데 아주 멀리
서도 숨을 쉬기 힘들 정도였죠."

해성은 바할에게 잡혔을 때 케이를 처음 만난 그때를 회상
했다. 의식을 잃어가고 있던 그였지만 케이의 힘을 느끼지
못했던 건 아니었다. 그의 힘에 억눌렸던 기억을 떠올렸다.
어두워진 해성의 얼굴을 본 아리아는 말했다.
"다시 할까요?"
두 사람의 수련은 계속되었다. 케이를 이기려면 끝없는
수련만이 답이었다.

그 시각, 중앙본부 타워의 최상층 창가에 서 있는 케이는

그가 일궈낸 씨티를 바라보고 있었다. 분주한 스카이로드를 보며 고급술을 마시는 그의 얼굴은 무거워 보였다.

바할이 끈질긴 추격 끝에 찾아낸 아리아 가문의 소식과 도로시의 죽음은 그의 마음을 복잡하게 만들었다. 냉혈한 그의 모습에서 왠지 모르는 인간적인 면이 느껴졌다.

그는 오래된 기억을 떠올리고 있었다.

"왜 갑자기 떠나는 건가?"

케이가 떠나려는 도로시에게 물었다.

"…제가 여기 있을 이유가 없어서요."

도로시는 진지한 얼굴로 케이에게 대답했다.

"이제 저장소 프로젝트가 시작되었는데, 자네가 이렇게 가버리면…?"

"미스터 창에게 맡기세요. 제 밑에서 많은 걸 배웠으니 저의 뒤를 잘 이어갈 겁니다."

도로시가 케이의 말을 끊으며 말했다. 케이는 당황해했다. 그때 아리아 3세가 케이를 만나러 그의 집무실로 들어왔다.

"아리아?"

케이가 그녀를 부르자, 도로시가 뒤를 돌아보았다. 케이와 도로시, 그리고 아리아 3세 사이에 묘한 감정이 교차했다. 분명 삼각관계 분위기였다.

"아리아, 오랜만이군요?"

"도로시…"

아리아 3세와 도로시 사이에 긴장감이 흘렀다.

"전 8구역으로 갑니다!"

도로시는 케이에게 선언한 뒤, 집무실 문을 열었다.

"8구역으로 간다니?"

"얘기 못 들으셨나 보네요? 얼마 전 거기 통치자가 사망하면서 자리가 났거든요. 제가 갈 거예요."

"도로시!"

"허락하신 거로 알고 있을게요. 바이!"

케이의 머릿속은 복잡했다. 도로시가 자신을 떠나는 이유가 아리아 3세 때문이라는 생각이 문득 들었다.

매우 태연한 척 집무실을 나온 도로시는 밖으로 나오자마자 슬픔에 잠겼다. 눈가에 눈물이 글썽거렸지만 빠르게 마음을 가다듬었다.

'케이, 잘 있어요. 난 이제 내 세상을 만들 거예요. 두고 봐요. 당신을 놀라게 할 테니.'

도로시는 홀로 타워를 내려갔다. 야망을 품은 도로시는 제8구역에서 만들어갈 비밀 프로젝트를 구상하고 있었다.

"케이… 제발 저장소 프로젝트를 지금이라도 관둬요."

아리아 3세가 말했다. 케이는 그녀의 방문에 기쁨과 두려움이 교차했다.

"…아리아… 그건 불가능해. 지난번에도 말했지만 들어줄 수 없어. 이건 페르다인의 미래가 달린 일이야."

"당신의 미래겠죠. 모두가 당신의 선택에 동의하지 않잖아요."

"모두? 그 모두는 당신들 같은 가문 출신들이겠지!"

"케이!"

"원로들이나 가디언… 그들은 나를 멸시해. 그 이유는 당신도 잘 알잖아!"

"케이… 우리 극복했잖아요. 당신과 나…"

"난 군인이야, 아리아. 당신 같은 가문 출신도 아니라서 태어날 때부터 선택받지도 못했어. 그런데 여기 봐! 난 내 미래를 스스로 선택하고 만들어가고 있어.

이 모든 게 페르다 황제 덕이라고 할 수 있겠나? 그가 한 게 뭐가 있지? 그는 권력쟁이들과 어울리는 한낱 겁쟁이 폭군일 뿐이야!"

"케이… 우주의 섭리를 영원히 거부하며 살 수 없어요. 죽음을 받아들이고 다음 세대에게 기회를 주는 것! 우리가 해야 할 의무라고 생각하지 않나요?"

"의무? 그런 건 당신 같은 엘리트들이나 할 수 있는 말이지. 난 그렇게 생각하지 않아. 영생의 기회를 얻은 이상 여기서 멈출 수 없어. 저장소 프로젝트는 반드시 완성해야 해. 내 앞을 가로막는 자들은 모두 대가를 치르게 할 거야."

"케이… 당신을… 아무리 이해하려 해도 그럴 수가 없군 요…"

아리아 3세는 눈물을 터트렸다.

"아리아… 제발, 가디언이나 원로들의 말을 듣지 말고, 나를 따라와. 당신의 가문과 나의 힘을 합친다면 우리를 막을 자 없어."

"케이, 우리의 관계도 여기서 끝이라고 말할 수밖에 없군 요."

"아리아!"

"안녕, 케이… 다음에 만나게 된다면 우리 중 하나가 죽을 때까지 싸워야 할 거예요."

"…아리아… 정말 이렇게 떠날 건가?"

아리아 3세는 뒤돌아 집무실을 나갔다.

"아리아!!"

케이가 아리아 3세를 불렀지만 그녀는 더는 대화로 갈 수 없다는 것을 깨달았다. 아리아 3세는 아픈 마음을 뒤로 하고 떠났다. 두 여인이 떠난 빈자리가 생각보다 크게 다가온 케이는 슬픔에 잠겼다.

"혹시 쉐도우님이 그자에 대해 말해 줄 수 있을까요?"

해성과 아리아가 정신 수행을 이어갔다. 그의 머릿속에서 떠나지 않는 이가 있었으니 바로 검은 화염에 휩싸인 자였다.

"쉐도우님이라면 분명 말해 줄 수 있을 거예요. 상황이 잠잠해지면 찾아가도록 하죠."

그녀 역시 해성이 말하는 검은 화염에 휩싸인 자를 궁금해하고 있었다.

사실 그녀는 가디언의 힘에 대해 알고 있는 지식이 거의 없었다. 가디언 가문도 아리아 가문처럼 빛의 힘을 다루는 능력을 지녔다는 사실 외에는 어머니를 통해 들은 것이 없었다. 아리아는 쉐도우의 예지몽을 믿고 여기까지 달려온 것이다.

'가디언의 두 아이 중 하나가 피로 물들 세상을 구한다…'

그녀는 그 일을 해낼 영웅이 자신이 사랑에 빠진 해성임을 확신했다.

늦은 밤, 최하층 거리에는 야식을 먹으러 온 이들로 붐볐다. 쌓인 하루의 피로를 값싼 술과 음식으로 위로하고 있었다. 군중들 사이 포장마차로 다가가는 한 남자가 보였다.

포차 주인이 요리를 위해 하수를 끌어다 쓰고 있는 동안 남자는 물을 모아 놓은 통에 검은 액체를 몰래 부었다.

어두운 곳에 몸을 숨긴 그는 그곳을 한동안 지켜보았다. 검은 액체가 담긴 물은 포차 주인의 다양한 요리에 쓰였다. 얼마 지나지 않아 화기애애하던 곳에서 정적이 흘렀다.

검은 액체가 몸에 들어간 손님들이 갑자기 기절하더니, 몸을 부르르 떨었다.

"괜… 괜찮으세요…?"

포차 주인은 당혹해했다. 몸을 떨던 그들의 근육이 서서히 부풀어 오르고 검은 핏줄이 온몸에 퍼지더니 짐승처럼 사나워졌다.

"저… 저기요…?"

야수가 된 손님 하나가 포차 주인에게 달려들어 그의 머리를 물었다. 곧 모두가 달려들어 포차 주인의 육체를 갈기갈기 찢었다.

멀리서 그 광경을 지켜보던 남자 앞으로 리무진 한 대가 내려왔다. 문이 열리자 그는 그 안에 타고는 스카이로드를 향해 올라갔다.

창밖을 통해 아래를 보던 남자는 목에 차고 있던 얼굴변환기를 벗었다. 현란한 네온사인의 조명이 그의 얼굴을 비췄다. 케이였다. 도로시의 개발품을 테스트하기 위해 직접 내려온 것이다.

작은 양의 검은 액체였지만 그 효과는 상당했다. 야수처럼 날뛰는 그들은 야시장을 순식간에 피바다로 만들었다. 신고를 받고 출동한 중앙경찰들이 사이렌을 울리며 케이가 탄 리무진을 지나갔다. 경찰은 최하층에서 벌어진 끔찍한 살인에 경악을 금치 못했다.

중앙경찰과 대립한 야수들은 레이저를 맞고 쓰러졌다. 하지만 생명력이 질겼다. 쓰러져도 다시 일어나 경찰의 머리를 잘라버리자 당황한 경찰들은 저항도 못하고 비참하게 살해당했다.

"여기는 구역 B1038, 지원요청 바란다… 미친 사람들이…"

살아남은 마지막 경찰이 피를 흘리며 지원을 요청했다. 그에게 달려온 야수는 끝내 마지막 경찰을 뜯어 죽였다.

탕! 탕!

"뭐야 저것들은!"

브로커 하만이 소리쳤다. 부하들은 달려드는 야수들에게 총을 쏘아댔다.

야시장은 사실상 브로커 구역이었다. 하만과 다른 구역의 브로커가 거래하던 중 야수가 출몰하자 맞서 싸우고 있었다.

야수들은 뼈가 보일 정도로 피부들이 총에 맞고 터져나갔는데도 죽지 않고 달려들었다. 머리통이 터져도 미친 듯이 날뛰며 하만의 부하들을 갈기갈기 찢어 놓았다.

수적으로 많았던 두 브로커의 부하들은 야수들의 팔다리와 머리가 다 터질 정도로 총알 세례를 퍼부은 후에야 사태를 진정시킬 수 있었다.

"끔찍하군. 누가 이런 짓을…?"

하만은 형체를 알기 힘들 정도로 쓰러진 야수의 몸을 보며 말했다.

"중앙 놈들의 실험체인가? 이런 놈들이 많아지면 큰일이겠는걸? 하만."

그와 거래하던 브로커가 다가와 말했다.

"음… 우리도 준비해야겠군."

화기애애했던 야시장은 수십 명의 무덤으로 변해버렸다.

"이제 돌아가지."

모든 광경을 위에서 지켜본 케이가 운전사에게 명령했다. 그는 흡족해하는 표정이었다. 그의 머릿속엔 또 다른 거대한 프로젝트를 구상 중이었다.

마치 쉐도우가 본 수억 명의 시체들 위에 홀로 군림할 케이의 전야제를 보는 듯했다.

해성과 아리아의 사랑이 깊어질 무렵이었다. 수영장에서 고된 수련의 피로를 풀고 있는 사이 케이가 아리아의 사옥

을 방문했다. 사옥을 지키던 아리아의 부하들이 경계하며
주위를 에워쌌다. 케이는 무장한 그들을 염력의 힘으로 공
중으로 부양시켰다. 그리고는 손짓 하나만으로 강한 압력
을 가하자 그들의 몸과 머리가 피를 쏟으며 터졌다.

그 광경을 보던 하인들이 비명을 질렀다. 해성과 아리아
는 멀리서도 거대한 기운을 느꼈다.

"이건…?"

두 사람은 수영장에서 뛰쳐나와 비명의 현장으로 달려갔
다. 사방이 피로 얼룩져있었고 그 중앙에 케이가 서 있었
다. 케이의 갑작스러운 방문은 모두를 놀라게 했다.

"걱정하지 말게. 나 혼자 왔으니."

케이는 주위를 돌아보았다. 아리아는 지금이 그를 죽일
기회라고 생각했지만, 몸이 마음대로 되질 않았다.

"아리아의 대를 이은 자가 있었다니 놀랍군."

잘 가꾼 식물들의 향을 맡던 케이가 다시 말했다. 두려움
에 벌벌 떠는 하인들은 어찌할 바를 몰랐다.

"내가 이곳을 어떻게 찾아왔는지 매우 궁금한 표정이
군."

아리아는 할 말을 잃었다. 이마에는 식은땀이 흘러내리
고 있었다. 몸이 굳은 채 움직이지 못하고 두려움에 떨었
다. 케이의 힘은 예전보다 더 강해져 있었다. 손짓 하나만

으로 아리아를 자신의 앞으로 날아오게 했다. 케이는 그녀의 얼굴을 유심히 보았다.

"아리아!"

해성은 조금씩 앞으로 나아갔다. 케이의 기운은 그를 지속해서 밀어내고 있었다. 하지만 해성은 포기하지 않았다. 그는 빛의 기운을 뿜어내며 케이의 기운에 저항했다.

"아리아의 딸이라… 그녀를 많이 닮았군."

"뭐?"

"집사가 안 보이는군? 모드라고 했던가?"

그가 집사 모드의 이름을 언급하자 아리아는 몹시 당혹해했다.

"사실, 아리아에게 딸이 있을 줄은 상상도 못 했네. 알았다면 그녀가 죽게 내버려 두지 않았을 거야…"

케이는 말을 이었다.

"크읔… 당신…! 여길 온 이유가 뭐야?"

아리아는 분노했다. 케이는 자신의 기운을 뚫고 아리아 곁으로 다가오는 해성을 힐끗 보았다.

"용기가 가상하군. 지난번보다 많이 발전했지만 아직 한참 멀었어."

케이는 가까이 다가온 해성을 수영장 물속까지 날려 보

냈다. 그리고 그를 놓아주지 않았다. 질식사할 위기에 처한 해성은 발버둥 쳤다.

아리아는 기운을 모아 빛의 검을 소환했다. 케이의 염력을 뚫은 빛의 검은 얼굴 가까이 가는 데까지 성공했지만 그것뿐이었다. 케이는 검지 하나만으로 빛의 검을 소멸시켰다. 싸울 힘을 모두 소진해버린 아리아는 절망했다.

물속에서 숨막혀 하던 해성은 정신세계로 들어갔다. 다시 한번 도움이 필요했던 해성 앞으로 검은 화염에 휩싸인 자가 다가와 그의 얼굴에 손을 올렸다.

"아아악!"

케이의 기운을 뚫은 해성이 수영장에서 튀어나왔다. 그는 곧바로 케이에게 달려갔다. 케이는 검은 불에 휩싸인 해성의 등장에 놀라며 그의 주먹을 양손으로 막았다.

두 기운의 충돌 하나만으로 아리아의 사옥에 금이 가며 무너질 것 같았다.

해성의 공격을 막은 케이는 뒤로 몇 발자국 밀려나며 놀라워했다. 즐거워하는 눈빛이었다. 그의 팔에서는 피부가 녹아내리고 있었다.

하지만 금세 다시 회복되었고, 염력에서 풀려난 아리아가 해성의 곁에 서서 빛의 검을 다시 소환했다. 케이의 염력과 싸우느라 상당히 지쳐 있었지만, 어머니의 복수를 위해서라도 싸워야 했다.

"여기서 우리가 싸운다면 이 사옥이 견디지 못할 거야."
케이는 앞에 선 두 사람보다 건물을 더 걱정하는 눈치였다.
"난 싸우러 온 게 아니라네. 차 한 잔 마시러 온 것뿐이야."
해성은 케이의 말이 끝나기도 전에 다시 공격했다. 검은 화염에 휩싸인 해성은 육체와 정신 모두 지배당하고 있었다. 해성의 주먹을 피한 케이가 그의 뒤통수를 강하게 내려쳤다. 그의 한 방에 해성은 기절했다. 몸에 타오르던 검은 불은 서서히 꺼져갔다.
"감당 못 할 힘에 지배당하다니, 아직 멀었군."

아리아는 믿었던 해성마저 한 방에 쓰러지자 싸울 의지를 잃어버렸다.
"다시 말하지만 난 싸우러 온 게 아니야. 그 누구보다 이곳을 소중히 여긴다네."
케이가 말을 이었다. 아리아는 그의 말이 이해 가지 않았다.
"손님이 왔는데 대접이 좀 그렇지 않나? 아리아 가문은 방문한 손님을 귀하게 대접하는 전통이 있는데 말이지. 어머니께 안 배웠나 보군?"

아리아는 마지못해 하인들에게 신호를 보냈다. 그들은 따뜻한 차를 준비해 왔다. 케이는 식물이 가득한 반 야외 마당에 있는 테이블에 앉아 여유롭게 차를 마셨다.

"…당신… 어머니와 무슨 사이지?"

"나와 자네 어머니는 사랑하는 사이였지."

"뭐?? 거짓말!"

그녀는 그의 말을 믿을 수 없었다.

"어머니는 당신을 증오했어! 사랑이라니!"

충격을 받은 아리아는 케이의 말을 믿으려 하지 않았다. 잔인하고 냉혹한 케이의 얼굴에 갑작스레 인간적인 면이 보였다.

"난 그녀에게 기회를 줬네…"

과거를 생각하며 깊은 한숨을 내쉰 케이가 다시 말했다.

"뭐?"

30년 전 레볼트 전쟁이 끝나갈 무렵, 초토화된 중앙본부 타워에는 쓰러진 아리아 3세와 케이만 남아 있었다.

"아리아, 비겁한 가디언과 크론은 더는 당신을 도와주지 않을 거야. 난 당신을 죽일 수 없어. 그건 당신도 알잖아."

아리아 3세의 부상은 깊었다.

"아리아, 제발 돌아와. 나와 함께 새로운 세상을 살아보는 거야. 지금이라도 살 수 있어."

눈물을 훔치며 일어난 아리아 3세는 케이를 밀쳐냈다. 피를 많이 흘렸지만, 그녀는 최후의 공격을 날렸다.

"아리아! 제발!"

그녀의 빛의 검은 케이의 팔을 잘랐다. 하지만 그것이 끝이었다. 그녀는 다시 쓰러졌고 케이의 잘린 팔은 서서히 재생되고 있었다. 의미 없는 공격이었다.

그 모습을 보던 아리아는 그에게 마지막 말을 남기려 시도했다.

"당… 당신에게… 할… 말이…"

하지만 그녀는 의식을 잃고 끝내 그에게 하려던 말을 남기지 못했다. 케이는 그녀를 죽게 내버려 둘 수 없었다. 그는 그녀를 안고 당장 연구실로 데려갔다.

저장소 프로젝트가 초기 단계였지만 죽어가는 아리아에게 저장소에서 추출한 액을 주사기를 통해 강제 투약했다.

케이는 연구실 직원들과 함께 그녀의 상태를 지켜보았다. 그녀의 몸은 시간이 지나자 치료되었고 창백했던 피부가 원래대로 돌아왔다. 의식은 없었지만 분명 그녀는 죽을 고비를 넘긴 것이었다.

"각하, 다행히 실험은 성공적으로 보입니다."

"그녀가 깨어나면, 나가려 할 거야. 막지 말고 문을 열어 주게."

"네? 네! 각하!"

다른 실험대상들과 달리 최고통치자의 너그러움에 놀란 연구실 직원들은 의아해하며 대답했다. 그녀의 목숨을 구한 케이는 그녀를 남겨두고 연구실을 떠났다.

케이가 떠나고 몇 시간이 지나, 아리아 3세가 눈을 떴다. 저장소 덕분에 목숨을 건진 그녀는 오열했다. 직원들은 최고통치자의 명령대로 그녀가 연구실을 나가는 것을 막지 않았다.

"그 이후 그녀를 다시 만난 건 10년 뒤였네. 그녀가 다시 찾아올 날만 기다렸는데 그날이 마지막이 될 줄은 생각도 못 했지."

아리아는 케이의 말을 계속 듣고 있었다.

"초창기 저장소 프로젝트에는 부작용이 많았네. 저장소 액을 투여받은 이들의 몸은 정기적으로 그것을 계속 맞아야 했어. 우리의 기술은 시간을 거듭하며 많은 발전을 했지만 그때엔 충분치 않았네. 난 그녀에게 다시 한번 투여를 받을 것을 권했다네. 하지만 그녀는 끝내 거절하고 죽음을 선택했지…"

아리아는 그의 말을 어디까지 믿어야 할지 혼란스러웠다. 차를 다 마신 케이는 자리에서 일어났다.

"잘 있게. 우리가 다시 만난다면 살려두지 않을 거야."

"당신을… 반드시 죽일 거예요."

뒤돌아선 그를 향해 아리아가 말했다.

"기다리지. 하지만 지금은 아니야. 더 강해져라. 아리아의 딸이여…"

사옥을 나가는 그의 뒷모습이 쓸쓸하게 느껴졌다.

냉혈한 페르다인도 사랑 앞에서는 괴물이 되기를 거부했다.

8. 아리아의 운명

"다시!"

"어머니… 조금만 쉬어요."

"아리아. 일어나, 어서! 어리광을 부릴 때가 아니야!"

아리아 3세는 딸에게 검을 다루는 법을 가르치고 있었다. 딸이 어느덧 14세가 되던 해였다. 고된 훈련에 지친 아리아 4세는 어머니의 다그침에 다시 힘을 내어 빛의 검을 소환했다.

그녀가 물려받아야 할 가문의 능력 그리고 의무까지 어린 나이의 아리아 4세가 짊어지고 가기엔 어깨가 너무 무거웠다. 아리아 가문의 딸로 태어난 이상, 그녀가 반드시 거쳐야 할 길이었고, 피할 수 없는 운명이었다.

레볼트 전쟁에서 패한 아리아 3세는 몸 상태가 예전 같지 않았다. 그녀는 아리아 가문 역사상 가장 강력한 빛의 여전사였다. 그리고 그 누구보다도 강한 어머니였다. 하지만 케이에게 패하고 그의 연구실에서 투여받은 액으로 인해 그녀의 몸은 날이 갈수록 허약해지고 있었다.

죽을 위기에서 벗어났지만 단지 생명이 연장된 것일 뿐, 정해진 숙명을 거스르고 있다는 죄책감에 시달렸다.

빛의 검을 다루는 기술을 마친 아리아 4세는 어머니와 대결을 펼쳤다. 어머니는 강했다. 어린 아리아에게 어머니는 넘을 수 없는 산이었다.

여러 번 빛의 검을 어머니를 향해 휘둘렀지만 통하지 않았다. 방어와 공격이 되풀이되는 동안에도 어머니의 공격은 딸의 급소만 노렸다.

"집중 아리아! 집중! 다시!"

잔뜩 긴장한 아리아 4세는 어머니의 공격을 방어하는 데만 급급했다. 가까스로 공격의 찬스를 잡았지만 어머니는 쉽게 딸의 검을 쳐냈다.

"다시!"

두 여성의 대결은 계속되고 또 계속되었다. 아리아 4세는 지쳐만 갔다. 숨이 차올라 소환한 검을 유지할 힘마저 잃고 있었다. 그녀는 안간힘을 쓰며, 어머니를 향해 덤벼들었다.

"살기가 느껴지지 않아! 네가 노리는 그곳을 위해 너의 목숨을 바칠 각오를 해!"

딸의 검이 조금 더 깊숙한 곳을 노려 들어왔다. 순간 아차 하면 아리아 3세의 목이 날아갈 수도 있는 위험한 공격이었다.

그 순간 방어 본능이 발동한 아리아 3세가 딸에게 빛의 에너지를 날렸다. 어머니의 기운을 맞은 어린 딸은 멀리 날아가 기절했다. 두 여성의 대결을 지켜보던 집사 모드는 아찔했다.

"아리아!"

아리아 3세가 딸에게 달려갔다. 놀란 모드도 달려가 상태를 확인했다. 다행히 숨을 쉬고 있었다.

"방으로 데려가요."

아리아 3세가 명령했다. 사랑하는 딸이지만 그녀를 강하게 만들기 위해서라도 냉정해야 했다. 어린 딸이 터득하고 깨달아야 할 기술은 너무도 많았고 자신에게 남은 시간이 많지 않았다.

모드는 침대에 누운 어린 딸을 다정스레 바라보는 아리아 3세를 보았다. 그 어느 때보다도 너그러워 보였다. 순간 기침을 하자 입을 막고 있던 손에 검은 피가 묻어났다.

"괜찮으세요, 아리아님?"

그녀를 지켜보던 모드가 물었다.

"…괜찮아…"

아리아 3세는 자리에서 일어나 딸의 방을 조용히 나갔다. 모드는 그녀의 뒤를 따라 거실로 향했다.

"차라도 한 잔 드릴까요?"

아리아 3세는 고개를 끄덕였다. 모드의 지시로 주방에서 일하던 하인이 차를 가져왔다.

"크론의 행방은 아직도 무소식인가?"

차를 마시던 아리아 3세가 모드에게 물었다.

"…네. 죄송합니다."

"가디언은?"

모드는 고개를 저었다. 카이로의 레볼트도 모두 뿔뿔이 흩어진 지 10년이 지난 해였다.

"카이로에게 연락을 해봐야겠군. 그녀의 정보망을 좀 써야겠어."

"카이로님이 다시 병력을 모집하느라 여의치 않을 텐데, 이제 가디언과 크론은 내버려 두시는 게 좋지 않을까요?"

아리아 3세는 괴로워하고 있었다. 어린 딸을 강하게 만들려는 의지도 한계에 부딪쳤다. 그녀는 다급했다.

"아리아님…"

모드는 아리아 가문을 이끄는 여전사가 한없이 나약해

지고 있는 모습이 걱정됐다.

"아무래도 케이를 다시 만나야겠어."

"…혹시… 얘기하시려고요?"

그녀의 표정에서 생각을 읽은 듯 모드는 또 우려했다.

"…좋은 생각이 아닌 것 같아요."

모드의 걱정을 의식한 아리아 3세는 고민했다.

아리아 3세는 중앙본부 타워를 향했다. 리무진은 스카이로드를 지나 타워 앞에 섰다.

"조심해서 다녀오세요."

모드가 아리아 3세에게 말했다. 모드에게 씁쓸한 미소를 지은 그녀는 귀족의 특수가면을 쓰고는 리무진에서 내렸다. 레볼트 전쟁 때 부서진 타워가 완전히 새롭게 복구되어 있었다.

10년 만에 다시 찾아온 그녀는 깊은 한숨을 쉬며 타워 안으로 들어갔다.

"누구 찾아오셨나요?"

안내원이 건물로 들어온 아리아 3세에게 물었다.

"케이…"

타워 안내원이 케이라는 이름을 알 리가 없었다.

"프랑수아 5세… 를 찾아왔어요."

안내원은 최고통치자의 이름을 아무런 존칭 없이 말하는 그녀를 이상하게 쳐다보았다.

"최고통치자님과 약속이 있으신가요?"

안내원은 홀로그램을 통해 케이의 스케줄표를 확인했다.

"아니요…"

"최고통치자님은 약속 없이 만나실 수 없습니다. 출신과 성함을 말해주시겠습니까?"

아리아 3세는 망설였다. 안내원은 귀족의 특수가면을 쓴 방문객의 신분을 확인해야 했다.

"아리아. 아리아가 왔다고 전달해주세요."

안내원은 방문객의 신분을 조회하고는 상사에게 통신했다. 아리아 3세가 로비에서 기다리는 동안 상사와 얘기를 마친 안내원이 다시 다가왔다.

"저를 따라오세요."

안내원을 따라 엘리베이터 앞으로 갔다. 문이 열리자 안내원은 가장 높은 층의 버튼을 눌렀다. 엘리베이터는 꼭대기 층으로 올라갔다.

타워에서의 전경은 그야말로 멋진 경험이었지만, 올라가는 내내 초조해했다. 유독 엘리베이터의 진동음이 신경에 거슬렸다.

"최고통치자님께서 기다리고 계십니다."

안내원이 말했다.

마지막 층에 내린 아리아 3세는 케이의 집무실로 향했다. 기다리던 비서가 그녀에게 문을 열어주었다.

"아리아… 오랜만이군."

케이는 아리아 3세의 뜻밖의 방문을 환영했다. 그녀는 케이 뒤로 그를 수호하는 기동대를 의식했다.

"걱정 안 해도 돼."

케이는 그녀를 안심시켰다.

"하나도 안 변했군요."

그녀가 말했다.

"이게 몇 년 만인지…?"

케이는 아리아 3세를 뚫어져라 쳐다보았다. 예전 같아 보이지 않았다.

"…10년…"

"그렇군. 벌써 10년이라니."

그녀 역시 케이를 뚫어져라 보며, 반응을 살폈다.

"몸은 어때?"

"…보시다시피, 좋지 않아요."

"그래… 그렇게 보이는군…"

저장소 프로젝트의 연구가 10년이 조금 넘고 있었음에도 기적의 약은 불완전했다. 한 번 투여받은 이들은 꾸준히 약을 재투여하지 않으면 몸의 상태가 더 나빠지는 부작용이 있었던 것이다. 케이는 알고 있었다. 그녀에게 필요한 것이 무엇인지.

"아리아… 다시 한번 약을 투여받는 건 어때?"

"케이… 당신은 여전히 그 꿈을 버리지 못했군요."

"우린 지난 10년 동안 많은 발전을 했어. 난 반드시 완성할 거야."

"날 살려준 이유가 뭔가요?"

"뭐?"

"당신에게 답을 들을 때가 온 거 같아서… 나를 살려주고도 10년 동안 단 한 번도 찾지 않았잖아요."

"그건…"

케이는 대답을 찾지 못했다. 그의 침묵은 그녀의 마음을 더 아프게 했다.

"케이… 이제 정말 마지막 작별 인사를 해야겠네요…"

아리아 3세의 눈에 눈물이 글썽거렸다.

"아리아, 제발… 약을 다시 투여받아."

"내 숙명은 이미 10년 전에 끝났어야 했어요. 당신도 알잖아요."

"아직도 나를 죽이고 싶나?"

"케이, 우린 영원할 수 없어요. 영원할 수 없다고요."

더는 그럴 마음도 없었다. 그에 대한 사랑도 증오도 느껴지지 않았다.

"단지 그 말을 하려고 나를 찾아왔나?"

그녀는 하고자 하는 말이 분명 있었다. 하지만 막상 튀어나오지 않았다. 말할 수 없었다. 딸이 있다는 사실을 알리는 것은 아리아 4세를 위험에 빠뜨릴지도 모른다는 생각에 사로잡혔다.

결국 아무런 말도 하지 못한 채 아리아 3세는 케이의 집무실을 떠났다. 10년 만의 재회는 서로에게 여운만 남긴 채 끝이 났다.

케이는 또다시 떠나는 그녀를 붙잡지 않았다. 다시 리무진에 올라탄 그녀는 슬픔에 잠겼다. 모드는 그녀를 아무 말 없이 바라만 보았다.

저택으로 돌아온 리무진에서 아리아 3세가 힘없이 내렸다.

"아리아님?"

"응…"

"가디언의 서신이 도착했습니다."

"뭐?"

모드는 가디언 가문의 문장이 그려져 있는 작은 종이를

들고 있었다.

"저희가 나간 사이에 도착한 거 같아요."

"읽어봐."

그녀는 말려져 있는 서신을 펼쳤다.

"아리아, 난 지구인과 두 번째 아이를 낳았네. 잘 있게."

모드가 짧은 문장을 읽자마자 종이는 공기로 증발했다.

"여전하군요. 가디언님은."

모드가 고개를 절레절레 가로저었다. 베일에 싸인 가디언의 대화 방식은 상식 밖이었다.

"두 번째 아이라니…?"

아리아 3세는 가디언의 행보를 이해할 수 없었다.

'도대체 무슨 짓을 꾸미는 건가…'

페르다 왕국의 전통을 거스르고 지구인과 하나도 아닌 두 명의 아이를 낳은 것은 그녀가 배우고 자라온 가문의 의무와 상반된 것이었다.

어머니의 일기장을 읽던 아리아가 깊은 한숨을 쉬었다. 그녀는 케이와의 대화 내용과 어머니가 남긴 일기장 속에서 공통된 점을 찾고 있었다.

사실 아리아는 케이의 말이 모두 거짓이기를 바랐다. 폭군이나 다름없는 케이와의 사랑 이야기를 도저히 받아들일 수 없었다. 그녀의 정체성은 무너지고 있었다.

해성이 눈을 뜨자 사옥을 떠날 준비를 하는 아리아가 보였다. 분위기가 어수선했다.

"아리아?"
"해성, 깨어났네요."
"케이는⋯?"
"가면서 설명할게요. 더는 이곳에서 머물 수 없어요. 정체가 탄로 난 이상 떠나야 해요."
"어디로 가게요?"
"우림지대로요."
"우림지대?"
"카이로를 만날 거예요. 그녀의 지원병 요청이 왔거든요."
"카이로⋯"
"우리 가문은 오래전부터 그들과 동맹 관계에 있어요."

해성은 레볼트를 듣자마자 헤나를 생각했다. 어쩌면 그녀가 그곳에 있을지도 모른다는 생각이 문득 들었다. 해성은 여전히 헤나를 그리워하고 있었다. 그 감정이 사랑으로 발전하게 될 거라는 것을 그는 알지 못했다.
"우림지대에 저장소가 있다는 정보를 입수했어요."
아리아는 말을 이었다.

"반드시 파괴해야겠군요…"

자신의 가족을 잃게 한 저장소에 큰 반감을 가진 해성은 주먹을 불끈 쥐었다. 분명 그것은 존재해서는 안 되는 것이었다.

"어려운 싸움이 될 거예요. 또 다시 케이를 상대해야 할지도요."

아리아의 얼굴에는 긴장감이 가득했다.

사막을 지나온 지원군이 드디어 우림지대에 발을 내디뎠다. 밤낮을 걸어온 이들은 지쳐있었지만 그들의 여정은 이제 시작이었다.

"우린 목적지가 달라요."

태양은 크루거에게 작별 인사를 했다.

"다시 만나세."

"그럼요!"

태양과 말룬다는 그룹에서 멀어졌다. 크루거는 타케시와 함께 지원군의 뒤를 따라 걸었다.

"분명 여기가 맞아?"

태양은 말룬다에게 물었다. 그들은 크론의 행적을 찾기 위해 우림지대 깊은 곳까지 들어온 상태였다.

"신호에 잡힌 곳은 분명 여기가 맞습니다."

울창한 숲속에 보이는 거라고는 나무와 바위들뿐이었다. 사람이 살거나 지나간 흔적이 보이지 않는 야생 그 자체였다.

"차라리 그들을 따라갈걸 그랬어. 이런 식으로 크론을 찾는 건 무리야."

태양은 비관적이었다. 말룬다는 주위의 흙냄새를 맡았다.

"이쪽으로 가보죠."

태양은 경험이 많은 말룬다의 뒤를 따랐다. 씨티의 화려한 생활에 익숙한 태양에게 말룬다와의 여정은 너무도 따분했다. 아리아가 아끼고 신뢰하는 유능한 여전사에게 단점이 하나 있다면 그녀는 원체 말수가 없고 유머 감각은 제로였다.

"정말 확신을 가지고 가는 거야?"

말룬다는 그의 버릇없는 말투에 아무런 대꾸 없이 묵묵히 자기 갈 길을 갔다. 태양은 깊은 한숨을 쉬며 그녀의 뒤를 따랐다. 얼마 지나지 않아 말룬다가 사냥감을 발견했다.

"도대체 어디까지…"

"쉿!"

말룬다는 자세를 낮추어 서서히 다가갔다. 나뭇잎 사이에 몸을 숨기고 숨죽인 채 기다리다가 때가 오자 창을 날렸다. 창은 짐승의 목에 명중했다. 펄쩍 뛰던 짐승은 얼마 가지 못해 쓰러졌다. 태양은 그녀의 사냥 솜씨에 감탄했다.

말룬다는 명사수급의 무기 던지기와 창술이 경지에 도달한 전사로 유명했다. 그녀는 아직 숨이 멈추지 않은 짐승의 고통을 덜어주기 위해 목을 베었다. 그리고 그 피를 얼굴에 바르고는 잠시 묵념했다.

그녀의 이상한 행동이 신기하기라도 한지 지루했던 태양의 눈이 밝아졌다. 그들은 불을 피워 사냥감을 구워 먹었다. 사막을 건너오느라 제대로 먹지도 못한 태양은 처음 먹어보는 야생 고기를 게걸스럽게 먹어 치웠다.

그때 누군가 냄새를 맡고 다가왔다.

"맛있는 사냥감을 잡았네그려. 좀 나눠 주겠나?"

태양 앞으로 다가온 자는 거지 행색의 더러운 노인이었다. 말룬다는 노인을 경계했다. 태양은 그에게서 나는 지독한 냄새에 코를 막으며 인상을 찌푸렸다.

하지만 둘이서 먹기엔 고기의 양은 많았고 태양은 다가온 노인에게 고기를 찢어 던져주었다.

"아니, 영감은 도대체 어디서 온 거요?"

"허허허."

그는 태양의 버릇없는 말투에도 그저 웃으며 묵묵히 고기를 뜯어 먹었다. 손까지 떠는 노인은 고기를 붙잡을 힘도 없어 보였다.

곧 밤이 깊어졌다. 식사를 마친 이들은 누워 밤하늘을 보았다. 하늘에 떠 있는 수많은 별을 보던 태양에겐 신비한 경험이었다. 밝은 조명과 시끄러운 소리가 넘쳐나는 씨티에서는 볼 수 없는 일이었다.

위험한 우림지대도 밤이 되니 한없이 고요하고 아름다웠다. 충분한 산소에 무더운 공기도 시원해졌다.

"씨티에선 이런 걸 볼 수도 없는데…"

태양이 말했다.

"이곳은 그야말로 평화로운 곳이지. 무시무시한 짐승들이 바글거리는 게 다행이라네, 허허! 평화를 위한 수호자라고 해야 할까. 허허."

말룬다는 말없이 노인을 보고만 있었다.

4부

우림지대 전투

1. 과거의 굴레

카림의 군대는 우림지대로 향했다. 사막 위를 지나 우림지대로 들어선 전용기 그랜더-IV 안에는 알렉스와 제타, 세뇌당한 키아라가 카림과 함께 하고 있었다.

알렉스는 창을 통해 아래를 보았다. 히콘의 알들이 넓은 반경으로 늪지대에 분포되어 있었다.

"제타 저거 봐! 히콘의 알이야!"

제타는 알렉스의 말에 관심이 없었다. 대답 없는 제타를 보며 알렉스는 한숨을 내쉬었다. 키아라 생포 임무 이후부터 그녀의 이상 증세가 맘에 들지 않았다.

"히콘의 알이라. 정말 오랜만에 보는군."

창밖을 보던 카림이 말했다.

키아라는 마치 영혼을 잃은 사람처럼 앞만 보고 있었다. 제타는 그녀를 그렇게 만든 카림이 원망스러웠다.

제타의 기억 속, 연구실에서는 직원들이 블루와 블랙 다이아몬드를 이식받은 아이들의 능력을 테스트하고 있었다.

블루팀으로 분류된 아이들은 육체적 전투 능력을, 블랙팀은 염력을 이용한 공중 부양, 던지기 등을 연습했다. 아직 미숙한 아이들이었지만 가장 높은 점수를 받기 위해 안간힘을 썼다.

점수가 가장 낮은 아이들의 대가는 무거웠다. 다이아몬드 제거 후 연구 실패작으로 분류되어 저장소 프로젝트 실험대상으로 옮겨졌다.

중앙본부 연구실에서는 남성과 여성을 나누어 연령별로 다이아몬드 이식을 시도했다. 부작용 없이 생존한 이들만이 실험의 다음 단계로 넘어갈 수 있었다.

그들 중 어린 제타는 쌍둥이 알렉스와 함께 염력 테스트에서 가장 높은 점수를 받은 성공 사례였다. 쌍둥이의 합쳐진 염력은 그 누구보다 월등함을 보였다. 단 매우 차분한 제타에 비해, 알렉스는 정반대인 점이 흠이었다.

알렉스는 자신의 염력이 잘 안 될 때마다 화를 냈다. 그럴 때는 연구실 직원들을 위험에 빠뜨리기도 했다. 그의 염력은 다수의 연구실 직원들을 손쉽게 날려 버릴 정도였다.

다이아몬드 프로젝트를 책임지고 있던 카림은 쌍둥이 남

매에 각별한 관심을 보였다. 그는 아이들을 불러모아 종종 대련을 시켰는데 하루는 블루팀에서 우수한 성적을 보이던 키아라가 제타와 한판 붙게 되었다.

"제타! 박살내 버려!"

알렉스는 매우 흥분되어 있었다. 응원하는 블루팀과 블랙팀들 사이에 신경전이 벌어졌다. 키아라와 제타는 서로의 힘을 가늠하며 신중했다. 둘의 대결은 막상막하였다. 누가 특별히 강하다고 보기 힘들 정도였다.

블루팀의 키아라는 제타의 염력을 일시적으로 쳐내는 능력이 남달랐다. 물건이 아닌 자신에게 건 염력을 쳐내는 능력으로 블루 다이아몬드를 잘 다루는 자만이 가능했다.

두 여성의 대결은 연구실 직원들 사이에서도 큰 기대를 받고 있었다. 제타의 염력은 알렉스만큼 강렬했다. 키아라는 날아오는 물체들을 힘으로 쳐내며 그녀를 향해 돌진했다. 제타가 키아라를 날려버리려 염력을 썼지만 키아라는 그 공격도 쳐내며 제타를 때려눕혔다. 키아라의 승리에 블루팀은 열광했다.

키아라는 쓰러진 제타에게 손을 내밀었다. 패배자에게 호의적인 키아라를 향해 알렉스가 공격했다. 제타의 패배를 받아들일 수 없었던 알렉스는 화가 나 있었다. 그의 기

습 공격으로 멀리 날아가 쓰러진 키아라는 곧바로 일어나
며 알렉스의 두 번째 염력 공격을 쳐냈다.

"그만해 알렉스, 나와 키아라의 싸움이잖아."

"난 지는 건 용납 못 해! 제타."

알렉스는 눈에 보이는 쇳덩이들을 모두 모았다. 그 규모
가 상당히 커지자 겁먹은 아이들이 뒷걸음질 치며 두려움
에 떨었다. 공포의 알렉스가 또 언제 사고 칠지 모르는 일
이었다.

카림은 개입하지 않았다. 그는 끝까지 지켜보고 싶었다.
연구실 직원들은 만만의 준비를 해야만 했다.

키아라는 블루의 힘을 두 주먹에 모았다. 알렉스가 쇳덩
이를 키아라에게 날리자 그녀는 블루의 힘으로 날아오는
쇳덩이를 박살내며 알렉스에게 돌진했다. 알렉스는 그녀의
공격을 피하며 하늘로 날아올랐다.

"알렉스, 지상전 대련이잖아! 공중으로 도망가다니!"

"이기면 그만이지, 그만 투덜거려 제타!"

키아라는 바닥에 떨어진 쇳덩이를 잡아 알렉스를 향해
던졌다. 그것이 알렉스의 얼굴을 스쳐 지나가자 상처가 났
다. 살짝 그였지만 알렉스를 자극하기에 충분했다.

"날 화나게 하지 마!"

알렉스는 모든 힘을 모았다. 연구실 전체가 흔들리더니

흉기가 될만한 것들이 뜯어지고 부서졌다. 그의 앞으로 잡동사니들이 모이자 그 크기가 제법 거대했다. 가볍게 시작한 대련은 살인을 불러일으킬 만한 규모로 심각해졌다.

그제야 카림은 직원들에게 신호를 보냈다. 명령을 기다렸던 이들은 알렉스를 향해 마취총을 쏘았다. 키아라에게 너무 집중한 나머지 알렉스는 피하지 못하고 마취제를 맞고 추락했다. 제타가 떨어지는 알렉스를 염력으로 붙잡아 안전하게 내려놓았다.

"미안해. 이 녀석 성깔을 말릴 수가 없거든."

제타는 다가오는 키아라에게 말했다.

"난 키아라야."

키아라가 손을 내밀었다.

"제타. 그리고 이 녀석은…"

"알렉스, 잘 알고 있지. 블루팀에서도 유명하거든."

제타는 피식 웃었다. 키아라도 덩달아 웃었다. 키아라와 제타의 우정은 그렇게 시작했다. 그 일 이후 제타는 키아라와 가까워졌다.

서로 다른 팀이었지만 두 사람은 통하는 점이 많았다. 많은 시간을 함께 보내는 제타와 키아라의 우정은 깊어졌다. 반면 알렉스는 쌍둥이 제타가 자신보다 키아라와 더 가까운 것을 질투하고 있었다.

　과거의 회상에서 돌아온 제타는 예전 같지 않은 키아라의 모습에 상실감에 빠졌다. 그녀의 감정을 알렉스도 느끼고 있었다. 그는 붉은소금을 깊이 흡입했다. 제타가 느끼는 끔찍한 감정을 마약을 통해서라도 지우고 싶었다.
　저장소 공장에 착륙한 전용기에서 카림은 알렉스, 제타, 키아라를 데리고 내렸다. 그 외에 수백 명의 군인과 탱크, 로봇들까지 구성된 카림의 군대가 두 대의 수송기 그랜더 알파에서 내렸다.
　임무를 마친 수송기는 곧바로 이륙해 중앙본부로 돌아갔다. 저장소 안으로 들어간 카림은 경악했다. 저장소는 완전히 비워져 있었다.

　"쳇! 나를 우습게 보는군."
　화가 난 카림은 고민했다.
　'케이… 네 놈이 잔머리를 굴리는구나. 이런 곳에서 내 군대를 희생해야 한다니. 빌어먹을…'
　"우린 이곳에서 대기합니까?"
　알렉스가 다가와 카림에게 물었다. 고민하던 카림은 알렉스를 보더니 좋은 생각이 떠올랐다.
　"따라와."

알렉스와 제타 그리고 키아라는 카림을 따라 다시 전용기에 올라탔다. 그들은 지나온 히콘의 알이 있던 늪지대로 향했다. 전용기는 곧이어 늪지대 위를 날았다.

　기체에서 알렉스와 제타가 나와 아래로 날아갔다. 그들은 염력의 힘으로 늪지대에 분포된 알들을 조심히 공중으로 부양시켰다.

　그것들과 텅 빈 저장소로 돌아온 이들은 카림의 지시대로 저장소 주변에 알들을 내려놓았다.

　"됐어. 그 정도로 해놔."

　카림이 명령했다.

　"이 정도면 충분할 거야. 하하!"

　카림은 자신의 군대 희생을 최소화하기 위해 히콘을 이용했다.

　카이로의 군대는 1선발팀에 합류했던 벤과 다시 만나 저장소 공격을 준비하고 있었다.

　"여기가 저장소 입구입니다. 여기, 여기, 모두 S급 기동대들이 보초를 서고 있고요."

　카이로는 방금 도착한 정찰병의 지도를 보며 작전을 구상 중이었다. 벤과 렌쳉 그리고 스카이는 카이로의 옆에 앉아 그녀의 지시를 기다렸다.

"3차 지원군 모병 호출은 전송했지?"

"네, 지시하신 데로 암호화된 코드로 각 구역과 동맹군에게 전달했습니다."

옆에 있던 해커가 카이로에게 대답했다.

"S급 기동대가 더 많아졌군."

"제가 도망친 이후로 병력을 더 늘린 거 같군요."

스카이는 카이로에게 말했다.

"우리의 병력이면 충분합니다! 카이로님!"

무대포의 벤은 자신만만했다. 반면 렌쳉은 신중했다. 그는 늘어난 기동대의 수가 걱정되었다.

긴장감이 도는 분위기 속에 멀리서 온 새로운 지원군들이 속속히 카이로의 우림지대 진영에 모이기 시작했다. 카이로의 모병 소식을 듣고 구역을 탈출한 노동자들이 대부분이었다.

그렇게 모인 지원군 중에는 크루거와 타케시도 있었다. 전직 플릭이라는 소문이 급격히 퍼지면서 이들을 경계하는 레볼트군들이 생겨났다. 크루거와 타케시는 그들의 시선을 의식했지만, 묵묵히 자리를 지켰다.

"플릭 출신이 지원군이라니?"

"여긴 왜 온 거야?"

지원군들이 수군거렸다.

"당신들한테 할 말 없어. 꺼져."

성깔 있는 타케시가 거칠게 대했다. 사태는 점점 심각해졌다. 플릭에게 반감이 있었던 지원군들이 자리에서 일어났다. 크루거는 다혈질의 타케시를 말리지 못했다. 30대 2의 싸움이 일어날 분위기였다.

카이로의 텐트에서 나온 벤과 렌쳉은 지원군들이 모여있는 곳으로 발걸음을 옮겼다. 꽤 소란스러웠다.

"뭐가 이렇게 시끄러워!"

벤이 소리치며 말했다. 크루거와 타케시는 반감을 산 지원군 몇몇과 주먹질을 주고받고 있었다.

"당장 그만두지 못해!!"

화가 난 벤은 단호하게 외쳤다. 행동대장의 높은 언성을 들은 지원군들은 싸움을 멈췄다. 렌쳉은 플릭의 나노아머를 착용한 크루거와 타케시를 주시했다.

"우린 당신들과 싸우러 온 게 아니야. 우린…"

"카이로님께서 결정할 걸세. 모두 동의하는가?"

크루거의 말을 끊은 렌쳉이 말했다. 살벌한 분위기 속에 지원군들은 모두 고개를 끄덕였다. 멀리서 광경을 지켜보던 헤나는 일행들을 도와 무기를 나르고 재정비하고 있었다.

"뭐야? 싸움 났어?"

"전직 플릭이 지원군들과 함께 왔대."

"뭐? 전직 플릭?"

헤나는 일행의 대답에 당혹해했다. 플릭 출신이 레볼트에 지원한 사례가 없었기 때문에 헤나에겐 이해하기 힘든 상황이었다. 그녀는 플릭에게 잡혀간 뒤 돌아오지 않은 부모님을 생각했다.

과거의 어느 날 제8구역. 7살의 헤나가 거리에서 시위하는 몇몇 구역 노동자들 사이에 있었다. 아무것도 모르고 따라 나온 그녀는 열정적인 그룹 사이에서 신이 났다.

그들은 모두 자유를 외치고 있었고, 중앙의 독재에 반기를 든 평화주의자들이었다. 위 통을 벗은 몸에 흙과 피가 섞인 글로 '자유를 달라!' '우린 노예가 아니다!' '독재자 프랑수아 5세는 물러나라!' 등의 문구를 적은 채 거리를 걷고 있었다.

도로시는 그 광경을 자신의 접견실에서 망원경으로 지켜보고 있었다.

"이런, 이런, 케이가 매우 싫어하겠군."

"상황 정리할까요?"

그녀의 뒤에 서 있던 구역경찰 책임자가 물었다.

"중앙에는 레볼트군이 폭동을 일으켰다고 보고해."

"네?"

"이제 겨우 이곳 노동자들을 내 사람으로 만들었는데 내 이름으로 폭력을 사용하고 싶지 않아. 무슨 말인지 알겠지? 호호호!"

"아 네! 알겠습니다."

어린 헤나는 멀리서 뛰어노는 동네 친구 해성과 그의 형을 보았다. 어른들 사이에 있던 헤나는 그들에게 달려갔다. 아이들이 노는 동안 플릭 장갑차 한 대가 모래를 날리며 시위를 하는 그룹에게 다가갔다.

명령을 받고 출동한 플릭들 사이에 30대의 베테랑 크루거와 타케시가 보였다. 아직 대장의 신분이 아니었지만 두 사람은 명콤비로 이미 요원들 사이에 유명했다.

"뭐야? 대장, 무기도 없는 놈들인데요?"

의아해하며 크루거가 대장에게 물었다.

"명령이잖아! 모두 체포해서 데려간다."

"네!"

크루거와 타케시, 그리고 동료 요원들은 대장의 명령에 따랐다.

"엄마! 아빠! 어디가!"

"헤나야!"

동네 친구와 놀던 어린 헤나가 플릭에게 연행되는 부모님을 보고는 달려갔다.

"꼬마야, 저리 가."

"엄마! 아빠! 나도 같이 가!"

플릭 요원이 어린 헤나의 길목을 가로막자 그녀는 울기 시작했다. 모두를 운송차에 태운 요원들은 떠날 채비를 하고 있었다. 그때 거리에서 울고 있는 어린 헤나에게 크루거가 다가왔다.

"꼬마야. 이름이 뭐야?"

"헤나요… 우리 엄마, 아빠 어디로 데려가는 거예요, 아저씨?"

크루거는 대답하길 난감해했지만 어린 헤나를 달래주었다.

"잠깐 조사받으러 가는 거야. 친구들과 놀고 있으면 엄마 아빠 다시 돌아오실 거야."

"정말요? 아저씨 정말요?"

"그럼! 아저씨들 이제 가야 하니깐, 저기 가서 놀아 이제."

헤나는 크루거의 말을 믿고 해성에게 달려갔다. 그녀는

떠나는 플릭의 장갑차와 운송차를 향해 뒤돌아보았다.

"뭐야? 꼬마랑 무슨 말을 했냐?"

타케시가 크루거에게 물었다.

"별일 없겠지? 이 사람들?"

크루거는 새삼 걱정이 들었다. 하지만 반란군으로 보이지 않는 이들에게 큰일이 일어날 거로 생각하진 않았다.

"우리가 뭘 들. 알 턱이 있겠냐? 위에서 시키는 대로만 하는 거지. 그래도 간만에 중앙으로 들어간다!"

타케시는 신이 나 있었다. 그들이 속해 있던 팀은 사막 임무를 마치고 돌아가던 중 중앙의 호출을 받은 것이었다. 제8구역을 들려 폭동에 가담한 노동자들을 연행해오라는 명령이었다.

"제시가 우릴 기다리고 있겠지?"

타케시는 입이 귀에 걸려 있었다. 크루거도 오랜만에 제시를 만난다는 생각에 들떠 있었다. 제시의 생각에 방금 만난 꼬마 헤나는 잊혀졌다.

회상에서 돌아온 헤나는 크루거와 타케시의 뒷모습을 보았다. 크루거의 얼굴이 왠지 낯설지 않았다. 그들은 렌쳉과 벤을 따라 카이로의 텐트로 향하고 있었다.

"플릭 출신이라고?"

카이로의 텐트 안에 들어온 크루거와 타케시는 레볼트를

이끄는 리더의 실체를 처음으로 보았다.

"당신이…?"

"내 실체를 보았으니 이제 당신들은 선택의 여지가 없네. 우리를 위해 싸우다 죽을지 지금 벤의 해머에 죽을지 결정하시게."

벤이 거대한 해머를 바닥에 쿵 내려놓았다. 분위기가 남달랐다.

"우린, 진실을 찾아 여기까지 온 거요. 내 동료 타케시도 나도 우린 당신과 싸울 생각이 없소."

크루거는 침묵하는 타케시를 대신해 대답했다.

"그럼 우리를 위해 싸울 것인가?"

크루거는 망설였다.

"당신들은 대체 무엇을 위해 싸우는 거요?"

침묵만 하던 타케시가 참다못해 입을 열었다. 렌쳉은 그들을 조용히 지켜만 보았다. 다혈질의 벤은 타케시가 맘에 안 들었다. 해머를 어깨에 든 그는 타케시의 머리를 칠 기색이었다.

"중앙본부가 만든 이 세상이 공평하다고 생각하나? 저들의 절대적 권력은 반드시 무너져야 하네. 우리 모두에게 똑같은 권리와 평등을 줄 수 있는 그런 세상, 그런 세상을 위해 우린 지난 30년이 넘는 동안 싸우고 있다네.

자네들은 어떤 세상을 살고 싶은가?"

카이로의 말에 크루거는 마음이 흔들렸다.

"그런 세상… 정말로 올 수 있습니까?"

크루거가 물었다.

"싸워야지. 그런 세상을 만들기 위해서라도. 다른 방법이 없네."

기다렸던 대답을 들은 듯 크루거는 만족했다. 내키지는 않았지만, 타케시도 설득을 당한 표정이었다.

"이런, 정말이었군요? 플릭 출신이 우리 군에 들어왔다더니?"

그때 천재 기술자가 들어왔다. 플릭의 나노아머를 본 기술자는 타케시의 것에 손을 올렸다.

"뭐야?"

타케시가 인상을 잔뜩 찡그렸다.

"당신들 물건 제가 좀 손봐도 될까요? 헤헤."

카이로의 눈을 보던 크루거는 자신의 것을 풀어 기술자에게 건넸다.

"타케시. 그냥 줘."

타케시는 한숨을 푹푹 쉬며 나노아머를 풀어 기술자에게 건넸다. 카이로는 흡족해했다. 서로에 대한 신뢰의 표시로 받아들였다.

"레볼트군에 온 걸 환영하네."

카이로가 손을 내밀었다. 크루거는 그녀의 손을 잡았다. 타케시도 크루거를 따라 그녀와 악수를 했다. 벤은 여전히 그들을 믿지 않았다.

하지만 렌쳉은 카이로의 믿음을 의심하지 않았다.

2. 히콘의 알

　헤나는 카이로의 텐트에서 나온 크루거와 타케시를 보았다. 벤은 레볼트군들을 향해 외쳤다.

　"잘 들어라! 카이로님께서 이 두 사람을 레볼트군으로 받아들이셨다! 더는 이 문제로 소란 피우지 말도록!"

　반감이 있었던 이들은 리더의 결정에 아무런 반론을 하지 않았다. 긴장됐던 분위기는 사그라졌지만 불만을 품은 이들의 화를 모두 풀지는 못했다.

　헤나도 그들 중 한 명이었다. 과거의 아픔에서 벗어나지 못한 그녀는 분명 크루거의 얼굴을 기억하고 있었다.

　밤이 되자 크루거와 타케시는 저녁을 배분받아 그룹에서 떨어진 외진 곳으로 갔다.

　"이런 대접이나 받으려고 사막을 건너왔나? 쳇!"

　타케시의 불평은 또 시작했다.

"그냥 먹어. 타케시. 저들의 입장에서 생각해 본다면 충분히 이해할 수 있네."

"예나 지금이나 우린 어디를 가나 환영받지 못하는 운명이군 그래."

헤나는 단도를 숨긴 채 크루거에게 조용히 접근했다. 식사하던 크루거의 뒤로 와서 그의 목에 칼을 대었다. 타케시는 그녀를 경계하며 여차하면 공격할 기세였다.

"타케시, 괜찮네."

크루거는 차분했다.

"나에게 원망이 있는 사람인가?"

"당신들 누군지 알아. 어디로 데려갔었어?"

"알아들을 수 있게 말해."

"그날, 시위대. 당신들이 8구역에 와서 잡아갔잖아."

"무슨 얘기를 하는 건가? 시위대라니?"

"벌써 10년도 넘은 일이야. 기억 안 나? 난 당신들 얼굴 똑똑히 기억해."

헤나는 크루거의 얼굴 앞으로 서서히 자신의 얼굴을 보였다. 그의 목을 향해 뻗은 날카로운 단도는 크루거를 떠나지 않았다.

한치의 방심도 하지 않은 헤나의 얼굴을 보던 크루거는

그제야 생각이 떠올랐는지 매우 놀라는 표정이었다.

"혹시… 그 꼬마…?"

"그래… 맞아. 내가 그 꼬마야. 당신이 그랬잖아. 기다리면 돌아올 거라고. 그날 이후 난 엄마, 아빠를 못 봤어. 그렇게 기다렸는데…"

크루거는 헤나의 눈에서 복수의 의지를 읽었다.

"그건 우리도 몰라. 우린 위에서 시킨 대로 했을 뿐이야."

타케시가 변론했다.

"그게 다야? 할 말이? 그딴 변명으로 너희들의 죄가 씻어질 거 같아?"

헤나는 오열했다. 과거의 상처가 그녀의 마음을 흔들어놓았다.

"미안하네… 그땐 아무것도 모르던 철부지 시절이었네. 우린 정말 아무것도 몰라. 그들이 어디로 갔는지, 살아는 있는지… 아무것도 몰라… 용서해주게."

헤나는 부르르 떨었다. 그녀의 눈에서 눈물이 맺혔다.

"내 목을 베어서라도 원한이 풀린다면 그렇게 하게. 그렇게 해."

헤나는 그를 정말 죽이고 싶었지만 그럴 용기가 나지 않았다. 타케시는 깊은 한숨을 내쉬었다. 그때 그들을 지켜보던 렌쳉이 조심히 다가와 헤나의 단도를 잡았다.

"헤나, 이들은 모든 걸 버리고 여기까지 온 사람들이야.

네 과거는 이제 묻어둬. 이런다고 해결되지 않아."

참던 눈물이 쏟아졌다. 그녀는 렌쳉의 품에 안겨 펑펑 울
었다. 크루거는 자신의 과거를 후회하고 있었다. 지금껏 무
엇을 위해 살아왔는지.

모든 것이 거짓된 세상 속에서 자신을 괴물로 만든 그들,
중앙본부가 원망스러웠다.

"나도… 달라지고 싶네… 내가 살아왔던 세상이 거짓으
로 치장한 괴물들의 놀이터라는 사실을 알았다면 다르게
살았을지도… 나도 괴롭네… 나의 무지에 가까운 죄를 어
떻게든 씻고 싶네…"

크루거의 말에 타케시는 고개를 숙였다. 모두에게 고통
스러운 날이었다. 헤나는 그들을 용서하지 못했다. 하지만
마음속으로 다짐했다. 계속되는 비극을 반드시 끝내겠다고
말이다. 레볼트를 위해 모든 걸 바칠 각오를 한 헤나는 렌
쳉과 함께 일행들이 있는 곳으로 돌아갔다.

깊은 밤이 지나고 이른 새벽의 고요한 소리가 멀리서 들
려왔다. 모두가 다가올 전투에 대비한다고 분주했다. 벤은
기술자가 만들어 준 해머와 연구실에서 훔쳐 온 레이저포
를 챙겼다.

울프와 함께 스카이는 쌍칼을, 렌쳉은 자신의 권총을 정

비했다. 헤나는 일행들과 함께 각자 무기들을 챙겼다. 큰 전투가 벌어지기 전에 모두가 마음의 준비를 하며 몰려오는 두려움과 싸웠다.

기술자가 크루거와 타케시에게 다가갔다.

"한 번 착용해 보시죠."

기술자는 고쳐온 나노아머를 크루거와 타케시에게 돌려주었다. 둘은 의아해하며 빼앗겼던 나노아머를 다시 손목에 채웠다. 나노슈트가 발동하면서 방어복이 작동했다.

"팔을 뻗어 쉴드를 불러보세요."

크루거가 그의 말대로 하자 푸른색 미세한 기운이 하나의 방패처럼 나타났다. 그는 나노아머에 장착된 블루 다이아몬드의 파편들을 보았다.

"제가 좀 업그레이드했지요, 헤헤! 좋은 장비를 제대로 활용하지 않고 있더군요."

타케시는 업그레이드된 장비가 만족스러웠다.

"레이저건 외에도 검, 도끼, 진압봉 등 다양한 공격 무기를 소환할 수 있답니다. 블루 다이아몬드의 힘 덕분이죠. 헤헤!"

크루거는 왼팔로 쉴드를 만들고 기술자가 말하는 무기들을 소환했다. 그는 진압봉이 맘에 들었는지 그것을 휘둘러 보았다.

"앗! 조심하세요!"

기술자가 뒤로 몇 걸음 물러섰다. 타케시는 도끼가 맘에 들었다.

"던져보세요."

"뭐?"

타케시는 들고 있던 도끼를 나무를 향해 던졌다. 나무 하나가 그대로 베어졌고 날아간 블루 에너지 도끼는 서서히 소멸했다.

"중앙본부에서는 왜 이렇게 좋은 기술력으로 당신들에게 레이저건만 소환하게 했을까요?"

그렇다. 중앙본부는 나노아머의 기술을 제한하고 있었다. 플릭의 힘을 억제하고자 중앙본부가 결정한 사항이다.

이 사실은 비밀경찰조직 최고 책임자인 바할조차도 알지 못했다.

"이건 뭔가?"

크루거는 홀로그램에서 보이는 다양한 공격 무기들 속에서 수류탄 모양을 보았다.

"옛 지구인의 수류탄도 소환할 수 있죠. 기능도 비슷하고요."

"레이저 폭탄인가?"

"뭐, 그런 셈이죠. 블루의 힘이 있으니 조심해서 사용해야 해요. 아군들에게도 위험할 수 있으니깐요."

"레볼트에 유능한 기술자를 숨겨놓고 있었군."

타케시는 매우 흥분되어 있었다.

"유능하다니요! 천재 기술자라고 불러주세요! 헤헤!"

"고맙네. 천재 기술자!"

모처럼 무거웠던 분위기에 미소가 보였다.

카이로가 텐트에서 나오자 모두 자리에서 일어났다. 긴장을 풀지 못한 채 리더를 향해 몰려왔다. 이번 공격은 매우 중요한 임무였다.

"드디어 출발이네요. 건투를 빌어요, 헤헤."

기술자는 자신의 연구실 텐트로 돌아갔다. 크루거와 타케시는 카이로가 서 있는 곳으로 가까이 다가갔다.

"모두 들어라. 우린 오늘 레볼트 전쟁 이후 가장 큰 결투를 치를 것이다. 죽음을 두려워 마라. 우리의 목표는 단 하나! 자유를 위해!"

"자유를 위해! 레볼트 만세!!"

카이로의 군대는 천재 기술자팀과 예비군만 남겨둔 채 모두 케이의 저장소 공장으로 향했다. 카이로를 따르는 수백 명의 군대는 다가올 거대한 전투를 향해 가고 있었다.

카이로, 벤, 렌쳉, 스카이, 울프, 헤나, 크루거, 타케시…
이들 모두가 다가올 전쟁의 영웅처럼 비쳤다.

케이의 저장소 공장 근처로 도착한 수백 명의 레볼트군
은 카이로의 명령 하에 모두 대기했다. 우림지대 전투가 임
박했다. 공장 앞에는 백 대는 넘어 보이는 S급 기동대가 기
다리고 있었다. 벤은 레이저포를 날리며 선공에 가담했다.
강력한 파워에 기동대는 폭발했다.

"돌격!"
카이로가 외쳤다.
스카이와 울프는 빠른 기동력으로 적진을 향해 달렸다.
블루의 힘이 실린 쌍칼의 스카이와 메탈의 이빨을 가진 울
프는 강력한 기동대를 상대했다.
벤은 레이저포를 4명의 군인에게 맡기고 해머를 들었다.
렌쳉은 명사수답게 기동대의 머리를 노려 레이저빔을 무력
화시켰다. 그 뒤로 헤나와 그녀의 팀은 렌쳉을 엄호하며 기
동대의 팔과 다리를 공격해 나갔다.

헤나는 수류탄을 던져 파괴된 기동대가 메탈 모래에 의
해 회복되는 것을 막았다. 저장소 앞을 지키는 기동대와 싸
워 이길 방법은 빠른 기동력이었다. 재생할 여유가 없을 정

도로 빠르게 파괴하는 것이 중요했다.

　스카이가 기동대를 베어버리면 카이로와 수하들이 바주카포를 날렸다. 레볼트군은 단단히 훈련되어 있었다. 에너지 쉴드를 치며 선발팀이 기동대의 레이저빔을 방어하는 동안 근접전에 강한 크루거와 타케시, 스카이와 울프, 벤 그리고 그들의 수하들이 싸웠다.
　카이로, 렌쳉, 헤나, 그리고 그들을 따르는 수백 명의 후발팀은 지원 공격을 퍼부었다.

　아군의 레이저포가 멀리서 지원 사격을 하는 동안, 벤은 블루 다이아몬드 파편이 박힌 해머를 무지막지하게 휘두르며 기동대를 파괴했다.

　업그레이된 나노아머를 장착한 크루거와 타케시의 공격 또한 막강했다. 그들의 무기는 기동대를 쓰러트리며 레볼트군이 저장소 가까이 진입하는데 크게 기여했다.
　블루 다이아몬드의 힘이 실린 쉴드의 보강으로 기동대의 레이저빔 공격에도 끄떡없었다. 레이저건의 파워는 원래의 것보다 두 배 이상이었다.

　전직 플릭 대장 출신답게 둘의 콤비는 수십 대의 기동대들과 맞설 정도로 훌륭했다.

"제법인데?"

벤은 거대한 해머로 기동대를 부수며 크루거와 타케시를
향해 외쳤다.

"덩칫값은 하는군!"

타케시가 외쳤다.

"하하하! 당신들 맘에 들기 시작했어!"

최전방에서 단합하여 싸우기 시작한 세 사람은 최강의
공격진이었다.

하지만 로봇들은 레볼트군이 쉽게 공장 안으로 들어가게
놔두지 않았다. 카이로는 많은 군인을 희생해야 했다. 바닥
에 깔린 메탈 모래는 골칫거리였다. 빠른 스피드에 도달하
지 못한 군인들은 재생한 기동대에게 죽어갔다.

희생과 전진은 거듭되었지만 레볼트는 기동대를 기어이
물리치고 저장소 안으로 들어갔다.

공장 내부로 침입한 카이로는 저장소가 비어 있는 것을
확인했다. 외부에서 기동대들이 지키고 있는 것과 반대로
내부는 너무도 이상할 정도로 정적이 흘렀다.

"뭐야? 이게 저장소라는 건가?"

벤이 소리치자 스카이는 난감해했다. 내부에 들어있던 내용물들이 모두 비워진 저장소는 맨눈으로 보기에 특별한 것이 없었다.

"아무래도… 우리가 올 것을 대비한 것 같습니다."

렌쳉이 카이로에게 말했다.

"함정이다. 여기서 나가야 해!"

카이로가 말하기 무섭게 그들 눈앞에서 히콘의 알이 깨어나고 있었다.

"히… 히콘이다!!"

비워진 저장소 근처에 히콘의 알들을 발견한 레볼트군이 외쳤다. 수십 마리의 히콘이 알에서 깨어나는 것을 본 카이로는 모두에게 명령했다.

"철수하라!"

후퇴하기에 늦은 듯했다. 히콘의 공격이 시작된 것이다. 카이로의 레볼트군은 갑작스레 등장한 히콘에게 막혀 우왕좌왕하며 쓰러졌다.

"계획대로군."

히콘과 싸우는 레볼트군을 멀리서 지켜보던 카림은 만족해하고 있었다.

"몸이 근질거리는데 언제 싸웁니까?"

알렉스가 말했다.

"곧 싸우게 될 거야. 저들이 살아남는다면 말이야."

카림과 그들의 군대는 저장소 뒤편에 숨어 레볼트 습격 대기 명령을 기다리고 있었다.

히콘의 공격은 레볼트 군인들을 죽음으로 몰아넣었다. 갓 태어난 히콘은 배가 고팠고 알에서 깨어난 히콘의 수가 상당했다.

사냥에 성공한 짐승들은 허기를 채웠다. 히콘의 독침과 침액의 공격은 많은 사상자를 냈다.

카이로는 당황했다. 그녀는 수백 명의 군인을 책임져야 하는 리더였지만 계획이 실패하자 정신을 놓고 있었다. 그 때 바닥에 쓰러진 히콘의 살아남은 머리가 카이로에게 액을 분사했다.

헤나가 카이로에게 몸을 날리며 리더의 목숨을 구했다. 벤은 달려와 들고 있던 해머로 히콘의 남은 머리를 박살 냈다.

"아악!"

"카이로님 괜찮으세요?"

카이로는 히콘의 침액 공격에 한쪽 팔이 녹아내리고 있 었다. 헤나 덕분에 살았지만 카이로는 끔찍한 고통에 시달 렸다.

"내 팔을 잘라…"

카이로는 헤나에게 명령했다. 망설이던 헤나는 마체테 칼로 그녀의 팔을 단번에 잘랐다.

"으윽!"

피가 터져 나오자 헤나는 옷을 벗어 출혈을 막았다. 스카이가 날아오는 히콘의 무리를 공격했다. 그의 쌍칼에 히콘은 고깃덩어리처럼 완전히 조각나 바닥으로 떨어졌다. 렌쳉도 카이로에게 다가와 리더를 수호했다.

히콘이 아직 상당수 남아 있었다. 하지만 당장 카이로를 빠져나가게 하는 게 중요했다. 벤은 카이로를 어깨에 지고는 달렸다. 헤나와 렌쳉은 벤을 엄호했다. 크루거와 타케시, 그리고 스카이와 울프는 남아서 레볼트군을 도왔다.

고전분투 끝에 모두가 저장소 밖으로 빠져나왔다. 히콘과의 싸움에서 병력의 절반을 잃은 채 천재 기술자와 예비군이 있는 진영으로 돌아갔다.

저장소로 떠났던 이들이 돌아오자 모두가 충격에 휩싸였다. 무사히 돌아온 이들 중 3분의 1은 부상자였고 절반에 가까운 군인들이 돌아오지 못했다.

모두가 피하고 싶었던 히콘의 출몰로 살아 돌아온 이들의 사기도 극도로 추락해 있었다.

카이로는 그 누구보다 가장 먼저 치료를 받았다. 목숨은 건졌지만 이번 공격의 실패로 큰 충격을 받은 상태였다. 벤과 렌쳉은 레볼트군의 사기가 급격히 떨어지는 것을 걱정했다.

모든 게 자기 잘못이라고 판단한 스카이는 자책하며 울프를 데리고 부대를 떠났다. 모두에게 받아들이기 힘든 상황이었다.

해성은 아리아와 함께 그녀의 A(RIA)-I 전투함에 올라타 있었다. 아리아의 부하들은 다가올 전쟁을 준비하고 있었고, 우림지대를 향해 야간 비행을 하고 있었다.

가는 동안 아리아는 정신 수행을 강행했다. 잠재된 능력을 더 끌어올려야만 했다. 케이를 상대해야 할지도 모른다는 생각에 무슨 수를 써서라도 강해져야만 했다.

그녀는 내면 깊숙한 곳에서 악몽 같은 환상을 또 다시 경험했다. 온 세상이 붉은색으로 물든 피비린내 나는 곳에 어린 아리아 4세는 절망에 빠져 어머니를 불렀다.

"아리아!"

해성의 외침에 아리아는 눈을 떴다. 자신의 정신 수행이 또다시 실패하자 괴로워했다.

"괜찮아요, 아리아?"

"…아무리 수행을 거듭해도 같은 악몽에서 헤아려 나올

수가 없군요."

"…쉐도우님과 얘기해 보셨나요?"

"그는 대답하지 못했어요. 잘 모르겠다더군요. 나의 악몽이 의미하는 것이 무엇이지…"

불안에 떠는 아리아는 케이와의 만남 이후 냉정함을 잃고 복잡한 감정에 시달렸다.

사실 그녀는 예전부터 자신의 아버지가 누구인지 알고자 했다. 어릴 때는 가디언이 아니겠냐는 상상도 했었지만 케이와의 대화 이후 혼란이 심해졌다.

어쩌면 케이가, 어머니가 단 한 번도 언급하지 않은 아버지일지도 모른다는 두려움에 사로잡혀 있었다.

'극악무도한 자의 딸이라니!'

그녀는 거부하고 또 거부하며 냉정함을 되찾으려 애썼다.

3. 크론의 능력

　태양은 이른 아침부터 눈을 떴다. 불을 피웠던 자리엔 다 탄 재만 남아 있었다. 그의 앞으로 돼지처럼 생긴 짐승이 남은 고기를 뜯어 먹고 있었다.

　"야! 저리 가!"

　짐승은 태양의 소리에 소스라치며 도망쳤다. 주위를 돌아보니 말룬다가 보이지 않았다. 노인도 이미 떠난 후였다.

　"뭐야…"

　그는 일어나 주위를 둘러보았다. 숲 깊숙한 곳에 진흙으로 뒤덮인 곳에서 말룬다가 진흙 목욕을 하고 있었다. 온몸에 그것을 바른 그녀를 보던 태양은 날아오는 창을 피했다. 말룬다의 것이었다.

　"히익! 뭐야! 하마터면 죽을 뻔했잖아!"

　"목욕하는 거 훔쳐보는 취미가 있나 보군요."

"뭐? 훔… 훔쳐보다니! 너 찾다 보니 여기까지 온 거야…!"

당황한 태양 앞으로 나체의 말룬다가 진흙 물에서 나왔다. 그녀의 검은 피부와 진흙이 섞이며 부끄러운 곳을 가려주었다. 태양은 당황해하며 고개를 돌렸다. 말룬다는 벗어놓았던 옷을 챙겨 입었다.

"무슨… 진흙으로 목욕을 하나?"

말룬다의 독특한 취향에 태양은 어리벙벙했다.

"우림지대는 깊은 곳으로 가면 갈수록 위험한 짐승들을 만날 확률이 높아집니다. 이곳의 짐승들은 특히 냄새에 민감하죠. 진흙은 우리 냄새를 없애줘요."

"아? 그런 거였어?"

태양도 그녀를 따라 몸에 진흙을 바르고는 뒤따라갔다.

"그 노인네, 아침에 일어나니 없더군."

태양이 말했다. 말룬다는 말없이 걸었다.

"뭐야, 우리 어디 가는 거야?"

"그 노인네 찾아야죠."

"뭐? 왜?"

"아무래도, 우리가 찾던 크론 같다는 생각이 드네요."

"뭐?"

태양이 그 말을 듣자마자 깔깔 웃었다. 마치 말룬다를 비

웃기라도 하는 듯. 무례했다. 말룬다는 그의 웃음에 아랑곳
하지 않고 믿고 있는 신념을 따라 전진했다.

"뭐야? 진짜로 그렇게 생각하는 거야?"

말룬다는 진지했다. 태양은 아무 말 없이 묵묵히 걷는 그
녀의 뒤를 따라 걸었다.

건조한 사막지대와 반대로 습한 기후의 우림지대는 씨티
에서만 생활했던 태양에겐 힘든 경험이었다. 익숙지 않은
정글에서 태양은 지쳐만 갔다. 생전 처음 보는 벌레들이 그
를 괴롭히기까지 했다.

아침부터 걸은 두 사람의 시선에 해가 지는 것이 보였다.
태양은 거의 쓰러질 지경이었다. 말룬다의 발걸음이 숲속
깊은 곳에 자리 잡은 동굴 앞에서 멈췄다.

뒤를 따르던 태양은 그녀와 시선을 마주쳤다.

"들어갈까요?"

"글쎄… 안에 뭐가 있는지도 모르고 들어가는 건 위험하
지 않을까?"

"우린 이미 위험한 우림지대에 와 있어요. 여기서 더 위
험해질 것도 없습니다."

"알았어. 알았다고."

태양은 마지못해 그녀의 뒤를 따라 동굴 안으로 들어갔
다. 야시경을 장착한 이들은 어둠 속에서도 문제없이 걸었

다. 습한 바깥과는 다르게 어두운 동굴은 시원했다. 태양은 그제야 한시름 놓은 사람처럼 무더위에 지친 몸을 달랬다.

동굴은 들어갈수록 깊었고 어두웠다.
"뭐지? 무슨 소리 안 들려?"
태양은 어디선가 으르렁거리는 소리를 들었다. 그건 분명 짐승의 소리였다. 걸음을 멈춘 말룬다는 경계태세를 취했다. 그들 앞에 생전 처음 보는 짐승이 나타난 것이다.
덩치는 인간의 세 배는 되어 보였다. 표범처럼 생긴 짐승의 이빨은 매우 길고 두터웠다. 붉은색의 눈은 동굴 안으로 들어온 불청객을 위협했다.
"안 그래도 몸이 근질거렸는데, 잘 됐군."
태양은 자신의 주 무기인 드래곤 발톱을 두 손에 장착했다. 무기 가운데에 박혀 있는 크리스탈 원석의 푸른 에너지가 활활 타올랐다.

짐승은 그들 주위를 맴돌며 정세를 살폈다. 그리고 태양과 말룬다 뒤로 세 마리가 더 나타났다.
"이런…"
한 마리도 아닌 네 마리의 거대한 짐승과 맞서야 하는 두 사람은 긴장했다.

그때 누군가의 휘파람 소리가 들려왔다. 짐승은 모두 그 소리를 듣고 꼬리를 흔들며 동굴로 돌아오는 주인을 반겼다. 전날 만났던 그 노인이었다.

빛의 마법을 소환한 그는 어두운 동굴을 밝히며 들어왔다. 거대한 짐승 네 마리는 마치 애완견처럼 노인을 핥으며 그를 따랐다.

태양은 당황해했다. 고기도 제대로 못 먹던 힘을 가진 노인이 자신보다 세 배는 큰 짐승들의 주인이라는 것이 보고도 믿어지지 않았다. 그의 양손에는 꽤 큰 사냥감 두 마리가 들려있었다.

"용케도 여기까지 찾아왔군."

"크론이시군요."

말룬다가 크론에게 말했다. 그는 조심스레 미소를 띠었다.

"오랜만에 그 이름을 듣는군."

"우리를 테스트한 겁니까?"

말룬다는 진지했다. 그녀를 본 짐승들이 으르렁거렸다.

"괜찮아, 괜찮아."

크론은 짐승들을 달래주었다.

"이 녀석들은 어미가 죽으면서 남긴 유산이라네. 사나워 보이지만 마음이 통하면 한없이 착한 녀석들이지."

"이런 짐승은 처음 보네요. 이름이 있나요?"

태양이 다가와 말했다.

"특별히 지어준 건 없네. 30년 전 내가 이곳으로 왔을 때 발견한 새끼들이었지."

"만져봐도 돼요?"

"그럼. 자네의 마음을 완전히 줘야 하네."

태양은 짐승에게 손을 내밀었다. 냄새를 맡더니 태양의 얼굴을 핥았다.

"자네를 좋아하는구먼. 허허!"

크론이 웃었다.

"아직 저에게 대답하지 않으셨어요."

말룬다는 그의 대답을 기다리고 있었다.

"이해해 주세요, 말룬다는 유머 감각이라고는 전혀 없답니다."

"그런 것 같군, 허허!"

말룬다는 태양의 놀림에 휘둘리지 않았다.

"따라오게."

태양과 말룬다는 크론을 따라 동굴 깊숙한 곳으로 갔다. 태양은 크론이 든 사냥감을 보았다. 손을 떨던 힘없는 노인의 모습과는 너무도 달랐다.

"쳇! 속았잖아…"

혼잣말로 구시렁거리는 태양을 향해 크론이 뒤돌아보았다.

"겉으로 보이는 게 전부가 아니라네. 허허!"

크론을 따라 들어간 동굴의 끝에는 너무도 아름다운 호수가 있었다. 그 위로 숲으로 우거진 나무들이 시야를 가려 하늘에서는 이곳을 찾을 수 없었다.

은둔처로 완벽한 곳이었다. 나뭇잎 사이로 햇빛이 스며들어와 적절한 밝기와 온도까지 유지해줬다.

호수 속에는 처음 보는 물고기들도 보였다. 태양의 입이 쩍 벌어졌다. 이런 자연은 옛 지구인의 책에서나 보던 것이었다. 나무들 사이로 새들이 지저귀었고 작은 동물들이 분주하게 움직였다.

우림지대를 수없이 드나든 말룬다도 이런 곳은 처음이었다. 그의 은둔처는 자급자족이 가능한 시스템으로 만들어져 있었다. 크론은 사냥감의 가죽을 벗겨 토막을 냈다.

말릴 수 있는 부위는 건조실로 가져갔고, 나머지는 짐승들에게 주었다.

"다들 새로운 세상을 발견한 표정이군."

"아니 도대체, 이런 곳을 어떻게 찾으신 거요, 영감?"

태양의 버릇없는 말투에 크론은 들고 있던 사냥감의 뼈

로 그의 머리를 툭 쳤다.

"아! 왜 이러세요?"

"영감이라니, 배운 게 그것밖에 없나? 허허!"

크론은 괴짜 같았다. 장난기가 태양만큼이나 많았다.

"크론 할아버지, 이런 곳을…?"

그가 다시 한번 태양의 머리를 뼈다귀로 쳤다.

"아 진짜, 그만 하세요."

태양이 성질내자 크론은 웃었다.

"성깔있군 그래, 허허! 그냥 크론이라고 불러 이 녀석
아."

"쳇!"

"허허!"

말룬다는 다시 크론에게 다가와 물었다.

"제 질문에 아직 대답을…"

"자네들이 아리아의 사람들인지 확인하려고 했었네. 이
제 대답을 들었나?"

"…네."

"아리아님을 아시는군요?"

태양이 말했다.

"자네가 말하는 아리아는 그녀의 딸을 말하나?"

"지금의 아리아님은 아리아 4세입니다."

말룬다가 진지하게 대답했다.

"그렇군. 벌써 세월이 많이 흘렀군. 이곳에 자네들을 보낸 이유는 나를 찾기 위한 거겠지?"

"네 맞습니다. 우린…"

"말 안 해도 아네. 나를 끌어들여서 케이와 싸워 세상을 바꾸자는 말을 하러 온 거겠지?"

크론은 말룬다의 말을 끊으며 말했다. 말룬다는 고개를 끄덕였다.

"아리아에게 전해주게나. 난 이제 늙어서 쓸모가 없으니, 젊은 나의 형제와 잘 싸워보라고."

"아니! 영… 크론! 우린 당신을 찾으러 정말 힘들게 여기까지 왔는데, 그딴 소리 들으러 온 게 아니라고요!"

태양이 소리쳤다. 마치 해성과 똑같은 말을 하는 크론이 맘에 들지 않았다.

"어린놈이 성질 한번 고약하구먼. 그만 소리 질러! 귀 안 먹었어."

세 사람 사이, 침묵이 흘렀다. 크론은 호숫가에 앉아 생각에 잠겼다.

"30년 전엔, 나도 믿었었지. 세상을 바꿀 수 있을 거라고… 하지만… 그는 강했다네. 정말 강했지."

크론이 긴 침묵을 깨고 말했다.

"무슨 일이 있었나요?"

말룬다는 다가와 물었다.

"우린 승산이 없었어. 아리아 3세님은 포기하지 않았지만 난 순간 겁이 나더군. 달아났네. 겁쟁이처럼 말이지. 죽는 게 두려웠어."

"달아났다고? 모두가 당신을 믿고 싸웠는데 그게 말이돼?"

화가 난 태양이 크론의 멱살을 잡았다.

"이 버릇 없는 녀석이!"

크론이 태양을 밀쳐내자 멀리 날아갔다.

"이 영감탱이가!"

다시 일어난 태양은 양쪽 허리에 찬 드래곤 발톱을 장착했다. 크론과 싸울 기세였다.

"당신 같은 겁쟁이를 우리가 이 고생이나 하면서 찾으러 왔다니! 아리아님은 당신을 믿고 있었다고!"

태양이 달려와 그의 필살기를 날렸다. 빛의 마법으로 쉴드를 만든 크론은 드래곤 발톱의 연타 공격을 손쉽게 무마시켰다.

"뭣!?"

그리고 태양의 가슴에 손을 가볍게 얹었다. 그러자 태양의 몸이 날아가 호수 속으로 풍덩 빠졌다. 공중에 떠 있는 크론은 인간의 힘으로 상대할 수 없는 강한 자였다.

말룬다는 그를 처음 만났을 때부터 자신이 싸워서 제압할 수 있는 자가 아니라는 것을 본능적으로 느끼고 있었다. 그의 힘은 다른 차원의 것이었다.

수중 위로 캑캑거리며 올라온 태양은 공중에 떠 있는 크론을 우러러보았다. 화가 난 마음을 그제야 가라앉힌 듯 그는 헤엄쳐서 육지로 올라왔다.

"재능은 뛰어나다만 허점투성이군 그래."

크론이 태양에게 다가왔다. 장난기 가득한 얼굴은 어디에도 보이지 않았다. 그는 진지했다.

"너희들이 무찌르려는 자는 차원이 다른 힘을 가졌네. 내힘으로도 그의 얼굴에 상처조차 낼 수 없었지. 상상이 가나?"

"쳇…"

그의 힘을 몸으로 체험한 태양은 얌전해졌다.

"배가 고프군. 허허!"

크론은 굳은 얼굴을 풀더니 저녁 준비를 했다. 전투 능력도 대단했지만 크론은 뛰어난 요리사였다. 잡아 온 사냥감의 고기와 직접 재배한 야채들을 썰어 아주 맛있어 보이는 일품요리를 선보였다.

태양은 군침을 흘렸다. 진지한 말룬다도 일품요리 앞에

서는 침을 삼켰다.

"옛 지구인 방식의 요리라네. 그들의 문화와 지식은 매우 유용해. 허허!"

모두가 앉아 제대로 된 식사를 했다.

"마셔보게. 직접 만든 거야."

태양은 한 입 마셔보더니 소스라치며 뱉었다.

"뭐예요, 이거?"

"술이야! 허허!"

"웩…"

두 사람은 옛 지구인 방식의 요리를 말없이 먹었다. 잠 간이지만 이들은 오랜만에 사람답게 먹고 쉬는 시간을 가졌다.

밤이 다시 깊어지고 두 사람은 호숫가에 누웠다.

"이제 어쩌지? 아리아님이 실망하시겠는걸…"

말룬다는 태양에게 대답하지 못했다. 그를 설득하기가 쉽지 않을 거라고는 예상한 그녀였다. 말룬다는 생각하고 또 생각했다. 빈손으로 돌아갈 수 없었다.

"쳇… 도망이나 치는 영웅이라니… 젠장…"

태양은 눈을 감았다. 머리가 복잡했지만 그냥 잠이나 실 컷 자두기로 했다.

그날 밤, 말룬다가 눈을 떴다. 태양은 잠들어 있었고 그녀의 시선은 호숫가로 갔다. 호숫가 중심에 떠 있는 크론은 정신 수련 중이었다. 크론의 짐승 네 마리는 주인이 육지로 올 때까지 마냥 기다렸다.

말룬다는 굉장한 것을 보았다. 크론의 몸에서 영혼이 빠져나오더니 산처럼 커진 것이다. 영혼은 멀리 보이는 두 개의 보름달을 쳐다보고 있다가 뒤돌아섰다. 그리고 호수를 걸어 나왔다.

"뭐…뭐야…?"

고개를 들어 멍하니 바라만 보던 말룬다는 자신을 뚫고 지나는 크론의 영혼에 당황했다. 그녀는 서둘러 나무를 타고 가장 높은 곳으로 올라갔다. 영혼은 우림지대를 지나 수평선 너머 사막으로 가고 있었다.

우림지대를 향하던 아리아는 다가오는 거대한 생명체를 보았다. 크론의 영혼이 그들 앞에 멈췄다.

"뭐야?"

아리아의 전투함을 들여다본 크론은 해성을 주시했다.

"반갑군, 나의 형제여. 운명을 받아들였는가?"

해성은 그의 목소리를 들었다. 모두에게 신비한 경험이었다.

"당신… 크론인가요? 말룬다와 태양을 만났군요?"

아리아가 말했다.

"어머니를 많이 닮았구나, 아리아의 딸."

크론은 전투함을 지나더니 그 뒤로 갔다. 그리고 두 손을 모아 빛을 소환했다. 그가 손을 뻗자 투명보호막을 치고 있던 그랜더배틀쉽이 정체를 드러냈다.

대다수의 배틀쉽은 크론의 빛의 에너지를 맞고 사막으로 추락했다. 아리아의 뒤를 몰래 추적하던 중앙본부의 공격선들이었다.

"발각되었습니다! 함장님!"

"공격하라!"

공격선 중에서 가장 큰 그랜더배틀쉽 퍼스트의 함장이 명령했다.

남아 있는 공격선에서 레이저포가 발사되자 크론은 빛의 마법으로 쉴드를 쳤다. 적들의 공격을 무마시킨 그는 다시 한번 빛의 에너지를 모아 공격선을 향해 발산했다.

이번 공격에 중앙본부의 공격선은 에너지를 잃고 사막으로 모두 추락했다.

"도대체…"

불바다가 된 사막 아래를 보던 아리아와 해성은 놀라고 있었다.

"고맙다는 말은 나중에 하도록 하지."

크론의 영혼은 공중으로 연기처럼 사라졌다.

집무실에 앉아 있던 케이에게 부하 하나가 달려와서 급히 보고했다.

"각하… 모두 침몰했습니다."

"…뭣?"

그는 보고로 올라온 홀로그램 영상을 확인했다. 공격선들이 추락하기 직전까지 촬영된 화면에 크론의 모습이 등장하자 화가 단단히 났다.

아리아의 사옥에서 나온 케이는 그녀의 뒤를 추적하고 있었다. 아리아가 카이로와 합류할 때를 노린 것이다.

"크론… 네놈이…"

카림이 레볼트와의 전쟁을 먼저 치르면, 그 후에 나서서 완전히 초토화할 계획으로 공격선 출동 명령을 내렸던 것인데 크론의 등장에 그의 계획은 무너졌다.

말룬다는 수평선 너머로 보이는 불과 연기를 보았다. 아래에는 정신 수련을 하던 크론이 물 위를 걸으며 육지로 가고 있었다. 말룬다는 나무에서 내려와 크론에게 다가갔다.

"아무래도 도움이 필요해 보이는군."

"누구를 말씀하시는지?"

크론은 얼굴에 미소를 띠었다.

4. 절망의 늪

저장소 침공에 실패한 레볼트군의 진영에 새로운 아침이 밝았다. 카이로는 목숨을 건졌지만, 텐트 안에서 나오지 못했다. 한쪽 팔을 잃은 그녀는 과거의 아픔에서 방황하고 있었다.

제8구역의 공장 문이 열리자 노동자들이 하나씩 일을 하러 모여들었다. 입구에 설치된 기기에 한 명씩 손바닥을 올리며 출석 체크하는 동안 이제 막 사춘기에 접어든 카이로가 보였다. 그녀는 또래의 친구 엘리와 크리스탈 분류팀으로 들어가 온종일 일을 했다.

카이로와 엘리는 감시자의 눈을 피해 크리스탈 파편을 빼돌려 주머니에 넣었다. 그렇게 빼돌린 물건을 찰스 아저씨 가게로 가져가 술과 음식으로 교환했다.

어린 찰스는 아버지를 도와 빼돌린 물건을 브로커들과 거래했다. 주로 음식과 술, 그리고 붉은소금 가루가 대부분이었다. 특히 중앙본부 씨티에서 가져온 음식과 술은 구역에서 인기 있는 상품이었다.

찰스의 아버지는 처음엔 가게 이름을 아저씨 가게라고 지으려고 했다가 아들 찰스의 이름을 따서 찰스 아저씨로 지은 것이다. 그러다 모두가 그를 찰스 아저씨로 부르게 되었다.

구역에서 받는 영양식 죽이 지겨웠던 카이로와 엘리는 빼돌린 크리스탈 파편 덕에 종종 중앙에서 넘어오는 음식을 먹을 수 있었다.

"아, 취한다. 중앙 놈들은 이런 걸 매일 먹고 마시겠지?"

찰스 아저씨 가게 옥상에 누운 엘리가 밤하늘을 보며 말했다.

"가고 싶다 나도. 거기서 살면 얼마나 좋을까?"

옆에 있던 카이로가 미소를 지었다. 엘리는 카이로를 다정스레 보았다. 얼굴이 붉어진 카이로는 엘리와 키스했다. 둘은 절친이기도 했지만 이미 연인으로까지 발전한 사이였다.

"너 없이 어떻게 살까? 엘리."

엘리의 미소는 너무도 예뻤다.

"카이로, 우리 도망갈까?"

"어디로?"

"중앙으로."

"엘리, 말도 안 되는 소리 한다. 우리가 거길 어떻게 가
냐?"

"찰스 아저씨가 그러는데, 거기 브로커한테 얘기 잘하면
불가능하지는 않대."

"정말이야? 그게 가능해?"

"조건이 있긴 한데…"

"무슨 조건인데?"

"그게…"

엘리는 망설였다.

"빨리 말해봐."

"브로커 밑에서 1년간 일해야 하는 조건."

"뭐?"

카이로는 시무룩해졌다.

"그래도, 여기보다 낫지 않겠어?"

"그렇긴 한데… 1년만 일하면 되는 거 맞아? 브로커들
무서운 사람들이라던데…"

"난 시도해볼 거야. 여기 삶은 너무 싫어. 하루도 더 있기
싫단 말이야. 같이 가자. 카이로, 응? 응?"

"알았어, 엘리. 생각 좀 해보고."

"정말로 생각해 볼 거지?"

"그래, 그래…"

카이로는 마지못해 대답했지만 엘리와 함께라면 어디든 갈 수 있을 듯했다. 두 연인은 입맞춤하며 함께 할 미래를 생각했다.

늦은 새벽 엘리와 데이트를 끝낸 카이로는 자신의 방으로 연결된 창문을 열었다.

"오늘은 또 어디를 갔다 온 거야?"

"엄마? 안 자고 뭐 해?"

"뭐하긴, 너 걱정했잖아."

카이로는 엄마가 든 술병을 보았다. 엄마는 알코올 중독자였다.

"걱정할 일 안 만들잖아. 엘리랑 찰스 아저씨 가게에 있다가 온 거야."

"찰스 아저씨 가게 너무 자주 가지 마. 그러다 네 아빠처럼…"

"아빠 얘기 그만해! 더는 하지 않기로 했잖아."

카이로가 소리쳤다.

"…빨리 자."

엄마는 몸을 비틀거리며 사춘기 딸의 방을 나갔다. 카이로는 침대에 누웠다. 가족을 버리고 도망간 아빠를 생각했다. 찰스 아저씨 가게로 간 이후 그는 돌아오지 않았던 것이다.

가족을 버리고 도망간 아빠를 오랫동안 증오한 카이로는 밤마다 술을 마시는 엄마도 원망스러웠다. 가장이 없는 집의 모녀 관계는 차가웠다.

다음 날, 카이로는 여느 때와 마찬가지로 엘리와 공장에서 일했다.

"생각해 봤어?"

엘리는 집요했다.

"그래. 같이 가자."

카이로는 결국 떠나기로 마음먹었다. 그녀의 결심에 엘리는 기뻤다. 쉬는 시간에 화장실로 들어온 카이로와 엘리는 서로 키스를 퍼부었다.

"오늘 밤, 집에 올래? 창문 열어 놓을게."

카이로는 고개를 끄덕였다.

밤이 되자 카이로는 창문을 통해 엘리의 방으로 들어왔다. 두 사람은 열정적으로 사랑을 나누었다.

"오늘 여기서 자고 갈까?"

"안돼. 우리 아빠, 성질 더러워."

사랑을 나눈 두 사람은 서로를 바라보며 대화를 나누었다.

"조금만 참아. 여기를 떠나면 우리 둘만의 시간을 가질수 있어."

카이로는 엘리가 말하는 그 날을 상상만 해도 미소가 절로 나왔다.

"빨리 가고 싶다."

"나도."

두 연인의 공장 일은 계속되었고 기다리던 그 날이 다가왔다. 지겨운 제8구역 일상에서 벗어나게 해줄 그날 밤, 카이로는 작은 가방 하나를 챙겨 짐을 쌌다. 그때 누군가 방문을 두드렸다.

"엄마야. 들어가도 되니?"

카이로는 망설였다. 싸던 짐을 침대 밑으로 숨긴 그녀는 대답했다.

"들어오세요."

딸의 방에 들어온 엄마는 침대에 앉았다. 여전히 술에 취해 있는 그녀는 어수선한 딸의 방을 훑어보더니 말했다.

"너 정말 떠나는구나?"

"…뭐? 알고 있었어?"

"너 그거 아니? 네 아빠…"

"아빠 얘기하지 말라고 했잖아!"

"내 말 들어! 네 아빠, 도망간 거 아니야!"

"뭐?"

"도망간 게 아니라…"

순간 울컥한 엄마는 눈물을 터트렸다.

"엄마 왜 그래?"

"네 아빠는 … 한밤중에 잡혀간 거야…"

"무슨 소리야, 잡혀가다니…?"

"…너에게 거짓말을 한 거야. 그들이! 그들이 시킨 거라고… 딸을 살리려면… 딸을 살리려면 그렇게 하라고… 시킨 거야…"

"…엄마… 도대체 나한테 왜 그러는 거야. 술부터 끊고 말해. 내가 아빠처럼 떠나려니깐 지금 말을 지어내고 있잖아."

"아니야! 딸. 우리 딸… 내 말 들어봐. 정말이야… 네 아빠…"

"이젠 정말 지겨워! 지겹다고!"

카이로는 침대 밑에 숨겼던 가방을 꺼냈다.

"엄마, 잘 있어. 나 정말 떠나."

"안 돼!!"

딸을 보내지 않으려는 엄마는 돌변했다.

"엄마! 이거 놔!"

카이로는 자신의 다리를 잡고 버티는 엄마 때문에 곤욕스러웠다. 그녀는 필사적이었다. 힘으로 엄마의 손을 떼어낸 카이로는 창문으로 서둘러 빠져나갔다.

"찰스 아저씨는 나쁜 놈이야! 그놈 말 믿으면 안 돼!"

카이로는 엄마의 말을 듣지 않았다.

집을 떠난 카이로는 찰스 아저씨 가게 앞에서 엘리를 만났다. 기다리고 있던 찰스 아저씨 옆에는 함께 떠나는 젊은 여성 둘이 더 있었다. 곧 리무진 한 대가 그의 가게 앞에 섰다.

"빨리 타!"

찰스 아저씨는 여성들을 리무진에 태웠다. 어린 찰스가 자다 말고 나와 아버지에게 다가왔다.

"아빠 뭐해?"

"찰스! 나오지 말고 들어가!"

리무진에 탄 카이로는 어린 찰스를 보았다. 찰스 아저씨는 운전사에게 받은 작은 디지털 칩을 주머니에 몰래 넣고는 아들을 데리고 곧장 문을 닫고 들어갔다. 리무진은 모래를 날리며 구역을 달렸다.

"이상하지 않아?"

카이로는 감시자 로봇들이 리무진을 스캔하지 않는 것에

523

의아해했다.

"뭐가?"

"스캔하지 않잖아."

카이로는 불안해지기 시작했다.

"브로커들이 다 정리를 했겠지."

엘리는 그녀를 안심시켰다.

리무진은 곧장 제8구역 터널을 지났다. 카이로는 긴장을 풀 수가 없었다. 엄마의 말이 마음에 걸렸다. 엘리를 비롯하여 동승한 두 여성도 씨티에서의 새로운 삶을 고대하고 있었다.

제8구역 게이트를 지난 리무진은 그들을 데리러 온 수송차 앞에 섰다. 흰옷을 입은 연구실 직원들이 네 명의 여성들을 수송차 안으로 안내했다.

"우릴 어디로 데려가는 거예요?"

카이로가 그들에게 물었다. 분위기가 정말 이상했다. 엘리도 그제야 이상한 느낌을 받고 있었다.

"마지막입니다."

"수고했네."

직원은 운전사에게 작은 디지털 칩을 주었다. 운전사는 손목에 찬 시계 위로 칩을 올려 코인전송을 확인한 뒤, 연구실 직원에게 인사하고는 떠났다. 수송차 안에는 먼저 도착한 이들도 타고 있었다.

카이로와 엘리는 무장한 사람들을 의식하며 수송차 안으로 올라탔다. 모두를 태운 수송차는 문이 닫혔다. 카이로는 달리는 수송차 안에서 문을 열어보려 했지만 굳게 잠겨 있었다.

"도대체 어디로 데려가는 거야…"

다들 겁을 먹었다. 출발한 지 얼마 지나지 않아 수송차 안에 가스가 들어왔다. 놀란 이들은 코를 막으며 버텨봤지만 가스를 마신 이들은 모두 잠들었다.

얼마나 지났을까. 눈을 뜬 카이로는 유리관으로 된 밀실에 갇혀 있었다. 같은 밀실에 누워 있던 노동자들도 서서히 깨어났다. 그들이 격리된 곳은 중앙본부 연구실이었다.

"저기요! 여기가 중앙본부 씨티인가요?"

잡혀 온 이들 중 운명의 추첨으로 뽑혀온 사람들이 연구실 직원들에게 물었다.

"혹시 오해가 있는 거 아닌가요? 저희는 운명의 추첨을 통해 온 거라고요."

그들은 끈질기게 직원에게 물었지만 그 누구도 대답할 사람은 없었다. 다른 방에서 비명이 들려왔다. 끔찍한 목소리였다. 그들은 두려움에 떨기 시작했다.

"엘리! 일어나!"

카이로가 옆에 누워있던 엘리를 깨웠다.

"여기가 어디야…"

카이로의 목소리를 들은 엘리는 정신을 차렸다.

"저기요! 제발 말 좀 해봐요!"

"조용히 해!"

연구실 소장이 노동자들을 향해 소리쳤다. 겁먹은 이들은 모두 입을 다물었다. 그들은 유리관 밀실 속에서 며칠을 보내야 했다. 그리고 그들의 차례가 온 듯 유리관 위에 연결된 가스관에서 연기가 내려왔다. 다들 비명을 지르다가 결국 서서히 잠들었다.

얼마 지나 유리관이 열렸다. 방독면을 쓴 이들이 나타나 잠든 노동자들을 하나씩 데리고 갔다. 이들은 다이아몬드 프로젝트에 강제로 끌려온 실험체들이었다. 실험대상이 부족하면 매매와 납치도 서슴지 않을 정도로 중앙본부는 비밀 실험을 위해 수단과 방법을 가리지 않았다.

눈을 뜬 카이로가 주위를 두리번거렸다. 거의 세워진 수술대에 누운 그녀의 몸은 묶여 있었다. 그녀의 시선은 다이아몬드 원석을 가지고 온 연구실 직원에게 갔다. 직원은 카이로 이마의 중심부를 칼로 도려냈다.

"으아아악!"

실험체에게 마취제는 사치였다. 카이로는 직원의 무자비한 칼질에 너무도 고통스러워 기절했다. 직원은 그녀의 두뇌에 이상한 기기를 올렸는데, 다이아몬드 이식을 위해 필요한 장비였다.

이식 준비를 마친 직원이 잠시 자리를 비운 사이 카이로의 의식이 돌아왔다. 희미했던 시야가 선명해지자 각 구역에서 잡혀온 노동자들이 보였다.

카이로 옆에 누운 한 노동자는 다이아몬드의 힘을 이기지 못하고 몸이 녹아내리고 있었다. 끔찍한 냄새를 참지 못한 카이로는 몸이 묶인 채 그 자리에서 구토했다.

맨정신으로 볼 수 있는 광경이 아니었다. 지독한 냄새를 피해 고개를 반대로 돌리니 엘리가 보였다.

"엘리!"

카이로의 목소리를 들은 엘리가 고개를 돌렸다. 서로 조금 떨어진 위치에 있었지만 두 연인은 시선을 떼지 않았다. 엘리는 두려움에 울먹거렸다.

곧 연구실 직원이 엘리의 파헤쳐진 이마에 다이아몬드를 가져왔다. 직원은 그녀의 머리를 고정하고 블랙 다이아몬드를 이식했다. 엘리는 고통에 찬 비명을 질렀지만 이식은 성공한 듯 보였다. 엘리가 카이로와 시선을 다시 교차하자 그녀의 머리가 순간 '펑!' 터졌다.

"엘리! 아아악!!!"
카이로는 너무도 큰 충격에 미친 사람처럼 소리를 질렀다. 몸을 부르르 떨면서 온 힘을 다해 흔들었다. 그 힘이 어찌나 셌는지 수술대가 바닥으로 쓰러질 정도였다.
연구실 직원들이 부랴부랴 달려와 넘어진 수술대를 다시 세웠다. 제정신이 아닌 카이로를 보다 못한 소장은 마취제 지시를 내렸다. 정신적 충격의 여운도 다시 잠잠해졌다.

이들의 실험은 계속되었다. 눈이 빠지거나 신체 일부가 이상하게 변하는 기형 현상들이 나타나기도 했다. 끔찍한 생체실험 속에 카이로의 차례가 왔다.
그녀가 잠든 사이 직원은 이마에 블랙 다이아몬드를 이식했다. 깨어났을 때 그녀는 블랙 다이아몬드의 힘을 이겨 낸 유일한 생존자가 되었다.

"축하드립니다! 블랙 다이아몬드 시술에 성공한 첫 번째 사례가 되었네요."
카이로는 연구실 직원들의 환영을 받았다. 어리둥절한

표정의 그녀는 지끈거리는 두통에 시달렸다. 머리가 터질 것 같은 고통을 느낀 그녀는 소스라치며 몸을 떨었다.

다이아몬드의 부작용으로 보였다. 몸은 받아들였지만 뇌가 거부 반응을 보인 것이다.

"어떡하죠?"

연구실 소장은 그녀를 지켜보던 카림에게 물었다.

"며칠 지켜보지."

"네."

연구실 직원들은 카이로를 묶어둔 채 며칠이 아닌 몇 주를 지켜보았다. 두통은 잠잠해지지 않았다. 그녀는 잠을 자지도 못하고 고통을 감수해야 했다.

지옥이 따로 없었다. 몇 주가 지나도 상태가 진전되지 않자 다이아몬드 제거 작업에 들어갔다. 그녀를 마취한 연구실 직원은 이마에 박힌 다이아몬드를 제거한 뒤 그녀를 다시 유리관으로 데려갔다.

다시 깨어났을 때는 두통은 없었다. 하지만 오한과 구토가 몰려오며 몇 주를 앓았다. 소장은 그녀의 상태를 일거수일투족 기록했다.

그녀가 다시 정상으로 돌아온 듯 보이자 소장은 실험을 또다시 강행했다. 그러나 결과는 똑같았다. 그들은 블랙과 블루 다이아몬드를 번갈아 시술했다. 카이로는 끔찍한 고통 속에서 수개월의 끈질긴 실험 끝에 버려졌다.

긍정적인 결과가 나타나지 않자 그녀와 비슷한 경험을 한 실험체들을 모두 한곳에 모아 폐기했다. 다이아몬드 실험에 실패한 이들은 모두 저장소 프로젝트 실험체로 보내졌다. 카이로를 비롯하여 폐기처분 대상자들은 운송 차량에 실려 사막을 건넜다.

"아, 덥다. 더워…"
두 명의 운전사가 뜨거운 사막의 햇살에 인상을 찡그렸다. 그들은 우림지대에 있는 저장소 공장으로 향하고 있었다. 물처럼 흘러내리는 땀을 닦던 그들 앞에 모래가 들썩거리더니 작은 크기의 아구라가 튀어나왔다.
"아악!"
아구라는 운송 차량의 절반을 뜯어서는 모래 속으로 다시 들어갔다. 마취에서 깨어난 카이로와 일행들이 소리치며 살려고 발버둥 쳤다.
운송 차량 뒤편에 있었던 카이로는 충돌과 함께 사막 위로 떨어졌다. 다시 일어난 그녀는 필사적으로 뛰었다.
다른 생존자들도 모래 속으로 빨려 들어가지 않으려고 뛰었다. 하지만 다시 튀어나온 아구라가 그들을 삼켰다. 카이로는 뒤도 돌아보지 않고 뛰었다. 숨이 차올라 더는 뛸 수 없었던 그녀가 뒤를 돌아보았을 때 그녀는 이미 혼자였다. 사막은 고요했다.

　유일한 생존자가 된 그녀는 걸었다. 뜨거운 햇살에 목이 말라갔고 지쳐 쓰러졌다. 다시 일어난 카이로는 걷더니 또 쓰러졌다. 사막의 끝은 보이지 않았다.

　생사의 끝에 선 그녀는 마지막 힘을 다해 다시 일어섰다. 살아야만 했다. 여기까지 온 이상 죽을 수 없었다. 자신을 이렇게 만든 그들을 생각하며 복수의 칼날을 갈았다.

　그녀는 뒤늦게 엘리를 다시 생각했다. 사랑하는 여인을 생각하면 할수록 가슴이 찢어졌다. 밤이 흘러도 그녀는 쉬지 않고 걷고 또 걸었다. 포기하지 않았다.

　그렇게 걷던 그녀의 발이 순간 아래로 빨려 들어갔다. 비명을 지를 힘도 없었다. 그녀는 옛 지구인 창고 안으로 떨어졌다. 그 안엔 무기를 비롯하여 오래된 책과 다양한 장비들이 쌓여 있었다.

　몇 안 남은 통조림과 말린 고기들이 담긴 비상 음식까지 사막 아래의 적절한 기온 덕분에 부패하지 않은 식품들이 조금 남아 있었다.

　허기를 채운 그녀는 옛 지구인의 책들을 보았다. 지구라고 불리는 곳의 역사와 다양한 음식과 문화 등 모든 게 처음 보는 것들이었다.

제8구역에서 배운 지식이 아니었다. 그녀는 다른 노동자들처럼 메탈과 크리스탈을 분류하는 공장에서 매일 일했던 성실한 일꾼일 뿐이었다.

새로운 지식을 얻게 된 그녀는 눈을 뜨기 시작했다. 우연이었지만 그녀에겐 운명과도 같은 발견이었다.

그녀는 옛 지구인의 창고에서 희망의 불씨를 피웠다.

5. 최후의 결투

옛 지구인의 창고에 피난민들이 하나둘씩 모이기 시작했다. 각 구역에서 탈출한 노동자들은 카이로와 함께 피난처에서 살아가고 있었다. 이들은 총을 사용하는 법과 싸우는 법을 배워나갔다.

초창기 레볼트 멤버들이 여기서 시작했다. 카이로는 옛 지구인의 서적에서 찾은 지식으로 레볼트의 규칙과 전투기술을 일원들과 나눴다.

그 외에도 사막에서 생존법, 자급자족 방법 등 옛 지구인이 남긴 책에 담긴 방대한 지식은 레볼트에게도 유용하게 쓰이고 있었다.

어느 날, 옛 지구인 저장소로 귀족이 찾아왔다. 아리아 3세였다. 레볼트라는 이름으로 군대를 만들고 있던 카이로를 직접 찾아온 것이다.

"당신이 카이로인가요?"

어느덧, 성인이 된 카이로는 아리아 3세와 대면했다.

"우린 당신들과 뜻을 함께할 수 있는 조직입니다. 서로에게 분명 도움이 될 거예요."

세상을 바꾸려는 두 여성의 만남은 혁명의 시작을 알렸다.

과거의 회상에서 돌아온 카이로에게 천재 기술자가 로봇 팔을 달아주고 있었다.

"이걸로 물건을 잡을 수 있을 겁니다. 움직여 보세요."

카이로는 기술자가 시키는 데로 움직였다. 손과 팔이 모두 잘 작동했다. 렌쳉은 카이로를 지켜보았다.

"카이로님, 군인들 사기가…"

카이로는 자리에 앉아 한숨을 내쉬었다. 자신이 지금껏 살아온 목적이 흔들리고 있었다.

"습격이다!!"

밖에서 소리가 들려왔다. 렌쳉이 급히 나가보니 카림의 군대가 보였다. 탱크와 기동대를 비롯하여 제타와 알렉스, 키아라, 카림의 군인들까지 레볼트 진영으로 오고 있었다. 적들의 수가 상당했다.

"카이로님! 습격입니다!"

카이로도 그제야 밖으로 나왔다. 군인들의 사기가 너무 떨어져 다들 벌벌 떨고 있었다. 카이로는 무슨 말을 해야 할지 몰랐다. 군인들은 죽을지도 모른다는 생각에 우왕좌왕했다.

"다들 여기서 가만있다가 죽을 건가요?"

사기가 떨어진 이들 앞으로 헤나가 당당히 말했다.

"다들 자유를 원합니까? 모두가 공평한 세상에서 살고 싶나요? 무기를 들어요! 싸우세요! 저들을 두려워하면 지는 겁니다! 죽음을 두려워하지 마세요! 싸워서 우리의 자유를 되찾읍시다!!"

모두가 헤나를 주목했다. 카이로의 눈에서 눈물이 흘러내렸다. 절망에 빠졌던 그녀는 젊은 헤나를 보며 용기가 다시 살아났다. 카이로는 헤나에게 다가와 어깨에 손을 올렸다. 그리고 뒤를 이어 군인들에게 외쳤다.

"다들 잘 들어라! 우리의 전쟁은 여기서 끝이 아니라, 앞으로도 계속될 것이다! 오늘 내가 이곳에서 죽더라도, 너희들이 이곳에서 죽더라도! 나를 이을 자, 너희들을 이을 자들이 계속 싸울 것이다!

그리고 그들은 기억할 것이다. 우리가 이곳에서 용감하게 싸웠더라고! 모두가 우리를 기억할 것이다! 나가자! 싸

535

우자! 용감한 레볼트여!"

두 여성의 외침은 두려움에 떨던 레볼트 군인들에게 용기를 북돋아 주었다. 그들은 무기를 들고 다가오는 적군들과 맞섰다.
"레볼트 만세! 싸우자!"

함성이 울려 퍼지는 동안 크루거는 공중에 부양되어 다가오는 알렉스를 보았다. 그의 뒤로 제타, 그리고 키아라가 보였다.
"키아라?"
놀란 눈을 한 크루거는 키아라를 보자 마음이 흔들렸다.

적군의 탱크에서 레이저 포탄이 날아왔다. 레볼트군은 그룹으로 모여 크리스탈이 박혀 있는 기기를 가운데 놓았다. 기기에서 뿜어져 나온 돔 형태의 쉴드가 날아오는 포탄을 막아줬다.
레볼트군은 박격포, 바주카, 다이너마이트 등, 화력을 자랑하는 무기를 내세워 탱크와 맞섰다.
쌍둥이의 염력은 막강했다. 그들은 나무를 통째로 뽑아 던지거나 땅을 흔들어놓았다. 키아라는 블루의 힘으로 수많은 군을 날려 보냈다.

크루거가 키아라에게 달려가 육탄전을 벌였다.

"키아라! 나를 기억 못 하겠나?"

크루거를 기억하지 못하는 키아라가 주먹을 날렸다. 쉴드를 치며 그녀의 힘을 막아낸 크루거는 공격하지 못했다. 키아라를 설득하려 했지만 다시 재회한 두 사람은 싸워야 했다.

크루거가 키아라를 상대하는 동안 타케시는 기동대의 레이저빔을 막으며 수류탄을 소환해 던졌다. 블루의 힘이 실린 수류탄은 폭발과 함께 수많은 적을 날려 보냈다. 벤의 해머는 적의 보병들을 무찔렀다. 두려움을 극복한 레볼트는 용맹했다.

"제법이군."

선발군을 보낸 카림은 최후방 전선에 떠 있는 전용기 안에서 상황을 살피고 있었다.

언덕 너머로 카이로와 군인들이 숨어들어와 카림의 그랜더를 노렸다. 벤이 훔쳐 온 레이저포를 최대 파워로 올린 레볼트군은 전용기를 향해 발사했다. 펑! 기체에서 내뿜는 쉴드에 구멍이 생겨났다.

바주카포로 무장한 카이로와 군인들은 그 틈을 놓치지 않았다. 가지고 온 미사일을 생겨난 구멍을 향해 모두 날렸다. 펑! 퍼어엉! 카림의 그랜더가 큰 타격을 입고 추락했다. 초반의 전세는 레볼트의 승리로 비쳤다.

반면 알렉스와 제타가 싸우는 곳에서는 수많은 아군이 희생되고 있었다. 스카이와 울프는 무너지고 있는 아군을 도와 쌍둥이를 공격했다. 빠른 스피드 덕분에 쌍둥이의 염력 공격을 이리저리 피하며 쌍칼을 휘둘렀다. 블루의 기운이 나무를 뚫고 그들에게 날아갔다.

스카이의 원거리 공격이 알렉스에게 가까이 갈 때마다 제타는 그것의 방향을 바꿨다. 쌍둥이 중 하나가 공격하면 다른 하나는 방어하며 서로의 약점을 보완했다.

알렉스와 제타는 강했지만 스카이는 알아챘다. 그들이 근접전에 약하다는 것을.

스카이는 그런 점을 파악하고 최대한 빠르게 움직였다. 그는 알렉스의 시야에서 사라진 뒤 적의 뒤에서 나타나 목을 노렸다. 조금만 늦었다면 알렉스의 목이 날아갈 뻔했지만 제타의 영리함이 한 수 위였다. 그녀는 스카이의 몸을 염력으로 붙잡아 그의 팔다리를 뜯어냈다.

"아악!"

스카이는 바닥으로 떨어졌다. 알렉스가 방심한 틈에 울프가 달려와 그의 팔을 물었다.

"이 고철덩어리가!"

알렉스는 울프의 머리를 뜯어냈다.

"울프!"

팔다리를 잃은 스카이는 남은 몸뚱아리로는 아무것도 할 수 없었다. 알렉스가 그의 머리를 노리며 지상으로 내려오자 벤의 거대한 해머가 알렉스를 향해 날아왔다. 염력으로 멈출 수 없던 그는 황급히 몸을 숙여 피했다.

헤나와 렌쳉이 지원 사격을 하는 동안 타케시는 소환한 도끼로 알렉스를 공격했다. 지원군의 맹공격을 받던 알렉스가 다시 하늘로 날아올랐다.

제타는 크리스탈 레이저 채찍을 꺼내어 공중에서 공격했다. 그녀의 채찍을 맞은 아군들의 몸은 산산조각이 나며 피를 쏟았다.

지상에 있는 레볼트군은 알렉스와 제타를 향해 레이저 공격을 퍼부었다. 쌍둥이는 날아온 레이저를 염력으로 정지시키더니 다시 지상으로 돌려보냈다

"피해!"

렌쳉과 헤나를 비롯하여 아군들이 몸을 던지며 다시 돌아온 레이저를 피했다.

제타의 채찍이 타케시를 향해 맹렬하게 오자 블루의 힘이 실린 쉴드로 방어했다. 타케시는 곧바로 레이저건의 에너지를 모아 제타에게 발사했다.

블루의 힘으로 증폭된 에너지가 거대한 크기로 제타를 향해 날아갔다. 그때 알렉스가 제타를 도와 그 에너지를 염력의 힘으로 다시 돌려보냈다.

"죽어라!"

알렉스가 외쳤다.

지상에 있던 아군들이 위험했다. 날아오는 거대한 에너지를 피할 수 없는 긴박한 상황이었다. 그 순간 어디선가 빛이 번쩍거렸다. 알렉스와 제타는 빛의 기운에 둘러싸인 크론을 보았다. 그의 뒤로 태양과 말룬다, 그리고 크론의 짐승들이 함께 있었다.

크론은 손을 뻗어 날아오는 에너지의 방향을 바꾸었다. 그것은 결국 적군의 진영에 떨어져 폭발했다.

"뭐야…?"

알렉스와 제타는 새로운 적의 등장에 긴장했다.

벤은 그 사이 스카이와 울프를 데리고 후퇴했다. 기술자의 텐트로 들어온 벤은 그들을 내려놓았다.

"죽어서는 안 돼, 스카이. 살아남아."

"빨리 고쳐주기나 해!"

몸은 못 쓰지만, 정신은 살아있는 스카이가 인상을 구겼다.

"성질은 남아있군."

벤은 피식 웃으며 다시 전장으로 나갔다.

"이런, 서둘러야겠군."

기술자는 스카이와 울프를 수리하기 시작했다.

크론과 함께 공간 이동으로 날아온 말룬다와 태양이 레볼트에 합류하여, 카림의 2차 공격을 방어했다. 엄청난 양의 기동대와 레이저건으로 무장한 군인들이 몰려왔다.

태양은 드래곤 발톱으로 필살기 연타 공격을 퍼부었다. 민첩한 말룬다는 경지에 오른 창술로 적들을 물리쳤다. 크론의 짐승들도 역할을 한몫했다. 거대한 체구와 힘을 자랑하는 짐승들은 기동대와 탱크를 파괴했다.

다시 돌아온 벤은 해머를 휘둘렀다. 타케시는 에너지를 다시 모아 원거리를 향해 레이저를 날렸다. 파괴력이 엄청났지만 두 번의 에너지 공격으로 나노아머의 재충전이 필요했다. 그는 아랑곳하지 않고 도끼를 소환해 근접전을 벌였다.

카림의 전용기를 추락시킨 카이로와 군인들은 언덕에 숨어 계속되는 지원 공격을 퍼부었다.

"쥐새끼들이군."

전용기에서 탈출한 카림이 카이로에게 다가와 있었다.

"오랜만이군! 실험체 1호. 크크크!"

카이로의 얼굴을 알아본 카림이 말했다. 군인들은 급히 총을 꺼내어 쏘았다. 탕! 탕! 거대한 사자의 형태로 변신한 카림은 카이로의 부하들을 단번에 죽였다. 카림의 습격을 받은 카이로는 언덕 아래로 추락했다.

한편 쌍둥이와 맞선 크론의 힘은 그들을 능가했다. 알렉스와 제타가 염력 공격을 퍼부었지만 크론은 그들의 염력을 무마시키며 빛의 에너지를 날렸다.

그것은 쌍둥이들이 처음으로 경험한 파워였다. 크론의 공격으로 쌍둥이는 나무에 부딪히며 바닥으로 쓰러졌다. 염력을 너무 많이 소모한 그들은 지쳐 있었다.

위험에 처한 쌍둥이를 본 카림이 크론에게 빠르게 달려왔다. 카림의 공격은 강렬했다. 크론과 카림의 대결로 주위에 있던 울창한 나무들이 두 기운의 충돌을 버티지 못하고, 꺾어졌다.

"예전 같지 않군, 크론. 하하! 너무 늙었어!"

카림을 상대하는 크론은 고전을 면치 못했다. 나이가 든 그는 30년 전처럼 힘을 발휘할 수 없었다. 카림의 가세로 어려운 전세는 더욱 불리하게 가고 있었다.

언덕 아래로 떨어졌던 카이로는 다시 일어나 무기를 들었다. 그녀는 죽어가는 다수의 아군을 보았다. 레볼트군은 용맹하게 싸우고 있었지만, 적의 수는 그들의 열 배는 되었다. 1차, 2차 공격이 있은 지 얼마 안 되어 곧바로 3차 공격이 몰려왔다. 절망적인 상황이었다.

다시 일어선 알렉스와 제타는 염력의 힘으로 레볼트의 영웅들을 다시 상대했다. 그들은 타케시를 비롯하여 벤, 헤나, 렌쳉을 마비시켰다. 알렉스는 첫 번째 희생양으로 렌쳉의 팔다리를 부러뜨렸다.

"아아악!"

"알렉스 장난치지 말고 빨리 끝내버려."

알렉스는 그 상황을 즐겼다. 렌쳉 다음 희생자로 타케시를 노렸다. 그는 나노아머를 착용한 타케시의 손목을 꺾은 뒤 그의 팔을 완전히 뜯었다.

"아악!"

피가 터져 나오며 타케시가 비명을 질렀다. 알렉스는 다음 차례로 벤을 노렸다.

"알렉스! 이 상황에 장난치지 마!"

레볼트의 영웅들을 잡고 있던 제타는 능력을 지나치게 소모하고 있었다. 절대적 위기 상황에, 어디선가 굉음이 들리더니 A(RIA)-I이 때마침 전장에 도착했다. 전투함에서 발포된 레이저 공격이 적군을 향해 날아갔다. 펑! 퍼어엉!

전투함의 레이저 공격 여파로 알렉스와 제타가 날아가 바닥에 쓰러졌다. 제타의 염력에서 풀려난 영웅들은 다시 무기를 잡고 싸웠다.

"헤나, 이거 가져가…"

팔다리가 부러진 렌쳉은 더는 싸울 수 없었다. 렌쳉의 권총을 손에 쥔 헤나는 적군과 맞섰다.

"투하!"

해성과 아리아, 그리고 그녀의 부하들은 하강하기 전 푸른 액체를 마셨다. 전투함에서 낙하한 지원군은 레이저를 쏘며 위기에 빠진 레볼트군을 도왔다. 지원군의 도착으로 전세가 다시 균형을 맞추기 시작했다.

알렉스와 제타는 힘을 합쳐 아리아의 전투함을 지상으로 추락시켰다. 바닥에 처박힌 전투함은 폭발했다.

전투함을 잃은 아리아는 해성과 함께 쌍둥이에게 돌진했다. 강력한 염력에 들어 올려진 땅이 그들을 덮쳤다. 해성의 주먹과 아리아의 빛의 기운은 그것을 어렵지 않게 뚫었다.

화가 난 알렉스는 근접해오는 아리아에게 염력을 날렸다. 하지만 빛의 검으로 그의 능력을 쳐낸 아리아는 바람을 가르며 알렉스를 반으로 베었다.

해성의 공격을 피하느라 알렉스의 방어를 미처 하지 못한 제타는 소리쳤다.

"알렉스!!"

제타는 마지막 남은 힘을 모아 해성과 아리아를 날려 보냈다. 그녀는 알렉스에게 달려가 그를 끌어안았다. 두 사람의 마음이 항상 통하지는 않았지만 알렉스는 그녀의 유일한 가족이었다.

충격에 휩싸인 그녀는 싸울 의지를 잃어버린 채 극심한 혼란에 빠져버렸다.

제타의 염력을 맞고 적진으로 날아간 해성은 다시 일어나 엄청난 수의 기동대들과 싸웠다. 근처에서 싸우던 헤나가 해성과 시선을 교차했다.

오랜만에 다시 만난 해성과 헤나는 할 말이 정말 많았지만 두 사람은 말을 아끼며 함께 싸웠다.

알렉스에게 팔이 잘린 타케시는 지독한 고통을 참아가며

바닥에 떨어진 팔을 집었다. 피를 많이 흘린 그는 의식을 잃고 있었다. 나노아머를 빼낸 그는 멀쩡한 팔에 그것을 끼우고는 마지막 의식이 남아 있을 때까지 적들과 싸웠다.

바닥에 앉아 동료들을 지켜보던 렌쳉은 타케시에게서 야수 같은 거친 전사의 모습을 보았다. 분명 레볼트의 훌륭한 행동대장감임을 확신했다.

"키아라 그만해! 제발!"

크루거와 키아라의 대결은 전장에서 조금 떨어진 곳에서 계속되고 있었다. 키아라의 공격을 막기만 하던 크루거는 그녀에게 일격을 날렸다.

선택의 여지가 없었다. 키아라의 맹공격을 막고만 있다가는 그가 죽을 수도 있었다. 크루거에게 한 방 맞은 키아라는 블루의 힘을 최대로 살려 반격했다.

멀지 않은 곳에서 카림과 크론의 대결이 한창이었다. 카림은 사자머리 형태의 검은 기운을 크론에게 날렸다. 거대한 사자의 이빨은 그를 물고는 바닥으로 강하게 떨어졌다.

엄청난 소리를 동반한 그 충격에 땅이 꺼질 정도의 구멍이 생겨났다. 충격의 여파로 키아라와 크루거가 함께 날아갔다. 크론의 완패였다.

위기에 처한 주인을 지키기 위해 크론의 짐승들이 사납

게 달려들었다. 카림의 괴력은 짐승들을 하나둘 때려눕혔다. 카림은 그의 군대가 얼마 남지 않은 걸 뒤늦게 깨달았다. 크론을 상대한다고 신경을 못 쓴 그는 인상을 구겼다.

"쳇!"

카림은 크론을 죽일 기세로 검은 기운을 끌어모았다. 그때 뒤에서 달려온 아리아가 빛의 검으로 카림의 몸을 갈랐다.

"크어억!"

카림은 아리아를 거칠게 공격했다. 거대한 사자의 발톱이 닿는 곳엔 모든 것이 파괴되었다. 아리아는 민첩하게 공격을 피했지만, 충격의 여파만으로도 비틀거렸다. 바할과는 비교도 안 되는 괴력이었다.

카림이 필살기를 날리자 아리아는 방어에 실패하고 날아온 검은 사자의 입에 물려 한없이 깊은 땅속으로 처박혔다. 의식을 잃은 그녀는 일어나지 못했다. 빛의 검에 잘려져 나간 카림의 몸은 빠르게 회복했다.

어디선가 바주카포가 날아와 카림의 얼굴을 맞고 폭발했다. 얼굴의 일부가 터져나가며 재생하는 동안 또 다른 미사일이 날아와 폭발했다.

화가 잔뜩 난 카림은 눈앞에 아른거리는 카이로를 보았다. 어깨에 바주카포를 얹은 카이로의 뒤로 부하가 미사일을 채우고 있었다. 카림은 날아온 미사일을 다시 쳐내고는 그녀 앞에 섰다.

"이제 너의 시간이 왔다."

그가 다가오길 기다렸던 카이로는 미사일을 다시 쏘았다. 카림이 그것을 한 손으로 잡더니 그 자리에서 폭발했다. 카림의 검은 피가 카이로를 덮쳤다.

"으아아악!"

검은 피에 타들어 가는 고통을 느낀 카이로를 카림이 낚아챘다. 그리고 그녀의 머리부터 질겅질겅 뜯어 먹었다.

"카이로님!!"

카이로의 최후를 멀리서 보던 렌쳉이 소리 질렀다.

감정이 격해진 벤이 해머를 들고 무모하게 카림을 공격했다. 엄청난 위력으로 휘둘렀지만, 인간의 힘으론 무리였다. 카림은 벤을 쳐냈다. 카림의 한 방에 벤은 멀리 날아가 바닥에 쓰러졌다. 그는 죽은 사람처럼 일어나지 못했다.

"벤!!!"

동료마저 잃은 렌쳉은 괴로워했다.

말룬다가 창을 날리며 카림을 공격했다. 태양도 드래곤 발톱 연타 공격을 퍼부었지만 그들의 공격은 무용지물이었다. 카림은 그를 공격해오는 레볼트군을 완전히 쓸어버렸다. 거의 혼자서도 모두를 상대할 정도로 강했다.

이번엔 해성의 차례였다. 그는 카림에게 빛의 기운이 실린 어퍼컷을 날렸다. 카림은 그의 공격을 검은 기운으로 막으며 뒤로 물러섰다.

"네 놈과 싸우게 될 줄이야."

카림은 긴장했다. 그의 힘을 잘 알고 있었기에 방심하지 않았다. 해성과 카림의 두 기운의 충돌로 엄청난 바람이 불었다.

쿵!! 카림의 일격을 맞은 해성이 바닥에 꽂혔다. 카림의 괴력이 해성의 힘을 눌려버린 것이다. 해성은 피를 토했다.

그때, 블루의 힘이 실린 레이저가 카림의 눈을 명중시켰다. 헤나였다. 그녀는 카림의 또 다른 눈을 향해 쏘았다. 렌쳉의 권총 한 방은 카림을 꽤 성가시게 했다.

"이 하찮은 것이!!"

냉정을 잃은 카림이 헤나에게 달려갔다. 펑! 이번엔 폭발력이 큰 레이저가 카림을 타격했다. 터져나간 몸이 빠르게 재생되는 동안 스카이가 레이저포를 장전하고 있었다.

몸이 제대로 고쳐지진 않았지만, 동료를 구하기 위해 그는 전투에 임했다.

하찮은 인간에게 당하고 있는 상황이 카림을 더 화나게 했다. 그는 검은 기운을 사방으로 날렸다. 그중 하나는 스카이를 향해 날아갔다.

시간이 없었다. 살기 위해 그는 레이저포를 포기해야 했다. 스카이가 빠르게 피하자 레이저포는 검은 기운을 맞고 그 자리에서 폭발했다. 말룬다와 태양 그리고 헤나는 가까스로 몸을 던져 목숨을 건졌다.

해성은 다시 일어나 카림과 맞섰다. 해성과 카림의 대결이 다시 주위를 초토화하는 동안, 쓰러졌던 크론이 몸을 비틀거리며 일어섰다.

마지막 힘을 아껴둔 그는 기회를 엿보았다. 의식을 잃었던 아리아도 다시 일어나 상황을 지켜보았다. 카림의 공격으로 상당한 타격을 입었지만, 그녀는 이를 악물고 버텼다.

해성은 카림의 힘에 또다시 밀려 바닥에 처박혔다. 이번엔 아리아가 해성의 지원 공격을 퍼부었다. 헤나도 동참했다.

"성가신 것들!"

카림이 아리아를 잡아 바닥에 처바르는 동안 헤나는 지원사격을 날렸다. 카림은 가만히 당하고만 있지 않았다. 그의 발톱은 헤나를 공격했다. 그것은 끝내 헤나의 가슴을 관통했다.

"안돼!!"

헤나마저 잃을 수 없었다. 레볼트의 차기 리더의 죽음은 살아남은 모두에게 큰 충격이었다. 절박한 해성은 카림의 다리를 잡았다. 그리고 그를 하늘 위로 날렸다.

해성은 다시 떨어지는 카림과 최후의 일격을 맞바꿨다. 카림의 주먹과 해성의 주먹이 격돌하며 태풍이 몰아치는 여파로 모두가 날아갔다. 크론과 아리아는 버텼다.

"크억… 내 몸이… 재생이 안… 되다니…"

온몸이 분해되고 있는 카림의 몸은 다시 붙지 않았다. 해성은 카림의 일격에 땅 깊숙한 곳에 처박혀 정신을 잃은 상태였다.

카림이 발악하며 살기 위해 안간힘을 쓰고 있을 때, 기회만 보고 있던 크론이 그의 뒤로 날아와 아껴두었던 빛의 에너지를 발산했다.

분해되던 카림의 몸이 서서히 소멸했지만, 카림은 강하게 저항했다. 검은 기운을 모아 크론의 힘을 막아내려 했다. 그때 아리아가 달려와 빛의 기운을 쏟아부었다.

크론과 아리아의 힘이 합쳐지자 카림의 마지막 발악은 연기처럼 소멸했다. 카림의 최후였다.

6. 부활

　기술자는 황급히 실려 온 헤나의 상태를 보았다. 숨이 붙어 있었지만 긴급 조치를 취하지 않으면 헤나를 살릴 수 없었다.

　그는 자신이 실험 중인 크리스탈 원석으로 만든 에너지 장치를 헤나의 가슴에 이식하기로 했다. 스카이의 가슴에 박힌 것과 같은 종류였다.

　기술자는 서둘렀다. 헤나의 숨이 멈추기 전에 수술을 끝내야 했기 때문이다.

　"콜록! 콜록!"

　죽은 줄 알았던 벤이 눈을 떴다. 카림의 일격을 맞았지만 맷집이 좋은 그는 살아남았다. 만신창이인 그는 정신력으로 버티고 있었다.

　"벤!"

몇 안 남은 생존자들 사이에 벤을 반기는 렌쳉의 목소리가 들렸다. 그의 목소리를 따라간 벤은 움직일 수 없는 렌쳉을 들어 어깨에 짊어졌다.

"잠깐! 벤, 저 사람도."

벤은 렌쳉이 가리키는 곳을 향해 시선을 돌렸다. 한쪽 팔을 잃은 타케시가 눈에 들어왔다. 타케시는 의식을 잃고 쓰러져 있었다. 그는 타케시를 다른 어깨에 들어 짊어지고는 기술자의 텐트 안으로 들어왔다.

기술자는 분주했다. 벤은 렌쳉과 타케시를 구석 어딘가에 내려놓고는 헤나의 얼굴을 보았다.

"살려야 해. 반드시…"

"최선을 다하고 있습니다요…"

기술자는 매우 진지했다. 그는 헤나를 살리기 위해 모든 지식과 기술을 동원하고 있었다. 그들의 리더인 카이로까지 잃은 상황에 헤나는 마지막 희망이었다.

그녀가 레볼트군에게 용기와 희망을 준 것에 대해 기술자도 분명 기억하고 있었다.

기술자의 텐트 안과 밖으로 간호병들이 부상자들을 치료한다고 분주했다. 팔다리가 잘려져 나간 이들은 기술자가 만든 로봇의 것으로 대체했다. 타케시도 예외는 아니었다. 피를 수혈하고 로봇의 팔을 이식받은 그는 기적처럼 살아 돌아왔다.

"아리아님!"

태양과 말룬다가 아리아에게 다가왔다.

아리아는 카림을 물리친 기쁨으로 안도의 한숨을 내쉬었다. 그녀 앞으로 해성이 지상으로 올라오고 있었다.

"해성!"

아리아가 그의 손을 잡아 주었다.

"괴물은요?"

"우리가 해냈어요. 그는 죽었어요."

해성은 그제야 긴장을 풀었다. 다만 그의 머릿속에 스쳐 지나간 사람은 헤나였다.

"헤나는요! 헤나?"

갑작스레 헤나를 부르는 해성은 주위를 돌아다녔다. 아리아는 의아해했다. 해성의 어릴 적 친구인 그 이름을 아리아도 기억하고 있었다. 헤나를 부르는 해성에게서 진심이 느껴졌다.

아리아는 질투했다. 사랑하는 남자가 힘겨운 전쟁을 끝내고 생각한 첫 번째 사람이 아리아 자신이 아니라 헤나라는 사실에 마음이 아팠다.

해성은 기술자의 텐트로 몰려든 레볼트군 사이를 헤집고 들어섰다.

"여기 들어오면 안 돼요. 나가 있어요!"
해성을 본 보조원이 소리쳤다. 헤나는 괴기스럽게 생긴 기계에 의존해 생명을 유지하고 있었다. 텐트에서 나온 해성은 헤나를 잃을 수도 있다는 생각에 초조해졌다.
생사가 왔다 갔다 하는 헤나를 기다리는 해성에게 아리아가 다가왔다. 그녀는 아무 말 없이 해성을 바라만 보았다. 두 연인 사이에 복잡한 감정선이 교차했다.

크론은 죽은 알렉스의 시신을 안고 멍하니 앉아 있는 제타에게 다가갔다. 크론의 옆으로는 네 마리의 짐승이 주인을 지켰다. 카림의 괴력을 맞고도 살아남은 짐승들은 몸을 절뚝거렸지만 회복하고 있었다.
"자네는 살기 원하는가? 아니면 죽음을 선택할 것인가?"
카림에게 모든 힘을 다 쏟은 크론이지만 제타 정도는 충분히 상대할 수 있었다. 제타는 주위를 돌아보았다. 전쟁으로 울창했던 숲은 훼손되었고 시신들로 가득했다.
파괴된 기동대와 탱크에서는 불과 연기를 가득 뿜고 있

었다. 피투성이가 된 시신 조각들이 그녀의 눈에 아른거렸
다.

"…나에게 선택권이 있나요?"

제타는 말했다. 크론은 기회를 주고자 했다.

"누구에게나 선택권은 있네. 그게 우리가 싸우는 이유
지."

제타는 그의 말에 고개를 들었다.

'선택권이 있다고?'

그녀는 지금까지 단 한 번도 자신의 선택으로 살아온 적
이 없었다.

"난… 지금껏 누구를 위해 싸웠나요? 난… 난…"

"당장 찾지 말게. 자네가 살아가는 이유는 시간이 해결해
줄 거야."

크론은 제타를 가여워했다. 구속된 삶에서 벗어난 제타
의 눈에서 눈물이 주르륵 흘러내렸다.

흙으로 뒤덮인 곳에서 크루거가 불쑥 올라왔다. 주위를
보니 전쟁은 끝나 있었다.

"키아라!"

크루거는 키아라를 큰 소리로 불렀다.

"키아라!"

어디선가 기침 소리가 들렸다. 키아라였다.

크루거는 소리가 나는 곳으로 갔다. 그는 모래 속에 얼굴을 파묻고 있던 그녀를 발견했다. 충격의 여파가 도움이 되었는지, 키아라는 크루거를 알아보는 눈빛이었다.

"크루거…?"

"이제… 기억이 나는가?"

크루거는 기쁜 마음에 그녀를 끌어안았다.

"다행이네. 살아 돌아와 줘서…"

키아라는 영문도 모른 채 그의 품에 안겼다. 그에게서 따뜻한 감정을 느낀 그녀는 자신도 모르게 눈물을 흘리고 있었다.

"저거… 공격선 아냐?"

하늘을 보던 레볼트 군인들이 웅성거리기 시작했다. 멀리서 중앙본부의 그랜더배틀쉽이 날아오고 있었다. 그 수가 상당했다.

적군의 공격선을 본 아리아의 얼굴은 굳어졌다. 제대로 싸워보지도 못하고 폭격으로 전멸당할 위기였다.

생존자들은 이번이 정말 마지막일지도 모른다는 생각에 두려움에 떨었다. 무기들도 거의 다 소진해 버린 상태였다. 에너지 쉴드도 카림의 군대와 싸우면서 대부분 파괴되어 성한 게 없었다.

그들을 지켜보던 크론은 마지막 수를 생각했다.

"다들 내 옆으로 모이시게! 어서!"

그는 수술 중인 기술자의 텐트로 가서 외쳤다. 모두가 그에게 다가왔다. 크론은 마법의 능력으로 공간 이동을 시도했다.

인원이 많아 체력 소모가 상당했지만 절망에 빠진 이들을 구하기 위해 크론은 남은 힘을 다 끌어모았다. 빛의 에너지가 그들 주위를 감쌌다.

멀리서 망설이던 제타는 크론을 보았다. 그는 그녀를 허락한다는 신호를 보내며 선택권을 주었다. 크루거는 키아라를 데리고 크론의 에너지 안으로 들어갔다.

죽음이 코앞까지 다가온 레볼트군은 제타나 키아라 같은 불청객에 신경 쓸 겨를도 없었다. 적들은 더 가까이 다가왔고, 힘이 조금 부족했는지 크론은 애먹고 있었다.

공격선에서 엄청난 양의 레이저포가 발사되는 순간, 레볼트 군인들은 비명을 질렀다.

"영감! 서둘러!"

태양이 긴장하며 그를 재촉했다.

"이 녀석이! 영감이라니!"

태양의 무례함이 크론을 자극했는지 이마엔 핏줄까지 곤두섰다. 아리아는 빛의 힘을 두 손에 모아 날아오는 공격을 막아볼 생각이었다. 해성도 만전의 준비를 하려던 찰나에 크론이 두 손을 뻗었다.

그 순간, 빛으로 발광하던 이들은 절묘한 타이밍에 사라졌다. 날아온 레이저는 조금 전까지 그들이 있었던 빈 곳을 쑥대밭으로 만들었다.

크론의 은둔처에 빛의 에너지가 번쩍 나타났다 사라졌다. 호수가 출렁거리며 바람이 거세게 불었다. 공간 이동으로 힘을 지나치게 소모한 크론은 비틀거리며 쓰러졌다.

"영감!"

"크론!"

다들 그의 곁으로 다가갔다. 짐승들이 그에게 달려와 얼굴을 핥아주니 그는 웃었다. 무사한 크론을 확인한 이들은 안도의 한숨을 내쉬었다. 크론은 비틀거리며 일어나 태양의 머리를 툭 쳤다.

"아 뭐야?"

태양이 짜증 냈다.

"버르장머리 없는 녀석 같으니라고."

"쳇! 살아있군! 고마워 영… 크론!"

머쓱해진 태양은 말은 거칠고 예의 없어도 크론을 존경하고 있었다.

지상 낙원으로 보이는 곳에 발을 내디딘 생존자들은 모두 놀라워했다.

"이런 곳이 있었다니…"
아리아도 감탄하고 있었다.
아름다운 호수를 처음 본 레볼트군은 몸을 담그며 피로를 풀었다. 벤과 렌쳉은 아무 말 없이 텐트 앞에 앉아 있었다.
처음 보는 풍경 앞에 넋이 나갔지만 헤나를 생각하면 긴장을 놓을 수 없었다. 기술자의 텐트 안에서는 아직 아무런 소식이 없었다.

"마음이 바뀐 이유가 뭔가요?"
말룬다는 크론에게 다가와 물었다.
"뭐가?"
"당신은 분명 우리에게 싸우지 않을 거라고 말했잖아요."
"내가 그랬나? 허허!"
말룬다는 여전히 농담 한 번 던지지 않는 진지한 여전사였다.
"저 녀석의 기운을 느끼고는 마음이 변했네."
크론의 시선은 해성에게 가 있었다.
"그렇군요."

해성과 아리아가 크론에게 다가오자 말룬다는 자리를 비켜주었다.

"형제여. 드디어 우리가 이렇게 만나는군."

해성은 쑥스러워했다. 형제로 보기엔 나이 차가 너무 많이 나는 것 같았다.

"허허! 이래 봬도 마음은 젊다네."

"아리아라고 합니다."

함께 카림과 말없이 싸웠던 두 사람은 처음으로 서로에게 인사했다.

"오, 빛의 기사! 오랜만에 그 힘을 보니 감회가 새롭군 그래, 허허!"

"어머님을 잘 아시겠군요."

"잘 알고말고. 자네가 태어나기 전까지 그 집에서 살았다네. 그때가 그리워지는군. 허허…"

크론은 쓸쓸한 웃음을 지었다.

"당신을 만나면 꼭 물어보고 싶은 게 있었어요."

해성이 말했다.

"뭐든지 물어보시게!"

"…가디언이 어떤 분인지 알고 계시나요? 말해 줄 수 있나요?"

크론은 해성을 뚫어져라 보더니 대답하기 시작했다.

"난 아리아 가문의 집에서 비밀리에 키워졌네. 사실 친어머니를 본 적도 만난 적도 없었지. 나를 낳자마자 죽었다더군."

크론은 잠시 숨을 가다듬었다.

"나를 키워준 아리아 3세님은 나에게 기대하는 바가 컸지. 당시엔 페르다인과 지구인 사이에서 태어난 혼종은 내가 최초였네. 그래서 모두가 나를 특별한 아이로 생각했었지."

"당신을 그렇게 믿게 한 건가요?"

해성은 되물었다.

"…페르다인은 운명이라는 걸 믿는 종족이야. 그들은 모든 섭리가 우주의 규칙대로 흘러가야 한다고 생각하지. 그래서 그들의 규율은 엄격하고, 그들의 능력을 위해서라도 혼종은 용납이 되지 않았다네."

아리아는 그의 말이 무슨 의미인지 잘 알고 있었다.

"가디언이… 그 규율을 어긴 거군요?"

아리아가 말했다.

"내가 그를 만난 건 레볼트 전쟁 때였어. 처음이자 마지막이었고 그와 대화를 해 본 적도 없었지. 그의 생각은 읽을 수가 없었어. 그는 우리를 전쟁터에 내버려 두고 사라졌네."

"사라졌다고요?"

해성과 아리아는 놀라움을 감추지 못했다.

"어떤 이유로 전쟁 중에 자취를 감췄는지는 나도 몰라. 이후 우린 케이에게까지 갔지만 아리아 3세님이 쓰러지는 걸 보자 난 겁이 났었지. 승산이 없었네…"

해성은 기대했던 것과는 반대로 가디언에 대한 정보를 얻을 수 없었다. 그의 고민이 깊어지고 있는 사이 기술자의 텐트에서 함성이 들려왔다. 이식 수술을 받은 헤나가 가슴에 박힌 크리스탈 원석의 에너지 덕분에 살아난 것이다.

"헤나야!"

반가운 얼굴에 해성이 뛰어갔다. 아리아는 그런 해성과 헤나를 의식하며 불편한 감정을 애써 숨겼다.

"레볼트 만세! 헤나 만세!"

다들 헤나를 새로운 리더로 여기고 있는 듯 그녀의 부활에 사기가 올라갔다. 헤나는 아직 어리둥절했다. 생사의 갈림길에서 극적으로 살아 돌아온 그녀는 해성과 시선을 마주쳤다.

"헤나야. 정말 다행이다. 다행이야."

다시 재회한 두 사람은 반가운 마음에 서로 끌어안았다.

"네 목소리 정말 듣고 싶었는데, 소원성취했네, 파이

터…"

헤나의 감정이 복받쳐왔다. 벤은 헤나를 들어 그의 어깨
에 올렸다.

"레볼트의 새로운 리더! 헤나님이시다!"

"뭐라고요?"

벤의 선포에 깜짝 놀란 헤나는 당황해했다. 살아남은 레
볼트군은 모두 그녀가 리더가 되어 줄 것을 고대하고 있었
다. 그녀는 분명 자격이 있었다.

그녀를 전적으로 의지하는 이들에게 둘러싸인 헤나를 보
던 해성은 과거 헤나와의 대화를 기억했다. 그녀는 정말로
유능한 레볼트가 되어 있었다.

헤나는 빙그레 웃었다. 그녀를 바라보던 해성도 웃었다.
두 사람 사이에 애틋한 감정이 피어나는 순간이었다. 두 사
람을 의식한 아리아의 얼굴에는 긴장감이 돌았다.

"적이다!"

화기애애하던 분위기 속에 제타와 키아라를 뒤늦게 알아
본 레볼트군이 소리쳤다. 특히 무시무시했던 제타의 힘을
기억한 이들은 그녀에 대한 적대감을 보였다. 자신을 적으
로 보는 그들의 감정을 제타는 이해했다.

"그녀는 잘못 없어요. 저나 제타, 우린 모두 카림에게 세

뇌당한 군인들일 뿐이에요."

크루거 옆에 있던 키아라가 제타를 보호하며 나섰다.

"우리들의 적은 이들이 아니네, 다들 무기를 치우시게."

크루거도 제타와 키아라를 거들었다.

"내 집에서 싸우는 건 금지야!"

크론은 무기를 든 레볼트에게 다가와 말했다. 항복한 거나 다름없는 제타와 키아라를 보던 레볼트의 증오는 쉽사리 사그라지지 않았다. 헤나는 벤에게서 내려와 논쟁이 있는 곳으로 갔다.

"당신들은 우리들을 도울 의지가 있나요?"

헤나가 물었다.

"오래전부터 난… 복수를 원했어… 내 부모의 원수를… 갚아야 한다고 생각했지만 용기가 나지 않았지…"

제타는 망설이다 대답했다.

"제타의 부모도, 나의 부모도 모두 저장소라는 곳에 희생된 사람들이에요."

키아라가 나서서 말했다.

"저장소는 어떤 곳이죠?"

헤나는 되물었다.

"난 봤어. 저장소의 실체를…"

스카이가 다가와 말했다.

"아리아, 당신이 설명해 주는 게 좋겠어. 이들도 진실을 알아야 할 권리가 있잖아."

아리아는 해성의 제안에 완전히 동의하진 않았다. 진실을 알렸을 때 올 수 있는 부정적 파장도 고려해야 했기 때문이다. 그건 태양도 말룬다도 모르는 이야기였다.

하지만 상황은 아리아를 압박했다. 모두의 시선을 한몸에 받던 아리아는 그들에게 해성에게 들려주었던 제3지구의 실체를 말해주었다.

그녀의 충격적인 설명이 계속되는 동안 크론은 호숫가로 갔다. 진실을 안다는 것은 그만큼 큰 책임도 따르는 것이었다.

저들이 과연 그 책임을 질 만큼 준비가 되었는지는 의문이었다.

7. 새로운 적

그랜더배틀쉽의 수호를 받으며 케이의 전용기가 초토화된 전장 아래로 착륙했다.

"각하! 카림의 군대는 모두 전멸했나 봅니다!"

케이는 주위를 돌아보았다. 그는 카림의 흔적을 찾지 못했다.

"도주한 레볼트는 어떡할까요?"

"정찰대를 보내게. 우린 저장소로 가지."

"네!"

케이는 다음을 기약해야 했다.

'미꾸라지 같은 놈. 네놈의 목을 반드시 꺾어 주마, 크론…'

그들은 전장을 떠나 저장소에 도착했다. 히콘과 레볼트

의 시체들로 가득한 저장소에는 몇 마리의 생존한 히콘이 안으로 들어온 케이와 부하들을 공격했다.

케이는 염력으로 손쉽게 히콘을 제압했다. 강력한 힘에 눌려 의식을 잃은 히콘을 보던 케이는 짐승들을 죽이지 않고 새로운 계획을 떠올렸다.

"이 짐승들을 잡아넣을 공간을 만들어야겠어."

"네?"

히콘을 보던 부하들은 모두 벌벌 떨고 있었다.

"분명 쓸모가 있을 거야."

"네… 각하!"

부하들은 기절한 히콘의 입과 날개를 메탈사슬로 묶었다. 그 사이 케이는 비밀 통로로 들어갔다. 지하층으로 내려가는 엘리베이터를 탄 케이는 곧 그의 완성된 저장소로 도착했다.

그의 저장소는 사실 같은 장소에 있었다. 지하 10층은 되는 곳에 연구실 직원들과 저장소 프로젝트를 책임진 미스터 창이 케이를 기다리고 있었다.

"카림이 기가 막힌 덫을 놓았더군요."

미스터 창은 숨겨진 감시카메라를 통해 지상층에서 일어나는 상황을 실시간으로 보고 있었다.

"그런 것 같군. 샘플은 준비되었나?"

"네, 각하. 먼저 투여해보시겠습니까?"

"아니, 저들에게 먼저 테스트해 보지."

케이는 미스터 창의 준비된 주사기를 보더니 데리고 온 원로들에게 먼저 권했다. 그들의 얼굴에는 앞을 볼 수 없도록 메탈가면이 씌워져 있었다.

미스터 창은 연구실로 도착한 원로들의 가면을 제거했다. 그들 사이에는 디아고 원로도 잡혀와 있었다.

"여긴…"

완성된 저장소의 실체를 본 원로들은 놀라움을 감추지 못했다. 미스터 창은 그들에게 주사기를 전했다. 원로들은 불완전했던 약을 투여받은 이들의 부작용을 잘 알고 있었다.

"염려 안 하셔도 됩니다. 제가 원로님들께 오래전에 약속 드렸던 완성품입니다."

확신을 가진 케이는 말했다. 디아고는 케이의 갑작스러운 호의가 미심쩍었다. 그의 편에 서지 않았던 원로들은 죽을지도 모른다는 걱정을 했다.

그렇지만 선택의 여지가 없었다. 그들은 주사기를 목에 꽂아 투여했다. 디아고도 동료 원로들을 따랐다.

완성된 약은 곧 효능을 보여주었다. 늙은 원로들의 얼굴에 주름이 사라져 몇 년은 젊어 보였다. 그리고 잃어버렸던 힘도 어느 정도 되찾았다.

원로들은 기뻐했다. 이제 더는 인간을 사냥하지 않고 편하게 케이의 주사기를 공급받기만 하면 되는 거였다. 케이의 수십 년에 달하는 끈질기고 지독한 연구의 결실이 눈앞에서 벌어지고 있었다.

한편, 죽은 줄 알았던 카림의 신체 일부가 흐물거리며 바닥을 기어가고 있었다. 전장을 벗어난 그것은 모래바람이 날리는 사막을 향했다. 어디선가 풍겨오는 인간의 냄새를 맡은 것이다.

한 무리가 사막에 앉아 잠시 쉬고 있는 것이 보였다. 그것은 남자의 입과 코안으로 들어갔다. 곧 남자의 얼굴이 녹더니 불완전한 카림의 얼굴이 등장하며 일어났다.

그는 옆에서 쉬던 동료를 덮쳤다. 그리고 그 옆에 있는 남자들까지 모두 먹어 치웠다. 녹아내리던 검은 기운들은 카림의 본모습으로 조금 회복했다.

하지만 충분치 않았다. 지옥에서 살아 돌아온 카림의 몸이 계속 녹아내렸기 때문이다. 능력을 되찾기 위해서는 더 많은 인간을 먹어야 했다.

한참을 걸어서야 레볼트 지원군으로 보이는 다수의 노동자가 사막을 횡단하고 있었다. 카림은 그들을 공격했다. 처음 보는 괴물을 향해 몇몇은 옛 지구인의 총을 쏘며 저항했지만 카림을 이길 수 없었다. 다수의 인간을 먹어 치운 카림의 몸은 점점 좋아졌다.

카림은 자신의 비밀 연구실로 향했다. 바할의 전용기가 사막 위에 착륙해 있는 걸 본 그는 연구실 위치가 들통난 것을 알게 되었다. 그는 기체 아래를 뜯은 다음 안으로 들어가 조종사들을 모조리 먹어치웠다.

다시 사막 위로 내려간 그는 지하로 내려가는 캡슐을 탔다. 연구실 안으로 들어온 그의 시선에는 바할과 플릭 요원들이 먼저 들어왔다. 바할은 카림이 모아놓은 세 개의 다이아몬드를 보고 있었다.

"바할!"

우림지대 전투에서 패한 카림은 화가 단단히 나 있었다.

카림의 등장에 놀란 바할은 그가 우림지대에서 죽지 않고 살아 돌아온 것에 당혹해했다. 예상치 못한 카림이 다가오자 바할은 경계했다. 비밀연구실을 알게 된 이상 둘 중

하나는 죽어야 했다.

그는 씩씩거리며 거대한 괴물로 변신했다. 상처가 완전히 아물지는 않았지만 그는 자신만만했다. 플릭 요원들이 레이저 공격을 퍼부었지만 카림에게 눈 깜짝할 사이 죽임을 당했다. 바할은 서둘러 괴물로 변신했다.

"우림지대 전투가 좀 힘들었나 보지?"

바할은 카림의 상태를 보며 승산이 있다고 확신했다. 지금 상태의 카림이라면 물리칠 수도 있을 거라고 믿었다. 바할은 돌격해오는 카림을 상대했다.

두 괴물의 싸움에 겁을 먹은 연구실 직원들이 대피했다. 검은 기운에 둘러싸인 두 괴물의 생사를 건 대결은 거칠고 사나웠다. 카림은 바할을 벽으로 날려버린 뒤 그의 머리를 잡아 땅에 내리꽂았다. 카림의 괴력은 바할을 충분히 능가했다.

카림을 발로 차며 가까스로 그의 괴력에서 벗어난 바할은 고전했다.

"네 힘이 고작 이 정도냐?"

카림은 매우 강했다. 바할은 승산이 없어 보이자 도주를 선택했다. 하지만 카림은 빠르게 달려가 도주하는 바할을 낚아챘다. 1대 1의 싸움에서 바할은 완전히 무너졌다.

카림의 괴력에 몸이 찢기며 물어뜯겼다. 카림은 바할의

마지막 남은 살까지 갈기갈기 찢은 다음 먹어 치웠다. 지긋 지긋한 바할을 드디어 해치운 카림은 몹시 기뻐했다.

"으하하하!"

카림은 곧바로 세 개의 다이아몬드를 자신의 이마에 이 식하는 실험을 강행했다.

"아직 시간이 더 필요합니다…"

"시키는 대로 해! 시간이 없어."

연구실 직원은 세 개의 다이아몬드를 하나씩 카림의 이 마에 이식하기 시작했다.

"으으으으… 아악!!!"

카림은 끔찍한 고통에 비명을 질렀다.

"이렇게 너랑 나랑 단둘이 있어 본 지가 얼마 만이냐?"

"그러게."

크론의 은둔처에서는 헤나와 해성이 둘만의 시간을 보내 고 있었다.

"난 네가 날 찾아올 줄 알았어. 네가 나에게 준 그 팔찌로 말이야."

"무슨 팔찌?"

헤나가 트래킹 팔찌에 대해 모르고 있다는 사실을 해성 은 그제야 알게 되었다. 그는 아일랜드에 감금되었을 때를 떠올렸다. 자신에게 채워진 트래킹 팔찌가 석연치 않아 보였던 기억이 머릿속을 스쳐 지나갔다. 그는 아리아를 힐끗 쳐다보았다. 어쩌면 트래킹 팔찌는 아리아의 의도일지도 모른다는 확신이 들었다.

"해성아, 너도 여기 남아서 우리와 함께 싸우자."

해성은 망설였다.

"헤나야, 나도 정말 네 곁에서 싸우고 싶지만… 저장소를 반드시 찾아야 해. 그런 곳은 절대 존재해서는 안 되잖아."

그는 아리아를 다시 보며 헤나에게 대답했다. 헤나는 해성과 아리아의 관계를 의식했다.

"그래, 네 말이 맞아. 절대 존재해서는 안 돼. 어쩌면 엄마 아빠도 저장소에 희생되었을지도 몰라."

헤나의 눈에서 눈물이 글썽거렸다. 해성은 고개를 숙였다.

"우리 다시 만나자. 반드시."

헤나는 눈물을 빠르게 닦고는 해성에게 말했다. 그녀는 나약한 모습을 보여주고 싶지 않았다.

"난 이곳에서 군대를 모을 거야. 그리고 해성 너만큼 강해질 거야."

해성은 피식 웃었다.

"최고의 레볼트가 돼서 케이라는 놈을 함께 죽이자. 자유와 평화를 되찾는 거야!"

"그래. 그러자."

헤나는 해성의 입술을 빠르게 훔쳤다. 깜짝 놀란 해성은 얼굴이 붉어졌다.

"반드시 살아남아! 나의 파이터."

헤나는 자리에서 일어나 동료들에게 갔다. 헤나를 좋아했었던 그의 마음 한구석에는 여전히 그녀를 느끼고 있었다.

그는 일어나 아리아에게 갔다. 해성의 마음을 읽고 있던 아리아는 밖으로 드러내진 않았지만 헤나에 대한 적대심으로 내적인 갈등이 일어나고 있었다.

아리아에게서 진실을 들은 레볼트군은 각자의 판단대로 사실에 대해 받아들이고 있었다. 몇몇은 그 충격에 헤아려 나오지 못하는 이들도 있었지만 대체로 잘 적응하고 있었다. 아리아나 크론의 우려만큼 심각한 부정적 반응은 나타나지 않았다.

시간이 필요한 그들은 크론의 은둔처에서 안정적인 생활을 하고 있었다. 모두가 그들에게 찾아온 평화로운 시간을 마음껏 누렸다.

근력보조 로봇을 장착한 렌쳉은 벤과 함께 남은 군인들을 훈련시켰다. 말룬다는 함께 있는 시간 동안 그들에게 창술을 가르쳤다. 태양은 크론에게서 전투기술을 배웠다. 스승과 제자나 다름없을 정도로 열정적이었다.

"팔을 더 뻗으라고! 이놈아! 몇 번을 얘기해야…!"

"알았다고요, 영감!"

"스승님이라고 부르라고 했잖아!"

크론은 짐승 뼈다귀로 태양의 머리를 툭 쳤다. 태양은 화가 났지만, 성질을 죽이기로 했다. 둘은 티격태격하면서도 서로에 대한 두터운 신뢰를 쌓고 있었다.

"저장소를 찾으러 간다고?"

로봇 팔을 이식받은 타케시가 호숫가에 앉은 크루거에게 다가왔다. 그는 수영하는 키아라와 제타를 보고 있었다.

"팔은 좀 어때?"

옆에 앉는 타케시에게 크루거가 물었다. 타케시는 로봇 팔을 흔들어 보았다.

"뭐… 나쁘진 않군."

"아리아와 해성이 내일 아침 출발한다더군. 우린 따라갈 걸세. 저장소의 실체를 내 눈으로 봐야겠네. 자네는 어�쩔 건가?"

"글쎄…"

타케시는 고민했다.

"렌쳉이 나더러 여기 행동대장을 맡아 달라더군."

"레볼트군으로 완전히 들어가는 건가?"

"내 운명인가 보지."

두 남자는 피식 웃었다.

"저들의 말을 정말로 믿는가?"

타케시는 아리아에게서 들은 제3지구의 실체에 대해 완전히 믿지는 않았다. 크루거는 떠날 채비를 하는 해성과 아리아를 보았다.

"…난 믿어보기로 했네. 우린 너무도 오랫동안 거짓된 세상에서 살아왔지 않은가?"

헤엄치며, 물속 깊은 곳의 아름다움까지 만끽하는 키아라와 제타는 멀리서 두 그룹으로 나뉘는 것을 보았다.

"넌 누구를 따라갈 거야?"

제타가 물었다.

"크루거와 함께 저장소로 갈 거야. 같이 가자. 제타."

제타는 망설였다.

"카림이 죽었다니 믿어지지 않아… 내가 죽였어야 했는데…"

사실 키아라와 제타는 카림을 증오했었다. 거듭되는 세뇌의 영향력으로 그를 따를 수밖에 없었던 것이다.

"…같이 가자, 제타. 저장소의 실체를 너도 보고 싶어 했잖아."

제타는 키아라에게 고개를 끄덕였다.

키아라와 제타가 육지로 올라오자 벌거벗은 두 여성의 매혹적인 육체가 드러났다. 키아라와 제타는 그런 것에 부끄러움을 느껴본 적이 없었다.

"너희들… 옷은 입지 그래…"

크루거와 타케시는 당혹해했다. 얼굴이 붉어진 두 남자를 이해하지 못한 두 여성은 아무렇지 않게 옷을 주섬주섬 입었다.

제타는 기술자의 텐트를 보더니 그곳으로 향했다.

"당신이 기술자입니까?"

"아 네, 맞습니다. 헤헤…"

이마에 박힌 블랙 다이아몬드를 본 기술자는 제타의 갑작스러운 방문에 긴장했다. 그녀는 반으로 쪼개진 블랙 다이아몬드를 그에게 건넸다.

"이건…?"

놀란 기술자는 제타를 보았다. 죽은 쌍둥이 알렉스의 이마에서 빼내 온 것이었다. 제타는 마음이 여전히 아팠다.

"당신들에게 도움이 될 수 있다면… 받아."

하지만 이제는 과거를 묻고 새로운 삶을 살아야 했다.

"당연히 큰 도움이 될 겁니다. 헤헤."

다음 날 아침이 밝아왔다. 로봇 울프가 크론의 짐승들과 어울리며 자유로운 시간을 보내는 동안 헤나와 스카이는 기술자 텐트 안에서 무기를 더 강화할 방법을 찾았다.

기술자는 제타에게 받은 쪼개진 블랙 다이아몬드로 새로운 무기를 만드는 데 전념하고 있었다. 메탈과 크리스탈의 합성으로 만들어진 건틀릿이 헤나의 눈앞에 놓여 있었다.

기술자가 블랙 다이아몬드를 붙이자 건틀릿이 공중에 부양되었다.

"이런 다이아몬드들을 더 찾을 수 있다면 분명 우리들도 강해질 겁니다. 헤헤."

건틀릿은 헤나를 위한 신무기였다.

"팀을 만들어 찾으러 가지."

헤나는 스카이에게 명령했다.

"제가 기다렸던 명령이군요! 당장 가겠습니다!"

다이아몬드 임무를 받은 스카이는 자신감 넘쳤다.

텐트에서 나온 헤나는 떠나려는 해성의 일행을 보았다. 두 사람은 서로의 재회를 마음속으로 약속한 듯 아쉬움 가득한 미소로 작별 인사를 나눴다.

"태양은 여기 남아. 레볼트군을 도와줘."

아리아는 태양에게 명령했다.

"네! 아리아님!"

태양은 스승 크론의 곁에서 자신의 무공을 더 발전시킬 계획이었다.

해성은 아리아와 그녀를 따르는 부하들과 함께 크론의 은둔처를 떠났다. 케이의 저장소를 파괴하기 위해 말룬다, 크루거, 키아라 그리고 제타도 뒤를 따랐다.

스카이는 울프와 함께 다이아몬드 임무를 받고 떠날 채비를 했다.

"조력자와 함께 가요."

헤나는 스카이에게 타케시를 추천했다. 그는 타케시와 잘 모르는 관계였지만 리더의 명령을 거절할 수 없었다.

"괜찮죠, 타케시?"

타케시는 고개를 끄덕였다. 레볼트군으로 들어온 그의 첫 임무였다. 그는 스카이, 울프와 함께 크론의 은둔처를 떠났다.

그렇게 동료들을 떠나보낸 지 어느덧 1년이 지났다. 크론의 은둔처는 레볼트의 새로운 본부가 되어 있었고, 많은 지원군으로 가득했다.

벤, 렌쳉, 태양, 스카이, 타케시로 구성된 레볼트의 행동대장들은 신참들을 강한 군인으로 만들고 있었다.

크론은 마법사로 불리며 페르다 왕국에 대한 자문과 그들의 역사, 미지의 능력에 대한 지식을 전했다.

헤나는 기술자에게 받은 블랙 다이아몬드 건틀릿으로 고난도의 염력을 사용하는 강력한 리더가 되어 있었다.

기술자는 다양한 다이아몬드의 능력을 테스트하며, 각종 무기를 만들었다.

스카이와 타케시, 그리고 울프의 첫 다이아몬드 채굴 임무는 성공적이었다. 이후 헤나는 그들을 특수부대 대장으로 임명하고 다이아몬드 채굴을 맡은 군인들을 늘렸다.

헤나의 레볼트군은 카이로 때보다 더 강력한 무기들로 무장했고 헤나의 노력은 그 결실을 보여주고 있었다.

케이의 저장소를 파괴하기 위해 떠났던 동료들은 1년째 소식이 없었다.

헤나는 레볼트군에 전념하는 동안에도 해성을 생각했다. 다시 만날 날을 고대하며, 훈련을 거듭했다.

그 시각, 수평선 너머로 대기권에 진입한 거대한 우주전함 한 대가 내려오고 있었다. 그것은 케이의 것보다 다섯 배는 컸다. 케이는 우주전함에 새겨진 페르다 왕국의 금빛 문장을 확인했다.

"200년 동안 많은 발전을 이뤘군, 저런 전함을 만들다니."

"각하, 페르다 왕국의 전함에서 수신 요청이 들어왔습니다."

"받아들이게."

"네!"

케이의 앞으로 홀로그램 화면이 뜨더니 우주전함 함장의 얼굴이 등장했다.

"황제의 서신을 받을 자, 이름과 신분을 밝혀라."

"개척지 임무를 받았던 케이, 페르다 왕국의 보병부대 147사단 대령이다."

함장은 그의 신분을 확인한 뒤 다시 물었다.

"개척지 임무의 책임자들은 어디 있나?"

"그들은 모두 죽었다. 지금까지 내가 이곳을 이끌고 있다."

케이의 대답에 뒤에서 동요하는 소리가 들려왔다. 함장의 뒤로 예언자와 마법사들이 대거 타고 있었다.

"황제의 서신을 받을 준비가 되었는가?"

"그렇다."

다시 뒤에서 웅성거렸다. 어딘가 내키지 않는 표정들이었다.

"진입을 허가하겠다."

함장의 말이 끝나자마자 통신은 종료되었다. 중앙본부의 그랜더배틀쉽은 황제의 우주전함 쉴드 안으로 들어가자 모든 기능이 셧다운 되었다. 당황한 조종사들은 케이를 보았다.

"기술력이 이 정도로 발전할 줄이야."

케이는 긴장했지만 두려워하지 않았다. 오히려 전함 안으로 들어갈 수 있는 것만도 그에게 찾아온 엄청난 기회라는 것을 잘 알고 있었다.

"약을 투여해."

케이가 명령했다.

전함의 아래층에 배치된 유리관 속에는 수천 명의 노동자들이 잠자고 있었다. 연결된 수액을 통해 검은 액체가 동시다발적으로 주입되었다.

"하하하! 나에게 이런 기회가 찾아올 줄이야! 나의 새로운 군대를 실험해 볼 시간이군!"

케이의 전함은 황제의 공격선들이 있는 선착장에 멈춰섰다. 예언자를 비롯하여 서신을 책임진 마법사들이 케이를 기다리고 있었다.

케이는 홀로 선착장으로 내려왔다. 그의 생김새와 이마에 박힌 레드 다이아몬드를 보던 페르다인들은 놀라고 있었다.

"황제의 서신이네. 격식을 차리지 않는군."

위엄있어 보이는 마법사가 케이를 향해 말했다. 케이는 한쪽 무릎을 바닥에 꿇고는 고개를 숙였다. 호기심에 달려온 왕족들과 귀족들이 신분이 낮은 케이를 보며 히득거렸다.

"황제의 명령에 따라 서신을 전달하노라. 다가올 100년 동안, 이 행성은 황제 페르다 2세의 조카인 루나벤켄도르 가문이 통치할 것이다."

참으며 듣고 있던 케이가 갑자기 일어섰다. 그의 주위로 눈총 따가운 왕족, 귀족들의 시선이 느껴졌다. 모두 케이의 마음에 들지 않았다.

세상 물정 모르는 타락한 이들이 권력의 힘 하나만으로 자신이 일궈온 제3지구를 지배한다는 것을 받아들일 수 없었다. 특히 루나벤켄도르 가문은 기회주의자들이었다.

그는 염력으로 서신을 읽은 자의 머리통을 박살 냈다. 피로 얼룩진 황제의 서신은 바닥으로 떨어졌고 마법사들이 황급히 그를 막아섰다.

"반란이다!"

루나벤켄도르 가문 사람들이 당혹해하며 케이를 질타했다. 혼자인 그를 얕잡아 본 황제의 군대는 곧 케이의 배틀쉽에서 들려오는 진동 소리를 느꼈다.

약물에 중독된 수천 명의 노동자가 야수의 모습으로 전함에서 뛰쳐나왔다. 케이의 엄청난 수의 비밀병기가 쏟아져나오며 황제의 군대를 공격했다. 케이는 공중으로 날아올라 마법사들의 머리통을 모두 박살냈다.

마법사들이 모두 당하자 싸울 수 있는 이들은 군인들밖에 없었다. 힘없는 예언자들은 야수들에게 잔인하게 몸이 찢겨나가며 처참하게 죽었다. 달아나는 황제의 피를 가진 왕족들을 모두 공중으로 부양시킨 케이는 그들의 눈알을 뽑았다.

"아악!!!"

"왕족을 건드리다니! 죽음이 두렵지 않은가? 황제가 노여워하실 거야!"

비명을 지르던 왕족의 팔과 다리를 비틀더니 마지막으로

목을 비틀었다. 잔인한 케이의 방식에 황제의 전함은 순식간에 피로 물들었다.

케이는 함장이 있는 곳으로 향했다. 야수로 변한 노동자들이 머리가 터지도록 닫힌 문을 여러 차례 돌진하고 있었다. 야수들을 잠재운 케이는 어렵지 않게 문을 뜯어냈다.
"내가 너희들을 살려둔 이유가 뭔지 아나?"

케이는 함장과 조종사들을 염력으로 모두 붙잡아 움직이지 못하게 만들었다. 레이저건을 들고 있었지만 몸이 마비된 함장은 넋을 잃을 채, 겁에 질려있었다. 그의 시선이 전함의 홀로그램 CCTV를 향했다. 황제의 군대는 모두 전멸해 있었다.
"황제의 군대와 병력에 대해 낱낱이 말해야 할 것이야!"
황제의 최첨단 우주전함을 손에 넣은 케이는 더 큰 계획을 세우고 있었다.

"난 황제가 될 것이다. 하하하!"

글을 마치며

나는, 어릴 때부터 하늘을 날거나 우주여행을 하면서 마법과 미지의 능력으로 세상을 구하는 꿈을 자주 꿨다. 현실로 돌아왔을 때는 아주 잠깐은 정말로 내가 특별한 힘이 있는 줄로 착각할 정도로 꿈은 매우 사실적으로 다가왔었다.

SF소설로 첫 작품을 제시하기까진 많은 세월을 보내야 했지만, 지난 20년 동안 영화감독으로 작품 활동을 하면서, 소설은 나의 또 다른 목표였다.

백지에 무언가를 써나간다는 것이 너무도 즐거운 일이라는 것을 SF를 쓰면서 알게 되었다. 10년 전 〈제3지구〉를 처음 구상했을 때엔, 20페이지의 트리트먼트로 시작했었다. 3세대에 이르는 이야기를 구상했던 내용이라, 처음엔 3부작의 영화로 만들고 싶었지만, 현실은 차가웠다.

지금도 감독으로 살고 있지만, 기회는 너무도 오지 않고, 종종 다가온 그 기회는 나의 의지를 떠나 다양한 이유로 수포가 되는 경험도 많이 겪었다.

사실, 소설로 방향을 바꾸면서 나의 상상력은 절대적 자유를 얻을 수 있었다. 어릴 때 꿈을 통해 탐험했던 판타지적인 이야기들이 어렵지 않게 흘러나온 것이다.

첫 소설이라 부족한 점이 분명 있을 것이라 본다. 독자들이 다음 이야기를 기대해주길 바란다.

해성은 아리아와 함께 케이의 완성된 저장소를 파괴할 수 있을지? 케이가 황제의 우주 전함으로 치르게 될 반격은 어떻게 끝날 것인지? 헤나와 해성 그리고 아리아의 사랑은 어떻게 발전할 것인지?

다음 이야기에서는 새로운 빌런들도 등장할 것이며, 세계관도 더 넓어질 것이다.

부족한 첫 소설을 읽어주신 모든 분들께 감사드린다.

2022년 10월
윤재호

Special thanks to...

Logan 닭곰탕 히히 가을잠 이새윤 동명 무디 양쏜이 sky91★★★★
DK 최지영 핑크로더 노수연 백서빈 김윤서 하리보 배선영
Charles 박소윤 마법사 레오사랑 아로이 525 홍성빈 김형우서윤
오경하 김선웅 ㅇㅊㄹ 주연 이뿐토끼 케로로 한보연 가발다 박성
호 김엘리 임경하 신희영 haprin 과메기맛귤 현서 NEXTSTUDIOS
이준형 DAN 김정은 강민정 채승현 지나 신도 김성년 Simon Ryu
어스름달녘 전현규 사과 나인 이혁민 이강욱 예유나 마법부장관
텀블벅 최석환 hyunji8951 모성진 이태규 dongyoon★★★★ 모든
것에 감사하며… 김동현 Hiel 윤민화 이인성 성윤지 김건우 김소
영 이병두 송기욱 김은동 HoyoungKim 강현철 이름 한울 구름 기
억의풍경 재근차 개굴 마나파이 김동택 〈nowik〉 ThanksLove 천
재승 Leechulo 클래스케이 Retr0 초코 Yun Jae Jung Samantha
Moon 고보라 김동민 음....소녀? d3★★★★

그리고 한국문화예술위원회 예술나무

* 이 책은 2022년 가을 텀블벅 후원자님들의 소중한 지원과 응원으로 제작되었습니
다. 감사의 마음을 영원히 간직하기 위해 작가와 창작자는 한 분 한 분의 텀블벅 닉네
임을 첫 책에 기록합니다.
* 이 책은 2022년 ARKO 크라우드펀딩 매칭지원사업(창작역량 강화부문) 선정작입
니다. 한국문화예술위원회 지원사업은 문화예술 분야의 창작활동 활성화 및 발전을
위하여 국민(예술애호가, 한국문화예술위원회 임직원 등)과 기업(국민은행 광주·전
남 혁신도시지점 등)의 소중한 기부금으로 다양한 문화예술 프로젝트를 지원하고 있
습니다. 위원회 관계자 분들과 후원자님들께 깊은 감사를 드립니다.

윤재호 장편소설
제3지구
ⓒ 윤재호

1판 1쇄 발행 2022년 11월 3일

지은이 윤재호
펴낸이 김현우

편집 교정 교열 김현우
표지/내지 일러스트 윤재호
표지/내지 디자인 김현우
마케팅 이리라
영업 김성년
아트지원 김호영
편집자문 최보람

펴낸곳 페퍼민트오리지널
책제작한곳 코리아피앤피
출판등록 2022년 8월 16일 제2022-000235호
주소 서울 강남구 개포로140길 30(일원동, 비1)
전화 070-8670-0504
팩스 070-4306-0909
이메일 ppmt0415@gmail.com

ISBN 979-11-980244-0-4 (03810)